SANDRA DÜNSCHEDE
Nordfeuer

IN FLAMMEN AUFGEGANGEN Die Menschen in Nordfriesland leben in Angst und Schrecken. Ein Feuerteufel treibt sein Unwesen. 14 Brände hat er bereits gelegt – fünf davon allein in Risum-Lindholm. Doch der Polizei fehlt bis dato noch jede Spur. Und dann fällt dem geheimnisvollen Brandstifter auch noch die Grundschule im Dorf zum Opfer. Doch dieser Brand ist anders als die vorherigen. Im Lehrerzimmer des abgebrannten Gebäudes stößt die Feuerwehr auf eine verkohlte Frauenleiche.

Die Kriminalpolizei geht von einem Unfall aus, doch zwischen Opfer und Schule gibt es keine Verbindung. Wer war die Frau und was hatte sie in dem Gebäude zu suchen?

Kommissar Dirk Thamsen und seine Freunde Haie, Tom und Marlene vermuten, dass ein Trittbretttäter dahinter steckt, der einen Mord vertuschen will. Vieles spricht für ihre Theorie …

Sandra Dünschede, geboren 1972 in Niebüll/Nordfriesland, erlernte zunächst den Beruf der Bankkauffrau und arbeitete etliche Jahre in diesem Bereich. Im Jahr 2000 entschied sie sich zu einem Studium der Germanistik und Allgemeinen Sprachwissenschaft. Kurz darauf begann sie mit dem Schreiben, vornehmlich von Kurzgeschichten und Kurzkrimis. 2006 erschien ihr erster Kriminalroman »Deichgrab«. Seitdem ist sie Mitglied bei den Mörderischen Schwestern und lebt als freie Autorin in Hamburg.

Bisherige Veröffentlichungen im Gmeiner-Verlag:
Todeswatt (2010)
Friesenrache (2009)
Solomord (2008)
Nordmord (2007)
Deichgrab (2006)

SANDRA DÜNSCHEDE
Nordfeuer
Kriminalroman

Personen und Handlung sind frei erfunden.
Ähnlichkeiten mit lebenden oder toten Personen
sind rein zufällig und nicht beabsichtigt.

Besuchen Sie uns im Internet:
www.gmeiner-verlag.de

© 2012 – Gmeiner-Verlag GmbH
Im Ehnried 5, 88605 Meßkirch
Telefon 0 75 75/20 95-0
info@gmeiner-verlag.de
Alle Rechte vorbehalten
1. Auflage 2012

Lektorat: Claudia Senghaas, Kirchardt
Herstellung: Julia Franze
Umschlaggestaltung: U.O.R.G. Lutz Eberle, Stuttgart
unter Verwendung des Fotos von: © biloba / photocase.com
Druck: Bercker Graphischer Betrieb GmbH & Co. KG, Kevelaer
Printed in Germany
ISBN 978-3-8392-1244-8

›Eine feurige Liebeserklärung an ›meinen Norden‹ – und an Kay, der mich nach Hause gebracht hat.‹

PROLOG

»Wohltätig ist des Feuers Macht, wenn sie der Mensch bezähmt, bewacht.«
Friedrich Schiller ›Lied von der Glocke‹

*

Feuer: Chemisch gesehen eine Oxidationsreaktion mit Flammenbildung. Voraussetzungen: brennbarer Stoff, Oxidationsmittel wie z. B. Sauerstoff aus der Luft und Hitze.

In der Hitze verbinden sich die Moleküle des Brennstoffs mit dem Sauerstoff. Dabei wird Wärme freigesetzt und eine Kettenreaktion ausgelöst. Das Feuer brennt, bis eine der Voraussetzungen – Brennstoff, Sauerstoff oder Hitze – nicht mehr da ist.

Feuer: Eine chemische Reaktion; und doch soviel mehr.

In der Geschichte der Menschwerdung einer der wichtigsten Entwicklungsschritte. Kaum eine Kultur oder Zivilisation ist vorstellbar ohne die Zähmung des Wildfeuers, die Bewahrung und Erzeugung von Feuer. Für Wärme. Für Licht. Und zum Schutz.

Doch all dies war ihm nicht in den Sinn gekommen, als er das Streichholz entzündet und auf das verschüttete Benzin hatte fallen lassen. Er wollte weder Wärme noch Licht erzeugen. Seine Motivation war einzig und allein Angst – panische Angst.

1.

Er schreckte auf, noch ehe überhaupt etwas zu hören war. Seine Sensoren waren momentan derart auf Empfang gestellt, da brauchte es keine Sirenen, die ihm verkündeten, dass erneut ein Haus in Flammen stand. Wie zur Bestätigung ertönte das ohrenbetäubende Signal, das die Menschen in Angst und Schrecken versetzte.

Eilig schwang Haie sich aus dem Bett und tastete sich im Dunkeln zum Schlafzimmerfenster. Ein Blick hinaus schmälerte die Sorge, sein Haus oder das seines Nachbarn könne brennen. Ein Reetdach war leicht entzündlich. Gerade jetzt, wo es wochenlang nicht geregnet hatte.

Er schlüpfte in seinen gestreiften Morgenmantel und ging hinüber ins Wohnzimmer. Ein prüfender Blick durch das Fenster, aber auch auf dieser Seite des Hauses schien alles in Ordnung zu sein.

Als Kind hatte er miterlebt, wie die Scheune auf dem Nachbargrundstück abgebrannt war.

Innerhalb nur weniger Minuten hatten die lodernden Flammen das reetgedeckte Dach vollends in Besitz genommen und mit brutaler Gewalt das gesamte Bauwerk zerstört. Die Feuerwehr hatte den Brand zunächst nur eindämmen und erst löschen können, als kaum noch brennbare Substanz vorhanden gewesen war. Haie war damals etwa vier Jahre alt gewesen. Das Feuer hatte ihm eine Heidenangst eingejagt.

Diese züngelnden Flammen, das ächzende Gebälk der Scheune. Wie Stimmen aus dem Jenseits hatten die Geräusche des Feuers geklungen. Unheimlich. Gruselig. Nächtelang hatte er nicht mehr richtig schlafen können, immer wieder die Hitze des Feuers auf seiner Haut gespürt und das laute Stöhnen der Flammen gehört. Vielleicht kam daher auch sein beinahe übersinnliches Gespür für die Brände im Dorf. Die letzten Male war er, wie heute, schon vor dem Sirenengeheul wach geworden.

Seit etlichen Wochen trieb ein Brandstifter in Nordfriesland sein Unwesen. Allein in Risum-Lindholm waren fünf Häuser dem Feuerteufel zum Opfer gefallen. Weitere Brände hatte es in Langenhorn, Klanxbüll, Leck und in Bredstedt gegeben. Insgesamt vierzehn Mal hatte der Brandstifter bereits zugeschlagen und heute Nacht anscheinend erneut.

Haie griff zum Telefonhörer und wählte Toms Nummer. Es dauerte eine Weile, bis der Freund sich meldete.

»Alles in Ordnung bei euch?«

»Mhm, wieso?«

»Na, es brennt schon wieder im Dorf. Hörst du nicht die Sirenen?«

Eigentlich eine überflüssige Frage. Tom wohnte direkt neben einem Haus, auf dessen Dach sich ein Signalhorn befand. Selbst durch den Telefonhörer konnte Haie den ohrenbetäubenden Krach vernehmen.

»Ja, aber bei uns ist alles in Ordnung. Marlene hat schon einen Kontrollgang gemacht.«

Haie war erleichtert, die Freunde ebenfalls in Sicherheit zu wissen. Man wusste schließlich nicht, wen es als nächsten traf. Ein bestimmtes Muster schien der Brandstifter nicht zu verfolgen, sodass jeder zum Opfer werden konnte. Auch Haie oder seine Freunde.

»Und in der Nachbarschaft?«

»Nee, auch alles ruhig. Wer weiß, wo dieser Verbrecher wieder …« Tom stockte mitten im Satz.

»Was ist?«

»Das glaub ich jetzt nicht«, murmelte Tom in den Hörer.

»Was?« Haie trampelte von einem Fuß auf den anderen.

Sein Herz pochte plötzlich schneller. »Was ist?«, hakte er nach.

Er hörte ein Rascheln, dann die belegte Stimme seines Freundes.

»Die Schule brennt.«

Dirk Thamsen war noch gar nicht im Bett gewesen, als der nächtliche Anruf kam. Er hatte lange ferngesehen und war gerade auf dem Sofa eingenickt, als ihn das schrille Piepsen des Telefons weckte.

»Ja, Thamsen?«

Er lauschte kurz der Stimme am anderen Ende, ehe er sagte: »Gut, ich mache mich sofort auf den Weg.«

Leise schlich er in Timos Zimmer und versuchte, ihn aufzuwecken. »Ich muss weg«, flüsterte er und hoffte, sein Sohn bekam die Aktion überhaupt mit. So schlaftrunken, wie der Junge nickte, als er ihm sagte, er solle auf dem Handy anrufen, falls etwas sei, hatte er allerdings wenig Hoffnung.

Vorsichtshalber schrieb er deshalb zusätzlich einen Zettel, den er auf den Küchentisch legte. Er hatte immer ein ungutes Gefühl, wenn er die Kinder allein ließ. Aber mitten in der Nacht konnte er auf die Schnelle, wenn er zum Einsatz musste, eben auch niemanden herbitten. Und letztendlich war das ja auch nicht wirklich notwendig. Timo war mittlerweile sehr selbstständig, trotzdem blieb zumindest immer der Hauch einer Sorge, wenn Dirk Thamsen das Haus verließ.

Und das war in den letzten Wochen leider öfter der Fall gewesen.

Insgesamt vierzehn Mal war er nachts zu einem Brand gerufen worden. Und diese Serie schien nicht abzureißen. Sie hatten bisher noch keine Spur vom Feuerteufel – jedenfalls keine wirkliche. Der Brandstifter ging derart geschickt vor, hinterließ keine Hinweise auf seine Person, folgte keinem Muster – unmöglich vorherzusagen, wo er das nächste Mal zuschlagen würde.

Mittlerweile hatte man sogar die SOKO, der auch Thamsen angehörte, um einen Profiler aufgestockt, aber der tappte ebenfalls nach wie vor im Dunkeln und hatte bisher nur eine eher vage Analyse bezüglich des Täters stellen können.

Er hatte das Ortsschild Risum-Lindholms erreicht und bog von der B5 in die Dorfstraße ein, deren Verlauf er bis kurz hinter dem SPAR-Markt folgte.

Die Grundschule lag ein Stück außerhalb des Dorfes Richtung Herrenkoog. Thamsen konnte jedoch schon gleich hinter der nächsten Kurve die Blaulichter der Feuerwehr ausmachen.

Er musste den Wagen ein wenig entfernt am Straßenrand parken und den Rest des Weges zu Fuß gehen. Zu viele Schaulustige hatte es bereits zur Unglücksstelle getrieben, die alle möglichst nah an der Schule gedrängt auf dem Schulhof standen. Einer seiner Kollegen unternahm verzweifelte Versuche, die neugierige Meute in einem entsprechend sicheren Abstand zum Feuer zu halten.

Der rechte Seitenflügel des Gebäudes stand beinahe komplett in Flammen. Die Feuerwehr bemühte sich angestrengt, den Brand einzudämmen, damit er nicht auf den überdachten Durchgang und womöglich noch auf die Turnhalle übergriff.

Thamsen kämpfte sich zum Gruppenführer durch, der am Eingang des Gebäudes stand und Anweisungen gab, als er plötzlich seinen Namen hörte und jemand an seinem Ärmel zupfte.

»Kommissar Thamsen!«

Er drehte sich um und blickte in das gerötete Gesicht von Haie Ketelsen. Sie kannten sich seit einigen Jahren. Der Hausmeister der Schule hatte ihn zusammen mit seinen beiden Freunden Tom und Marlene bei einigen seiner letzten Fälle unterstützt. Und das nicht nur, weil er die Opfer der Verbrechen zum Teil persönlich gekannt hatte, sondern vielmehr weil er durch seine unzähligen Kontakte im Dorf für Thamsen tatsächlich eine wahre Ermittlungshilfe dargestellt hatte. Natürlich waren die privaten Ermittlungen und Alleingänge der drei Freunde grenzwertig, wenn nicht sogar unverantwortlich, doch er musste zugeben, dass er ohne deren Unterstützung den einen oder anderen Fall nicht so schnell hätte aufklären können.

Und auch jetzt witterte er die Chance, Haie Ketelsen könne helfen. Immerhin kannte er das Gebäude wie seine Westentasche. Ihm würden wahrscheinlich die kleinsten Hinweise am ehesten ins Auge fallen.

»Herr Ketelsen«, erwiderte er daher, »wusste ich doch, dass ich Sie hier finden würde. Sie können gleich mal mitkommen.«

Er schnappte den Hausmeister beim Arm und zerrte ihn durch die Menge bis zur Absperrung.

»Moin, Wolfgang«, grüßte er den Kollegen. »Lässt du uns mal eben durch?« Der andere Polizist nickte und ließ sie schnell passieren, um gleich darauf wieder einen schaulustigen jungen Mann zurückzudrängen. Thamsen schüttelte seinen Kopf. Wie unvernünftig doch einige Leute waren. Nicht genug, dass sie sich durch ihre Neugierde selbst in Gefahr brachten. Sie behinderten gleichzeitig die Arbeit der Feuerwehr und Polizei. Aber das schien ihnen völlig egal zu sein.

Der Gruppenführer der Feuerwehr, Lutz Jörgensen, war vollends damit beschäftigt, Anweisungen über ein Funkgerät zu erteilen. Die Feuerwehrmänner befanden sich verteilt um den Seitenflügel der Schule und bekämpften den Brand. Einen Innenangriff hatte Lutz Jörgensen als unnötiges Risiko empfunden und daher nicht angeordnet. Schließlich befanden sich keine Personen im Gebäude; eine Menschenrettung war daher nicht notwendig.

Nach einem weiteren Befehl wandte er sich an Thamsen.

»Moin, Dirk. Scheint ganz so, als hätte unser Freund wieder zugeschlagen. Wie es aussieht, ist der Brand im hinteren Teil des Flügels ausgebrochen und dann auf die Klassenzimmer übergesprungen.«

»Im Lehrerzimmer«, entfuhr es Haie erstaunt. Jörgensen musterte ihn und blickte anschließend fragend zu Thamsen.

»Das ist Herr Ketelsen. Der Hausmeister der Schule«, beeilte Thamsen sich Haies Anwesenheit zu erklären.

»Ah, gut«, nickte der Gruppenführer. Sein Funkgerät knackte, dann war eine abgehackte Stimme zu hören.

»Hier hinten ist der Brand gelöscht. Wir kommen jetzt weiter zum Eingangsbereich.« Lutz Jörgensen bestätigte die Vorgehensweise.

»Wir kriegen das schneller in den Griff, als zunächst gedacht. Der Brand wurde diesmal recht früh gemeldet.«

»Von wem?«, fragte Thamsen.

»Hier beim Kindergarten wohnen noch zwei Familien. Die eine Frau war wohl noch mal spät mit dem Hund draußen und hat durch die Bäume die Flammen hinter dem Fenster gesehen.«

»Ach, Frau Stein«, nickte Haie, »die hat Gott sei Dank immer ein wachsames Auge.«

»Vielleicht ist ihr auch vor dem Brand etwas Verdächtiges aufgefallen. Oder Ihnen, Herr Ketelsen?« Thamsen blickte ihn hoffnungsvoll an.

»Der Täter wird sich sicherlich den Tatort für sein nächstes Feuer gut angeschaut haben. Haben Sie jemanden bemerkt?«

Haie versuchte, sich die letzten Tage ins Gedächtnis zu rufen und kratzte sich zur Unterstützung am Ohr. Eigentlich war alles wie immer gewesen. Natürlich hatte er besonders darauf geachtet, dass alle Türen und Fenster verschlossen waren, wenn er die Schule verließ. Aber das war ja nach den letzten Ereignissen im Dorf nur selbstverständlich. Nach einem Unbekannten, der das Gelände beobachtete oder gar ausspionierte, hatte er allerdings nicht Ausschau gehalten.

»Tut mir leid, aber da sollten Sie tatsächlich noch einmal Frau Stein befragen. Mir ist jedenfalls nichts aufgefallen.«

»Mhm«, entgegnete Thamsen. Er war enttäuscht.

Ein weiterer Feuerwehrmann trat plötzlich neben den Gruppenführer. »Wir sind dann soweit und können reingehen.«

»Okay«, bestätigte Lutz Jörgensen. »Aber nur Dieter, Lars und du. Habt ihr eure Atemschutzgeräte parat?«

Der andere nickte und hob gleichzeitig die Maske in die Höhe. Sie hatten in den vergangenen Wochen Routine im Einsatz gewonnen. Leider.

»Die Jungs gehen jetzt rein und schauen, ob der

Brandherd auch vollständig abgelöscht ist. Das kann aber einen Moment dauern.«

Thamsen nickte und blickte sich um. Die Gruppe der Schaulustigen war zwar etwas kleiner geworden, nachdem der Brand beinahe gelöscht war, trotzdem harrten immer noch eine Menge Leute rings um die Grundschule aus, um das Geschehen zu verfolgen. Nicht ausgeschlossen, dass der Brandstifter sich unter ihnen befand.

»Sind Ihre Freunde auch hier?«

»Da drüben.« Haie hob kurz die Hand und winkte Tom und Marlene zu, die sein Zeichen erwiderten.

»Dann gehen Sie bitte zu ihnen und mischen sich ein wenig unter das Volk. Ich möchte wissen, ob sich ein Fremder oder irgendjemand unter den Schaulustigen befindet, der Ihnen verdächtig erscheint.«

»Sie glauben, der Täter ist hier?«

Thamsen zuckte mit den Schultern. »Nicht auszuschließen, oder?«

Haie ging langsam zurück und musterte dabei die Leute hinter der Absperrung. Die meisten von ihnen kannte er. Schließlich war er in diesem Dorf aufgewachsen, wie viele der anderen auch. Und in so einem kleinen Ort da wusste man auch beinahe alles voneinander. Nicht wie in der Großstadt, wo viele nicht einmal den Namen ihres Nachbarn kannten, geschweige denn, wie er aussah. Nein, hier im Dorf achtete man aufeinander und das war zumindest meistens auch gut so.

»Und, was hat Thamsen gesagt? Wie schlimm ist es? Handelt es sich wieder um den gleichen Täter?«

Die Freunde waren neugierig, was Haie erfahren hatte. Dass es sich bei dem Feuer um Brandstiftung handelte, davon gingen sie aus.

»Noch kann man nichts sagen. Aber«, Haie senkte seine Stimme, »er hält es nicht für unwahrscheinlich, dass sich der Feuerteufel unter den Schaulustigen aufhält.«

»Du meinst, der Täter ist hier?« Marlene schaute den Freund mit großen Augen an.

»Warum denn nicht? Ist doch nichts Ungewöhnliches, wenn ein Täter zum Tatort zurückkehrt. Vielleicht gibt ihm das einen ganz besonderen Kick, wenn er sieht, wie die Feuerwehr gegen die lodernden Flammen kämpft. Zum Beispiel der da in der blauen Jacke«, Haie deutete mit einem kaum wahrzunehmenden Kopfnicken Richtung Bushaltestelle. »Den kenne ich nicht. Habe ich noch nie gesehen.«

Ebenso wie Thamsen wussten die beiden Freunde natürlich, dass Haie beinahe jedes Gesicht in Risum-Lindholm geläufig war und musterten daher den Fremden eingehend.

»Weiß nicht«, beurteilte Marlene nach einer Weile, »aber der sieht mir irgendwie zu harmlos aus.«

»Wieso, wie sieht denn ein Brandstifter deiner Meinung nach aus?«

»Gute Frage, aber der ist es nicht. Muss ja außerdem nicht unbedingt ein Fremder sein. Könnte genauso gut jemand von hier sein.«

Damit hatte Marlene allerdings recht. Eigentlich war jeder aus dem Dorf verdächtig. Zumindest fast jeder, denn die Besitzer der niedergebrannten Häuser konnte man vermutlich ausschließen. Nur wem traute man solch abscheuliche Verbrechen zu?

2.

»Dirk, kannst du mal kommen?«

Lutz Jörgensen sah ihn mit einem eigenartigen Blick an, den Thamsen nicht deuten konnte. Nachdem die Männer mit dem Löschen des Feuers im Inneren der Schule begonnen hatten, war eine halbe Ewigkeit vergangen. Jedenfalls kam es ihm so vor.

Die Menschenmenge hatte sich inzwischen drastisch dezimiert, und als auch noch der Gruppenführer im Gebäude verschwand, wandten sich die letzten Schaulustigen ab und gingen nach Hause.

Bis auf Haie Ketelsen mit seinen Freunden sowie den Direktor der Schule waren nur noch seine Kollegen und die Feuerwehr vor Ort. Wie gerne wäre auch Thamsen endlich in sein kuscheliges Bett geklettert. Denn trotzdem die letzten Tage bereits sommerlich warm gewesen waren, die Nächte blieben nach wie vor empfindlich kalt. Hinzu kam sein völlig übermüdeter Zustand, der ihn zusätzlich mehr als frösteln ließ.

Er folgte Lutz Jörgensen zum Eingang. Bereits im Windfang, und obwohl das Licht ihrer Lampen recht schwach war, sah man das katastrophale Ausmaß des Feuers. Der gesamte Flur war kohlrabenschwarz, Löschwasser tropfte von der Decke und lief in wahren Bächen die Wände hinab.

Obwohl die Flammen vollständig gelöscht waren, hingen überall noch dicke Rauchschwaden in der Luft, die in seine Lunge drangen und einen beißenden Schmerz verursachten. Er hustete.

»Hier, nimm die Maske.«

Der Gruppenführer reichte ihm ein Atemschutzgerät und half ihm dabei, es anzulegen. Thamsen wunderte sich, warum sie nicht warten konnten, bis die Schule tatsächlich begehbar war, denn zusätzlich zu dem Rauch spürte er die im Gebäude gefangene Hitze des Feuers, als sie sich dem Brandherd näherten. Er begann zu schwitzen, wagte aber nicht, seine Fragen zu stellen. Lutz Jörgensens Miene wirkte wie versteinert. Am Ende des Gangs blieb er stehen und drehte sich zu ihm um.

»Is' kein schöner Anblick.« Der Gruppenführer wartete, bis er neben ihn trat und leuchtete dann mit der Lampe in den Raum.

Thamsen konnte zunächst nicht recht erkennen, auf was der Lichtkegel fiel und richtete daher seine Leuchte ebenfalls auf die Mitte des Raums.

Ihm stockte der Atem. So etwas hatte er in seiner Laufbahn als Polizist noch nicht gesehen.

Zwischen mehreren Brandrückständen lag zusammengekauert ein menschlicher Körper. Ohne Haare. Total ausgemergelt. Kohlrabenschwarz.

Er spürte, wie sein Magen plötzlich rebellierte und zog sich eilig die Maske vom Gesicht. Doch das verschlimmerte alles nur. Denn zum grausamen Anblick der Leiche kam nun auch noch der Geruch von verbranntem Fleisch. Thamsen würgte.

»T'schuldigung«, presste er eilig hervor und rannte zurück zum Eingang.

Seine Kollegen und der Direktor der Schule schauten ihm verdutzt hinterher, als er an ihnen vorbeipreschte. Er schaffte es gerade noch um die Ecke des Gebäudes, ehe er sich übergeben musste.

Als der Brechreiz nachließ, atmete er ein paar Mal tief ein und aus, ehe er zurückging. In dem überdachten Durchgang gab es eine kleine Trinkhalle. An der Wand waren mehrere Wasserhähne aus Messing über einem gemauerten Becken installiert. Er trank gierig einige Schlucke, spülte sich kräftig den Mund aus. Doch der säuerliche Geschmack blieb.

»Sagen Sie«, wandte er sich an den Direktor der Schule, »ist es möglich, dass sich jemand im Gebäude befand?« Der Leiter, Herr Mohn, zuckte mit den Schultern.

»Wie meinen Sie das?«

»Na, ja«, Thamsen hatte ja selbst keine Ahnung, warum sich jemand mitten in der Nacht in der Schule aufgehalten haben sollte.

»Vielleicht ist jemand eingeschlossen worden. Aus Versehen.«

Der ältere Mann schüttelte energisch den Kopf.

»Ausgeschlossen. Sämtliche Lehrkörper verfügen über einen eigenen Schlüssel.« Er räusperte sich. »Außerdem überprüft Herr Ketelsen jeden Abend noch einmal das Gebäude. Da kann niemand mehr drin gewesen sein. Auch nicht aus Versehen. Nicht war, Herr Ketelsen?«

Anscheinend fühlte der Schulleiter sich in seiner Ehre verletzt. Hier hatte schließlich alles seine Ordnung. Dafür sorgte er schon, und Haie bestätigte das nickend.

»Wie kommen Sie überhaupt darauf?«

Als Antwort auf diese Frage, fuhr der Wagen des örtlichen Bestatters auf den Schulhof.

Wer hat den denn gerufen, wunderte sich Thamsen und winkte gleich ab, als der Mann aus dem Wagen stieg und auf sie zukam.

»Das dauert hier noch. Erstmal muss die Spurensicherung ran, bevor die Leiche abtransportiert werden kann.«

»Leiche?«

Nicht nur der Direktor, auch Haie, Tom und Marlene schauten Thamsen fassungslos an.

3.

»Also, ich kann mir immer noch nicht erklären, wie da jemand in der Schule sein konnte.«

Haie saß in der Küche der Freunde und ließ sich von Marlene einen Tee eingießen.

Thamsen hatte die drei nach Hause geschickt.

»Sie können hier momentan eh' nichts ausrichten«, hatte er zu ihnen gesagt und versprochen, sich zu melden, sofern ihre Unterstützung benötigt wurde.

»Vielleicht ist jemandem schlecht geworden oder ist sogar umgekippt«, mutmaßte Tom. Irgendeine Erklärung musste es schließlich für die Leiche im Lehrerzimmer geben.

»Unmöglich. Ich hab' doch wie immer meinen Kontrollgang gemacht. Da war keiner mehr.«

»Und wenn noch einmal jemand zurückgekommen ist?«, warf Marlene ein.

Haie rührte in seinem Tee.

»Aber wer soll das denn gewesen sein? Herr Heinrich und Frau Sperber waren vorhin da. Die habe ich gesehen. Und Frau Moosbach ist auf Kur. Die kann es auch nicht gewesen sein.«

»Und was ist mit dem Referendar, von dem du erzählt hast?«

»Hm«, Haie fuhr sich durchs Haar. Holger Leuthäuser war ein netter junger Mann. Leider ein wenig chaotisch. Vielleicht hatte er etwas im Lehrerzimmer liegen lassen und war nach Haies Rundgang noch einmal zurückgekehrt, um es zu holen.

»Möglich.«

»Wie schrecklich.« Marlene schlang fröstelnd die Arme um ihren Körper. Sie hatte den angehenden Lehrer einige Male getroffen, als sie Haie von der Arbeit abgeholt hatte. Ein sehr sympathischer Mann. Und die Kinder liebten ihn. Mehrmals hatte sie beobachtet, wie eine Gruppe von Jungen und Mädchen um ihn herumgesprungen war, als sie auf dem Schulhof gewartet hatte. Die Vorstellung, Holger Leuthäuser könnte bei dem Feuer umgekommen sein, war entsetzlich.

»Meinst du, der Brandstifter hat gewusst, dass da jemand in der Schule war, als er das Feuer gelegt hat?«

Haie nickte. Laut der Feuerwehr war der Brand im Lehrerzimmer ausgebrochen. Und genau dort hatte man auch die Leiche entdeckt.

»Warum tut jemand überhaupt so etwas?«, fragte Marlene.

»Neid, Rache, Hass«, zählte Haie einige mögliche Gründe auf, zuckte aber gleichzeitig mit den Schultern. Er konnte nicht nachvollziehen, warum man durch die Gegend zog und anderer Leute Häuser anzündete.

»Nennt man das nicht Pyromanie?«, warf Tom nun ein. »Ich habe da mal einen Bericht im Fernsehen drüber gesehen. Ich glaube, das ist eine anerkannte Krankheit. Oft sind das wohl sogar Leute aus der Feuerwehr.«

Haie schüttelte seinen Kopf. Er konnte sich das

nicht vorstellen. Wie konnte man sich auf der einen Seite dazu berufen fühlen, Brände zu löschen und Menschen zu retten und auf der anderen Seite Häuser anzünden und ganz bewusst mit dem Leben anderer Leute spielen? »Echt krank«, kommentierte er die Erklärung des Freundes und blickte zur Uhr, die über der Eckbank an der Wand hing. Es war ein Erbstück von Toms Onkel. Ebenso wie das Haus.

Als Tom vor einigen Jahren in das Dorf gekommen war, um den Nachlass zu regeln, hatten sie sich kennengelernt. Gemeinsam hatten sie einige Ungereimtheiten aus der Vergangenheit seines Onkels sowie das Verschwinden eines kleinen Mädchens aufgeklärt. Seitdem waren die beiden befreundet.

»Ich glaub', ich muss mal los.« Er wollte duschen, bevor er später noch einmal zur Schule fuhr.

»Kommt ihr nachher mit?«

»Ja, klar«, bestätigte Tom, ohne zu zögern.

»Tut mir leid, aber ich muss dringend noch meine Präsentation für morgen vorbereiten.«

Marlene arbeitete am Nordfrisk Instituut, eine wissenschaftliche Einrichtung, die sich für den Erhalt, die Pflege sowie die Förderung der friesischen Sprache, Geschichte und Kultur einsetzte. Erst letzte Woche hatte sie die Genehmigung für die Ausrichtung einer Storm Gedenkfeier bekommen. Morgen um zehn Uhr sollte sie ihr Konzept vorstellen.

Haie, der sich ansonsten sehr für Marlenes Arbeit interessierte, fragte diesmal jedoch nicht nach. Zu viele Gedanken schwirrten ihm durch den Kopf. Wer hatte die Schule in Brand gesetzt? Warum? Und handelte es sich bei der Leiche tatsächlich um Holger Leuthäuser?

»Papa?«

Thamsen saß völlig in Gedanken versunken am gedeckten Frühstückstisch.

Nachdem die Spurensicherung ihre Arbeiten abgeschlossen hatte und die Leiche abtransportiert worden war, hatte auch er sich von der Brandwache verabschiedet und war nach Hause gefahren. Es war zu spät, oder besser gesagt zu früh gewesen, um sich noch einmal ins Bett zu legen. Er hätte sowieso nicht schlafen können. Das Bild des verkohlten Körpers hatte sich derart in sein Gedächtnis gefressen und tauchte ständig vor seinem inneren Auge auf.

»Da können wir nicht viel zu sagen. Das soll sich besser der Gerichtsmediziner ansehen«, hatte sein Kollege von der Spurensicherung gesagt, als er die Leiche gesehen hatte. Daher wussten sie immer noch nichts Genaueres über den oder die Tote und das würde sich auch in den nächsten Stunden nicht ändern. Trotzdem würde er später noch einmal zur Schule fahren müssen, um sich den Tatort bei Tageslicht anzusehen.

»Papa?«

Er hatte Anne nicht kommen hören und zuckte erschrocken zusammen. Die Kleine stand noch im Nachthemd in der Küchentür und rieb sich die Augen.

Er stand auf, nahm sie in den Arm und gab ihr einen Kuss. Sie duftete gut nach frischer Bettwäsche und er musste der Versuchung widerstehen, sich mit ihr in das noch warme Bett zu kuscheln.

»Guten Morgen, mein Engel.«

Anne wurde schnell munter. Sie setzte sich an den Tisch und verlangte sofort nach einem Nutellatoast. Genüsslich vertilgte sie ihr Frühstück, was sie allerdings nicht davon abhielt, nebenbei wie ein Wasserfall zu reden.

»Und heute bei unserem Ausflug will ich meinen neuen Rock anziehen«, bestimmte sie. »Den, wo Oma mir den Nis Puk drauf genäht hat.«

Sofort überkam Thamsen sein schlechtes Gewissen. Er hatte den Kindern versprochen, heute zusammen mit ihnen etwas zu unternehmen. In den letzten Wochen hatte er aufgrund der Brände und der entsprechenden Ermittlungen kaum Zeit für die beiden gehabt und bereits mehrere Male den Ausflug verschieben müssen. Und auch heute würde er sein Versprechen kaum einhalten können. Es war halt nicht einfach, als alleinerziehender Vater Familie, Job und Haushalt unter einen Hut zu bringen. Besonders in seinem Fall nicht.

Seit der Scheidung lebten die Kinder bei ihm. Er hatte auch das alleinige Sorgerecht zugesprochen bekommen, da seine Exfrau alkoholabhängig war. Zwar hatte sie einen Entzug gemacht und war mittlerweile trocken, trotzdem wollte er nicht, dass die Kinder zu viel Zeit mit ihr verbrachten.

»Ich rufe mal Oma an, und frage, ob ihr zum Mittagessen zu ihr kommen könnt.«

»Nicht schon wieder zu Oma und Opa.«

Timo, Annes großer Bruder, stand im Türrahmen und rollte mit den Augen. »Da ist es total langweilig. Außerdem ist Opa dann wieder genervt.«

Thamsen konnte sich als Elfjähriger gewiss auch etwas Spannenderes vorstellen, als bei Oma und Opa auf dem Sofa zu sitzen. Und mit der zweiten Feststellung hatte sein Sohn leider ebenfalls recht. Hans Thamsen sah es nun einmal nicht gern, wenn Dirk die Enkelkinder bei ihnen ablud. Generell hatten er und sein Vater ein eher schlechtes Verhältnis, wenn man überhaupt von einem Verhältnis sprechen konnte. Er hatte schon oft versucht herauszufinden, woran es eigentlich lag, dass er und sein Vater nicht miteinander auskamen. Bisher war es ihm jedoch nicht gelungen, den Grund dafür in Erfahrung zu bringen.

Trotzdem blieb ihm heute keine andere Wahl, als seine Eltern anzurufen und sie zu bitten, sich um die Kinder zu kümmern.

»Ich hole die beiden so schnell es geht wieder ab«, versprach er seiner Mutter, als er Timo und Anne an der Haustür ablieferte und sich anschließend eilig aus dem Staub machte. Auf die Vorwürfe seines Vaters konnte er heute gut verzichten.

Das Wetter zeigte sich an diesem Sonntag von seiner besten Seite. Nur ein paar kleine Kumuluswolken trieben träge am sonst strahlend blauen Himmel und Thamsen konnte sich weiß Gott etwas Schöneres vorstellen, als in einem Fall von Brandstiftung zu ermitteln.

Aber die Polizei stand enorm unter Druck. Vierzehn Brände und noch nicht einmal der Hauch einer Spur. Die Presse hatte über diesen Tatbestand bereits eingehend in ihren letzten Nachrichten berichtet. Das hatte seinem Chef natürlich gar nicht gefallen. Und auch letzte Nacht hatte er ihm mehr als deutlich gesagt, dass er schleunigst Ergebnisse erwartete. Aber was sollte Thamsen machen? Der Kerl hinterließ anscheinend noch nicht einmal einen Fußabdruck. Nichts. Gar nichts. Und wenn nicht einmal der Profiler etwas über die Persönlichkeit des Brandstifters, außer dass dieser wahrscheinlich männlich und zwischen 25-50 Jahre alt war, sagen konnte, woher sollte er wissen, was das für ein Typ war, der durch Nordfriesland geisterte und ein Haus nach dem anderen anzündete? Er seufzte. Mit etwas Glück hatte der Feuerteufel sich ja diesmal einen Fehler erlaubt. Der Brand der Schule passte irgendwie gar nicht zu der bisherigen Vorgehensweise. Und eine Leiche war sicherlich auch nicht geplant gewesen. Es musste etwas Unerwartetes vorgefallen sein und vielleicht hatte genau das den Täter unvorsichtig werden lassen.

Er bog von der Herrenkoogstraße auf den Schulhof ab und stoppte den Wagen. Ein Fahrzeug der Feuerwehr stand noch auf dem Gelände, von den Männern war allerdings nichts zu sehen. Thamsen stieg aus und ging zum Eingang der Schule.

»Ja, und da hinten im Lehrzimmer lag sie dann.«

Im Eingangsbereich stand einer der Feuerwehrmänner und zeigte einer Gruppe neugieriger Dorfbewohner, wo die Leiche entdeckt worden war.

»Weiß man denn schon, wer dat war?«

»Nein, weiß man nicht«, unterbrach Thamsen die private Führung. Es passte ihm gar nicht, dass hier Fremde am Tatort herumtrampelten. Und das brachte er durch einen scharfen Unterton in der Stimme mehr als deutlich zum Ausdruck.

Der blonde junge Mann, den man zur Brandwache bestellt hatte, lief puterrot an.

»Entschuldigen Sie bitte, aber die Herrschaften hatten gefragt«, rechtfertigte er seinen Vortrag und bat gleichzeitig die vier Männer und drei Frauen, den Eingangsbereich zu verlassen.

Natürlich beunruhigten die Brände die Dorfbevölkerung. Erst recht jetzt, da es eine Leiche gab. Das konnte er verstehen. Aber das allein war seiner Meinung nach nicht alles, was diese Menschen antrieb, möglichst dicht an einen Unglücksort heranzukommen. Mit eigenen Augen zu sehen, wo der verkohlte Körper gelegen hatte.

Schürte das ihre Phantasien? Ließ es ihnen Schauer über den Rücken fahren? Dabei konnten sie sich wahrscheinlich noch nicht einmal ansatzweise vorstellen, wie grausam der Anblick der verkohlten Leiche tatsächlich gewesen war. Und dann dieser Geruch. Thamsen jedenfalls hätte sich das gerne erspart.

»Wie ich sehe, scheint ihr hier aber sonst alles im Griff zu haben«, ließ Thamsen die Angelegenheit auf sich beruhen und fragte nach ersten Erkenntnissen.

»Viel Neues gibt es nicht«, bedauerte der junge Mann. »Die Untersuchungen laufen aber noch. Fest steht bisher nur, dass das Feuer im Lehrerzimmer gelegt wurde. Allerdings«, er machte eine kurze Pause, um dem nun Folgenden ein besonderes Gewicht zu verleihen, »ich glaube, hier war jemand anderes am Werk.«

Thamsen hob die Augenbraue. »Inwiefern?«

»Ich bin mir nicht sicher, aber bisher hat der Täter immer Ethanol als Brandbeschleuniger benutzt.«

»Und diesmal?«

»Benzin. Stinknormales Benzin.«

Dirk musterte den Feuerwehrmann. Er war jung. Sehr jung. Woher wollte er wissen, welcher Brandbeschleuniger verwendet worden war, wenn die Untersuchungen noch nicht abgeschlossen waren? Auf eine langjährige Erfahrung konnte er augenscheinlich wohl nicht zurückgreifen, oder?

»Ich kann das riechen. Grad letzten Monat war ich zur Fortbildung. Da haben wir genau diese Themen behandelt. Ethanol, also Spiritus, Benzin und andere Lösungsmittel.«

Thamsen massierte sich leicht die Stirn. Er wusste, sie mussten die kriminaltechnischen Ergebnisse abwarten, aber wenn sich bestätigte, was der junge Feuerwehrmann behauptete, war dieser Fall tatsächlich ganz anders gelagert.

Vermutlich hatten sie es dann mit einem Trittbrettfahrer zu tun, der den Brand auf das Konto des Feuerteufels verbuchen wollte, um etwas anderes zu vertuschen. Etwas, das wie ein Unfall erscheinen sollte und doch keiner war. Sondern schlichtweg ein Mord.

Haie lehnte sein neongelbes Mountainbike an die Hauswand und krempelte seine Jeans herunter. Den Rest des Weges würden sie sicherlich zu Fuß gehen. Haie war zwar ein leidenschaftlicher Radfahrer, aber Tom nicht. Er besaß noch nicht einmal ein Fahrrad.

Als Kind war Tom angeblich gern und viel Fahrrad gefahren, aber kaum als er alt genug war, um den Führerschein zu machen, war er bequem geworden.

Haie hingegen liebte sein Fahrrad. Die Bewegung an der frischen Luft, niemals die Sorge, einen Parkplatz zu finden und dann auch noch so umweltfreundlich und leise – was konnte es besseres geben? Er fuhr egal bei welchem Wetter überall mit dem Fahrrad hin. Und seiner Ansicht nach hätte es auch Tom nicht geschadet, die eine oder andere Strecke mit dem Rad zurückzulegen. Er saß viel am Schreibtisch. Da brauchte er einen Ausgleich. Bewegung war schließlich wichtig für die Gesundheit. Immerhin konnte Haie ihn meistens dazu überreden, wenigstens ab und zu das Auto stehen zu lassen und zu Fuß zu gehen.

»Bin wieder da«, kündigte er seine Rückkehr im Flur an.

»Komme gleich«, antwortete Tom aus dem Bad.

Haie ging in die Küche und als er Marlene dort nicht vorfand, weiter in ihr Büro, das sich gleich als nächster Raum anschloss.

Die Freundin saß an ihrem Schreibtisch und starrte auf den Bildschirm ihres Laptops.

»Und, kommst du voran?«

Sie zuckte mit den Schultern.

»Bin mir nicht sicher, wie ich das aufziehen soll. So ein Gedenktag, das soll ja etwas Besonderes sein.«

»Willst du die Feier denn im Schloss ausrichten?«

»Keine Ahnung. Eigentlich hatte ich mal an etwas anderes gedacht.«

»Du machst das schon.«

Haie trat neben sie. Auf dem Bildschirm befand sich bisher jedoch nur die leere Folie einer Power-Point-Präsentation. Er war sich allerdings sicher, dass Marlene auf jeden Fall bis morgen etwas einfallen würde.

»Ach, hier steckst du. Wollen wir los?«

Sie gingen die Dorfstraße entlang und bogen nach wenigen hundert Metern in den Schulweg ab.

»Ich hab' mal bei dem Holger angerufen. Aber da nimmt keiner ab.« Haie hatte sich nicht bremsen können.

»Das muss ja nichts heißen.« Der angehende Lehrer könne ja auch übers Wochenende weggefahren sein, begründete Tom Haies erfolglosen Telefonanruf.

»Ich sag's Thamsen trotzdem. Meinst du, er ist noch da?«

Tom blickte auf seine Armbanduhr. Mittlerweile war es beinahe Mittag.

»Kennst ihn doch. Solange ein Fall nicht abgeschlossen ist, macht der 24 Stunden durch. Frage mich immer, wie er das durchhält.«

Haie nickte. Der Kommissar war wirklich ein Phänomen. Wenn es darum ging, ein Verbrechen aufzuklären, war er wirklich unermüdlich. Haie sah allerdings auch die Kehrseite der Medaille.

»Aber die Familie kommt dadurch sicherlich zu kurz bei ihm.«

Sie hatten die kleine Brücke über den schmalen Wassergraben erreicht und konnten nun bei Tageslicht das Ausmaß des Brandes sehen.

»Das wird dauern, bis wir das wieder in Ordnung gebracht haben«, kommentierte Haie den Schaden und sah bereits eine Menge Arbeit auf sich zukommen. Der Dachstuhl des Seitenflügels war teilweise eingestürzt, sämtliche Fenster durch die Hitze des Feuers geborsten, und wie es im Inneren aussah, mochte er sich gar nicht vorstellen.

Sie hatten gerade das Freibad erreicht, als plötzlich Dirk Thamsen aus dem Durchgang zum Schulhof trat.

»Hallo, Herr Thamsen«, rief Haie und winkte, um auf sich aufmerksam zu machen. Der Kommissar blieb stehen und wartete, bis die beiden ihn erreicht hatten.

»Herr Ketelsen, Herr Meissner.«

»Gibt's schon was Neues?«, wollte Haie sofort wissen, doch Thamsen schüttelte den Kopf. Die Vermutung des jungen Feuerwehrmannes behielt er besser für sich, solange die Ergebnisse nicht vorlagen. »Ich wollte allerdings gerade zu Frau Stein. Möchten Sie vielleicht mitkommen?«

Die beiden Freunde folgten selbstverständlich gerne

der Einladung des Kommissars und gingen mit ihm hinüber zum Kindergarten, neben dem sich eine kleine Wohneinheit befand.

Thamsen hatte noch nicht den Klingelknopf gedrückt, als bereits lautes Gebell ertönte. Tom trat einen Schritt zurück.

»Friedel aus«, wurde der Hund zurecht gewiesen, ehe sich die Tür öffnete.

Frau Stein trug eine rote Kochschürze mit der Aufschrift Pizza & Pasta und dem Bild eines lachenden Pizzabäckers. Aus der Küche roch es köstlich nach frischen Kräutern und Gewürzen.

»Frau Stein? Kommissar Dirk Thamsen«, stellte er sich vor. Die hochgewachsene Frau musterte ihn kurz, ehe sie fragend auf Tom und Haie blickte.

Dirk Thamsen ging allerdings auf die Anwesenheit der beiden gar nicht ein, sondern kam gleich zur Sache.

»Herr Jörgensen hat mir erzählt, dass Sie den Brand gemeldet haben. Ist Ihnen sonst noch etwas aufgefallen?«

»Sonst noch?« Sintje Stein verstand nicht sofort. Die Aufregung der letzten Nacht hatte sie durcheinander gebracht.

»Vielleicht auffällige Personen. Fremde, die sich hier herumgetrieben haben. Gestern oder bereits früher«, half Thamsen daher nach.

Sie überlegte kurz, ehe sie verneinte.

»Und ist gestern noch mal jemand zurückgekommen? Der Holger geht nämlich nicht ans Telefon«, mischte sich nun Haie ein.

Thamsen reagierte mit einem leicht verärgerten Blick zur Seite, ließ die Sache jedoch auf sich beruhen.

»Nee, hier war gestern niemand mehr. Jedenfalls habe ich nichts gehört. Der Hund hat zwar ein paar Mal angeschlagen, aber ich kann ja nicht bei jedem Laut, den er von sich gibt, hinausrennen«, entschuldigte sie sich, keinerlei brauchbare Informationen für die Polizei zu haben.

»Aber meinst du tatsächlich, das war der Holger, den Sie da gefunden haben? Ich meine, was soll der denn gewollt haben?«, fragte sie gleich darauf, aufgrund Haies Bemerkung neugierig nach.

»Momentan können wir noch nicht einmal genau sagen, ob es sich bei dem Opfer um einen Mann oder eine Frau handelt«, beendete Thamsen die Spekulationen. »Da müssen wir nun erst einmal die Ergebnisse aus der Gerichtsmedizin abwarten.«

»So schlimm?«, fragte Haie zögernd.

»Schlimmer.«

»Dann wird es wohl eine Weile dauern, bis man weiß, wer dort in den Flammen umgekommen ist«, vermutete Tom.

Thamsen nickte. Das Bild der verkohlten Leiche blitzte für einen kurzen Moment in seinen Erinnerungen auf. Der Körper war derart entstellt gewesen. Unmöglich, ohne fachmännische Hilfe festzustellen, wer in der Schule ums Leben gekommen war. Rein theoretisch hätte das jeder sein können. Sogar der Brandstifter selbst.

4.

»Wo ist sie? Ich will sie sehen!«

Dirk Thamsen runzelte die Stirn und erhob sich von seinem Schreibtisch.

Wer schreit denn hier so durch den Flur, wunderte er sich. Und streckte seinen Kopf zur Tür hinaus.

Am Ende des Gangs stand ein korpulenter älterer Mann mit hochrotem Kopf.

»Sind Sie hier verantwortlich?«, rief er, als er den Kommissar sah.

»Kommt drauf an«, antwortete Dirk Thamsen. »Kommen Sie doch einfach ein wenig näher, dann brauchen Sie auch nicht so zu schreien, während wir uns unterhalten.«

Der Mann folgte sofort seiner Aufforderung und stapfte mit energischen Schritten auf ihn zu.

»Meine Tochter ist seit zwei Nächten nicht nach Hause gekommen.« Seine Lautstärke hatte sich zwar etwas gelegt, aber in die Stimme hatte sich nun ein vorwurfsvoller Unterton gemischt, so als mache er Thamsen für diese Tatsache persönlich verantwortlich.

»Kommen Sie«, forderte Thamsen den Mann auf. »Mein Kollege nimmt eine Vermisstenanzeige auf.«

Er eilte in den Nebenraum, der ältere Herr folgte ihm.

»Gunther, kannst du mal eben eine Anzeige wegen einer vermissten Frau aufnehmen? Ist dringend.«

Sein Kollege verstand sofort, denn eigentlich gehörte es nicht zu seinem Tätigkeitsbereich, Vermisstenmeldungen aufzunehmen. Aber Thamsen benötigte Zeit. Und zwar allein.

»Ja, dann nehmen Sie mal Platz«, bat der Polizist daher den Mann und nickte Thamsen leicht zu.

Auf seinem Schreibtisch lag der Bericht. Er wollte ihn erst lesen, bevor er weitere Schritte wegen der vermissten Frau einleitete. Die Dauer ihres Verschwindens passte zwar zu dem Brand, aber noch wusste er nicht, ob die gefundene Leiche männlich oder weiblich war. Das stand alles in dem Bericht aus Kiel, den sein Kollege ihm gerade vor wenigen Minuten auf den Schreibtisch gelegt hatte.

Er überflog die ersten Seiten, bis er schließlich auf die Obduktionsergebnisse stieß. Mit zitterndem Zeigefinger unterstrich er beim Lesen die Sätze, um die Zeile nicht zu verlieren.

Den Untersuchungen des Gerichtsmediziners zufolge handelte es sich bei der Leiche um eine junge Frau, circa 20 bis 25 Jahre alt.

Das passt, dachte Thamsen und las weiter. In der Lunge des Opfers befanden sich keinerlei Russpartikel. Sie hatte also nicht mehr geatmet, als das Feuer ausbrach und war daher nicht, wie sie bisher vermutet hatten, durch die Flammen ums Leben gekommen, sondern bereits tot gewesen, als ihr Körper verbrannte.

Eigentlich unterschied sich dieser Montagmorgen für Haie nicht wirklich von einem anderen. Er stand früh auf, frühstückte, holte sein Fahrrad aus dem Schuppen und radelte zur Schule.

Der Direktor hatte am gestrigen Abend angerufen und eine Besprechung für den heutigen Vormittag angekündigt. Man müsse schließlich klären, wie es weitergehen solle nach dem Brand.

Als er in den Schulweg einbog, musste er kräftig in die Pedale treten. Der Wind kam nun von vorne und wie so oft in Nordfriesland blies er kräftig. Doch das störte ihn nicht. Haie war bereits seit etlichen Jahren als Hausmeister an der Grundschule tätig und hatte diesen Weg schon hunderte Male zurückgelegt.

Seit 1938 wurde an der Herrenkoogstraße unterrichtet. Bis 1967 befand sich gleichfalls die Hauptschule des Dorfes in dem Gebäude, die allerdings nach dem Neubau der Lindholmer Schule dort hinverlegt wurde. Die Grundschule hatte man jedoch aufgrund der räumlichen Entfernung nach Lindholm im Koog belassen. Haie war selbst als Junge dort zum Unterricht gegangen, daher verband ihn weitaus mehr als nur sein Arbeitsplatz mit der Schule.

Er schloss sein Fahrrad am Fahrradständer hinter dem Gebäude an und ging hinüber zur Turnhalle. Dies war der beinahe einzige Raum, neben den Toiletten und dem angebauten Raum des Sportvereins SV Frisias 03, der vom Feuer und dessen Folgen weitgehend verschont geblieben war.

Der Direktor und Herr Heinrich hatten bereits einige Bänke in der Turnhalle zusammengestellt.

»Moin«, grüßte Haie und erkundigte sich sofort, ob der Schulleiter auch die anderen Angestellten hatte erreichen können. Herr Mohn nickte.

»Auch Holger Leuthäuser?«, hakte Haie nach.

»Herr Leuthäuser ist zur Fortbildung in Kiel. Soweit ich weiß, ist er bereits am Samstag gefahren, weil er dort Freunde besuchen wollte.«

»Dann weiß er noch gar nichts vom Brand?«

»Wahrscheinlich nicht«, mutmaßte der Schulleiter. »Aber die Medien werden sicherlich schon heute darüber berichten.«

Haie fand diesen Umstand nicht gerade taktvoll. Was musste es für ein Gefühl sein, wenn man in der Zeitung las, dass der eigene Arbeitsplatz abgebrannt war?

»Er hat doch bestimmt ein Handy«, versuchte er daher noch einmal auf eine mögliche persönliche Kontaktaufnahme mit dem Referendar hinzuweisen, aber Herr Mohn ging darauf gar nicht ein. Er hatte wichtigere Fragen zu klären. Zum Beispiel, wie es mit dem Unterricht und der Unterbringung der Schüler weitergehen sollte.

Mittlerweile waren auch die restlichen Mitarbeiter eingetroffen und der Direktor eröffnete die Versammlung.

»Zum Glück ist die Schule gut versichert. Der Schaden ist also finanziell abgedeckt«, nahm er zunächst den Anwesenden die Sorge, die Grundschule könne aufgrund mangelnder Geldmittel nicht wieder aufgebaut werden.

»Aber wir brauchen eine Übergangslösung«, fuhr er fort und bat um Vorschläge.

»Können wir die Kinder nicht erstmal in Lindholm unterbringen? Die Kollegen dort helfen doch bestimmt gerne aus«, regte Frau Sperber an.

»Gewiss«, stimmte Herr Mohn zu. Gab aber zu bedenken, die Kinder könnten eventuell nicht wieder nach Risum zurückkehren wollen.

»Die Instandsetzung kann dauern. Wenn die Schüler sich erst einmal woanders eingewöhnt haben, wollen sie vielleicht dort bleiben.«

Haie beurteilte das Argument des Direktors als durchaus schlüssig. Selbst wenn es nur einzelne Kinder waren, die an der Lindholmer Schule bleiben wollten, würde das wahrscheinlich eine Art Schneeballsystem auslösen.

Wenn Ann-Kristin in der Schule bleibt, will ich das auch, hörte er jetzt schon die Quengeleien der Kinder, denen die Eltern schließlich nachgeben würden.

»Und wenn wir so eine Art Notfall-Klassenzimmer einrichten?«, schlug er daher vor.

Der Sportunterricht könne zu dieser Jahreszeit auch draußen stattfinden, dann stand die Turnhalle als Unterrichtsraum zur Verfügung. Zusätzlich könne man einen Container aufstellen.

»Wir sollen hier neben der abgebrannten Schule unterrichten? Das ist doch viel zu gefährlich«, bemerkte Herr Heinrich, und auch Frau Sperber war gegen Haies Vorschlag.

»Also ich unterrichte hier nicht, ehe alles wieder in

Ordnung gebracht worden ist. Das ist unzumutbar. Außerdem gruselt es einen ohnehin schon, wenn man an die Leiche im Lehrerzimmer denkt.«

»Na, die hat man nun ja schon weggebracht«, versuchte der Direktor, dem Haies Idee sehr gut gefiel, die Bedenken der Lehrerin zu zerstreuen.

»Weggebracht«, wiederholte Frau Sperber. »Wie sich das anhört. Weiß man eigentlich schon, wer es war?«

»Und, wie war deine Besprechung?«

Tom umarmte Marlene zur Begrüßung. Sie stand im Schlafzimmer und packte ein paar Kleidungsstücke in eine Reisetasche.

»Ja, ganz gut und bei dir?«

»Na, das hört sich aber nicht so überzeugend an. Was ist los?« Er fasste sie an beiden Armen, nahm ein wenig Abstand zu ihr und blickte sie an.

»Ach, das ist manchmal so verstaubt im Verein«, klagte sie. Den Mitgliedern des Gedenktagkomitees hatten ihre Vorschläge nicht gefallen.

»Die wollen die Feierlichkeiten natürlich wieder im Schloss ausrichten. Dabei hatte ich gedacht, man könne auch mal etwas Neues ausprobieren.«

»Was hast du dir denn vorgestellt?«

»Ich hatte an eine Veranstaltung im Hauke-Haien-Koog gedacht.«

Schließlich sei der Schimmelreiter eines der bedeutendsten Werke Storms, begründete sie, und der Umstand, dass ein Koog nach einer Erzählfigur benannt sei, einmalig.

»Ich habe gedacht, da könne man eine Brücke schlagen zwischen Fiktion und Wirklichkeit.« Tom nickte. Er fand Marlenes Idee gut, vermutete allerdings, sie hatte den Mitgliedern ihr Konzept nicht besonders gut verkauft.

»Was haben sie denn genau gesagt?«, fragte er daher nach der Reaktion des Komitees.

»Ach, ich soll erstmal die Hochzeit hinter mich bringen und dann die Planungen noch einmal überarbeiten.«

»Na, siehst du. Sie haben dein Projekt also nicht abgelehnt.«

»Aber darauf wird es hinauslaufen.«

»Nicht, wenn du das Konzept zusammen mit einem gefeierten Starberater aufstellst.« Er zog sie wieder näher an sich heran. »Falls du dir einen leisten kannst«, flüsterte er in ihr Ohr und begann sanft ihren Hals mit seinen Lippen zu liebkosen.

»Du kannst auch in Naturalien zahlen.«

»Gehört das nicht zukünftig zu deinen ehelichen Pflichten?«, scherzte sie. »Apropos eheliche Pflichten. Meine Mutter erwartet uns gegen sieben Uhr zum Abendessen. Wir sollten uns beeilen.«

Gesine Liebig – Toms angehende Schwiegermutter – hatte die Organisation der Hochzeitsfeier übernommen. Anfänglich war es Marlene überhaupt nicht recht gewesen. Denn während ihrer Mutter eine standesgemäße Hochzeit mit viel Prunk und Pomp in Hamburg vorschwebte, hatte Marlene sich lieber eine Trauung in der kleinen Dorfkirche Risum-Lindholms gewünscht.

Es hatte lange gedauert, bis Mutter und Tochter auf einen Nenner gekommen waren, doch momentan war Marlene froh, dass sie sich nicht selbst um alle Details der Feier kümmern musste. Morgen nun wollte ihre Mutter noch die letzten Einzelheiten mit ihnen zusammen abstimmen, und außerdem stand die Anprobe von Marlenes Brautkleid auf dem Plan. Daher fuhren sie heute, knapp zwei Wochen vor der Hochzeit, noch einmal nach Hamburg.

»Hast du Haie noch einmal Bescheid gegeben?«, fragte Tom und gab Marlene aus seiner Umarmung frei. Die Erinnerung an das gemeinsame Abendessen hatte seine Lust auf Zärtlichkeiten vertrieben. Nicht, dass er seine zukünftige Familie nicht mochte. Es war nur immer etwas sehr förmlich im Hause der Liebigs – geradezu steif, wie der Hamburger wohl zu sagen pflegte. Und das schwierige Verhältnis zwischen Tochter und Mutter, die nach dem Tod von Marlenes Vater erneut geheiratet hatte, war nicht gerade die beste Voraussetzung für einen entspannten Abend.

»Haie war nicht zuhause. Habe eine Nachricht auf seinem Anrufbeantworter hinterlassen. Möchte nur mal wissen, wo der sich wohl rumtreibt.«

Dirk Thamsen hatte gleich, nachdem er den Bericht gelesen hatte, eine Besprechung der SOKO einberufen.

»Also, ich gehe davon aus, dass wir es in dem Fall der Schule mit einem Trittbrettfahrer zu tun haben«, leitete er die neuesten Ergebnisse ein. »Hier wollte sich einer der Leiche entledigen und nutzt die Brandserie, um von sich abzulenken.«

»Hältst du deine Schlussfolgerung nicht für verfrüht?«, warf sogleich ein Kollege von der Kripo ein. »Was, wenn die Frau den Brandstifter überrascht hat und er sie umgebracht hat? Was sagt denn der Bericht zur Todesursache?«

Das ist ja wieder klar, dachte Thamsen. Den Herren aus Husum passt es nicht, dass ich als Erster den Bericht bekommen habe.

Früher hatte er meist mit der Bezirkskriminalinspektion in Flensburg zusammengearbeitet, aber seitdem man die Bereiche neu aufgeteilt hatte, war Husum für die Außenstelle in Niebüll zuständig. Das Verhalten der Beamten ähnelte jedoch sehr dem der Flensburger Kollegen.

»Äußere Gewalteinwirkung mit einem stumpfen Gegenstand«, las Thamsen den Abschnitt im Bericht vor.

»Siehst du«, begründete der andere Kommissar seine Bedenken. »Die Frau kann den Brandstifter auch genauso gut überrascht haben und dann – Peng«, bei diesem Wort hob er seine Stimme und schlug mit der flachen Hand auf den Tisch, »hat er ihr eins rübergezogen. Haben wir irgendetwas am Tatort gefunden?«

Thamsen schüttelte den Kopf. »Wenn die Schule denn überhaupt der Tatort war. Was ist zum Beispiel mit dem anderen Brandbeschleuniger?«, hielt er an seiner These fest.

»Na, vielleicht hatte er keinen Spiritus mehr und hat dann einfach den Ersatzkanister aus seinem Auto genommen.«

»Quatsch«, entfuhr es Thamsen und erntete sofort einen tadelnden Blick seines Vorgesetzten. Rudolf Lange missfiel die überhebliche Art der Kripobeamten zwar auch, trotzdem mussten sie gerade jetzt Hand in Hand arbeiten.

»Herr Lützen«, sprach er daher den Psychologen an, »wie beurteilen Sie die veränderte Vorgehensweise. Ist das typisch für einen Pyromanen?«

Der schmale Mann rückte seine Brille zurecht und schob dann einige Blätter, die vor ihm auf dem Tisch lagen, hin und her.

»Nun ja«, begann er bedächtig zu antworten, als plötzlich die Tür aufgerissen wurde und Gunther Sönksen, Thamsens Kollege, hineinstürmte.

»Dirk«, rief er ohne sich für die Störung zu entschuldigen, in den Raum, »ein Notfall. Deine Mutter hat angerufen. Dein Vater ist umgekippt. Du sollst sofort ins Krankenhaus kommen.«

5.

Tom drehte sich noch schlaftrunken zur Seite und tastete nach Marlene. Doch seine Hand fasste immer wieder ins Leere.

Das war typisch für ihre Besuche bei den Schwiegereltern. Marlene war jedes Mal, sobald sie das Haus der Liebigs betraten, sehr angespannt. Manchmal fragte er sich, ob das tatsächlich nur an dem schlechten Verhältnis zu ihrer Mutter lag. Oder ob es tief in Marlenes Inneren noch einen anderen Grund für ihre Unruhe gab.

Heute allerdings wusste er, dass es eine andere Erklärung für Marlenes frühe Bettflucht gab. Sie hatte einen Termin beim Schneider zur Anprobe des Brautkleides und sie war bereits seit Tagen aufgeregt. In den letzten Wochen hatte sie streng Diät gehalten. Nicht auszudenken, wenn sie kurz vor der Hochzeit noch ein, zwei Pfund zulegen würde und das Kleid dann nicht mehr passte.

Doch diese Gefahr bestand in Toms Augen nicht. Als er sie aus dem Bad tapsen sah, wusste er, sie würde die schönste Braut Hamburgs sein, die es jemals gegeben hatte.

»Guten Morgen, meine Hübsche«, begrüßte er sie und versuchte, als sie sich für einen Kuss zu ihm hinunterbeugte, sie wieder ins Bett zu ziehen.

»Nicht, ich bin bereits spät dran«, wehrte sie ihn ab. Tom ließ sich leicht stöhnend zurück in die Kissen sinken. Hochzeitsvorbereitungen waren ganz schön anstrengend. Sie hatten heute einen vollen Terminkalender.

»Wir treffen uns dann nachher an der Kirche in Nienstedten. Anschließend müssen wir noch ins Jenisch Haus«, erinnerte sie ihn und verschwand gleich darauf aus dem Zimmer.

Er verschränkte seine Arme hinter dem Kopf und starrte einen Moment an die Decke. Ein wenig romantischer hatte er sich ihren letzten Besuch vor der Hochzeit in Hamburg schon vorgestellt. Doch Marlene hatte darauf bestanden, noch am Abend wieder zurückzufahren. Eigentlich passte ihm das ganz gut. Er hatte einen neuen Beratungsauftrag angenommen und jede Menge zu tun. Aber wenn er geahnt hätte, dass ihnen nicht einmal die Zeit für einen Sparziergang an der Elbe blieb, wäre er lieber einen Tag länger geblieben. Er liebte es, mit Marlene eng umschlungen am Elbufer zu schlendern und dabei die Schiffe zu beobachten, die aus aller Herren Länder den Fluss auf- und abwärts fuhren.

Aber dafür würde es heute keine Gelegenheit geben. Schade, dachte er und schwang sich aus dem Bett.

Auf seinem Handy war ein verpasster Anruf registriert. Er ließ sich die Nummer anzeigen und sah, dass Haie gestern Abend versucht hatte, ihn zu erreichen. Er schluckte. Hoffentlich war nichts passiert. Tom hatte das Telefon während des Abendessens ausgeschaltet und anschließend vergessen, es wieder zu aktivieren.

Er drückte eilig die Rückruftaste.

»Ketelsen«, nahm Haie am anderen Ende der Leitung das Gespräch bereits nach dem zweiten Klingeln entgegen.

»Hallo«, begrüßte Tom ihn. »Du hattest angerufen?«

»Nichts Schlimmes«, beruhigte Haie sofort den Freund, weil er bereits anhand der wenigen Worte hören konnte, wie sehr sich dieser sorgte.

»Ich wollte nur wissen, ob ihr gut angekommen seid.«

Sie kannten sich zu gut, als dass Tom ihm das abkaufte. »Und sonst, irgendetwas Neues im Dorf?«

»Ich kann den Holger Leuthäuser immer noch nicht erreichen.«

Haie hatte sich nach der Besprechung in der Schule die Handynummer des Referendars von Frau Sperber geben lassen. Doch auch mobil war der angehende Lehrer nicht erreichbar.

»Hm«, kommentierte Tom und überlegte, ob der junge Mann eventuell doch als mögliches Brandopfer in Betracht kam. Doch da platzte Haie bereits mit der nächsten Neuigkeit heraus.

»Außerdem habe ich gehört, dass die Tochter von Fritz Martensen seit zwei Tagen verschwunden ist.«

»Woher weißt du das denn?«

Haies Nachbar hatte ihm von dem Verschwinden der jungen Frau erzählt. Der wiederum hatte davon bei seinem Einkauf im SPAR-Markt erfahren.

»Wenn die Leiche man nicht Katrin Martensen ist«, mutmaßte Haie.

»Aber was soll die denn in der Schule gewollt haben? Oder unterrichtet die auch bei euch?«

Tom kannte Fritz Martensen lediglich vom Sehen. Wer wusste nicht, wer der bullige Bauer aus dem Herrenkoog war? Schließlich gehörte er zu den reichsten Leuten im Dorf, besaß viele Hektar Land und jede Menge Vieh. Aber ansonsten war ihm über die Familie des Landwirts nicht sonderlich viel bekannt.

Anders verhielt es sich natürlich bei Haie.

»Nee, aber irgendwie sagt mir mein Gefühl, die Leiche und das Verschwinden von Katrin hängen irgendwie zusammen. Passt ja auch zeitlich.«

»Und was ist dann mit Holger Leuthäuser?«, versuchte Tom den Freund daran zu erinnern, dass es auch noch andere mögliche Opfer gab.

»Der scheint doch auch wie vom Erdboden verschluckt zu sein, oder?«

Thamsens Schuhe schmatzten leise bei jedem seiner Schritte über den Linoleumfußboden. Der Zustand seines Vaters war unverändert. Seit gestern lag er auf der Intensivstation. Diagnose – Schlaganfall.

Die Ärzte wollten sich noch nicht so recht äußern, aber alles deutete auf mögliche Folgeschäden hin. Wenn Hans Thamsen überhaupt wieder aus dem Koma erwachte. Seine Mutter war außer sich vor Sorge. Sie wich nicht von der Seite seines Vaters und hatte die Nacht im Krankenhaus verbracht.

»Ich kann ihn doch jetzt nicht alleine lassen«, hatte sie entsetzt auf seine Frage geantwortet, ob er sie nach Hause bringen solle.

Er stellte die kleine Reisetasche in der Durchgangsschleuse zum Krankenzimmer ab und streifte sich einen Kittel und eine Haube über. Dann rieb er seine Hände mit Desinfektionsmittel ein und öffnete die Tür.

Seine Mutter saß zusammengesunken neben dem Krankenbett. Sie war blass, und Dirk konnte an ihren geröteten Augen erkennen, dass sie geweint haben musste. Als sie ihn bemerkte, schüttelte sie leicht den Kopf und ihm war sofort klar, am Zustand seines Vaters hatte sich nach wie vor nichts geändert.

Hans Thamsen lag bleich und bewegungslos in einem Krankenbett, ringsherum piepsende und blinkende Geräte, von denen Kabel und Schläuche zum Körper hinführten.

Dirk fragte sich, ob sein Vater überhaupt noch lebte oder ob er einzig und allein von den Apparaturen am Leben gehalten wurde. Doch er zwang sich sofort, diesen abscheulichen Gedanken zu verwerfen. Er musste seiner Mutter jetzt beistehen. Noch konnten die Ärzte nichts mit Sicherheit sagen, außer dass es zu einem plötzlichen Verschluss eines Blutgefäßes im Gehirn gekommen war und dadurch das Gewebe zuwenig Sauerstoff erhalten hatte.

»Komm, wir gehen einen Kaffee trinken«, flüsterte er seiner Mutter zu, die wider Erwarten zustimmte. Mühsam erhob sie sich von dem Stuhl, streichelte müde die Hand ihres Mannes und folgte Dirk zur Tür.

Ihm fiel auf, wie alt seine Mutter geworden war. Im normalen Tagesgeschehen hatte er das gar nicht so recht wahrgenommen, aber als er sanft seinen Arm um sie legte, spürte er ihre Knochen unter der dünnen Haut.

»Haben die Ärzte noch etwas gesagt?«, fragte er, als sie in der Cafeteria Platz genommen und er ihr einen Kaffee gebracht hatte.

»Nein, noch können sie nichts sagen. Wir müssen abwarten«, sagte sie und rührte kraftlos in ihrer Tasse.

Er griff über den Tisch hinweg nach ihrer Hand.

»Das wird schon wieder«, versuchte er sie aufzubauen.

»Ich weiß nicht«, murmelte sie. »Dein Vater ist nicht so stark, wie er immer vorgibt. Vielleicht war das in letzter Zeit doch alles ein wenig zu viel für ihn.«

Thamsen ahnte, was seine Mutter damit meinte und augenblicklich meldete sich sein schlechtes Gewissen.

Als Dirk die Kinder am Sonntag bei seinen Eltern abgeholt hatte, war es zwischen ihm und seinem Vater mal wieder zu einem Streit gekommen.

Hans Thamsen war der Meinung, Dirk lud die Enkelkinder zu oft bei ihnen ab und entledigte sich damit seiner väterlichen Pflichten.

»Meine Pflichten sind vor allem, Geld zu verdienen, um den Kindern ein Dach über dem Kopf und etwas zu essen geben zu können«, hatte Dirk gekontert, doch mit dieser Aussage seinen Vater wenig beeindrucken können.

Wenn er Job und Familie nicht unter einen Hut bringen könne, dann müsse er sich halt eine andere Arbeit suchen, hatte Hans Thamsen stattdessen argumentiert und letztendlich den Nagel eigentlich direkt auf den Kopf getroffen.

Dirk wusste nur zu gut, dass er seine Kinder mehr als vernachlässigte. Aber was sollte er machen? Geregelte Arbeitszeiten gab es in seinem Job nun einmal nicht. Verbrecher hielten sich nicht an irgendwelche Dienstzeiten.

Und seinen Beruf aufgeben? Er wusste nicht, ob Timo und Anne mit einem Vater, der nur ihnen zuliebe den Job, zu dem er sich berufen fühlte, aufgab und anstelle dessen irgendeine Bürostelle mit festen Arbeitszeiten annahm, glücklicher waren.

Sein Vater sah das jedoch ganz anders. Dirks oberste Priorität musste es sein, sie, die Großeltern, nicht mit der ständigen Anwesenheit der Enkel zu belästigen. Und das hatte er ihm auch deutlich gesagt.

Hätte Dirk allerdings gewusst, dass er an diesem Tag das letzte Mal die Gelegenheit hatte, sich mit seinem Vater zu unterhalten, er hätte nicht die Tür im Streit hinter sich zugeworfen und ihn einfach stehen lassen.

Haie fuhr mit dem Fahrrad die Dorfstraße entlang. Mittags sollte es in der Gastwirtschaft eine Versammlung geben, hatte sein Nachbar ihm erzählt. Einige Leute organisierten eine private Patrouille, die regelmäßig Ausschau nach dem Brandstifter halten sollte.

Auch Haie wollte sich daran beteiligen und hatte sich daher auf den Weg zur Gaststätte gemacht, die sich an der Dorfstraße etwas zurückgelegen auf einem kleinen Hügel befand.

Er lehnte sein Fahrrad an den Zaun und betrat die Gaststube, in der sich schon etliche Leute versammelt hatten.

An einem der hinteren Tische saß Elke, seine Exfrau und winkte ihm zu. Er schlängelte sich durch das Gedränge und nahm neben ihr Platz.

»Schön, dass du auch dabei bist«, begrüßte sie ihn. Seit der Scheidung bewohnte sie das ehemals gemeinsame Haus. Haie hatte es ihr bei der Scheidung überlassen. Trotzdem sorgte er sich natürlich ein wenig um sein einstiges Zuhause. Nicht so sehr wegen Elke – obwohl sie sich mittlerweile wieder gut verstanden. Für ihn war jedoch ihre gemeinsame Zeit ein für allemal vorbei. Aber in das Haus hatte Haie damals eine Menge Arbeit investiert und er hing deswegen sehr an dem alten Gebäude.

»Das mit der Schule ist furchtbar. Wie geht es dir?«

Sie legte ihre Hand auf seinen Arm. Haie rückte ein Stück zur Seite. Ihre Berührung war ihm unangenehm und außerdem fürchtete er, sie mache sich wieder Hoffnungen. Sicherlich hatte sie mitbekommen, dass es zwischen Ursel und ihm aus war. Er war einfach noch nicht bereit gewesen für eine neue Partnerschaft. Zu Elke wollte er jedoch nicht zurück. Zu viel war zwischen ihnen vorgefallen. Das Vertrauen zerstört. Er hatte einen Schlussstrich unter das Kapitel gezogen. Das galt allerdings nicht für seine Exfrau.

Noch ehe er auf ihre Frage antworten konnte, trat der Bürgermeister vor die versammelten Dorfbewohner. Der allgemeine Lärmpegel in der Gaststube sank.

»Wie ihr alle wisst, haben wir vor, eine Brandwache zu organisieren«, begann er ohne Umschweife. »Die Polizei und Feuerwehr sind ganz offensichtlich nicht in der Lage, uns vor diesem Feuerteufel zu beschützen. Und nun, wo auch noch Menschen zu Schaden gekommen sind«, er konnte den Satz nicht beenden, da augenblicklich ein Stimmengewirr anschwoll und ihn übertönte.

Haie blickte sich um. Es waren etliche Leute aus dem Dorf anwesend, sogar einige von der freiwilligen Feuerwehr. Fritz Martensen konnte er jedoch nirgends entdecken. Ob die Leiche aus der Schule doch seine Tochter war?

»Ruhig Leute, ruhig«, versuchte der Bürgermeister sich Gehör zu verschaffen. Doch zu groß war die Aufregung unter den Dorfbewohnern.

»Und wenn der Brandstifter einer von uns ist? Dann bringen unsere Patrouillen gar nichts«, gab Helene, die Inhaberin vom SPAR-Markt, zu bedenken.

»Na, das können wir leicht feststellen«, warf einer der Feuerwehrmänner ein.

»Da der Mann zum ersten Mal Benzin statt Spiritus als Brandbeschleuniger benutzt hat, ist es gut möglich, dass er Verletzungen hat.«

»Wieso?«, fragte der Bürgermeister.

»Na ja«, erklärte der Mann, »für die klassische Benzin-Brandstiftung muss man schon geübt sein. Durch die verzögerte Zündung und vor allem die ausgedehnte Flammenbildung kann es leicht zu Verletzungen kommen. Wenn es nicht sogar eine Explosion gegeben hat.«

Plötzlich war es mucksmäuschenstill im Raum. Jeder der Anwesenden nahm sein Gegenüber genauestens unter die Lupe. Auch Haie ließ seinen Blick durch den Raum wandern. War es möglich, dass der Brandstifter mitten unter ihnen saß? Er schüttelte heftig den Kopf.

»Ach, was soll das?«, warf er in den Raum. »Wollen wir uns nun alle gegenseitig verdächtigen oder lieber eine Schutztruppe zusammenstellen?«

»Aber Helene hat recht«, konterte der Wirt, der am Tresen stand und Bier zapfte. »Es bringt gar nichts, wenn der Brandstifter einer von uns ist und weiß, wo wir Patrouille laufen. Wir müssen den Feuerteufel finden. Und zwar bald. Oder soll noch jemand draufgehen?«

6.

Thamsen fuhr die Herrenkoogstraße entlang.

Noch während er mit seiner Mutter in der Cafeteria des Krankenhauses Kaffee trank, hatte ein Kollege aus Kiel angerufen und die Ergebnisse des zahntechnischen Abgleichs durchgegeben. Laut Röntgenaufnahmen handelte es sich bei der Toten tatsächlich um Katrin Martensen.

»Wir sollten zur Sicherheit noch einen DNA Test durchführen, aber zu 99 % ist die Identität geklärt.«

Dirk hatte seine Mutter nur ungern allein gelassen. Sie sah so zerbrechlich aus. Doch wie immer hatte sie Verständnis für seine Situation gezeigt und ihn arbeiten geschickt.

»Du kannst hier sowieso nichts ausrichten«, hatte sie gesagt und war aufgestanden. Trotzdem wäre er gerne für sie da gewesen.

Der Hof der Martensens lag nur wenig entfernt von der Risumer Schule und war riesig. In einer großen Gerätehalle standen mehrere Landmaschinen, vor dem Wohnhaus ein Mercedes und ein Jeep. Anscheinend ließ sich mit der Landwirtschaft doch noch ganz gut Geld verdienen, dachte Thamsen, als er aus dem Wagen stieg und auf die Eingangstür zuging. Oder war dies alles hier nur durch Subventionen möglich? Kaum vorstellbar. Warum sonst jammerten die Bauern ständig?

Er kratzte sich am Kinn, ehe er den schwarzen Knopf über dem Namensschild drückte.

Bereits kurz nach seinem Klingeln wurde die Haustür geöffnet. Beinahe so, als hätte man ihn erwartet.

Vor ihm stand der korpulente Mann, der gestern laut durch die Polizeidienststelle gepoltert war. Heute wirkte er im Gegensatz dazu äußerst ruhig. Fast schon apathisch.

»Herr Martensen«, Thamsen räusperte sich. Es fiel ihm immer schwer, der Überbringer von Trauerbotschaften zu sein. Irgendwie fand er nie die passenden Worte. Aber es gehörte nun einmal zu seinem Job, und aus den Reaktionen der Hinterbliebenen ließen sich manchmal wichtige Details für die Ermittlungen ableiten.

»Also der Verdacht, dass es sich bei der Toten aus der Schule um Ihre Tochter handelt, hat sich leider …« Er kam nicht dazu, den Satz zu beenden. Fritz Martensen fiel ihm ins Wort.

»Ich will sie sehen!«

»Ich halte das für keine gute Idee.« Thamsen dachte an den entstellten Körper der jungen Frau.

»Behalten Sie sie lieber so in Erinnerung, wie Sie sie das letzte Mal …«

»Ich will sie sehen!« Die Stimme des korpulenten Landwirts wurde lauter.

»Ich will sehen, ob sie es wirklich ist. Ich glaube nämlich nicht, dass das mein Mädchen ist!« Thamsen konnte die Emotionen des Mannes gut nachvollziehen. Wenn man ihm erzählen würde, Anne sei tot, dann würde er es auch mit eigenen Augen sehen wollen. In diesem Fall würde das jedoch wenig helfen.

»Sie würden sie nicht erkennen«, flüsterte er.

»Oh Gott«, drang es plötzlich aus dem Hintergrund. Er hatte die Frau gar nicht wahrgenommen. Sie stand klein und gebeugt hinter ihrem Mann und hatte die Hände vors Gesicht geschlagen.

»Vielleicht gehen wir besser doch rein«, regte Thamsen an.

Fritz Martensen drehte sich wortlos um und schob seine Frau vor sich her den Gang entlang. Dirk folgte ihnen.

Am Ende des breiten Flures öffnete sich ein großzügiges Wohnzimmer, an das ein herrlicher Wintergarten anschloss.

»Wollen wir uns setzen?«

Ingrid Martensen folgte seiner Aufforderung. Sie erinnerte ihn an seine eigene Mutter und er nickte ihr freundlich zu, als sie sich auf die helle Ledercouch setzte. Fritz Martensen hingegen blieb neben dem Sofa stehen.

»Tja«, räusperte Thamsen sich. »Wie gesagt, es handelt sich bei der Toten aus der Schule um Ihre Tochter Katrin.« Diesmal fiel ihm der Vater nicht ins Wort. Und auch die Mutter schniefte lediglich leise vor sich hin.

»Wir müssen natürlich noch einen DNA-Abgleich machen, aber der wird das Ergebnis nur bestätigen. Ähm.« Er stockte kurz, denn schließlich war das noch nicht alles, was er den Martensens zu sagen hatte.

»Die bisherigen Untersuchungen haben außerdem ergeben, dass Ihre Tochter Opfer eines Gewaltverbrechens geworden ist.«

»Mord?« Fritz Martensen schien seine Stimme wieder gefunden zu haben.

»Aber wer tut denn so was?«, schluchzte nun auch die Frau und schlug sich erneut die Hände vors Gesicht.

Da war sie wieder. Diese verdammte Frage. Die Frage, die Thamsen so sehr hasste. Immer, wenn er eine Nachricht wie diese überbrachte, tauchte sie auf. Stand wie eine unüberwindbare Mauer vor ihm. Ließ ihn nicht entkommen. Dabei hatte er doch keine Antwort. Meistens jedenfalls nicht. Und heute auch nicht.

»Wir werden alles tun, was in unserer Macht steht, um den Mörder Ihrer Tochter zu finden«, hörte er sich sagen und musste innerlich den Kopf über sich selbst schütteln. Wie abgedroschen das klang. Und was stand denn in ihrer Macht? In seiner Macht?

»Wissen Sie denn, wohin Ihre Tochter gegangen ist, als sie am Samstag das Haus verließ? Wollte sie jemanden treffen?«

»Ich weiß nicht«, antwortete Ingrid Martensen. »Vielleicht.«

»Hat sie Ihnen denn nichts gesagt?«

»Katrin ist volljährig«, mischte sich Fritz Martensen ein. »Sie kann tun und lassen, was sie will.«

Thamsen hob unbewusst seine linke Augenbraue. Er bezweifelte gar nicht, dass die junge Frau erwachsen war, aber immerhin wohnte sie noch bei den Eltern.

Da unterhielt man sich doch bestimmt miteinander, erzählte, was man vorhatte, wo man hinfuhr. So jedenfalls würde er es in einer intakten Familie erwarten. Aber vielleicht war hier eben doch nicht alles in Ordnung.

»Wann hat sie denn das Haus verlassen?«

»Am Abend«, konnte Frau Martensen nun doch Auskunft geben.

»Und wo sie hinwollte, hat sie Ihnen nicht gesagt?«

Die schmale Frau schüttelte nur ihren Kopf. »Sie hat nur ›Bis später‹ gerufen. Dann war sie auch schon weg.«

»Und wann kam sie für gewöhnlich nach Hause?«

Schulterzucken.

Thamsen wunderte sich erneut.

»Aber wieso haben Sie dann Katrin erst am Montag als vermisst gemeldet?«

Diese Nacht wurde Haie erst vom Heulen der Sirenen wach. Seltsam, aber heute hatte ihn keine Vorahnung gewarnt. Völlig unerwartet ließ ihn der gruselige Ton aus dem Schlaf hochfahren. So schnell hintereinander hatte der Brandstifter noch nie zugeschlagen. Die Abstände wurden kürzer. Der Täter schien nervös zu werden.

Eilig sprang er aus dem Bett und tastete sich wie gewohnt zum Fenster. Nichts. Gott sei Dank.

Hinüber ins Wohnzimmer. Auch nichts. Gut.

Sein Verhalten beim Erklingen des Warnhorns hatte

eine traurige Routine erlangt. Man war sich seines Lebens nicht mehr sicher in Risum-Lindholm.

Er griff zum Telefonhörer und wollte gerade Toms Nummer wählen, da klopfte es an der Haustür.

»Haie komm gau. Blocksberg brennt.« Vor der Haustür stand sein Nachbar, mit dem er erst vor wenigen Stunden noch einen Kontrollgang durch Maasbüll unternommen hatte.

Er zog sich schnell Hose und Pullover über und rannte dann hinunter zur Straße, wo der andere in seinem Wagen auf ihn wartete.

»Schon wieder ein Brand. Das gibt es doch gar nicht. Wieso erwischt den denn keiner?«

Der Mann hinter dem Steuer hielt das Lenkrad krampfhaft umklammert und gab Gas. Als er auf den Deich fuhr, sahen sie durch die Nacht bereits das helle Flackern des Feuers am Horizont. Dazwischen lag der Koog wie ein dunkler Teppich.

Sie bogen in den Mittelweg ein und je weiter sie fuhren, desto heller wurde das Leuchten am Himmel. Es wirkte geradezu mystisch.

»Irgendwie kann ich den Kerl meist verstehen«, murmelte Haie im Dunkeln des Wagens.

»Wat?«

»Na schau nur, wie schön das eigentlich aussieht.«

Sein Nachbar nahm den Fuß vom Gaspedal und knipste das Licht im Innenraum an. »Sech mol, tüddelst du? Da hinten brennt ein Haus ab und dat hätte genauso gut deins sein können.«

»Ich weiß«, entgegnete Haie. »Aber wir fragen

uns doch immer, warum der Typ irgendwelche Häuser ansteckt. Vielleicht nur, weil es schön anzusehen ist?«

»Aber dann müsste der ja am Tatort bleiben.«

Genau das hatte Kommissar Thamsen auch vermutet. Und so Unrecht hatte er wahrscheinlich gar nicht. Was hatte ein Brandstifter davon, ein Feuer zu legen, wenn er anschließend sein Werk noch nicht einmal bewunderte?

»Besser wir halten gleich mal die Augen offen«, ordnete Haie deshalb an.

Doch die Polizei hatte auch diesmal das Gebiet weiträumig abgesperrt, sodass selbst Thamsen Mühe hatte, näher an den Brand und die Einsatzkräfte heranzukommen.

Er war gerade auf dem Heimweg von seiner Mutter gewesen, als ihn die Nachricht über den Brand in Blocksberg erreichte.

Er fühlte sich trotz Müdigkeit beinahe erleichtert, als er zum Einsatz gerufen wurde. Zuhause hätte er sowieso keine Ruhe gefunden und sich nur zig tausend Gedanken über seinen Vater und sein Verhältnis zu ihm gemacht. Seltsam, aber er spürte weder Angst noch so etwas wie Traurigkeit über den Zustand seines Vaters. Da war einzig und allein eine Leere in ihm, die er nicht beschreiben konnte. Und nach wie vor die quälenden Fragen, warum sein Vater ihn ablehnte.

Er stieß zunächst auf den jungen Feuerwehrmann, der ihn als Erster auf den abweichenden Brandbeschleuniger aufmerksam gemacht hatte, als er hinter die Absperrung trat. Er kniete am Boden und hustete.

»Alles in Ordnung mit Ihnen?«, erkundigte Thamsen sich und beugte sich zu ihm herunter. Der Mann nickte und deutete auf sein Atemschutzgerät.

»Ich komm damit nicht gut klar«, erklärte er knapp und hustete erneut.

»Wie sieht es denn aus da drinnen?«

Der Feuerwehrmann winkte ab. »Ziemlich übel. Aber ich glaube nicht, dass da noch jemand drin war. Wir sind trotzdem mal rein. Wegen der Leiche vom letzten Mal.« Ein weiterer Hustenanfall unterbrach seine Erklärung.

»Und wie sieht es mit dem Brandbeschleuniger aus?«

»Da wirst du wohl die kriminaltechnischen Untersuchungen abwarten müssen«. Thamsen blickte plötzlich auf ein paar schwarze Sicherheitsstiefel, die neben ihn traten und dem Gruppenleiter Jörgensen gehörten.

»Hab' meine Männer gerade rausgeholt. Da ist eh nichts mehr zu retten.«

Thamsen rappelte sich auf. »Ja, aber riecht es wieder nach Benzin? Könnt ihr schon etwas zur Vorgehensweise sagen? Ist das wieder dieselbe Handschrift?«

»Ich weiß, ihr steht enorm unter Druck. Aber ich will da nichts Falsches sagen.« Jörgensen ließ sich zu keiner Auskunft bewegen.

›Enorm unter Druck‹ traf nicht einmal annähernd die Anspannung, die zurzeit in der Dienststelle herrschte. Gleich morgen früh wollte sein Chef Ergebnisse sehen, hatte er vorhin am Telefon gesagt. Und seine Stimme hatte nicht so geklungen, als ob er sich bis zum Abschluss der kriminaltechnischen Untersuchungen gedulden würde.

»Ja, aber ihr Jungs habt doch Erfahrung«, versuchte er es daher noch einmal. »Und schließlich wollt ihr ja wohl auch, dass der Kerl so schnell wie möglich gefasst wird, oder?«

»Wer sagt denn überhaupt, dass es ein Mann ist«, warf der junge Feuerwehrmann ein, als er sich endlich erhob. »Eine Frau kann doch genauso gut ein Feuer legen, oder?«

Für diese Spekulationen erntete er sogleich einen bösen Blick von seinem Gruppenleiter.

»Lars, wenn es dir wieder besser geht, dann hilf mal den Kollegen.«

Thamsen verfolgte, wie der junge Feuerwehrmann hinüber zum brennenden Gebäude ging und wusste, mit ihm schwand auch seine Chance auf erste unbestätigte Informationen. Trotzdem wollte er nichts unversucht lassen.

»Meinst du auch, es könne sich bei dem Feuerteufel um eine Frau handeln?«

Der Gruppenleiter sah ihn finster an.

»Ich weiß nur eins: Hier hat irgendjemand gehörig Spaß daran, anderer Leute Häuser anzuzünden. Und wenn ihr diesen Feuerteufel nicht bald schnappt, bleibt von Risum-Lindholm und Umgebung nicht mehr viel übrig.«

7.

»Guten Morgen meine Hübsche. Du bist ja schon fleißig.«

Tom trat hinter Marlene, die an ihrem Schreibtisch saß, beugte sich hinunter und küsste ihren Hals. Wie gut sie wieder riecht, dachte er und ließ seine Hände in ihren Ausschnitt wandern.

Einen kurzen Moment war sie versucht, seinen Zärtlichkeiten nachzugeben, doch dann fiel ihr Blick auf ihre Präsentation, und die Stimmung war verflogen.

»Komm, lass uns frühstücken«, wehrte sie ihn ab und stand auf. Er seufzte leise. Ihre Anspannung hatte sich seit ihrer Rückkehr aus Hamburg nicht gelöst. Ob doch der näher rückende Hochzeitstermin daran schuld war?

In den letzten zwei Tagen war ihnen mehr als bewusst geworden, wie bald sie verheiratet sein würden. Und vor allem, was das bedeutete.

Der Pastor hatte ein Traugespräch mit ihnen geführt und sie noch einmal explizit auf die gegenseitige Verantwortung aufmerksam gemacht. Natürlich fühlte er sich Marlene gegenüber verantwortlich. Er liebte sie schließlich. Aber die eindringlichen Worte des Pastors hatten ihm das noch einmal sehr deutlich vor Augen geführt. Und, dass natürlich alles vor und mit Gott besiegelt werden würde. Tom war nicht besonders gläubig, aber dennoch hatte er das Gefühl, die kirchliche Trauung gab einer Ehe eine zusätzliche Ernsthaftigkeit.

»Haie hat heute Nacht gar nicht angerufen«, bemerkte Marlene, während sie Teewasser aufsetzte. Sie machte sich Sorgen.

»Dann wird er wohl gewusst haben, dass es nicht bei uns, sondern woanders gebrannt hat. Er macht doch mit bei dieser Brandwache.«

»Ist doch gut.«

Tom nickte. Die Leute hier hielten zusammen, darauf war Verlass. Das machte den Ort aus – natürlich neben diverser anderer Dinge und seiner landschaftlichen Reize.

Manchmal jedoch störte ihn die Enge des Dorfes. Dieses Gefühl, ständig beobachtet zu werden. Als Kind hatte er einige Jahre in Risum-Lindholm gelebt, war dann aber nach München gezogen und kannte daher auch die Vorzüge einer Großstadt.

»Meinst du denn, er kommt heute zum Mittag? Eigentlich waren wir ja verabredet.«

»Ich hoffe doch«, entgegnete Marlene, »wenn er nicht schon wieder in irgendwelchen Ermittlungen steckt.« Sie wusste, der Brand an der Schule würde ihm keine Ruhe lassen.

»Aber ich wollte ihn fragen, ob er eine alte Erzählung mit einem Brandstifter oder generell über Feuer kennt.«

Tom hob fragend seine linke Augenbraue.

»Ja, mein Chef hat am Montag gefragt, ob ich aufgrund der ganzen Ereignisse in der letzten Zeit nicht einen Artikel im nächsten Monatsheft schreiben will.«

»Dann war der Tag doch nicht so erfolglos?«

Marlene zuckte mit den Schultern. Ihr Konzept zum Gedenktag hatten sie jedenfalls nicht abgesegnet. Letztendlich hatte man sich in der Besprechung ohnehin kaum für ihre Präsentation, sondern vielmehr für den Brand am Wochenende interessiert. Die Idee mit dem Artikel war ihrem Chef dann im Anschluss an das Meeting gekommen.

»Ich möchte da irgendwie einen alten Text mit einfließen lassen, habe aber bisher nur Überlieferungen von wilden Feuern gefunden. Das trifft ja bei den Bränden in der letzten Zeit nicht ganz so zu. Außerdem wird auch nichts über deren Bedeutung gesagt.«

»Und sonst?«

Tom wunderte sich. Er liebte diese Geschichten aus alter Zeit und kannte zahlreiche Texte. Nicht zuletzt, weil Marlene sich aufgrund ihrer Tätigkeit intensiv mit diesem Volksgut beschäftigte. Auch ihn faszinierten die Erzählungen, in denen Geister und Gespenster umgingen, Unterirdische ihr Unwesen trieben oder einfach nur irgendwelche Naturereignisse geheimnisvollen Ursprungs waren. Zwischen all den Sagen und Märchen musste doch etwas Passendes zu finden sein.

»Da gab es wohl mal eine Erzählung von Peter Jensen. 1928. Di Broinsitter. Da ging es anscheinend um einen Feuerteufel, aber leider habe ich den Text noch nirgendwo gefunden.«

Haie hatte die Verabredung mit den Freunden nicht vergessen. Er war allerdings nach den Ereignissen in der Nacht nicht allzu früh aus dem Bett gekommen, und als er sich einen Kaffee machen wollte, stellte er fest, dass kein Pulver mehr in der silbernen Blechbüchse war. Kurz entschlossen hatte er sich auf sein Fahrrad geschwungen und war zum SPAR-Markt geradelt.

Ein Morgen ohne einen Kaffee – das ging gar nicht.

In dem kleinen Supermarkt in der Dorfstraße war um diese Zeit wenig los. Ein paar Hausfrauen schoben eilig ihre Einkaufswagen durch die Gänge, zwei, drei Rentner schlenderten an den Regalen vorbei. Ansonsten war es ruhig. Sehr ruhig. Für den Tag nach einem Brand. Der kleine Kaufmannsladen galt als der Hauptumschlagplatz für die Neuigkeiten aus dem Dorf. Haie wunderte sich daher, dass das Feuer der letzten Nacht nicht Thema war.

»Und hett jem all von de Füür letzte Nacht hört«, fragte er Helene, die Besitzerin des Marktes.

»Ja, ja«, antwortete sie knapp. Sie schien mit ihren Gedanken woanders zu sein.

»Alles in Ordnung?«, erkundigte er sich deshalb, denn normalerweise gab Helene zu allem ihre Meinung kund.

»Ach«, sie blickte ihn das erste Mal richtig an, seit er den Laden betreten hatte. »Der Fritz war vorhin ganz kurz hier. Die Leiche aus der Schule, das ist wohl doch Katrin.«

»Was?«

»Hm«, sie nickte.

Haie war geschockt. Irgendwie hatte er ja beinahe damit gerechnet, aber jetzt, wo sich der Verdacht bewahrheitete, jagte es ihm doch einen gewaltigen Schrecken ein.

»Die Polizei sagt außerdem, dass die Katrin ermordet worden ist.«

»Mord?«

Einer der Rentner lugte plötzlich um die Ecke des Regals. »Schon wieder? Ist man sich denn selbst in Risum nicht mehr seines Lebens sicher? Erst diese ganzen Brände, dass man jede Nacht um sein Hab und Gut fürchten muss und nun auch noch wieder ein Mord? Was tut denn die Polizei überhaupt?«

Haie konnte die Äußerungen des älteren Mannes gut verstehen. So friedlich, wie das Dorf schien, war es in der letzten Zeit hier wirklich nicht zugegangen. Bereits Anfang des Jahres war der Anlageberater der Bankfiliale aus Lindholm im Zuge der Neuen-Markt-Krise ermordet worden. Zwar hatte man seine Leiche auf Pellworm entdeckt, aber dennoch war das ganze Dorf in Aufruhr gewesen. Und kaum war dieser Fall aufgeklärt, fing der Feuerteufel an, sein Unwesen zu treiben. Das allein reichte schon, um die Dorfbewohner mehr als zu verunsichern. Zumal die Polizei tatsächlich noch keine Spur vom Brandstifter hatte. Ansonsten hätte Thamsen ihn kaum um seine Mithilfe gebeten.

Aber dass nun auch noch die Tochter des reichsten

Bauers im Dorf umgebracht worden war, brachte das Fass allmählich zum Überlaufen. Was war hier denn nur los?

»Was hat die Katrin denn eigentlich in der Schule gewollt?«, fragte Haie mehr sich selbst als die anderen.

»Na vielleicht hat sie sich wieder mit einer ihrer vielen Männerbekanntschaften treffen wollen«, bemerkte Helene spitz.

»Männerbekanntschaften?«

Haie kannte Katrin mehr oder weniger nur vom Sehen. Auf ihn hatte sie nie den Eindruck eines Mädchens gemacht, das sich gleich mit jedem Kerl einließ. Er war sich sicher, Helene übertrieb mit ihrer Bemerkung. Doch die geriet bei diesem Thema nun richtig in Fahrt.

»Na, an jedem Finger hat die doch gleich mehrere gehabt. Die gaben sich bei der doch quasi die Klinke in die Hand«, wusste sie zu berichten.

Haie war die derbe Art der Kaufmannsfrau zwar gewöhnt, fand sie dennoch angesichts des Mordes an Katrin Martensen unpassend. Außerdem konnte man von ihren Geschichten meistens die Hälfte abziehen und war dennoch weit von der Wahrheit entfernt. Helene bauschte die Dinge im Dorf gerne auf.

»Na, da gehören ja auch immer zwei dazu«, versuchte er daher die Behauptungen abzuschwächen.

»Na, ich weiß nicht«, mischte sich nun allerdings auch der ältere Mann ein, der inzwischen zu ihnen getreten war. Er habe mehr als einmal erlebt, wie die

Katrin den jungen Kerlen im Dorf den Kopf verdreht hatte.

»Erst neulich, beim Tanz in den Mai. Gekommen ist sie alleine. Das habe ich genau gesehen. Aber schon nach ungefähr einer Stunde ist sie dann mit diesem jungen Lehrer von euch abgezogen.«

»Holger Leuthäuser?« Haie kratzte sich am Kopf. Eigentlich hatte er den Referendar nicht als einen solchen Windhund eingeschätzt. Und hatte er nicht auch eine feste Freundin? Diese Blonde, die ihn ab und zu vom Unterricht abholte. Wie hieß sie noch gleich?

»Ja, aber nu kommt's«, riss ihn der ältere Mann aus seinen Grübeleien.

»Wenig später ist sie dann in Lindholm wieder aufgekreuzt. Und nicht etwa mit dem Lehrer. Nee«, er schüttelte süffisant lächelnd den Kopf. »Da hatte sie dann den Heiko im Schlepptau.«

8.

Thamsen goss sich einen weiteren Kaffee ein und blickte dann in die Runde. Ohne den Koffeinschock konnte er sich kaum wach halten, obwohl die Stimmung nicht gerade einschläfernd war in dieser Besprechung. Ganz im Gegenteil.

Sein Chef hatte bereits zu Beginn der Versammlung wütend mit der Faust auf den Tisch geschlagen und seinen Frust an ihnen ausgelassen.

»Mensch, Leute, das gibt es doch gar nicht. Der Kerl muss doch mal irgendeine Spur hinterlassen. Habt ihr denn auch richtig nachgeschaut?«

Natürlich waren sie alle nicht begeistert von dem bisherigen Ermittlungsstand. Aber was sollten sie tun? Es gab so gut wie keine Spuren. Und die, die zunächst brauchbar erschienen, hatten sich bei näherer Betrachtung als nichtig erwiesen.

Außerdem gewann Thamsen mehr und mehr den Eindruck, die Mannschaft zog nicht an einem Strang, was die Ermittlungen betraf. Gut, daran war er nicht gerade unschuldig. Er arbeitete halt lieber für sich allein. Dass die Kollegen jedoch jeden seiner Ansätze sofort zunichte machten, wurmte ihn schon sehr. Für alles hatten sie eine mehr oder weniger fadenscheinige Erklärung. Aber diesmal würde er sich von ihnen nicht unterbuttern lassen.

Kurz vor der Besprechung hatte er die vorläufigen

Ergebnisse der Untersuchungen von letzter Nacht bekommen. Die bestätigten seinen Verdacht.

»Also, nach wie vor bin ich der Meinung, dass wir es mit zwei unterschiedlichen Tätern zu tun haben. Oder wieso benutzt der Brandstifter jetzt wieder plötzlich Spiritus?«

»Das Thema hatten wir doch schon mal«, knurrte einer der Husumer Beamten.

»Na und?«, konterte Thamsen. »Es ist zumindest ein Hinweis, dem wir nachgehen sollten.« Er blitzte den anderen verärgert an. »Oder habt ihr eine bessere Idee?«

Dem Husumer Kollegen stieg das Blut in den Kopf. Und obwohl er nichts erwiderte, sah man ihm deutlich an, wie schwer es ihm fiel, seine beinahe überschäumende Wut im Griff zu behalten. Damit die Situation nicht eskalierte, griff sein Chef ein und versuchte, durch einen Themenwechsel die Wogen zu glätten.

»Wie weit seid ihr denn bei den Ermittlungen bezüglich der Toten in der Risumer Grundschule?«

Thamsen zuckte mit den Schultern. Er hatte zwar ein seltsames Gefühl bei seinem Besuch der Eltern der Ermordeten gehabt, aber das würde er den Husumer Kollegen nicht auf die Nase binden. Und was hätte er auch sagen sollen? Nur weil der Vater ein wenig energisch auf seine Fragen reagiert hatte und man sich generell in dieser Familie wohl nicht alles erzählte, hieß das ja noch nicht, dass tatsächlich etwas nicht stimmte.

»Gut, dann würde ich sagen«, bestimmte sein Vorgesetzter, da keiner sich zu dem Fall mehr äußerte, »du,

Dirk fährst noch mal mit ein zwei Leuten von der Spusi zur Schule raus und drehst jeden verdammten Stein um. Irgendwo muss sich die Tatwaffe ja befinden.«

»Ja, und was ist mit der Pressekonferenz?«

In gut einer Stunde hatte sein Chef die Journalisten in die Dienststelle eingeladen, um über den Stand der Ermittlungen zu berichten. Es war Dirks Idee gewesen, mit den Fakten an die Öffentlichkeit zu gehen. Er hoffte, den Täter so vielleicht aus der Reserve zu locken. Hatten sie es im Fall der Risumer Grundschule nämlich mit einem Trittbrettfahrer zu tun, würde dieser sich ertappt fühlen, da er den Brand ja eigentlich dem Feuerteufel in die Schuhe schieben wollte. Vielleicht würde es ihn verunsichern, wenn er erfuhr, dass man ihm anscheinend auf der Spur war und dann beging er mit etwas Glück eventuell einen Fehler.

»Das mache ich mit den Husumer Kollegen. Du fährst zum Tatort«, bestimmte der Leiter der Polizeidienststelle.

Die Beamten aus Husum konnten sich ein Grinsen nicht verkneifen, als Thamsen sich ruckartig erhob und aus dem Raum eilte.

»Hm, das duftet aber köstlich.«

Haie stand plötzlich in der Küche und versuchte, über Marlenes Schulter hinweg einen Blick in den Kochtopf zu werfen.

»Na, wirst du wohl nicht so neugierig sein?« Sie drohte ihm mit dem Kochlöffel. Haie wich gespielt erschrocken zurück und konnte sich ein Lachen kaum verkneifen.

»Soll ich dann schon mal den Tisch decken?«

Sie waren ein eingespieltes Team, trafen sich oft zum gemeinsamen Mittagessen. In der Regel kochte Marlene unter der Woche. Sie war eine fabelhafte Köchin und verstand es, wahre Gaumenfreuden zu kreieren. Am Wochenende revanchierte sich Haie meist mit einem Sonntagsbraten. Mittlerweile waren auch seine Kochkünste beinahe perfekt, die er sich erst nach der Trennung von Elke angeeignet hatte. Besser gesagt: aneignen musste. Denn plötzlich auf sich allein gestellt, hatte Haie trotzdem nicht auf ein anständiges Gulasch oder auf Grünkohl mit Kassler verzichten wollen und hatte sich zum Teil allein, zum Teil mit Marlenes Hilfe, zum wahren Kochgenie gemausert.

Er stellte die Teller auf den Tisch und verteilte das Besteck.

»Wo steckt denn Tom eigentlich?«

»Im Büro. Aber kannst ihn gerne schon mal holen. Kartoffeln sind gleich gar.«

»Da bist du ja!«

Haie fand den Freund, wie Marlene gesagt hatte, am Schreibtisch in seinem Büro. Er hatte vor Kurzem einen lukrativen aber sehr arbeitsintensiven Auftrag bei einer Husumer Firma an Land gezogen. Es ging um eine Europaexpansion, für die Tom eine Strategie ausarbeiten sollte. Später plante er, die Umsetzung zu begleiten, aber dafür mussten die Vorstände seinem Konzept erst einmal zustimmen.

Bisher hatte er allerdings mit der eigentlichen

Strategie noch nicht begonnen, sondern musste sich zunächst in die Philosophie des Unternehmens einarbeiten. Und das war gar nicht so einfach, denn bisher hatte er auf dem Gebiet der Windenergie keinerlei Erfahrungen.

»Ja, bin aber nach dem Essen auch gleich wieder weg.«

Für den heutigen Nachmittag war ein Meeting angesetzt, an dem Tom unbedingt teilnehmen musste.

»Hast du denn jetzt eben mal eine Minute?«

Haie wollte unbedingt die Neuigkeiten über den Mord loswerden. Marlene hatte er damit nicht konfrontieren wollen. Sie reagierte auf derlei Nachrichten seit dem Mord an ihrer Freundin Heike vor gut drei Jahren sehr empfindlich. Verständlich, denn auch wenn sie es nicht offen zugab und stets versuchte, sich nichts anmerken zu lassen, nahm sie immer noch alles sehr mit, was sie an den Tod der Freundin erinnerte.

Tom sah Haie an und bemerkte sofort, dass etwas Ungewöhnliches vorgefallen sein musste. Er legte die Dokumente zur Seite und stand auf.

»Komm, lass uns einen Augenblick nach draußen gehen.«

Sie setzten sich in den Strandkorb auf der Veranda, den Marlene zum Geburtstag von ihrer Mutter geschenkt bekommen hatte.

»Also, was gibt's«, fragte Tom sofort ohne Umschweife. Ihnen blieb nicht viel Zeit. Marlene würde sicherlich gleich zu Tisch rufen und anschließend musste er sich sofort auf den Weg machen.

Haie erzählte ihm, was er am Morgen im SPAR-Markt erfahren hatte.

»Mord?« Tom war mehr als überrascht. Er war davon ausgegangen, dass es sich um einen Unfall gehandelt hatte.

»Hast du denn eine Ahnung, was die da wollte?«

Haie hatte mittlerweile anhand der Neuigkeiten aus dem Supermarkt seine ganz eigene Theorie.

»Ich vermute, sie hat sich mit dem Holger dort getroffen. Vielleicht ist es zwischen den beiden zum Streit gekommen und er hat …«

»Sie umgebracht? Traust du ihm das zu?«

Eigentlich konnte sich Haie so etwas von dem netten jungen Lehrer nicht vorstellen. Aber wer wusste schon, was genau passiert war? Vielleicht hatte er im Affekt einfach zugeschlagen? Außerdem gab es noch einen Punkt, der Haies Theorie stützte.

»Wie erklärst du dir ansonsten, warum Holger seit dem Brand nicht erreichbar ist?«

Haie hatte mehrmals versucht, den Referendar zu erreichen. Weder an sein Telefon zuhause noch an sein Mobiltelefon ging er dran.

»Ich denke, der ist zur Fortbildung.«

»Habe ich auch gedacht.« Haie schüttelte jedoch seinen Kopf.

Nach seinem Einkauf hatte er den Direktor angerufen, um sich nochmals nach Holger Leuthäuser zu erkundigen.

»Er hat sich krank gemeldet.«

»Haie?«

Marlene steckte den Kopf zur Tür raus. Sofort unterbrachen die beiden Männer ihr Gespräch.

»Telefon für dich. Dirk Thamsen.«

Nicht nur Marlene sah den Freund fragend an. Auch Tom wunderte sich, warum der Kommissar anrief. Schließlich musste er bis zum Hals in den Ermittlungen stecken und so gut wie für nichts anderes Zeit haben. Sie waren zwar befreundet und Dirk Thamsen würde der Trauzeuge von Marlene sein, aber hatte er dafür jetzt überhaupt den Kopf frei? Und warum verlangte er ausgerechnet Haie? Erhoffte er sich Unterstützung in dem Fall von ihm?

»Hat er gesagt, was er wollte?«, fragte Tom Marlene während Haie ins Haus hastete.

Sie schüttelte den Kopf. Er habe nur kurz gesagt, er habe die Hochzeit nicht vergessen, aber momentan müsse er dringend Haie sprechen. Zuhause sei er nicht erreichbar, ob er bei ihnen wäre.

»Hm«, Tom überlegte, ob er Marlene von dem Mord an Katrin Martensen erzählen sollte. Über kurz oder lang würde sie sowieso davon erfahren. Aber war jetzt der richtige Augenblick?

»Wollen wir heute Abend vielleicht essen gehen? Nur wir beide?«

»Aber ich habe doch jetzt schon gekocht.«

»Ich weiß«, Tom blickte auf seine Uhr und stellte fest, dass er in gut einer Stunde in Husum sein musste. Das wurde eng.

»Du musst los, stimmt's?«

»Ja, und zwar sofort«, antwortete jedoch Haie

anstelle von Tom auf ihre Frage. Er kam gerade aus der Tür und krempelte sich im Laufen sein rechtes Hosenbein auf.

»Mensch, was ist denn heute hier los?« Marlene war leicht angesäuert. Dafür hatte sie nicht den ganzen Vormittag in der Küche gestanden, damit sich die Männer jetzt verdrückten.

»Polizeiliche Ermittlungen«, erklärte Haie nur kurz, ehe er sich auf sein Fahrrad schwang und Richtung Schule fuhr.

Dirk Thamsen war wütend. Wütend auf seinen Chef, die grinsenden Beamten aus Husum und, wenn er ehrlich war, auch auf seinen Vater. Nicht, weil er sterbenskrank im Krankenhaus lag, sondern weil Hans Thamsen mit seiner Meinung über seinen Sohn recht behielt.

Dirk bekam sein Leben irgendwie nicht auf die Reihe. Das war es, was sein Vater ihm vorhielt. Aber Job, Haushalt und Kinder – das war ihm plötzlich einfach zu viel. Wie sollte das funktionieren?

Die Kinder hatte er gegen seine Prinzipien zu Iris abgeschoben. Er wusste, dass das ein Fehler war, aber er konnte sich momentan einfach nicht um sie kümmern. Wenn er nicht im Einsatz war, fuhr er ins Krankenhaus. Seine Mutter brauchte ihn jetzt. Und sein Vater vielleicht auch. Wenn er aber im Krankenhaus war, musste er zum Einsatz. Der Feuerteufel nahm nun einmal keine Rücksicht auf die privaten Belange eines Kommissars. Warum sollte er auch?

Am meisten aber ärgerte Thamsen sich über sich

selbst. Oder besser gesagt darüber, dass er nicht einfach souverän über seinem Chef, den Kollegen und vor allem über seinem Vater stehen konnte. Er war ein erfahrener Polizist und ein guter Vater. Daran änderte das Grinsen der überheblichen Kripobeamten ebenso wenig wie die zynischen Behauptungen und Belehrungen seines Vaters.

Er stoppte seinen Wagen vor der Risumer Grundschule, holte tief Luft und stieg aus.

Haie Ketelsen erwartete ihn bereits am Eingang des Gebäudes. Er hatte nicht gewusst, ob er den Seitenflügel schon betreten durfte, denn immer noch war ein rot-weißes Plastikband vor die Tür gespannt, deshalb hatte er vor dem Eingang auf den Kommissar gewartet.

»Herr Ketelsen«, begrüßte Thamsen ihn. »Danke, dass Sie es so schnell einrichten konnten.«

»Selbstverständlich, ich helfe doch gerne. Worum genau geht es denn nun?«

Dirk hatte den befreundeten Hausmeister zur Schule gebeten, ohne ihm jedoch zu sagen, wobei er seine Unterstützung brauchte.

»Nun ja, die Untersuchungen haben ergeben, dass die Frau, deren Leiche wir im Lehrerzimmer aufgefunden haben, ermordet worden ist.«

»Sie meinen Katrin Martensen.« Haie stellte fest, er fragte nicht. Natürlich konnte Thamsen sich denken, dass der Mord an der Tochter des Landwirts sich im Dorf bereits herumgesprochen hatte. Er wäre enttäuscht gewesen, wenn der Hausmeister noch nichts davon gehört hätte.

»Was wir noch nicht wissen ist, womit das Opfer erschlagen wurde.«

Haie zog seine rechte Augenbraue hoch. Sie suchten also nach der Tatwaffe.

»Und was suchen wir?«

So genau wusste Thamsen das auch nicht. Im Bericht hatte lediglich etwas von einem stumpfen Gegenstand gestanden. Das konnten viele Dinge sein. Ein Baseballschläger, ein abgerundeter Stein, ein Hammer.

»Katrin Martensen ist also im Affekt erschlagen worden?«

»Von Affekt habe ich nichts gesagt«, wies Thamsen Haies Behauptung zurück.

»Aber möglich wäre es, oder?«

Er erzählte dem Kommissar von seinem Verdacht.

»Holger Leuthäuser«, griff Thamsen auf, »das würde zumindest den Tatort erklären. Vielleicht haben die beiden sich hier heimlich getroffen. Einen Schlüssel hatte er ja.«

»Genau.« Haie sah seinen Ansatz bestätigt. Und Katrin Martensen wohnte nicht weit entfernt. Nur ein paar hundert Meter. Da hatte sie sogar zu Fuß zu ihrer Verabredung gehen können. Vermutlich hatten die beiden es besonders reizvoll gefunden, sich hier zu treffen. Im Lehrerzimmer miteinander zu schlafen. Was wusste er, was für Phantasien die junge Frau gehabt hatte. Und dann war es zwischen ihnen zu einem Streit gekommen. Gut möglich, dass Eifersucht eine Rolle gespielt hatte. Sogar sehr wahrscheinlich. Bei den angeblich vielen Männerbekanntschaften, die Katrin Martensen gehabt haben sollte.

Magda Thamsen streichelte behutsam die Hand ihres Mannes. Kaum merklich öffnete er die Augen bei der Berührung.

Am Nachmittag war er endlich aus dem Koma erwacht, doch ansprechbar war er nicht. Sie wusste noch nicht einmal, ob er sie erkannte. Starr hatte er sie angeblickt, so, als wäre sie Luft. Die Ärzte hatten zwar noch keine endgültige Diagnose stellen können, ihr aber gesagt, sie müsse mit dem Schlimmsten rechnen. Nur, was war das Schlimmste? Würde er ein Pflegefall bleiben? Ohne Reaktionen? Nicht ansprechbar? Nur noch vor sich hinvegetierend? Oder hatte er nicht mehr lange zu leben? Blieben ihm nur noch wenige Tage?

Sie hatte nicht gewagt, nachzufragen. Vielleicht, weil sie keine Antwort auf diese Fragen wollte. Sie wusste es nicht.

Leise schlich sie aus dem Zimmer und ging hinunter in die Eingangshalle. Zum wiederholten Male versuchte sie ihren Sohn zu erreichen, doch auch diesmal meldete sich wieder nur die Mailbox. Sie sprach nicht drauf. Was hätte sie auch sagen sollen? Natürlich wünschte sie sich seine Unterstützung, eine Schulter zum Anlehnen, Trost. Aber Dirk lebte sein eigenes Leben und das Schicksal seines Vaters ging ihm nicht besonders nah. Das konnte sie gut verstehen. Das Verhältnis der beiden war nicht einfach. Wie hätte es auch?

Hans Thamsen hatte für seinen Sohn nie so etwas wie Liebe oder zumindest Zuneigung empfunden. Obwohl das Kind ihn mehr als alles andere auf der Welt gebraucht hatte. So klein und hilflos, wie Dirk gewesen war, und trotzdem hatte Hans Thamsen sich von ihm abgewandt. Magda konnte die Gründe dafür verstehen, aber dass der Sohn derart hatte leiden müssen, empfand sie als ungerecht. Daher hatte sie sich damals seiner angenommen, versucht, zwischen Vater und Sohn zu vermitteln, zu helfen. Und letztendlich war sie geblieben. Mehr Dirk zuliebe, als aus irgendeinem anderen Grund. Sie hatte nie ein Wort über die wahre Ursache der schlechten Beziehung zwischen Vater und Sohn verloren, obwohl Dirk mehr als einmal gefragt hatte. Doch Hans hatte sie gebeten zu schweigen. Es sei gut so, wie es war, hatte er gesagt und damit das Thema für sich beendet. Doch irgendwann musste Dirk es erfahren. Er hatte nun einmal ein Recht darauf. Und sie fragte sich, ob nicht jetzt der richtige Zeitpunkt gekommen war, um mit ihm darüber zu sprechen. Immerhin wusste man nicht, wie lange sein Vater noch zu leben hatte. Sie nahm erneut den Telefonhörer in die Hand und wählte seine Nummer.

Die kleine Taverne in der Uhlebüller Dorfstraße war wie immer gut besucht. Doch für die drei Freunde hatte der Wirt immer einen Tisch frei.

»Kommt«, rief er ihnen von der Theke aus zu, »hier hinten ist noch Platz für euch.«

Marlene hatte eigentlich gar nicht ausgehen wollen.

Sie war ein wenig verärgert über die Freunde gewesen. Stundenlang ließen sie sie in der Küche stehen und machten sich dann, als das Essen endlich auf dem Tisch stand, einfach aus dem Staub.

»Wir können es ja heute Abend aufwärmen«, hatte Tom vorgeschlagen, doch Marlene blieb stur.

»Ich friere das Essen ein. Heute Abend gibt es Brot.«

Als Tom jedoch mit einem Strauß Rosen aus Husum zurückgekehrt war und auch Haie auf dem Heimweg ein paar Pralinen zur Entschuldigung vorbeibrachte, hatte sie sich überreden lassen, mit den beiden zum Griechen nach Niebüll zu fahren.

»Was wollte Dirk Thamsen denn eigentlich heute von dir?«, fragte sie, nachdem sie an dem Tisch in einer der hinteren Nischen Platz genommen hatten.

»Och, er wollte noch mal in die Schule«, versuchte Haie ihre Frage abzutun und vertiefte sich in die Speisekarte. Er wusste nicht genau, wie er ihr von dem Mord erzählen sollte und dass er zusammen mit Thamsen nach der Tatwaffe gesucht hatte. Vorsichtig schielte er über den Rand der Karte zu seinem Freund hinüber.

Tom war klar, sie mussten Marlene von dem Mord erzählen. Sie würde es ohnehin erfahren. Dann besser direkt und ohne Umschweife, dachte er.

»Das ist ja schrecklich«, flüsterte sie, fing sich allerdings recht schnell. »Und wie ist sie, ich meine, wodurch …?« Es fiel ihr schwer, sich mit dem Gedanken an einen Mord auseinanderzusetzen.

»Erschlagen«, antwortete Haie »und zwar mit einem stumpfen Gegenstand.« Es entstand eine kurze Pause und die drei waren froh, als die Bedienung an ihren Tisch trat, um die Bestellung aufzunehmen. Die beiden Männer bestellten jeweils einen großen Grillteller und Marlene wie gewöhnlich Leber. Obwohl ihr inzwischen der Appetit vergangen war.

»Und was wollte Thamsen denn nun genau von dir?« Tom war ebenfalls neugierig, warum der Kommissar seinen Freund in die Schule bestellt hatte.

»Wir haben nach der Tatwaffe gesucht.«

»Und wonach genau?«

Haie zuckte mit den Schultern. Das sei schwierig. Es könne sich schließlich um alles Mögliche handeln.

»Selbst in meiner Werkzeugkiste haben wir nachgeschaut, aber der Hammer lag noch drin.«

Bei dem Wort Hammer zuckte Marlene leicht zusammen. Erst Anfang des Jahres hatte es in der Nähe der dänischen Grenze einen Frauenmörder gegeben, der seine Opfer mit einem Hammer erschlug. Die Mordserie war zwar irgendwann abgerissen, die Kripo hatte den Mörder aber bis heute nicht gefasst.

»Meinst du, es hat etwas mit diesem Sutcliffe-Fall zu tun?«

Daran hatte Haie noch gar nicht gedacht. Peter Sutcliffe war ein britischer Serienmörder, der von 1975 bis 1980 mit einem Hammer auf dreizehn Frauen eingeschlagen und sie anschließend erstochen hatte. Die Verbrechen an der dänischen Grenze hatten dieser Vorgehensweise derart geähnelt, dass man generell nur von dem Sutcliffe-Fall gesprochen hatte. Aber passte der Mord an Katrin Martensen tatsächlich in dieses Schema? Und warum hatte die Polizei noch nicht in diese Richtung ermittelt?

»Ich weiß nicht«, entgegnete er zögernd.

»Habt ihr denn was gefunden?«, wollte Tom nun wissen.

»Wir sind uns nicht sicher. Letztendlich gehe ich davon aus, dass der Täter Katrin im Affekt getötet hat.«

»Das heißt, er hatte nicht unbedingt einen Baseballschläger dabei«, schlussfolgerte Tom.

Haie nickte.

»Und selbst wenn, dann hätte er ihn bestimmt nicht am Tatort liegen lassen.«

»Oder er ist verbrannt«, stellte Marlene fest.

Haie und Thamsen hatten jedoch einen etwa faustgroßen Stein gefunden. Nicht im Lehrerzimmer, von daher deutete alles darauf hin, dass sich der Tatort woanders befand. Möglicherweise bei den Fahrradständern oder zumindest in der Nähe. Dort, neben dem eisernen Gestell, hatte Haie den Stein im Gras entdeckt. Ein etwas größerer dunkler Fleck und mehrere kleinere befanden sich überall verteilt auf der rauen Oberfläche. Natürlich war nicht sicher, ob es sich dabei um Blut handelte, aber es war nicht auszuschließen.

»Wie bist du denn auf die Stelle gekommen?«, wollte Tom wissen. Er hätte zunächst in der Schule oder auf dem Hof nach der Tatwaffe gesucht.

Hatten die beiden auch. Aber nachdem im Lehrerzimmer nichts Brauchbares zu finden gewesen war, hatten sie ihre Suche ausgedehnt.

»Und sei mal ehrlich«, begründete Haie diese Vorgehensweise, »würdest du eine Tatwaffe an Ort und Stelle zurücklassen?«

»Na ja«, gab nun Marlene wiederum zu bedenken. »Wenn du vor hast, ein Feuer zu legen. Ist ja dann eigentlich völlig egal. Fingerabdrücke oder so kannst du dann wahrscheinlich eh nicht mehr finden.«

Da hatte die Freundin natürlich recht. Aber dennoch fand Haie es logischer, dass der Täter versucht hätte, die Tatwaffe verschwinden zu lassen. Und insgeheim war er mächtig stolz auf seinen Fund. Auch wenn man wahrscheinlich auf der rauen Oberfläche keinerlei Spuren vom Täter finden würde, aber das Blut auf dem Stein, wenn es sich denn um Blut handelte, könnte zumindest die Tatwaffe identifizieren. Auf jeden Fall hatte Thamsen den Stein nach Kiel zur kriminaltechnischen Untersuchung eingeschickt.

»Habt ihr denn sonst was entdeckt?«

Haie zuckte mit den Schultern. Es war halt schwierig, in den Trümmern Spuren oder Hinweise auf einen möglichen Täter zu finden. Ihm war jedenfalls nichts Ungewöhnliches aufgefallen.

»Nee, aber trotzdem bleibt Thamsen dabei, dass den Brand an der Schule jemand anderes gelegt haben muss. Nicht nur wegen der Leiche.«

»Weshalb denn sonst?«

Das Feuer an der Grundschule, habe Thamsen ihm erzählt, sei mithilfe von Benzin gelegt worden.

»So etwas benutzen hauptsächlich Laien. Die wissen meistens nicht, wie hoch die Verletzungsgefahr ist. Der eigentliche Brandstifter benutzt Ethanol. Also eher ein Professioneller. Zumal Spiritus auch schwer nachzuweisen ist.«

»Also vielleicht doch ein Trittbrettfahrer«, schlussfolgerte Tom.

Haie nickte. Thamsen hatte ihm erzählt, dass man mit diesen Tatsachen nun an die Öffentlichkeit gehen wolle.

»Der Kommissar glaubt, man kann den Täter damit vielleicht aus der Reserve locken. Wenn er hört, dass man von einem zweiten Täter ausgeht, wird er vielleicht noch einmal einen Brand legen, nur um die Polizei stärker auf die Spur des eigentlichen Brandstifters zu lenken.«

Wie recht Thamsen damit hatte, sollte sich noch zeigen.

9.

Thamsen hatte verschlafen. Durch den Schlafmangel der letzten Wochen hatte er seinen Wecker zwar gehört, war aber, nachdem er das nervtötende Piepen ausgeschaltet hatte, gleich wieder eingeschlafen und erst aufgeschreckt, als Anne an seiner Bettdecke gezogen und gefragt hatte, ob es denn heute kein Frühstück gäbe.

»Aber natürlich, mein Engel«, hatte er geantwortet und war in die Küche geschlurft, um den Frühstückstisch zu decken. Da er die Kinder gestern Abend bei Iris abgeholt hatte, war er leider nicht mehr zum Einkaufen gekommen und so beschränkte sich die morgendliche Mahlzeit auf ein paar Cornflakes mit Dickmilch.

»Bei Mama gibt es immer Toast und Nutella«, mäkelte Timo, als er lustlos in der aufgeweichten Pampe herummatschte.

»Mama muss auch nicht arbeiten gehen.«

Eigentlich versuchte er den Kindern gegenüber, Iris möglichst neutral dastehen zu lassen. Sie war zwar weiß Gott keine Supermutti, aber sie war nun mal ihre Mutter. Und von dieser sollten die Kinder kein schlechtes Bild haben. Jedenfalls keines, das er ihnen einredete. Irgendwann würden sie alt genug sein, um sich ihre eigene Meinung über ihre Mutter und deren Lebensweise zu bilden.

Heute jedoch ging ihm das Gejammer seines Sohnes derart auf die Nerven, dass er sich einfach nicht zurücknehmen konnte.

Er hatte nun mal einen Job und musste für sein Geld hart arbeiten. Es konnte nicht verkehrt sein, den Kindern das zu vermitteln. Sonst dachten sie letzten Endes noch, das Geld wachse an irgendwelchen dubiosen Bäumen.

Die Kinder aßen schweigend ihre Cornflakes und er ging ins Bad.

»So, los jetzt«, rief er den Kindern zu, als er sich nach der Dusche schnell ein paar Jeans und ein Hemd überstreifte. In einer Viertelstunde begann der Unterricht.

Auf der Dienststelle schnappte er sich als Erstes das Nordfriesland Tageblatt und holte sich anschließend eine Tasse Kaffee aus der Gemeinschaftsküche.

Die Zeitung brachte aufgrund der gestrigen Pressekonferenz eine Zusammenfassung über die Brandserie und ging dann, wie es Thamsen vorgeschlagen hatte auf die Besonderheiten bei dem Feuer an der Risumer Grundschule ein.

»Ist nicht ganz so, wie du es gewollt hast.« Sein Kollege Gunther Sönksen stand in der Tür zu seinem Büro und schaute bedauernd drein.

Diese Tatsache hatte Thamsen den wenigen Zeilen auch schon entnommen. Kein Wort von dem Verdacht eines zweiten Täters, nichts über mögliche Brandverletzungen. Keine Silbe, die den Täter sonderlich beunruhigen hätte können, stand dort in dem Bericht geschrieben.

»Das gibt's doch nicht.« Dirk Thamsen schlug mit der Faust auf den Tisch, der unter dem gewaltigen Schlag nur so krachte. Gunther Sönksen zuckte mit den Schultern.

»Die Husumer«, erklärte er kurz und knapp.

Thamsen fehlten die Worte. Wieso hatten die Beamten der Kripo sich nicht an die Absprachen gehalten? Und sein Chef? Das wollte er doch nun genauer wissen.

Er stand auf und marschierte mit energischen Schritten zum Büro seines Vorgesetzten.

»Wieso habt ihr bei der Konferenz nicht wie abgesprochen erwähnt, dass wir von einem zweiten Täter ausgehen?«, platzte Thamsen in den Raum.

Der Leiter der Polizeidienststelle, Rudolf Lange, blickte verärgert von seinem Schreibtisch auf. Er kochte förmlich.

»Weil es nicht stimmt.«

Der Druck aus Kiel, die Anfeindungen der Zeitungen, das alles wurde ihm langsam zu viel. Seit Wochen ging das nun schon so. Und ein Ende war nicht in Sicht. Zu allem Übel arbeiteten die Mitarbeiter der SoKo eher gegen- als miteinander. Irgendwie lief bei diesem Fall alles aus dem Ruder.

»Der zweite Mann ist doch nur deine Theorie. Die Kripo geht nach wie vor von einem Täter aus!«

Dirk war sprachlos. Vertraute sein Chef diesen überheblichen Beamten aus Husum mittlerweile mehr als ihm? Und was brauchte es denn noch für Hinweise? In seinen Augen war es klar, dass sie es bei dem Brand in der Risumer Grundschule mit einem Trittbrettfahrer zu tun hatten. Und er hatte nach dem gestrigen Gespräch mit Haie Ketelsen auch einen konkreten Verdacht. Zumindest nahm er an, der Täter könne unter den zahlreichen Männerbekanntschaften der Ermordeten zu finden sein.

»Gut«, schnaubte er beleidigt. »Wenn du das so siehst.« Er drehte sich um und verließ ohne ein weiteres Wort das Büro seines Vorgesetzten.

Holger Leuthäuser wohnte nach Angaben des Direktors in Stedesand und befand sich auf Thamsens Liste der zu überprüfenden Bekanntschaften von Katrin Martensen ganz oben. Eigentlich war es der einzige Name, der auf dieser Liste stand, denn weitere hatte Haie Ketelsen ihm nicht nennen können.

Allerdings war es sehr verdächtig, dass der Referendar seit dem Brand nicht erreichbar war. Zwar hatte er sich krank gemeldet, aber seitdem war er weder erreichbar gewesen, noch hatte jemand ihn gesehen.

Er fuhr die B5 Richtung Husum, bog jedoch diesmal nicht in Risum-Lindholm ab, sondern blieb auf der Bundesstraße, bis er das Ortsschild Stedesand erreicht hatte. Hinter dem Restaurant Deichgraf bog er rechts ab.

Holger Leuthäuser hatte eine kleine Einliegerwohnung im Lärchenweg gemietet. Ursprünglich stammte er aus Kiel, wo er auch studiert hatte. Zum Halbjahr hatte er die Stelle an der Risumer Grundschule bekommen und war nach Stedesand gezogen. Natürlich hätte er sich auch eine Wohnung in Risum-Lindholm mieten können, aber er brauchte ein klein wenig Abstand, wollte den Schülern nicht auch noch in seiner Freizeit ständig begegnen. Obwohl sich das trotzdem kaum vermeiden ließ.

Thamsen drückte den kleinen metallenen Klingelknopf, über dem ein schnörkelloses Schild mit Holger Leuthäusers Namen klebte.

Es dauerte eine Weile, dann aber hörte er Schritte. Langsam öffnete sich die Tür. Doch statt des angehenden Lehrers stand dort eine attraktive, junge Frau und lächelte ihn an.

»Guten Tag«, begrüßte Thamsen sie. »Ich wollte zu Holger Leuthäuser. Ist er da?«

»Kommen Sie doch rein«, bat sie ihn und führte ihn durch einen engen Korridor in ein kleines, aber helles Wohnzimmer. Vor dem breiten Fenster stand ein Schreibtisch, der vor lauter Büchern überquoll, daneben befand sich ein Regal, das unter der Last weiterer Bücher zusammenzubrechen drohte.

Holger Leuthäuser lag auf mehreren Kissen gebettet auf dem Sofa. Sein rechter Arm war von der Schulter bis zum Handgelenk eingegipst, sein Gesicht von Schürfwunden übersät.

Er nickte Thamsen kaum merklich zur Begrüßung zu, doch schon diese leichte Bewegung schien ihm unsagbare Schmerzen zu bereiten.

Dirk fragte sich, woher diese schweren Verletzungen wohl stammten. Hatte der Referendar tatsächlich etwas mit dem Brand zu tun?

»Er hatte einen Unfall«, erklärte die junge Frau,

die scheinbar seine Gedanken lesen konnte. »Mit dem Mountainbike.«

»Ah, ja«, kommentierte Thamsen diesen eigenartigen Zufall und versuchte dann, das Thema zu wechseln.

»Und Sie sind die Freundin?« Er wollte nicht mit der Tür ins Haus fallen, wenn er Holger Leuthäuser nach Katrin Martensen fragte.

»Nein, Gott bewahre«, lachte sie, und entblößte dabei eine Reihe makellos weißer Zähne, »ich bin Michaela Leuthäuser, die Schwester. Und Sie?« Erst jetzt wurde ihm bewusst, dass er sich gar nicht vorgestellt hatte. Er war einfach in das Wohnzimmer von Holger Leuthäuser marschiert und hatte angefangen, Fragen zu stellen.

»Oh, entschuldigen Sie«, murmelte er verlegen. »Dirk Thamsen, Polizeihauptkommissar.«

»Polizei?« Sie blickte ihn fragend an.

»Bestimmt wegen der Schule, stimmt's«, presste Holger Leuthäuser angestrengt hervor. Thamsen nickte. Obwohl das nicht ganz der Wahrheit entsprach.

»Na, dann nehmen Sie doch Platz«, bot Michaela Leuthäuser an und fragte, ob sie einen Tee oder Kaffee anbieten könne.

»Gern.« Er wolle aber keine Umstände bereiten, rief Dirk ihr zu, während sie schon in die Küche verschwand.

»Herr Leuthäuser, wahrscheinlich haben Sie schon gehört, dass es sich bei der Leiche, die in der Schule gefunden wurde, um Katrin Martensen handelt?« Thamsen wartete gespannt auf die Reaktion des Mannes. Doch von der schmerzverzerrten Miene war kaum etwas abzulesen.

»Sie kannten Katrin Martensen?«

Ein vorsichtiges Nicken war die Antwort. Thamsen überlegte, wie er am besten weiter vorgehen sollte. Ein anständiges Gespräch war aufgrund der Verletzungen kaum möglich. Oder täuschte der junge Mann die Schmerzen nur vor?

»Unfall mit dem Fahrrad?«, hakte er daher noch mal nach.

»Ja, ja. Man ist halt keine achtzehn mehr!« Die Schwester hatte seine Bemerkung aufgeschnappt, als sie mit einem Tablett in der Hand zurückkehrte, und scherzte über ihren Bruder. Der zeigte nach wie vor keinerlei Reaktion, und so wandte Thamsen sich an die junge Frau.

»Das ist es aber nett, dass Sie sich um ihn kümmern. Wohnen Sie denn in der Nähe?«

»Gott sei Dank nicht.«

Thamsen kräuselte fragend die Stirn.

»Na, wegen der ganzen Brände. Hier ist man sich seines Lebens nicht mehr sicher. Und nun auch noch diese Tote in Holgers Schule.«

»Katrin Martensen, kannten Sie sie?«

Michaela Leuthäuser stutzte kurz. »Nee, du Holger?« Sie drehte sich zu ihrem Bruder.

Ganz offensichtlich hatte der Referendar keine Beziehung mit der Toten geführt. Jedenfalls nicht offiziell. Ansonsten hätte die Schwester bestimmt davon gewusst. Ihre Überraschung erschien Thamsen nicht gespielt, als Holger Leuthäuser auf ihre Frage hin nun leicht nickte.

»Echt? Oh!«

Sie ließ sich auf den anderen freien Sessel fallen. Der Kaffee schien plötzlich vergessen.

»Wie gut kanntest du sie denn«, übernahm sie nun mehr oder weniger die Fragen, die eigentlich Thamsen hatte stellen wollen.

»Ganz gut.«

»Wart ihr befreundet?«

Holger Leuthäuser zuckte kaum merklich mit den Schultern.

»Hm«, kommentierte sie seine Antwort. Wahrscheinlich konnte sie sich denken, was diese stumme Antwort ihres Bruders bedeutete. Thamsen allerdings nicht.

»Hatten Sie ein Verhältnis mit Katrin Martensen?«, hakte er daher nach.

Plötzlich wurde der schmerzgeplagte Körper des jungen Mannes lebendig. Er rappelte sich, so gut es ihm trotz seines sperrigen Gipsarmes möglich war, auf und blitzte Thamsen an.

»Fragen Sie mal lieber, wer im Dorf kein Verhältnis zu Katrin gehabt hat. Viele wird es da wohl nicht geben. Ja, und ich Trottel bin auch auf sie reingefallen.«

Die Sonne kämpfte sich immer noch ziemlich erfolglos durch die grauen Wolken, der Wind wehte kräftig vom Meer.

Marlene war an diesem Vormittag auf der Suche nach einer passenden Örtlichkeit für den Theodor-Storm-Ehrentag und fuhr Richtung Nordsee.

Eigentlich hätte sie sich lieber mit der bevorstehenden Hochzeit beschäftigen sollen. Ein paar Kleinigkeiten musste sie selbst noch organisieren. Aber komischerweise stand ihr momentan nicht der Sinn danach. Obwohl sie sich auf die Hochzeit mehr als auf alles andere auf der Welt freute. Es war immer ein Traum von ihr gewesen, zu heiraten und eine Familie zu gründen. Lange Zeit hatte es so ausgesehen, als wenn dies leider nur ein Traum bleiben sollte. Dann aber war ihr Tom begegnet. Vor ungefähr fünf Jahren. Er hatte einen Zusammenstoß mit einem Reh auf der B5 und sie war als Erste am Unfallort gewesen. Seitdem hatten sie sich getroffen und waren bereits kurz darauf ein Paar geworden.

Einige Höhen und Tiefen hatte es in ihrer Beziehung gegeben, aber trotz der Schwierigkeiten liebten sie sich heute mehr als je. Das war selten und ein großes Glück, jemanden gefunden zu haben, der einen ebenso liebte, wie man ihn. Sogar Kinder wollten sie haben. Und trotz alledem konnte Marlene sich nicht auf die Hochzeitsvorbereitungen konzentrieren und war heute dankbar, ihrer Mutter die Planung überlassen zu haben. Auch wenn sie anfangs nicht begeistert davon gewesen war.

Aber momentan spukten ihr entweder Theodor Storm und das Projekt anlässlich des Gedenktages im Kopf herum oder die Brände im Dorf. Insbesondere das Feuer an der Grundschule beschäftigte sie, erst recht, seit sie wusste, dass auch noch jemand ermordet worden war.

Kurz vor Dagebüllhafen bog sie ab und fuhr am Außendeich entlang Richtung Schlüttsiel. Sie wusste, dass die Gaststätte auch Räume für Feierlichkeiten anbot und vielleicht war dies ein Ort, an dem man die Gedenkfeier ausrichten konnte. Im Hauke-Haien-Koog gelegen, bot sie auf jeden Fall einen passenden Rahmen.

Marlene hatte beschlossen, die Feier auf keinen Fall im Husumer Schloss stattfinden zu lassen. Gut, Husum war *die Stadt*, wenn es um Theodor Storm ging. Aber man konnte den Dichter doch auch durch seine Werke ehren. Und was eignete sich besser als ein Ort, der nach seiner bekanntesten Erzählfigur benannt war?

Immer wieder bewunderte sie den Dichter dafür, wie er eine Figur erschaffen hatte, die die meisten Nordfriesen schlichtweg als einen der ihren bezeichneten, als hätte er einst tatsächlich gelebt. Unterstrichen wurde diese Tatsache 1961 durch die Benennung des neu gewonnenen Kooges nach Hauke Haien.

Marlene hatte die Gaststätte erreicht und lenkte ihren Wagen auf den Parkplatz. Als sie ausstieg hatte der Wind ein Loch in die graue Wolkendecke gerissen und die Sonne warf für einen kurzen Augenblick ein paar Strahlen auf die Erde. Trotzdem blieb es kalt und Marlene zog sich ihre Fleecejacke über und kletterte auf den Deich.

Es war Flut, und die frische Brise, die vom Meer her

wehte, peitschte das Wasser der Nordsee zu Wellen auf. Wie gut, dass der Deich die Landschaft schützte, denn das Meer konnte sich zu einem wahren Ungeheuer erheben und zerstörerische Kräfte entwickeln.

Marlene schlang die Arme um ihre Schultern. So sehr sie das Meer auch liebte, der Gedanke an die großen Sturmfluten, die hunderte von Menschen in den Tod gerissen hatten, ließ sie immer wieder frösteln. Schnell wandte sie sich um und lief hinüber zur Gastwirtschaft.

In den Wintermonaten war das Restaurant direkt am Schlüttsieler Hafen, im Schutz des Deiches gelegen, meist nur an den Wochenenden gut besucht. Doch jetzt im Mai hatten bereits die ersten Feriengäste den Weg nach Norddeutschland gefunden, und etliche Tische waren auch unter der Woche vor allem zur Mittagszeit besetzt.

Sie wählte einen Platz am Fenster und bestellte einen Pfefferminztee. Dann fragte sie die Bedienung, ob jemand ihr die Räumlichkeiten für größere Feiern zeigen könne.

»Oh, wollen Sie heiraten?«

Diese Frage konnte Marlene schwerlich verneinen, jedenfalls nicht, ohne zu lügen. Trotzdem wollte sie nicht vorgeben, mit dem Gedanken zu spielen, ihre Hochzeit hier zu feiern.

»Nein, ich suche etwas für einen öffentlichen Empfang.«

»Mit wie vielen Gästen?«

Über die Gästeliste hatte sie sich noch gar keine

Gedanken gemacht. Wen lud man ein zu solch einem Ehrentag? Lag das überhaupt in ihrem Bereich?

»Vielleicht so hundert Leute«, schätzte sie daher vorsichtig.

»Oh«, winkte die Kellnerin ab, »das wird eng. Aber ich zeige Ihnen trotzdem gerne mal den Saal.«

Thamsen verließ die Wohnung von Holger Leuthäuser mit einem merkwürdigen Gefühl im Bauch. Eigentlich hatte er sich von dem Besuch mehr erhofft, denn für gewöhnlich verfügte er über ein gutes Gespür, ob jemand an einem Verbrechen beteiligt war. Bei Mord war das zwar immer so eine Sache, aber meistens ließ ihn auch da sein Bauchgefühl nicht im Stich. Und die Hinweise von Haie Ketelsen hatten vielversprechend geklungen.

Im Fall Holger Leuthäuser war er sich jedoch nicht sicher. Auf der einen Seite hatte Thamsen schon den Eindruck, als trauere der junge Mann um die Ermordete, auf der anderen Seite ließ er wiederum kein gutes Haar an ihr.

Er hatte nachgehakt, was der angehende Lehrer mit seiner impulsiven Äußerung gemeint hatte, aber der war plötzlich verstummt und hatte weder über Katrin Martensen noch seine Beziehung zu ihr mehr ein Wort verloren. Wahrscheinlich hatte er gemerkt, dass Thamsen ihn verdächtigte. Und das aus gutem Grund. Denn auf jeden Fall war Holger Leuthäuser eifersüchtig gewesen auf Katrin Martensens andere Freundschaften oder wie immer man es auch nennen wollte, was sie mit den Männern verbunden hatte. Und dann sein angeblicher Unfall. War er wirklich vom Fahrrad gestürzt oder verbarg er unter dem Gips ganz andere Verletzungen? Verletzungen, die zum Beispiel von einer Explosion herrührten?

Er hatte sich den Namen und die Adresse des Arztes geben lassen, der Holger Leuthäuser behandelt hatte, aber es würde schwer werden, eine Aufhebung der ärztlichen Schweigepflicht durch den Staatsanwalt zu bewirken. Denn letztendlich hatte er gegen den Verdächtigen nichts in der Hand.

Er stieg in seinen Wagen und überlegte kurz, ob er direkt zu seinem Vater ins Krankenhaus fahren sollte. Er hatte ein schlechtes Gewissen, weil er ihn gestern nicht besucht hatte. Seine Mutter hatte ihm auf die Mailbox gesprochen, er sei aus dem Koma aufgewacht. Außerdem hatte sie ihn um ein Gespräch gebeten. Sicherlich wollte sie klären, wie es weitergehen sollte. Vermutlich würde sein Vater ein Pflegefall bleiben. Komisch, das alles berührte ihn wenig. Die Empfindungen gegenüber seinen Eltern galten eigentlich einzig und allein seiner Mutter. Nur ihr zuliebe hatte er den Kontakt überhaupt aufrechterhalten. Sie hielt quasi die Familie zusammen, während seinem Vater der Sohn und auch die Enkel völlig gleichgültig waren. Schon oft hatte er sich das Hirn darüber zermartert, warum das so war. Wieso verhielt Hans Thamsen sich ihm und seinen Kindern gegenüber derart merkwürdig? Doch es war sinnlos, sich diese Frage zu stellen. Es gab keine Antwort darauf. Und selbst wenn, jetzt brauchte er sie auch nicht mehr. Es war, wie es war, und Dirk Thamsen hatte sich irgendwie damit abgefunden.

Und so musste sein Vater, auch wenn er im Krankenhaus lag, noch ein wenig auf seinen Besuch warten. Aber er hatte ja sowieso nie großen Wert auf die Anwesenheit des Sohnes gelegt. Daher konnte Thamsen, wenn er schon unterwegs war, gleich noch einmal einen Abstecher zu den Martensens machen und ein paar Fragen zu den Freunden der toten Tochter stellen.

Auf dem Hof stand neben dem Jeep und dem Mercedes heute zusätzlich ein Porsche mit Hamburger Kennzeichen. Thamsen parkte seinen alten Kombi neben dem glänzenden Sportwagen und stieg aus.

Solch ein Auto müsste man fahren, dachte er sich. Es war immer ein Traum von ihm gewesen, einmal in einem Flitzer wie diesem zu sitzen. Lange Zeit hatte er darauf gespart. Doch das war vor seiner Ehe mit Iris gewesen und natürlich bevor Timo und Anne geboren wurden. Denn von da an, war sein gesamter Verdienst für die Familie draufgegangen, und statt eines schicken Porsches hatte er sich einen großen Kombi oder besser gesagt, einen ›Pampersbomber‹ gekauft, den er bis heute fuhr.

Auf sein Klingeln öffnete ihm auch diesmal Fritz Martensen. Er trug eine dunkle Cordhose und einen schwarzen Rolli.

»Gibt es etwas Neues?«

Thamsen verneinte.

»Aber ich müsste Ihnen ein paar Fragen stellen.« Der korpulente Mann blickte ihn mürrisch an. Er schien keine besonders gute Meinung über ihn zu haben. Kein Wunder. Die Zeitungen hatten dem Ruf der Polizei in Nordfriesland sehr geschadet. Die Menschen vertrauten nicht mehr auf die Gesetzeshüter. Trotzdem bat er ihn herein und führte ihn, wie auch bei seinem letzten Besuch, in das riesige Wohnzimmer.

Frau Martensen saß auf dem Sofa, neben ihr ein junger Mann, der sofort aufsprang, als sie zusammen den Raum betraten.

»Erk Martensen«, stellte er sich vor. Sein Handschlag war lasch und passte zu seiner zarten äußerlichen Erscheinung. Erk Martensen war körperlich das totale Gegenteil seines Vaters und ähnelte ihm in keiner Weise.

Er sei auf Geschäftsreise gewesen und habe erst jetzt kommen können.

»Es ist so schrecklich, was mit Katrin geschehen ist. Haben Sie denn schon eine Spur?«, piepste er mit hoher Stimme.

Thamsen vermutete, dass der Grund für seine Abwesenheit wohl eher eine private Reise war. So braungebrannt, wie er vor ihm stand. Das sah ihm eher nach einem Strandurlaub als einer Geschäftsreise aus. Aber letztendlich ging ihn das nichts an. Was wusste er, wie das Verhältnis zwischen Katrin Martensen und ihrem Bruder gewesen war. War er nicht selbst das beste Beispiel? Er saß schließlich auch nicht am Bett seines Vaters.

»Hatte Ihre Tochter einen festen Freund?« Er stellte die Frage an Ingrid Martensen, denn meistens waren es die Mütter, die sich mit den Freunden und Bekanntschaften der Kinder am besten auskannten.

Doch wider Erwarten antwortete Fritz Martensen. »Nein, meine Tochter war solo.«

»Und Bekanntschaften oder so …?«, hakte Dirk nach.

»Worauf wollen Sie hinaus?« Der Vater der Ermordeten blitzte ihn böse an.

»Na, ja«, druckste er herum und war sich unsicher, wie er die zahlreichen Männerbekanntschaften nennen sollte, die Katrin Martensen angeblich gehabt hatte. Ihm war bewusst, bei seinem Wissen handelte es sich lediglich um das Gerede aus dem Dorf, von dem Haie Ketelsen ihm erzählt hatte. Aber ein Körnchen Wahrheit war an diesen Gerüchten meist dran. Und zumindest Holger Leuthäuser hatte zugegeben, eine Beziehung mit der Toten gehabt zu haben. Und von weiteren Männern hatte er auch gesprochen.

»Ich frage mich, ob Katrin einem Mann vielleicht Hoffnungen gemacht hat, die sich nicht erfüllten. Oder sie hat sich für einen anderen entschieden.«

»Sie meinen, Eifersucht könnte eine Rolle gespielt haben?« Erk Martensen schaute ihn verwundert an. »Aber ich dachte, der Brandstifter hätte sie überrascht und …«

Er beendete den Satz, indem er seinen Arm erhob, um ihn anschließend mit geballter Faust hinabschnellen zu lassen, »Bumpf.«

Thamsen fand diese Geste mehr als unpassend und auch die Eltern schauten irritiert auf den Sohn.

»Richtig ist – Ihre Schwester ist erschlagen worden. Wir gehen jedoch davon aus, dass es sich bei dem Mörder nicht um den Brandstifter handelt, der seit Wochen sein Unwesen in der Gegend treibt.«

»Nicht?« Erk Martensens Augen weiteten sich.

»Nein. Der Mord ist wahrscheinlich anders motiviert.«

»Und Sie glauben, einer ihrer beleidigten Lover hat sie umgebracht?«

»Erk«, brachte Fritz Martensen seinen Sohn mit harscher Stimme zum Schweigen und ergriff dann selbst das Wort.

»Aber es gab da niemanden. Katrin war ein anständiges Mädchen.«

Da hatte Thamsen etwas anderes gehört, verkniff sich aber eine Bemerkung, als er die zornigen Augen seines Gegenübers funkeln sah.

Erk Martensen hingegen ließ sich davon nicht einschüchtern.

»Und was war mit Heiko und Jan?«

Thamsen horchte auf. War Katrin Martensen vielleicht doch nicht solch ein anständiges Mädchen, wie ihr Vater behauptete?

»Was soll da gewesen sein?«, zischte Fritz Martensen.

Marlene war sich nicht sicher, ob der Raum im Schlüttsieler Restaurant ausreichen würde, um die geladenen

Gäste unterzubringen. Er war hell und geschmackvoll eingerichtet und Marlene liebte den Ausblick auf das Meer. Dennoch war sie unsicher, ob er genügend Platz bot.

»Wir können natürlich auch unten mit eindecken, aber wenn Sie das ganze Gasthaus mieten, wird es natürlich auch teurer.«

Marlene schüttelte den Kopf. Viel kosten durfte die Veranstaltung ohnehin nicht. Der Verein finanzierte sich aus Spenden und die waren in der letzten Zeit nicht besonders üppig ausgefallen. Daher hatte sie für den Gedenktag auch nur ein kleines Budget genehmigt bekommen.

Sie bedankte sich und ging zurück an ihren Tisch am Fenster. Am Nebentisch saß ein älteres Paar, das sich mit dem Kellner unterhielt.

»Ist 'ne Schande, dass die Polizei den nicht kriegt.«

»Och«, winkte der Mann mit dem Tablett ab, »über kurz oder lang kriegen die den zu fassen. Is' ja nicht der erste Feuerteufel, der hier wütet. Bisher haben die noch jeden gekriegt.«

Marlene hatte nicht lauschen wollen. Da der Mann sich aber scheinbar gut auskannte, konnte sie von ihm vielleicht Informationen für ihren Artikel bekommen.

»Entschuldigen Sie«, mischte sie sich daher in die Unterhaltung ein, »aber wann gab es denn die letzte Brandserie?«

Der Kellner blickte verwirrt zur ihr hinüber. Fing sich aber schnell.

»Vor zwei, drei Jahren. Das war aber auf Sylt.«

»War das nicht ein Makler, der etliche Häuser angezündet hat, weil er die Versicherungssumme kassieren wollte«, erinnerte sich der ältere Mann vom Nachbartisch.

Der Angestellte nickte und ignorierte die gereizten Blicke seiner Kollegin. Das Wohl der Gäste lag ihm nun einmal am Herzen und in diesem Fall schien es daraus zu bestehen, den Besuchern Auskunft über Brandstiftungen in Nordfriesland zu geben. Da musste der Abwasch mal warten.

»Solche Brände hat es ja schon immer gegeben. In Langenhorn ist doch seinerzeit mal das halbe Dorf abgebrannt. Auch Brandstiftung.«

»Ja, aber wie, wenn nicht auf frischer Tat, will man solch einen Täter überführen?«, fragte Marlene, die sich in diesen Fällen einen Nachweis der Tat als schwierig vorstellte.

Dirk Thamsen hatte gesagt, der Täter hinterlasse keine Spuren.

»Aber mit der Leiche wird es wohl Hinweise geben«, entgegnete der Kellner.

»Das war nicht der Feuerteufel«, stellte Marlene richtig.

»Nicht?« Der Ober geriet ins Wanken und hielt sich an der Tischkante fest.

»Na, die Frau ist ermordet worden. Der Brand sollte das nur vertuschen. Die Polizei jedenfalls geht von einem Trittbrettfahrer aus.«

»Ach so.« Dem Mann verschlug es die Sprache. Es

schien ihm peinlich, nicht auf dem neuesten Stand zu sein. Eilig kassierte er die Rechnung am Nebentisch und verschwand.

Marlene zuckte verständnislos mit den Schultern, während das ältere Ehepaar aufstand und das Restaurant verließ. Ihr war es etwas unangenehm, mit ihrer Bemerkung anscheinend die Unterhaltung beendet zu haben.

»Machen Sie sich nichts draus«, beruhigte die Kellnerin sie, die ihr den Festsaal gezeigt hatte, und grinste »er mag es nicht, wenn jemand etwas besser weiß. Schon gar nicht, wenn es sich dabei um eine hübsche Frau handelt.«

Auf dem Rückweg fuhr Marlene über Waygaard, ohne jedoch in Bongsiel noch einmal anzuhalten. Es machte keinen Sinn, sich Räume anzuschauen, wenn sie nicht einmal wusste, wie viele Gäste eingeladen wurden.

Als sie in Norderwaygaard an der Stelle vorbei kam, an der man vor drei Jahren die Leiche ihrer Freundin in der Lecker Au gefunden hatte, hielt sie an der Bushaltestelle und stieg aus. Immer noch jagten ihr an diesem Ort Schauer über den Rücken; sah sie Heikes bleiches Gesicht vor sich, wenn sie über das Geländer der Brücke hinab in das dunkle Wasser sah.

Was würde sie dafür geben, wenn ihre Freundin noch am Leben wäre. Sie fehlte ihr. Jeden Tag vermisste Marlene sie und jetzt, so kurz vor der Hochzeit, besonders.

Sie fragte sich, ob es eine gute Entscheidung war,

nach dem Tod der Freundin in Risum-Lindholm geblieben zu sein. Konnte sie jemals vergessen, was an diesem Ort geschehen war? Auch wenn das Dorf so friedlich wirkte, hier gab es Mord und Totschlag. Und zwar nicht gerade selten.

Schon wieder war eine junge Frau ums Leben gekommen. Sie wusste, die beiden Fälle konnten nichts miteinander zu tun haben. Heikes Mörder saß hinter Gittern, er konnte Katrin Martensen nicht umgebracht haben. Trotzdem versetzte der Mord sie wieder in Angst und Schrecken. Dabei hatte sie gedacht, ihre Trauer um Heike und das Entsetzen über das Verbrechen in den Griff bekommen zu haben. Doch dem war nicht so. Wieder einmal fühlte Marlene sich hilflos und allein. Sie holte tief Luft, um die aufsteigenden Tränen zu unterdrücken. Aber der innerliche Druck war stärker und schließlich gab sie ihm nach. Durch einen Schleier hindurch sah sie den Fluss Richtung Nordsee strömen. Am Horizont zeichnete sich ein Streifen blauer Himmel ab. Beinahe wie ein Hoffnungsschimmer, dachte Marlene und wischte sich mit dem Handrücken die Tränen aus dem Gesicht. Nein, sie würde sich von hier nicht vertreiben lassen – von keinem Verbrecher der Welt. Sie liebte dieses Land, diese endlose Weite, die Freiheit und zugleich Geborgenheit vermittelte. Hier war sie zuhause. Hier gehörte sie her. Sie holte noch einmal tief Luft, ehe sie entschlossen zu ihrem Wagen zurück ging, einstieg und den Motor startete.

Thamsen parkte bei der Polizeidienststelle und ging von dort aus zu Fuß zum Krankenhaus. Es war nicht weit. Die Klinik, die seit gut 80 Jahren die Bevölkerung der Region Südtondern medizinisch betreute, lag nur wenige Schritte von seinem Arbeitsplatz entfernt. Eigentlich umso schändlicher, wenn man bedachte, wie selten er sich bisher bei seinem kranken Vater hatte blicken lassen.

Auf dem Flur vor dem Krankenzimmer stand seine Mutter. Sie hatte geweint. Das sah er sofort.

»Was ist los?« Er legte seinen Arm um ihre Schultern.

»Ach nichts«, tat sie seine besorgte Frage ab. »Die Ärzte waren gerade hier.«

Dirk Thamsen ahnte, dass sie keine guten Nachrichten überbracht hatten. Ansonsten würde seine Mutter kaum mit verheultem Gesicht auf dem Gang stehen.

Er streichelte über ihren Oberarm. Sie zitterte leicht.

»Papa wird wohl ein Pflegefall bleiben.«

Es dauerte einen kurzen Moment, ehe er die Bedeutung dieses Satzes begriffen hatte. Tausend Gedanken schossen durch seinen Kopf. Gedanken, die sich zu scheinbar unlösbaren Problemen auftürmten.

Wie schlimm waren die Folgeschäden? Musste er gewickelt, gefüttert, rund um die Uhr betreut werden? Und wer sollte das tun? Seine Mutter war rein körperlich nicht dazu in der Lage. In ein Heim würde sie ihn allerdings nicht geben wollen. Und wo sollten sie auch auf die Schnelle einen Platz bekommen? Es gab sicherlich lange Wartelisten und sie hatten sich bisher nie um derlei Angelegenheiten gekümmert. Thamsen hatte mit so etwas nicht gerechnet. Obwohl seine Eltern auch nicht mehr die Jüngsten waren, hatte er niemals darüber nachgedacht, was im Alter mit ihnen geschehen sollte. Und geredet hatten sie darüber schon gar nicht.

Er konnte sich unmöglich um die beiden kümmern, war ja schon mit seinem eigenen Leben überfordert. Wie sollte er da zwei ältere Herrschaften betreuen? Geschweige denn rund um die Uhr pflegen. Aber wer, wenn nicht er? Geschwister hatte er keine, und eine Pflegekraft kostete sicherlich eine Menge Geld. Würde dafür die Pension seines Vaters ausreichen? Mit Sicherheit hatten seine Eltern etwas auf der hohen Kante. Sein Vater war immer sehr sparsam, ja beinahe geizig gewesen. Aber wie viel die beiden zurückgelegt hatten, wusste er nicht.

»Was willst du denn jetzt machen?«

Magda Thamsen seufzte leise.

»Erst einmal muss sich sein Zustand stabilisieren. Eventuell habe ich bis dahin einen Platz in der Kurzzeitpflege gefunden. Dann könnte ich zuhause alles vorbereiten.«

»Aber du kannst doch die Pflege nicht allein übernehmen.«

Ihm war klar, dass sie das tun würde. Egal, was er an Argumenten vorbrachte. Sie würde ihren Ehemann nicht in ein Heim abschieben. Aber warum? Liebte sie ihn so sehr? Diesen unsensiblen, emotionslosen Kerl? Er hatte seine Eltern nie zärtlich miteinander umgehen sehen. Sein Vater war zu seiner Frau nicht besonders liebevoll gewesen.

»Dirk, ich wollte schon lange mal mit dir sprechen. Über Papa.« Seine Mutter sah ihn ernst an. »Hast du morgen Zeit?«

10.

»Ich habe aber eigentlich nicht die Zeit, euch bei der Brandwache zu unterstützen.«

Tom folgte Haie in die Gastwirtschaft, in der sich die Dorfbewohner zu einer erneuten Lagebesprechung trafen.

»Du sollst ja auch nur mal hören, wie die anderen die Lage einschätzen und vor allem Augen und Ohren offen halten.«

Haie hielt es nicht für unwahrscheinlich, dass der Brandstifter, sofern es sich denn um jemanden aus Risum-Lindholm oder Umgebung handelte, sich an ihren Aktionen beteiligte. Zwar hatte er bei der letzten Versammlung diese Möglichkeit nicht wirklich in Betracht gezogen, aber seit seinem letzten Gespräch mit Thamsen sah er das anders.

Es sei nicht ungewöhnlich, wenn ein Täter sich an solchen Maßnahmen beteiligte, hatte der Kommissar ihm erklärt. Er solle nur mal an den Fall der ermordeten Frau in den 50er Jahren denken, bei dem der Mörder sich sogar den Suchmannschaften angeschlossen hatte. Damals hatte der Täter ganz bewusst nach der Vermissten gesucht, obwohl er wusste, dass sie tot in der Lecker Au schwamm. Er hatte sie ja selbst umgebracht. Doch um von sich abzulenken, war er zusammen mit den anderen Männern aus dem Dorf aufgebrochen, um nach der Frau zu suchen. Dieses Argument hatte Haie überzeugt. Daher hatte er Tom gebeten, ihn zur Versammlung zu begleiten. Zwei Paar Augen sahen nun einmal mehr.

Sie waren früh dran. In der kleinen Gaststube waren erst wenige Plätze belegt.

»Na, die meisten müssen wohl um diese Zeit noch arbeiten«, erklärte der Wirt diesen Umstand, als er ihnen die bestellten Getränke brachte. »Besser, man hätte die Besprechung später angesetzt.«

»Ja, aber später müssen wir ja auf Patrouille«, warf einer der Männer am Tresen ein. Tom blickte sich interessiert um, während Haie sich mit den anderen darüber unterhielt, wie und wo sie am besten die Brandwache organisierten.

Nach und nach füllte sich der Gastraum doch und als der Bürgermeister endlich die Versammlung eröffnete, waren wieder alle Plätze in der Wirtschaft belegt.

»Ich kann es dir nicht erklären«, raunte Tom seinem Freund zu, als die Menge gerade abstimmte, welcher der Freiwilligen wo eingesetzt werden sollte. »Aber irgendwie habe ich das Gefühl, der Typ ist tatsächlich hier.«

Er hatte sich jeden der Anwesenden genauestens angesehen und auch die Reaktionen der Leute beobachtet, als man über den letzten Brand in Blocksberg und die offensichtlichen Lücken bei der Bewachung des Dorfes sprach. Ein Mann war ihm besonders ins Auge gefallen.

»Den hab' ich hier auch noch nie gesehen.«

Haie wandte sich so unauffällig wie möglich um.

»Ach, das ist der Bruder der Ermordeten. Erk Martensen.«

»Was macht der denn hier?«

»Keine Ahnung.«

Haie fand es auch seltsam, dass Erk Martensen die Versammlung besuchte. Sollte er sich nicht lieber um seine Eltern kümmern? Sie bei den Vorbereitungen für die Beerdigung unterstützen? Ihnen beistehen?

Und trauerte er nicht selbst um seine Schwester? Oder war er hier, weil auch er glaubte, der Täter befände sich unter ihnen?

»Aber der grinst die ganze Zeit«, bemerkte Tom.

Vielleicht lag das an der nicht unbeachtlichen Menge Alkohol, die er bereits getrunken hatte. Haie hatte gesehen, wie der Wirt dem jungen Mann ein Bier nach dem anderen hinstellte.

»Wahrscheinlich versucht er seinen Schmerz zu betäuben.«

»Hier?«

Tom hatte recht. Eine überfüllte Kneipe, in der man laut über die Bekämpfung des Brandstifters lamentierte, war wirklich nicht der geeignete Ort, an dem man angemessen um die ermordete Schwester trauerte. Zumal der Mord an Katrin Martensen natürlich auch diesmal wieder Thema in den Gesprächen unter den Anwesenden war.

»Dass die Polizei da aber auch nichts tut. Das is’ ja man nich nur ein Brandstifter, sondern auch ’n Mörder, näch?«

Vor allem die Männer am Tresen hatten ein lautes Mundwerk.

»Ich habe gehört, dass es unterschiedliche Täter sein sollen.«

Erk Martensen war aufgestanden und blickte in die Runde. Fast sah es so aus, als erwarte er Beifall. Auf jeden Fall genoss er seinen Auftritt. Die anwesenden Gäste waren nach seiner Aussage verstummt. Es war so still im Raum, man hätte eine Stecknadel zu Boden fallen hören. Gebannt starrten alle auf den jungen Mann, der ohne ein weiteres Wort einen nach dem anderen intensiv musterte.

Tom fröstelte, als er an der Reihe war. Der Blick hatte etwas Eigenartiges an sich. Er hätte es nicht in Worte fassen können, aber er fühlte sich unterschwellig bedroht von diesem Mann.

Der Wirt, der über die meiste Erfahrung mit alkoholisierten Menschen verfügte, fasste sich als Erster.

»Und wo willst du das gehört haben?«

»Von der Polizei.«

Ein Raunen ging durch den Raum. Die Kripo ging also von zwei Tätern aus. Das wurde ja immer schlimmer. Wie sollten sie sich dagegen schützen?

»Und hat die Polizei auch gesagt, wer deine Schwester umgebracht haben könnte?«, fragte der Inhaber der Gastwirtschaft schonungslos weiter.

Er mochte Erk Martensen nicht besonders, der sich in seinen Augen für etwas Besseres hielt, seit er vom Dorf in die große Stadt Hamburg gezogen war. Er fragte sich sowieso, was Erk hier wollte. Kam ja sonst nie in die Kneipe.

»Einer von euch?«

Ein erneutes Raunen erhob sich, das sich nach dieser Bemerkung allerdings nicht legte, sondern zu einem lauten Geschrei anschwoll.

»Das ist ja wohl unverschämt!«

»Die sind ja nicht ganz dicht!«

»Wer soll das denn sein?«

Alle redeten wild durcheinander. Man konnte sein eigenes Wort nicht mehr verstehen. Die Männer vom Tresen drohten mit hochrotem Kopf Erk Martensen sogar Prügel an.

Der Bürgermeister versuchte, sich Gehör zu verschaffen, indem er mit einem Löffel gegen sein Glas schlug. Als dies erfolglos blieb, schlug er so fest mit seiner Faust auf den Tresen, dass er anschließend laut vor Schmerz aufschrie.

»Aua, verdammt!«

»So wird das nichts«, raunte Haie Tom zu, stand auf und kletterte auf den Tisch.

»Leute«, schrie er und stampfte dabei mit seinem Fuß auf. »Is' gut nu!«

Tom musste schmunzeln. Diese resolute laute Art war eigentlich nicht Haies Art. So kannte er den Freund gar nicht – und die anderen Dorfbewohner anscheinend auch nicht.

Plötzlich war es mucksmäuschenstill im Raum und alle starrten auf Haie, der auf dem Tisch wirklich ein seltsames Bild bot.

»Wir sind nicht hier, um einen Mordfall zu klären. Das ist Sache der Polizei«, setzte er an, um die Anwesenden an den eigentlichen Grund ihrer Zusammenkunft zu erinnern.

»Die Brandwache muss organisiert werden, und nun lasst mal den Bürgermeister den Plan für die nächsten Tage vorstellen.«

Ein leises Gemurmel erfüllte den Raum, als Haie von dem Tisch kletterte, aber im Gegensatz zu vorher blieb es verhältnismäßig ruhig. Tom bezweifelte zwar, dass irgendeiner der Anwesenden sich noch für die Organisation der Wachpatrouillen interessierte, aber zumindest gab es keine weiteren Tumulte.

Als die Regelungen abgeschlossen waren, löste sich die Versammlung jedoch nicht auf. Jeder wollte sich über die Anschuldigungen austauschen.

»Ja, aber wir haben doch letztes Mal selbst darüber diskutiert, ob der Brandstifter vielleicht unter uns ist«, gab Haie zu bedenken, als sich sein Tischnachbar lautstark über die haltlosen Behauptungen der Polizei mokierte.

»Dat is' ja wohl wat anderes als 'n Mord.«

»Na ja«, mischte Tom sich ein, »soweit ich weiß, war Katrin Martensen bei der letzten Versammlung bereits tot. Ob nun der Brandstifter oder jemand anders sie umgebracht hat – Mord bleibt Mord.«

»Aber wer soll sie denn umgebracht haben?« Der Mann im Karohemd vom Nebentisch kratzte sich am Kopf.

»Ich hab gehört«, meldete Haie sich nun wieder zu Wort, »sie soll da mit mehreren Männern gleichzeitig was am Laufen gehabt haben. Vielleicht war es eine Eifersuchtstat.«

»Ach wat«, der Wirt war zu ihnen getreten und gab nun auch seine Meinung zum Besten. »Das sind doch alles solche Jünglinge. Die sind zu so etwas gar nicht fähig. Dat muss schon jemand anderes gewesen sein.«

Marlene wollte auf dem Heimweg noch schnell ein paar Dinge fürs Abendessen besorgen und bog daher von der Dorfstraße auf den kleinen Parkplatz gegenüber dem SPAR-Markt ab.

Zwischen einem roten Kombi und einem Golf war noch eine Lücke frei, allerdings standen dort zwei Männer und unterhielten sich miteinander.

Marlene wollte gerade durch ein Hupen andeuten, dass sie ihren Wagen gerne dort abstellen wollte, als einer der Männer weit ausholte und auf den anderen einschlug. Im Nu entwickelte sich eine handfeste Schlägerei zwischen den beiden.

Was ist denn mit denen los, wunderte sich Marlene und stieg aus.

»Hallo, aufhören«, rief sie zu den beiden Männern hinüber. Doch die nahmen sie gar nicht wahr, sondern prügelten weiter aufeinander ein.

»Du bist schuld. Du hast sie umgebracht«, schrie der Schmächtigere der beiden immer wieder. Er war dem Dunkelhaarigen zwar körperlich unterlegen, wehrte sich aber gegen die Schläge mit Leibeskräften.

»Bist du verrückt. Du warst doch eifersüchtig wie ein Luchs«, keifte der andere zurück.

Marlene schloss aus den wenigen Wortfetzen, dass es um den Mord an Katrin Martensen ging.

»Hallo«, versuchte sie erneut, sich bemerkbar zu machen. Diesmal mit Erfolg. Die Männer stoben geradezu auseinander und schauten sie mit großen Augen an. Allerdings nur wenige Sekunden lang, dann senkten sie den Blick und liefen jeder zu einem Auto. Noch ehe Marlene reagieren konnte, heulten die Motoren auf und die Männer fuhren mit quietschenden Reifen vom Parkplatz.

Sie brauchte einen Moment, um zu begreifen, was hier eigentlich gerade geschehen war.

»Haben Sie das gesehen?«, fragte Marlene die Ladenbesitzerin, als sie den Supermarkt betrat.

»Meinen Sie die Kappelei zwischen den beiden?«

»Wer war das?«

»Och, dat waren Heiko und Jan«, antwortete Helene, die auch gleich einen Grund für den Streit der Männer parat hatte.

»Ging doch bestimmt um eine Frau, oder? Wenn man nich sogar um Katrin.«

Marlene nickte. Anscheinend war im Dorf bekannt, dass die beiden hinter der Bauerntochter her gewesen waren. Aber ob die Ladenbesitzerin auch von den Beschuldigungen wusste, die die beiden sich an den Kopf geworfen hatten?

»Mhm«, überlegte die rundliche Frau hinter dem Kassentresen, als Marlene ihr davon berichtete. »Kann ich mir eigentlich nicht vorstellen. Heiko und Jan sind ganz anständige Kerle. Dass die was mit dem Mord zu tun haben?«

Sie starrte gedankenversunken durch die gläserne Eingangstür hinüber auf den Parkplatz. Marlenes Herz klopfte laut. Es war nicht nur die Aufregung wegen des Streits und der Prügelei. Sie spürte, sie war hier auf einer heißen Spur. Handelte es sich bei einem der Männer um den Mörder von Katrin Martensen?

Die Ladenbesitzerin wackelte bedächtig mit dem Kopf hin und her. Anscheinend wog sie ab, ob einer der beiden als Täter in Betracht kam. Sie kannte Heiko und Jan von klein auf. Als Jungs hatten sie schon ihre Schulhefte und Süßigkeiten bei ihr gekauft, später dann auch Bier und Zigaretten. Eigentlich traute sie keinem der beiden einen Mord zu.

»Nun ja, manchmal steckt man in so einem Menschen nicht drin. Und wenn Eifersucht im Spiel war? Wer weiß, was in denen so vorgegangen ist?«

11.

Wienke Lentzen schrak auf. Um sie herum war es stockdunkel. Sie brauchte einen Augenblick, bis sie verstand, wo sie sich befand. In ihrem Schlafzimmer. Mitten in der Nacht.

Irgendetwas hatte sie geweckt. Nur was?

Sie rappelte sich aus dem Bett. Die Leuchtziffern ihres Radioweckers zeigten nach 2:00 Uhr an. Sie hatte erst drei Stunden geschlafen, dennoch war sie hellwach.

Im Dunkeln angelte sie nach ihren Pantoffeln und schlüpfte hinein. Langsam tastete sie sich zur Zimmertür, fuhr dabei mit der Hand über die unebene Oberfläche der Raufasertapete.

Endlich konnte sie die Klinke unter ihren Fingern spüren. Sie öffnete die Tür und trat hinaus in den Flur. Er war hell erleuchtet. Nicht von den Lampen, deren Energiesparbirnen ohnehin nur eine schwache Helligkeit zustande brachten.

Sie begann zu zittern. Flackerndes Licht fiel durch die Glasscheibe der Haustür. Wie angewurzelt stand Wienke Lentzen da. Im Nachthemd. Auf den Eingang starrend.

Plötzlich stürzte sie zur Tür und riss sie auf.

»Heiko«, schrie sie, während sie auf das Nachbarhaus zulief. »Heiko!«

Die Hitze der lodernden Flammen stoppte sie.

Schützend riss sie die Arme vor ihr Gesicht. Das Feuer zischte und knackte laut, erst jetzt nahm sie das Martinshorn der Feuerwehr wahr.

Warum dauerte das denn solange, bis die kamen?

»Hierher«, rief sie und wedelte mit den Armen, »hierher. Da ist noch jemand im Haus!«

Thamsen gewöhnte sich langsam daran, jede zweite Nacht aus dem Schlaf gerissen zu werden. Es war allerdings eine traurige Routine, die sich in seinem Leben einschlich, bedeutete es doch, dass wieder einmal ein Haus in Flammen stand.

Er sprang in seine Jeans, legte den Zettel, den er bereits vor wenigen Tagen einmal für seine Kinder zurückgelassen hatte, um ihnen seine Abwesenheit zu erklären, wieder auf den Küchentisch und griff nach den Autoschlüsseln im Flur.

Es brannte wieder in Risum-Lindholm. Diesmal in der Dorfstraße nur einige hundert Meter vom Friseur entfernt.

Als er am Einsatzort eintraf, bemerkte er sofort, dass bei diesem Brand etwas anders war. Am Straßenrand stand ein Rettungswagen, die Feuerwehr war ins Haus gestürmt.

Soviel man wusste, teilte ihm einer der Passanten, die bereits wieder die Absperrung in Scharen säumten, mit, befand sich der Bewohner noch im Inneren.

Thamsen hob das rot-weiße Plastikband an und trat neben Jörgensen, dem die Anspannung förmlich ins Gesicht geschrieben stand.

»Jetzt nicht«, zischte er, während aus seinem Funkgerät ein Knacken drang.

»Chef, wir haben ihn.«

»Und?« Lutz Jörgensen hielt die Luft an.

»Sieht übel aus. Mehr kann ich nicht sagen. Wir kommen raus.«

Der Gruppenleiter gab den Rettungssanitätern, die mit einer Bahre heraneilten, ein Zeichen. Der Notarzt folgte ihnen mit einem schweren Aluminiumkoffer.

»Ein Schwerverletzter. Meine Männer bringen ihn raus.«

Endlich erschienen die Feuerwehrmänner mit dem Verletzten am Hauseingang.

»Was ist das da?«

Thamsen wies auf eine Platzwunde am Kopf des Opfers.

»Keine Ahnung«, antwortete der Arzt. Er war schwer damit beschäftigt, die Atmung des Patienten stabil zu halten. Heiko Stein hatte schwere Verletzungen und war bewusstlos.

»Er muss sofort in eine Klinik. Am besten nach Kiel. Ruft in Niebüll an. Sie sollen den Heli bereit machen. Wir dürfen keine Zeit verlieren.«

Sie hoben den Patienten auf die Bahre und trugen ihn in den Rettungswagen. Die Schaulustigen hinter der Absperrung reckten ihre Hälse, um einen Blick auf den Verunglückten zu erhaschen. Auch Dirk Thamsen blickte den Sanitätern hinterher. Er erschrak, als plötzlich das Martinshorn ertönte. Dann setzte sich der Wagen in Bewegung und war kurz darauf aus seinem Sichtfeld verschwunden.

Die Feuerwehr hatte das Feuer zwischenzeitlich unter Kontrolle.

»Ich weiß nicht«, bemerkte Jörgensen, als Thamsen neben ihn trat, »aber irgendwie ähnelt dieser Brand dem von der Grundschule. Nur diesmal lebt das Opfer noch.«

Ein ähnlicher Gedanke war Thamsen auch schon gekommen. Fehlte nur noch, dass auch wieder Benzin als Brandbeschleuniger benutzt worden war. Er traute sich jedoch nicht danach zu fragen.

Am Vormittag hatte er Erk Martensen auf die Polizeidienststelle gebeten. Er wollte ihn unter vier Augen noch einmal zu den Männerbekanntschaften seiner Schwester befragen, die er angedeutet hatte. Ohne die Anwesenheit des dominanten Vaters erhoffte Thamsen sich detailliertere Informationen über die Freundschaften von Katrin Martensen.

Es war kurz nach zehn Uhr. Erk Martensen war zu spät. Oder hatte er die Verabredung vergessen?

Er wählte die Handynummer, die der Bruder der Ermordeten ihm gegeben hatte. Eine freundliche Stimme teilte ihm jedoch mit, dass der gewünschte Teilnehmer zurzeit leider nicht erreichbar sei. Wahrscheinlich kein Netz da draußen im Koog, dachte er und suchte in seinen Unterlagen nach der Festnetznummer der Eltern.

»Hier ist der Bericht der KTU.«

Sein Kollege trat an seinen Schreibtisch und reichte ihm das Dokument. Eilig blätterte Thamsen zwischen den Seiten, bis er gefunden hatte, wonach er suchte.

»Hab ich mir doch gedacht. Wieder Benzin. Das ist unter Garantie ein anderer.«

»Wie?« Der Polizist konnte ihm nicht folgen.

»Na der Brandstifter«, erklärte Thamsen. »Das sind zwei unterschiedliche Täter.«

»Und wenn er nun gestern einfach nichts anderes zur Hand hatte, um den Brand zu legen?«

Dieses Argument würden selbstverständlich auch die Husumer Kollegen wieder vorbringen. Dabei waren für Thamsen die Taten ganz offensichtlich unterschiedlich motiviert. Allerdings war ihm noch nicht ganz klar, wie Heiko Stein genau in das Bild passte. Ob er mit Katrin Martensen befreundet gewesen war?

Er wählte die Nummer der Martensens. Nach dem dritten Klingeln wurde abgehoben.

»Ja, Thamsen hier. Ist Ihr Sohn zu sprechen?«

Ingrid Martensen räusperte sich leicht, ehe sie antwortete.

»Nein, Erk musste heute früh ganz dringend geschäftlich nach Hamburg. Hat er Ihnen nicht Bescheid gegeben?«

Dirk kratze sich leicht am Kopf. Erk Martensen hatte ihm gestern zugesichert, mindestens bis zur Beerdigung im Dorf zu bleiben.

»Wissen Sie denn zufällig, ob Ihre Tochter mit Heiko Stein befreundet war?«

»Nein.«

Was nein, dachte Thamsen. Wusste sie es nicht oder war Katrin Martensen nicht mit Heiko Stein befreundet gewesen?

»Katrin und Heiko waren nicht befreundet«, bemerkte sie leicht gereizt auf seine Nachfrage. Merkwürdig nur, warum dann beide zumindest beinahe dasselbe Schicksal erlitten hatten. Kaum vorstellbar, dass da kein Zusammenhang bestehen sollte.

Er verabschiedete sich von Ingrid Martensen, da von ihr sowieso keine weiteren Auskünfte zu erwarten waren und legte auf. Er hatte den Hörer noch nicht wieder losgelassen, als sein Telefon läutete.

»Herr Thamsen? Hier ist Marlene.«

12.

»Du kannst unmöglich so Auto fahren.«

Michaela Leuthäuser stand in der Tür zum Schlafzimmer ihres Bruders und beobachtete, wie er mühsam versuchte, sich seinen blauen Pullover überzustreifen. »Außerdem bist du krank geschrieben.«

Holger Leuthäuser ließ sich von ihren Argumenten nicht aufhalten. »Es wird schon gehen«, beruhigte er mehr sich selbst als seine Schwester.

»Wo willst du denn überhaupt hin?«

Sie hatten zusammen gefrühstückt, als Holger plötzlich unruhig geworden war. Nach einer Weile war er aufgestanden und hatte gesagt, er müsse dringend weg.

»Ich kann dich doch fahren«, bot Michaela ihm an.

»Auf gar keinen Fall.«

Sie musterte ihren Bruder und überlegte, was diese hektische Unruhe bei ihm ausgelöst haben könnte.

Eigentlich war an diesem Morgen alles wie immer gewesen. Sie war aufgestanden und nach Lindholm zum Bäcker gefahren.

In dem kleinen Laden in der Dorfstraße, in dem sich neben dem Bäcker auch noch die Postfiliale befand, hatte reichlich Betrieb geherrscht. Aufgeregt unterhielten sich die Kunden über den Brand in der vergangenen Nacht.

»Und schon wieder ein Opfer. Der Heiko hatte nur Glück, weil die Wienke das Feuer rechtzeitig bemerkt hat.«

»Hat es mit dem Brand zu tun? Kanntest du den, der da verunglückt ist?«

Sie hatte Holger von den Neuigkeiten erzählt. Und von dem Schwerverletzten, den die Feuerwehr aus dem brennenden Haus hatte bergen können.

Auf all ihre Nachfragen antwortete er nicht, versuchte stattdessen, sich in eine Jeans zu zwängen. Sie kannte ihren Bruder. Sehr gut sogar. Und sie wusste, wie stur er sein konnte.

»Also, gut«, stellte sie ihn daher vor die Wahl. »Wenn du mir nicht sagst, was du vorhast, dann reise ich heute ab. Du kommst ja anscheinend auch ganz gut alleine klar.«

Sie drehte sich auf dem Absatz um und lief ins Wohnzimmer, wo sie sich daran machte, ihren Koffer zu packen. Insgeheim wartete sie darauf, dass Holger ihr folgen würde, legte extra langsam ein Kleidungsstück nach dem anderen zusammen.

Plötzlich hörte sie die Haustür zuschlagen. Michaela sprang auf und rannte zum Fenster. Holger quetschte sich umständlich hinter das Lenkrad seines Wagens und startete den Motor. Im nächsten Moment sah sie ihn bereits um die Ecke biegen.

»Also jetzt noch einmal langsam«, Thamsen hatte von dem Gestammel nicht viel verstanden.

»Sie müssen unbedingt diesen Jan verhören. Der hat bestimmt was mit dem Brand zu tun. Vielleicht hat er auch Katrin umgebracht.«

Durch den Streit, den Marlene gestern auf dem Parkplatz des SPAR-Marktes beobachtet hatte, stand für sie fest: Der junge Mann musste etwas mit den Verbrechen zu tun haben.

»Am besten, wir treffen uns gleich«, schlug er vor. »Dann können Sie mir in aller Ruhe erzählen, was Sie gesehen haben.«

Obwohl er bereits in wenigen Tagen als Trauzeuge mit Marlene Schumann quasi vor den Altar treten sollte, siezten sie sich immer noch. Irgendwie hatte sich nie die Gelegenheit ergeben, die Förmlichkeiten abzulegen und zu einem vertrauten Du überzugehen. Dabei kannte er Marlene besser als manch ein anderer. Bei den Ermittlungen im Mordfall ihrer Freundin war ihm damals das Tagebuch von Heike Andresen in die Hände gefallen. Natürlich hatte Marlene in den zum Teil sehr privaten Aufzeichnungen eine wichtige Rolle gespielt. Immerhin waren die Frauen beste Freundinnen gewesen. Manchmal war es ihm unangenehm, solch sehr persönliche Dinge über die junge Frau zu wissen. Aber sie war einfach bezaubernd und den Wunsch, sie anstelle ihrer toten Freundin zum Altar zu begleiten, hatte er ihr nicht abschlagen können.

»Ich komme nach Risum. Mache mich gleich auf den Weg.«

Marlene Schumanns Hinweis hörte sich interessant an. Vielleicht war sie wirklich auf eine heiße Spur gestoßen. Er warf schnell einen Blick zur Uhr, während er bereits nach seiner Jacke griff. Wenn er sich beeilte, schaffte er es, rechtzeitig zur Besprechung wieder in der Dienststelle zu sein.

Statt über die Bundesstraße fuhr er über den alten Außendeich. Irgendwie hatte er das Gefühl, es sei der kürzere Weg, auch wenn er dafür durch die Stadt fahren musste. Aber so ersparte er sich zumindest die kilometerlange Dorfstraße, auf der man ja auch nicht schneller als 50 km/h fahren durfte. Er hatte gerade das Ortsschild Niebülls hinter sich gelassen, als sein Handy klingelte.

»Hast du mich vergessen?« Siedendheiß fiel ihm die Verabredung mit seiner Mutter ein.

»Ich bin gerade im Einsatz. Es hat letzte Nacht

wieder gebrannt. Können wir unser Essen verschieben?«

Er konnte ihre Enttäuschung förmlich durch den Hörer spüren. Und im Grunde genommen tat es ihm furchtbar leid. Aber wenn Marlene Schumann tatsächlich eine heiße Spur in dem Fall hatte, gelang ihm vielleicht endlich ein Durchbruch.

»Dann melde dich am besten, wenn du Zeit hast.«

»Das mach ich«, versprach er und legte auf.

In der kleinen Küche roch es herrlich nach frisch gekochtem Kaffee.

Haie Ketelsen saß am Küchentisch und hatte sich von Marlene bereits eine Tasse eingießen lassen, als Thamsen an der Haustür klingelte.

»Endlich«, begrüßte Marlene ihn. Seit gestern Abend hatte ihr der Streit keine Ruhe gelassen, und als Haie heute Morgen angerufen und von dem Brand bei Heiko Stein erzählt hatte, war ihr klar, es musste ein Zusammenhang bestehen.

»Also, was genau haben Sie denn nun gestern beobachtet?«, fragte Thamsen, nachdem er neben Haie Platz genommen und ebenfalls eine Tasse Kaffee vor sich hatte.

Marlene berichtete von dem Streit der Männer. Ihre Wangen glühten förmlich, als sie auf die Beschuldigungen zu sprechen kam, welche die beiden sich gegenseitig an den Kopf geworfen hatten.

»Ist doch schon sehr auffällig, dass gerade jetzt Heiko Steins Haus abbrennt und er in den Flammen beinahe umkommt«, bemerkte Haie, als Marlene ihren Bericht beendet hatte.

»Allerdings«, stimmte Thamsen zu und kratzte sich nachdenklich am Kopf, während er sich fragte, ob es sich bei dem Mord an Katrin Martensen tatsächlich um eine Beziehungstat gehandelt hatte.

»Wer war denn der andere Mann?«

»Jan Schmidt«, antwortete Haie anstelle von Marlene. »Wohnt auch im Dorf. Gleich neben der Gastwirtschaft.«

»Dann sollte ich ihm mal einen Besuch abstatten«, beschloss Thamsen und erhob sich.

»Was ist eigentlich mit Holger Leuthäuser?« Haie interessierte, was der Kommissar herausgefunden hatte.

»Er hat zugegeben, mit Katrin Martensen befreundet gewesen zu sein.«

»Und?«

»Na ja«, Thamsen wusste nicht genau, wie er sein ungutes Gefühl in Bezug auf den jungen Lehrer in Worte fassen sollte. Die Aufhebung der ärztlichen Schweigepflicht hatte er mit den dürftigen Gründen nicht erwirken können. Folglich hatte er nichts gegen den Mann in der Hand. Außerdem erschien ihm der Hinweis von Marlene Schumann momentan vielversprechender. Dennoch sollte er vielleicht auch Holger Leuthäusers Alibi für die letzte Nacht überprüfen.

»Ich denke, ich sollte mir erst einmal Jan Schmidt vornehmen«, wich er Haies Frage aus.

»Wissen Sie denn, wie es Heiko Stein geht?«, wollte Marlene wissen.

»Er wurde in ein künstliches Koma versetzt.«

Man hatte den Verletzten direkt in die Uniklinik nach Kiel gebracht. Thamsen hatte am Morgen dort angerufen, da die Aussage des Mannes ausschlaggebend sein konnte in diesem Fall. Allerdings war Heiko Stein nach Auskunft des Arztes nicht vernehmungsfähig. Zum Schutz vor den Schmerzen hatte man den Patienten in ein Heilkoma versetzt, da die Verbrennungen schwerwiegend waren und Heiko Stein zusätzlich ein Inhalationstrauma davongetragen hatte.

»Dann wird es wohl noch ein wenig dauern, bis er eine Aussage machen kann«, schlussfolgerte Marlene. Thamsen nickte.

»Wegen nächstem Freitag ist ja soweit alles klar, oder?«, vergewisserte er sich noch einmal bei der Verabschiedung. Er wusste zwar momentan noch nicht, wie er den Hochzeitstermin einhalten sollte, aber das verschwieg er der zukünftigen Braut lieber.

»Um 11:00 Uhr im Standesamt Altona«, bestätigte Marlene nochmals die Uhrzeit.

»Ich werde da sein. Und Sie?«, fragte er scherzhaft.

Marlene versuchte zu lächeln. Je näher der Termin rückte, umso aufgeregter wurde sie. Doch es war nicht etwa Unsicherheit darüber, ob Tom der Richtige war. Die Vorstellung, einen ganzen Tag im Mittelpunkt des Geschehens zu stehen, machte sie einfach nervös.

Fritz und Ingrid Martensen saßen am Esstisch und blätterten in einer Mappe mit Trauersprüchen. Am Kopfende des Tisches saß der örtliche Bestatter und nickte ihnen aufmunternd zu.

»Der ist doch ganz schön«, schlug er vor und wies auf einen Spruch von Albert Schweitzer.

Das einzig Wichtige im Leben
sind die Spuren von Liebe,
die wir hinterlassen,
wenn wir weggehen.

»Ja, sehr schön«, bestätigte Ingrid Martensen und wischte sich eine Träne vom Gesicht, während Fritz Martensen lediglich brummte.

Er konnte sich für solche Verse nicht erwärmen. Nichts würde in seinen Augen auch nur annähernd tröstend den tragischen Tod seiner Tochter in Worte fassen.

Außerdem würden sich bei solch einem Spruch die Leute ihr Maul zerreisen. Spuren von Liebe, die wir hinterlassen. Im Dorf wusste doch jeder, wie sehr Katrin allen Männern den Kopf verdreht und es mit der Treue nicht so ernst genommen hatte. Hinter vorgehaltener Hand tuschelten sie, und Fritz Martensen wusste sehr wohl, was der Inhalt der Gespräche war. Aber war sie deshalb ein schlechter Mensch gewesen? Rechtfertigte das etwa einen Mord an ihr?

»Ich will solchen Firlefanz nicht. Das hat Katrin nicht nötig«, stieß er plötzlich hervor.

»Aber Fritz.« Ingrid Martensen war schockiert über den Ausspruch ihres Mannes, und auch der Bestatter blickte überrascht drein.

Die Reaktion von Fritz Martensen war sehr verwunderlich. Jeder im Dorf würde von dem reichen Bauern eine pompöse Beerdigung erwarten. Und er hatte gedacht, hier ein gutes Geschäft machen zu können. Wenn die Familie jetzt ein schlichtes Begräbnis wählte, würde das letzten Endes noch auf ihn als Bestatter zurückfallen. Nicht auszudenken.

»Aber Herr Martensen«, versuchte der großgewachsene Mann mit Brille daher an die Vaterliebe zu appellieren.

»Katrin war doch so ein liebreizendes Deern. Da passt solch eine nackte Traueranzeige gar nicht. Wie wäre es denn vielleicht mit dieser?«

Er schlug in der Mappe einige Seiten weiter.

Bei deiner Geburt weintest du
und die Herumstehenden lächelten.
Du lebtest so, dass bei Deinem Tode
die Herumstehenden weinten
und du lächeln kannst

Fritz Martensen schlug mit der Faust auf den Tisch.

Verstand dieser Trottel nicht?

»Ik will dat nich. Wir nehmen die schlichte Anzeige und gut ist.«

Der Bestatter war sprachlos. Solch ein Verhalten war er von seinen Kunden nicht gewohnt. In den meisten Fällen bestimmte er, wie die Beerdigung organisiert wurde. Viele der Trauernden waren dazu mental gar nicht in der Lage. Hier allerdings schienen die Dinge ein wenig anders zu liegen.

Wortlos notierte er das Gewünschte und hinterfragte keine der getroffenen Entscheidungen des Bauern. In weniger als fünfzehn Minuten war für die Trauerfeier alles Notwendige geklärt und er verabschiedete sich.

»Tat das not?« fragte Ingrid Martensen ihren Mann, als sie alleine waren.

»Na, du weißt doch wie die Leute sind. Solch ein Spruch ist ein gefundenes Fressen für die.«

Ingrid Martensen verstand, was ihr Ehemann meinte. Allerdings sah sie die Sachlage ein wenig anders.

»Lass die doch reden. Katrin hatte halt viele Freunde. Na und? Was ist schon dabei?«

»Ach so«, Fritz Martensen trat noch näher an seine Frau heran. Seine ausgeprägte Nase berührte beinahe ihr Gesicht. Sie konnte seinen Atem spüren.

»Und weil da nichts dabei ist, habt ihr am Samstag auch gestritten, bevor Katrin weg ist, hm?«

Ingrid Martensen errötete. »Hast du uns etwa belauscht?«

»War nicht nötig«, entgegnete er, »ihr habt ja laut genug geschrieen.«

Mit einem Mal wurde seine Frau ganz still. Es war ihr unangenehm, dass er mitbekommen hatte, wie sie über die Männerbekanntschaften ihrer Tochter dachte. Es hatte ihr rein gar nicht gefallen, wie Katrin sich mit jedem dahergelaufenen Typen eingelassen hatte. Wie eine Hure. Dabei war doch klar, worauf die Jungs aus waren.

Außer diesem mittellosen Lehrer, mit dem sie sich in letzter Zeit öfter getroffen hatte. Der war nur hinter Katrins Geld her, da war sich Ingrid Martensen sicher.

Das Haus neben der Gastwirtschaft sah heruntergekommen aus. Der Putz blätterte an mehreren Stellen ab und die einfach verglasten Holzfenster wirkten undicht.

Thamsen beäugte das ausgeblichene Namensschild und drückte dann den kleinen schwarzen Klingelknopf. Ein leises Scheppern ertönte im Inneren des Hauses. Nachdem es verklungen war, blieb es still. Thamsen blickte auf seine Uhr und schellte erneut.

Eigentlich hatte er erwartet, Jan Schmidt zuhause anzutreffen. Der Verdächtige arbeitete in der ortsansässigen Tischlerei. Das hatte Haie Ketelsen ihm jedenfalls erzählt.

Aber es war Freitagnachmittag. Da machten viele Handwerker bereits mittags Feierabend. Nur Jan Schmidt schien nicht zu denen zu gehören.

Er stieg in seinen Wagen und fuhr die Dorfstraße hinunter. An der Kreuzung zur B5 musste er an der Ampel anhalten. Eine lange Schlange Autos fuhr Richtung Niebüll. Hauptsächlich Sylturlauber, die auf dem Weg zur Autoverladung waren. Endlich wurde es Grün und er konnte die Bundesstraße überqueren.

Die Tischlerwerkstatt wirkte auf den ersten Blick verlassen. Vermutlich sollte er recht behalten und die Handwerker waren bereits im Wochenende. Als er jedoch die Klinke der Eingangstür herunter drückte, war diese nicht verschlossen.

Die Arbeitsstätte wirkte verwaist. Der Boden war bereits gefegt, die Lichter über den Werkbänken ausgeschaltet.

»Hallo«, rief er, um sich bemerkbar zu machen. Als er keine Antwort erhielt, trat er ein. »Hallo?«

Es musste noch jemand da sein. Er hörte Stimmen. Und unter dem Spalt einer Tür im hinteren Teil des Raumes sah er einen Lichtstrahl.

Vorsichtig schlängelte er sich zwischen den Arbeitsplätzen hindurch in den hinteren Bereich.

»Gib es doch zu. Du hast das Haus von Heiko angezündet.«

»Bist du verrückt? Wieso sollte ich denn. War doch dein Nebenbuhler.«

»Ach, du warst nicht hinter Katrin her, was?«

»Na und? Wer war das nicht?«

Thamsen lauschte dem wütenden Schlagabtausch zweier Männer. Die eine Stimme kam ihm bekannt vor, aber er konnte sie keinem Gesicht zuordnen. Bei dem anderen musste es sich um Jan Schmidt handeln. Da war er sich sicher. Auch wenn er dem jungen Mann noch nie begegnet war, aber wer außer ihm hatte Grund, sich in der Tischlerei um Katrin Martensen zu streiten? Oder waren noch mehr Freunde der Ermordeten hier angestellt?

Er drängte sich noch ein Stück näher an die Tür, um dem Gespräch besser folgen zu können. Ohne es zu merken, blieb er jedoch mit seinem Ärmel an einer Werkbank hängen. Ein in einen Schraubstock locker eingespanntes Holz fiel polternd zu Boden.

»Was war das?«

Mist, dachte Thamsen. Nun war es mit den erhofften Informationen vorbei, denn ruckartig wurde die Tür geöffnet und ein Kopf hinausgestreckt.

»Ich hatte gerufen, aber es hat mich keiner gehört«, entschuldigte er sein Eindringen in die Werkstatt. Er fühlte sich ertappt.

»Wir haben bereits zu. Chef ist auch schon weg.« Anscheinend dachte der Mann, er sei ein Kunde.

»Sind Sie Jan Schmidt?«

»Ja.«

Der große schlanke Mann mit den kurzgeschorenen Haaren kniff die Augen zusammen und fixierte Thamsen. Der zückte seinen Dienstausweis, streckte seinen Arm aus und hielt Jan Schmidt das Dokument direkt unter die Nase. Auf dem Gesicht seines Gegenübers zeichnete sich keinerlei Reaktion ab. Nur sein Adamsapfel hüpfte unnatürlich oft auf und ab.

Plötzlich erschien ein zweiter Kopf im Türrahmen. Und nun wusste Thamsen auch, woher er diese Stimme kannte. Neben Jan Schmidt stand Holger Leuthäuser.

»Oh, ich dachte Sie wären krankgeschrieben«, bemerkte Dirk Thamsen und musterte den angehenden Lehrer.

»Bin ... bin ich auch«, stammelte der reichlich verlegen. Wahrscheinlich überlegte er, wie lange Thamsen wohl vor der Tür gestanden und ihren Streit belauscht hatte.

»Es scheint Ihnen aber schon wesentlich besser zu gehen als bei meinem letzten Besuch«, bemerkte Thamsen und wandte sich dann an Jan Schmidt.

»Weshalb ich hier bin. Sie haben von dem Brand bei Heiko Stein gehört?«

Der Tischlergeselle nickte.

»Wo waren Sie gestern Nacht zwischen Mitternacht und drei Uhr?« Wieder hüpfte der Adamsapfel des jungen Mannes auf und ab.

»Zuhause. Im Bett.«

»Gibt es dafür Zeugen?«

»Wollen Sie mir das jetzt in die Schuhe schieben oder was? Das war doch dieser Feuerteufel. Sehen Sie lieber zu, dass Sie den endlich fassen.«

Jan Schmidts Stimme überschlug sich beinahe. Vor Aufregung über die angebliche Unterstellung fuchtelte er wild mit den Armen durch die Luft.

»Es gibt Zeugen, die gestern eine heftige Auseinandersetzung zwischen Heiko Stein und Ihnen beobachtet haben.«

Der Beschuldigte schluckte.

»Worum ging es denn in diesem Streit?«

»Um Katrin«, flüsterte Jan Schmidt und blickte betreten zu Boden.

»Also doch«, entfuhr es Holger Leuthäuser. »Hast du doch was damit zu tun!«

Thamsen strafte den Referendar mit einem mahnenden Blick. In seinen Augen war der angehende Lehrer selbst nicht unverdächtig. Große Töne zu spucken, war in seiner Lage daher nicht gerade ratsam.

Dennoch waren der Streit der beiden Männer und der anschließende Brand bei Heiko Stein weitaus fragwürdiger.

Er stellte noch ein paar Fragen, doch weder aus dem jungen Gesellen noch aus Holger Leuthäuser war eine weitere Silbe herauszubringen.

»Heiko Stein ist schwer verletzt. Wenn er nicht durchkommt, handelt es sich bei der Tat ebenfalls um Mord. Ich hoffe, Ihnen ist das bewusst«, verabschiedete Thamsen sich, da er weitere Fragen für sinnlos erachtete.

Er war sich ziemlich sicher; einer der beiden hatte mit den Bränden und vor allem dem Mord an Katrin Martensen zu tun. Er wusste nur noch nicht, wie er das beweisen konnte.

13.

»Und was hast du nun mit mir vor?«

Tom saß gespannt auf dem Rücksitz und musterte seinen Freund amüsiert. Haie hatte für heute Toms Junggesellenabschied geplant.

»Zu einer Hochzeit gehört ein Abschied vom Junggesellendasein«, hatte er sein Vorhaben begründet und Tom an diesem Samstagabend in ein Taxi verfrachtet.

Wohin sie fuhren, hatte er nicht verraten.

Allerdings dauerte es nicht lange, bis Tom wusste, wohin die Reise ging. Als sie in Lindholm auf die B5 abbogen, war ihm klar, dass sie nach Husum fahren würden.

Wo sonst gab es eine größere Auswahl an Bars und Kneipen? In Niebüll waren die Möglichkeiten zum Ausgehen doch eher begrenzt. Außerdem bestand dort natürlich die Gefahr, einem Bekannten zu begegnen. Und wer wusste, ob ihnen das zu späterer Stunde so lieb war.

Flensburg wäre natürlich eine Alternative, aber Haie zog ebenso wie sein Freund die Westküste vor. Irgendwie fühlten sie sich in Nordfriesland heimischer.

Der Taxifahrer hielt am Hafen. Haie übernahm die Rechnung. Es war noch recht früh am Abend und sie hatten Glück mit dem Wetter. Die Sonne schien von einem strahlend blauen Himmel und trotz einer leichten Brise war es angenehm warm.

»Wär ja toll, wenn nächste Woche auch so'n Wetter ist«, bemerkte Haie, während er Tom in Richtung der Restaurants zerrte. Er wollte zunächst eine gute Grundlage schaffen, bevor sie in irgendeiner Bar versackten.

»In dem war ich mal mit Marlene.« Tom wies auf ein kleines Restaurant. »An dem Abend sind wir zusammengekommen. Jedenfalls hat sie mich hier im Hafen das erste Mal geküsst.«

Er hatte sich damals Hals über Kopf in Marlene verliebt. Obwohl er eigentlich eine feste Beziehung hatte. Mit ihrer bezaubernden Art hatte sie ihn gefangen genommen und seine Freundin Monika, die in München auf ihn wartete, total vergessen lassen.

»Na, wenn das kein Argument ist«, stellte Haie fest und steuerte geradewegs auf das kleine Gasthaus zu.

Thamsen räumte das Geschirr ab und stellte es in die Spülmaschine. Endlich hatte er einmal wieder Zeit gefunden, zusammen mit seinen Kindern zu Abend zu essen.

Den ganzen Tag über hatte er an einer Besprechung teilgenommen. Die kriminaltechnische Untersuchung des Steins, den er zusammen mit Haie Ketelsen an der Schule gefunden hatte, war abgeschlossen. Bei dem dunklen Fleck handelte es sich tatsächlich um Blut. Um Katrin Martensens Blut, wie ein gentechnischer Abgleich ergeben hatte. Aber wirklich weiter brachte sie dieses Ergebnis nicht, denn auf der rauen Oberfläche des Steins waren keine verwertbaren Fingerabdrücke zu finden. Nun hatten sie endlich die Tatwaffe gefunden und konnten dennoch nichts damit anfangen. Und die Husumer Kollegen überzeugte es schon mal gar nicht, dass sie es, wie Thamsen nach wie vor behauptete, mit zwei unterschiedlichen Tätern zu tun hatten.

»Gut, Katrin Martensen wurde mit diesem Stein erschlagen. Aber das heißt noch lange nicht, dass es jemand anderes war, als der Brandstifter selbst«, hatten sie argumentiert. Die Diskussion hatte ewig gedauert, und als er schließlich die Dienststelle verließ, hatte er es gerade noch geschafft, ein paar Lebensmittel fürs Wochenende einzukaufen.

Eigentlich hatte er vorgehabt, seinen Vater im Krankenhaus zu besuchen, dann aber den Besuch auf den morgigen Sonntag verschoben, weil ihm ein gemeinsames Abendessen mit Timo und Anne wichtiger erschienen war.

»Papa, erzählst du mir noch eine Geschichte?«

Anne stand im Nachthemd und barfuß an der Küchentür.

»Aber natürlich, mein Engel.« Er hob seine Tochter auf den Arm. Sofort schmiegte sie sich eng an ihn und schlang ihre Arme um seinen Hals.

»Was möchtest du denn gerne hören?«, fragte er, als er sie hinüber in ihr Zimmer trug.

»Was vom Klabautermann.« Anne liebte diesen kleinen Kobold und konnte gar nicht genug von ihm kriegen. Eigentlich hatte Thamsen gedacht, irgendwann würde sich ihre Begeisterung für den Schiffsgeist legen, denn so langsam gingen ihm die Geschichten aus und er musste oftmals improvisieren.

»Darf es auch was von Nis Puk sein?«

Für Thamsen war das zwar einerlei, denn bei beiden handelte es sich um Kobolde, aber für Anne machte das einen riesigen Unterschied. Nis Puk war nämlich ein Hausgeist und wohnte auf dem Dachboden oder in der Scheune, während der Klabautermann auf einem Schiff lebte.

Zum Glück aber nickte sie und so war er bei seiner Geschichte räumlich nicht ganz so eingeschränkt.

»Also«, begann er zu erzählen, als er Anne in ihr Bett gelegt und bis zum Hals zugedeckt hatte, »ganz, ganz früher, vor langer Zeit, da wurde auf einem Hof in Arlewatt – weißt du wo das liegt?«

Anne schüttelte den Kopf.

»Arlewatt ist ein ganz kleines Dorf bei Husum. Und vermutlich heißt es so, weil man dort die Arlau, das ist ein Fluss, durchwaten kann. Da ist das Wasser nämlich gar nicht tief.«

»Und da wohnt Nis Puk?« Anne interessierte sich noch wenig für die geografischen Besonderheiten ihres Landes.

»Ja, da wohnte Nis Puk. Und auf diesem Hof wurde jedes Jahr ganz viel Heu eingeholt. Und Nis Puk musste ordentlich helfen, die Ernte auf dem Heuboden zu verstauen.«

»Und hat es da auch mal gebrannt?«

Thamsen runzelte die Stirn. Er hatte nicht geahnt, dass seine Tochter überhaupt etwas von den Bränden in der Umgebung mitbekommen hatte. Jedenfalls hatte bisher nichts darauf hingewiesen. Er mochte zuhause nichts davon erzählen. Es reichte ihm, wenn er sich auf der Arbeit schon den ganzen Tag damit beschäftigte. Und auch Timo hatte ihn nicht darauf angesprochen. Aber der war momentan bis über beide Ohren in ein Mädchen aus seiner Klasse verliebt und Thamsen hatte sein mangelndes Interesse an seiner Umwelt darauf zurückgeführt.

»Was weißt du über die Brände?«

»Och, nicht viel.« Anne kuschelte sich an ihn. »Nur von dem bösen Menschen, der nachts Häuser anzündet.«

»Wer sagt das?«

»Frau Nissen.«

Frau Nissen war Annes Klassenlehrerin. Anscheinend hatte sie mit den Kindern über die Brandstiftungen gesprochen.

»Und was hat sie noch gesagt?« Er hoffte, die Lehrerin hatte wenigstens noch ein paar erklärende Worte hinzugefügt. Ansonsten mussten die Kinder ja jetzt jede Nacht in Angst und Schrecken verbringen.

Doch Anne war neben ihm eingeschlafen, und so ging er davon aus, Frau Nissen hatte die Dinge kindgerecht vermittelt. Auch wenn sie recht hatte und ein böser Mensch nachts Häuser anzündete. Und Menschen tötete, fügte er in Gedanken hinzu.

»Das ist ganz schön laut hier«, grölte Tom Haie ins Ohr. Der grinste. »Du wirst halt alt!«

Nach dem Essen in dem kleinen Restaurant im Husumer Hafen hatte der Freund den zukünftigen Ehemann in den Speicher geschleppt. Dort spielte eine Punk-Rock Band und der Laden war gerammelt voll.

Haie hatte recht. Sie waren mit Abstand die ältesten Besucher des Konzerts, wenn man mal von ein paar ganz hartgesottenen Fans absah, die aber scheinbar zu den Mitarbeitern des Kulturzentrums gehörten.

»Willst du ein Bier?«

Da Haie offenbar vorhatte, hier länger zu verweilen, nickte Tom. Der Freund schlängelte sich durch die Masse Richtung Tresen.

Tom blickte sich um. In dem Laden ging wirklich die Post ab. Auf der Bühne vergewaltigte der Sänger gerade eine Gitarre, während um ihn herum alle mit den Köpfen zur Musik nickten. Er hingegen konnte dem lauten Gekreische auf dem Podest nichts abgewinnen. Das war so gar nicht seine Musikrichtung, trotzdem versuchte er, sich auf den Rhythmus einzulassen und wippte zumindest mit seinen Füßen leicht im Takt.

»Na, scheint dir ja doch zu gefallen«, bemerkte Haie und reichte ihm eine Flasche Bier.

»Weißt du übrigens, wen ich da vorne am Tresen gesehen habe?«

»Nee, woher?«

»Jan Schmidt.«

Tom zuckte verständnislos mit den Schultern. Er war bei dem Gespräch mit Thamsen nicht dabei gewesen, da er einen wichtigen Termin in Husum gehabt hatte. Marlene hatte ihm zwar flüchtig von Thamsens Besuch und dem Streit zweier Männer vor dem SPAR-Markt erzählt, aber wenn er ehrlich war, hatte er momentan andere Dinge im Kopf und Namen hatte er sich nicht gemerkt.

»Der sieht ganz schön mitgenommen aus. Ich wette, der hat was mit dem Brand bei Heiko zu tun.«

»Und du meinst, dann geht der in aller Seelenruhe ins Konzert?« Tom musste schreien, um die laute Musik zu übertönen.

»Komm«, Haie zupfte an seinem Ärmel. »Lass uns mal ein Stück weiter rüber gehen.« Der Freund war bereits wieder völlig in seinem Element. Wenn es etwas in einem Mordfall herauszufinden galt, war Haie nicht zu bremsen.

Am Tresen standen die Leute noch gedrängter als im übrigen Raum. Das laute Grölen und Singen machte durstig. Haie schubste einen jungen Mann in schwarzer Lederhose zur Seite, der ihn genervt anraunzte, dann aber doch Platz machte. Manche Jugendlichen hatten halt doch noch Respekt vor dem Alter.

Tom zwängte sich neben den Freund. »Welcher ist es denn?«

Haie deutete mit einem Kopfnicken rechts neben sich.

»Der mit dem Flensburger in der Hand.«

Jan Schmidt machte tatsächlich einen sehr elenden Eindruck. Tom fragte sich allerdings, ob das nicht vielleicht auch am Alkohol liegen konnte. Wahrscheinlich war die Flasche in seiner Hand nicht das erste Bier des Abends, mutmaßte er. Oder war es doch der Mord an Katrin Martensen, der ihn so fertig machte?

Haies Verdächtigungen hatten sich seit dem von Marlene beobachteten Streit von Holger Leuthäuser auf Jan Schmidt verlagert. Aber interpretierte er nicht zu viel in die Auseinandersetzung hinein? Letztendlich wussten sie nicht, welche Beziehungen zwischen den Männern und der Ermordeten bestanden hatten. Aber wenn die jungen Kerle Rivalen gewesen waren, hätten sie sich dann nicht eher gegenseitig umgebracht statt Katrin? Oder war einer von ihnen derart sauer auf das Mädchen gewesen und hatte einfach Rot gesehen? Letztendlich hatte sie wohl ein Spiel mit ihnen getrieben und wahrscheinlich sogar genossen, wie sich die Jungs um sie gerissen hatten. Was aber, wenn es einem zu bunt geworden war?

Heiko Stein schied aus. Wenn er der Mörder war, hätte er kaum sein eigenes Haus angezündet. Es sei denn zur Tarnung. Warum aber war er dann in dem brennenden Gebäude geblieben? Tom schüttelte beinahe unmerklich den Kopf. Nein, Heiko Stein kam für ihn als Mörder nicht in Frage. Und wahrscheinlich hatte Katrin Martensen noch weiteren Männern im Dorf den Kopf verdreht.

»Sag' mal«, schrie er Haie an. »Weißt du, ob es noch mehr Kerle gab, mit denen die Tote ein Verhältnis hatte?«

Darüber hatte Haie auch schon nachgedacht, war jedoch noch zu keinem Ergebnis gekommen. Er würde sich in den nächsten Tagen mal im Dorf umhören. Bis dahin blieb Jan Schmidt sein Hauptverdächtiger.

»Wo ist er denn?«, fragte er Tom, als er sich umblickte und den Tischlergesellen nirgends entdecken konnte.

»Keine Ahnung, aber ist doch egal.« Der Alkohol zeigte langsam Wirkung. Tom zerrte den Freund ins Gedränge und begann zu tanzen.

»Komm, ist mein letzter Abend in Freiheit«, rief er Haie zu, während er nicht gerade rhythmisch zu der Musik hin und her sprang. »Das wollten wir doch feiern!«

14.

»Ach, du hast die Kinder mitgebracht.«

Magda Thamsen stand in der Haustür und blickte überrascht auf ihren Sohn und die Enkel. Eigentlich hatte sie gedacht, sie könnten das verschobene Gespräch nun endlich nachholen. Aber daran war natürlich in Anwesenheit der Kinder nicht zu denken.

Thamsen war etwas verwundert über die Reaktion seiner Mutter, schob es allerdings auf die Belastung wegen des kranken Vaters und lächelte trotz der recht unhöflichen Begrüßung.

»Papa hat gesagt, nach dem Essen können wir zusammen Opa besuchen«, platzte nun Anne heraus, die gar nicht wahrgenommen hatte, wie unerwünscht sie war. Für sie war selbstverständlich, bei der Oma willkommen zu sein. Daher stürmte sie auch an Magda Thamsen vorbei in die Küche und fragte: »Was gibt es denn zu essen?«

»Ich weiß nicht, ob das so eine gute Idee ist, deinen Vater mit den Kindern zu besuchen«, zischte seine Mutter ihm zu, bevor sie rief: »Bratkartoffeln mit Spiegelei.«

»Sie meint es nicht so«, erklärte Thamsen seinem Sohn, als er ihn in den Flur schob. Timo war etwas älter als Anne und hatte sehr wohl aus den wenigen Sätzen der Erwachsenen herausgehört, dass etwas nicht stimmte.

»Was ist denn mit Opa?«

Er hatte den Kindern erzählt, ihr Großvater läge im Krankenhaus. Über den Zustand hatte er nicht mit ihnen gesprochen. Sie wussten also nicht, dass Hans Thamsen zukünftig ein Pflegefall sein würde. Sie hätten ohnehin nicht verstanden, was es eigentlich bedeutete und er bezweifelte, ob er oder seine Mutter überhaupt eine Ahnung hatten, was da auf sie zukam. Wie sollte er es da den Kindern vermitteln? Anne und Timo hatten sowieso keine besonders gute Meinung über ihren Großvater. Das Verhältnis zwischen seinem Vater und den Enkeln war ähnlich schwierig wie die Beziehung zwischen Hans Thamsen und seinem Sohn. Wenn sie nun erfuhren, welche Belastung der Großvater für die Oma darstellte, würden sie sich noch weiter von ihm distanzieren. Was Thamsen natürlich nachvollziehen konnte, dennoch nicht gut hieß. Kinder brauchten eine Familie und da er ihnen schon keine intakte Familie bieten konnte, waren die Großeltern ein wichtiger Bezugspunkt in ihrem Leben.

»Es geht ihm noch nicht so gut. Vielleicht ist ein Besuch doch zu anstrengend für ihn«, antwortete Thamsen auf Timos Frage.

Anne deckte bereits den Tisch und bat ihren Vater und Timo, sich hinzusetzen. Thamsen war immer wieder erstaunt darüber, wie schnell Anne im Haus seiner Eltern in dieses typische Rollenverhalten fiel. Zuhause ließ sie sich von Timo nicht die Butter vom Brot nehmen, kämpfte und stritt um die gleichen Rechte wie ihr Bruder, aber hier bei der Großmutter ahmte sie die

Pflichten einer Hausfrau nach und bediente die Männer, wie seine Mutter es immer tat und getan hatte.

»Wie geht es Papa denn?« fragte er, nachdem sie sich alle an den Tisch gesetzt hatten.

Seine Mutter gab ihm mit einem Blick und leichtem Kopfschütteln zu verstehen, nicht vor den Kindern darüber zu sprechen. Magda Thamsen war ein wenig verärgert darüber, dass ihr Sohn die Enkel mitgebracht hatte. Sie liebte die beiden zwar über alles und hatte sie gerne um sich. Dennoch hatte sie allein mit ihm sprechen wollen. Sie dachte, er hätte das verstanden.

»Was genau hat Opa denn?« Timo, dem abermals die Spannung zwischen den Erwachsenen nicht entgangen war, wollte es nun genau wissen.

»Das habe ich euch doch erklärt.« Thamsen wollte mit seiner Antwort die neugierigen Fragen beenden. »Opa ist halt krank.«

Anne gab sich mit dieser Antwort zufrieden, nicht aber sein Sohn.

»Ja, aber was für eine Krankheit?«

»Ach, das ist kompliziert«, seufzte Magda Thamsen und überlegte, wie man den Kindern am besten erklären konnte, wie es um ihren Großvater stand.

»Hat er Krebs? Muss er sterben?«

Nun blickte auch Anne angstvoll auf die Großmutter. Krebs war vor allem bei ihr ein heikles Thema. Im letzten Sommer war ihre Sportlehrerin an Brustkrebs erkrankt. Für Anne war es einfach unverständlich, wie ein Mensch, von heute auf morgen einfach sterben konnte. Gut, ein Unfall oder sogar ein Mord, das konnte sie verstehen, das waren außergewöhnliche Vorfälle. Aber eine Lehrerin, die ihnen gestern noch Schwimmunterricht gegeben hatte, morgen aber nicht mehr zur Schule kam und knappe drei Monate später tot war, blieb ihr nach wie vor unbegreiflich und machte ihr schreckliche Angst. Sollte es dem Großvater nun ebenfalls so ergehen?

Thamsen wusste um die Ängste seiner Tochter. Er hatte lange mit Anne über das Thema gesprochen, doch wirklich erklären oder sie beruhigen hatte er nicht können. Vielleicht war es doch keine so gute Idee, mit den Kindern ins Krankenhaus zu fahren. Wie würde Anne reagieren, wenn sie den Großvater an Schläuchen und Apparaturen hängend, halb gelähmt und sabbernd sehen würde.

Er lehnte sich ein Stück über den Tisch und tat, als prüfe er das Wetter durch das schmale Küchenfenster.

»Hm, eigentlich scheint die Sonne viel zu schön. Wollen wir nicht lieber einen Ausflug machen? Mit Sicherheit strengt es Großvater auch viel zu sehr an, wenn wir ihn alle auf einmal besuchen. Oder was meinst du, Mama?«

Noch ehe Magda Thamsen antworten konnte klingelte plötzlich das Telefon.

»Dann fahren wir schön an die Nordsee. Was haltet ihr davon?«, befragte Thamsen seine Kinder, als seine Mutter zum Telefon eilte, das im Wohnzimmer stand.

»Können wir denn auch baden?« Anne war begeistert von seinem Vorschlag und hatte die ernste Unterhaltung über den Großvater auf einen Schlag vergessen. Nur Timo schaute seinen Vater nach wie vor grübelnd an.

Ihm war klar, dass es nicht gut um seinen Opa stand.

»Na, zum Baden ist es wohl …«, er stoppte mitten im Satz, als er seine Mutter kreidebleich im Türrahmen stehen sah.

»Das war das Krankenhaus«, berichtete sie mit zittriger Stimme. »Wir sollen sofort kommen.«

»Na, ihr habt wohl gestern ordentlich gefeiert, was?«

Marlene grinste Tom an, der mit zerknautschtem Gesicht und einem Glas in der Hand in die Küche schlurfte. Er prüfte, ob das Aspirin sich vollständig aufgelöst hatte und stürzte die Flüssigkeit hinunter.

In seinem Kopf hämmerte es, als gäbe eine Bongoband ein Konzert, und obwohl er lange geschlafen hatte, fühlte er sich müde und hundeelend.

Nachdem die Musikgruppe ihren Auftritt im Speicher beendet hatte, waren sie noch in irgendeine Kaschemme im Hafen eingekehrt. Haie, der wesentlich trinkfester war, hatte noch mehrere Herrengedecke bestellt. Tom hatte zu diesem Zeitpunkt eigentlich schon mehr als genug Alkohol intus gehabt und sich auf dem Weg vom Speicher in die Kneipe bei dem Freund bereits unterhaken müssen.

»Wer weiß, wann du das nächste Mal wieder solch

einen Abend genehmigt bekommst«, hatte Haie gescherzt.

»Du hast gut reden, bist ja Single«, war Tom auf die neckische Bemerkung eingegangen. Dabei wusste er, wie gerne Haie wieder jemanden an seiner Seite hätte. Die Trennung von Elke war gut vier Jahre her und mittlerweile hatte Haie den Schmerz darüber verwunden.

Anfang des Jahres war Haie eine neue Beziehung eingegangen, aber die hatte nicht lange gehalten. Er sei noch nicht bereit für eine neue Partnerschaft, erklärte er Tom, nachdem er sich von Ursel getrennt hatte. Tom aber glaubte, sie war einfach nur nicht die Richtige für den Freund. Denn das Zusammensein mit Ursel hatte Haie schon genossen, das hatten die Freunde gespürt. Nur die Ansprüche der beiden an eine Partnerschaft waren so unterschiedlich gewesen, das hatte einfach nicht gepasst.

Es war nun einmal nicht leicht, jemanden zu finden, der nicht nur eine körperliche Anziehungskraft auf einen ausübte, sondern gleichzeitig in seinen Ansichten und Lebensauffassungen zumindest einigermaßen mit einem übereinstimmte.

Marlene und Tom hatten darüber nachgedacht, eine Anzeige in der Zeitung aufzugeben und eine neue Freundin für Haie zu suchen. Es kam ihnen unfair vor, glücklich zu zweit zu sein, während der Freund alleine blieb. Doch dann hatten sie diese Idee verworfen. Haie musste sich seine Partnerin schon selbst aussuchen, wenn er dazu bereit war. Und mit Sicherheit würde er eine neue Freundin finden, denn trotz seines Alters war er ein attraktiver Mann. Aufgrund seiner überwiegend körperlichen Tätigkeit und dank seiner Vorliebe fürs Fahrradfahren war er topfit und gab nach wie vor eine sportliche Figur ab.

Da er bei seiner Hausmeistertätigkeit meistens im Freien arbeitete war er zumindest in den Sommermonaten gut gebräunt. Welche Frau im mittleren Alter würde da also nicht schwach werden?

»Und habt ihr euch gut amüsiert?«

Marlene reichte Tom eine Tasse Kaffee. Im Gegensatz zu ihm war sie ausgeschlafen. Sie war früh zu Bett gegangen und nur kurz aufgewacht, als Tom mitten in der Nacht ins Schlafzimmer gepoltert war.

»Wir haben Jan Schmidt getroffen.«

»Wo?«

»Im Speicher. Sah ziemlich fertig aus.«

»Na ja, der Mord an Katrin wird ihn so oder so sehr mitgenommen haben.«

»Wen hat was mitgenommen?« Haie stand plötzlich in der Küchentür.

»Na, den Jan«, erklärte Tom eher einsilbig und rieb sich die pochende Stirn. Haie hingegen wirkte frisch und munter, obwohl er wesentlich kürzer als der Freund geschlafen hatte.

Die Begegnung mit dem Tischlergesellen hatte ihn nicht zur Ruhe kommen lassen. Immer wieder war er aufgewacht und hatte die Möglichkeit, ob Jan Schmidt der Mörder von Katrin Martensen sein konnte, abgewogen.

»Den Heiko Stein hat es übrigens bös erwischt.« Haie hatte am Morgen seinen Nachbarn im Garten getroffen, der wie immer gut informiert war.

»Sie haben wohl Haut transplantiert, so schlimm waren die Verbrennungen.« Marlene zuckte bei der Vorstellung leicht zusammen. Bereits ein leichter Sonnenbrand verursachte bei ihr Höllenqualen. Wie stark mussten erst solche Brandverletzungen schmerzen?

»Deswegen haben sie ihn wohl auch in ein künstliches Koma gelegt«, erklärte Haie. Nur könne man ihn deswegen nicht befragen. Immerhin war er ein wichtiger Zeuge, vielleicht hatte er den Brandstifter gesehen.

»Aber muss man ihn dann nicht unter Polizeischutz stellen? Denn ansonsten besteht ja vielleicht die Gefahr, dass der Täter ihn ...«

Haie schüttelte den Kopf. »Die Lisbeth, du weißt schon die Tochter vom Marten, meinen Nachbarn, die arbeitet ja in Hamburg. In Boberg, in diesem Unfallkrankenhaus. Da haben die auch so eine Brandverletztenabteilung. Zu den Patienten kommt man nicht einfach so, hat die erzählt. Da muss ja alles steril sein und die überwachen ganz genau, wer da Zutritt hat.«

»Aha«, Marlene nickte.

»Es ist ja sowieso nicht klar, ob Heiko Stein tatsächlich umgebracht werden sollte oder ob er nicht doch nur zufällig Opfer wurde«, bemerkte nun Tom, bei dem langsam das Kopfschmerzmittel zu wirken begann.

»Zufall«, warf Haie ein. »Das glaube ich nicht. Dafür passt in diesem Fall zu viel zu gut zusammen.«

»Stimmt«, bestätigte Marlene. Sie stand auf und goss Kaffee nach. Der Mord an Katrin Martensen, der Brand an der Schule, der ganz offensichtlich von einem Trittbrettfahrer gelegt worden war, dann der Streit und die Tatsache, dass die Ermordete gleichzeitig mehrere Beziehungen zu verschiedenen Männern unterhalten hatte. Und ausgerechnet einer von ihnen wurde das nächste Brandopfer. Da musste doch irgendwie ein Zusammenhang bestehen.

»Aber Blocksberg ist nach der Grundschule als nächstes abgebrannt«, gab Tom zu bedenken.

»Ja, aber da glich das Muster dem der übrigen Brände. Wir haben hier zwei unterschiedliche Täter.« Haie war ganz in seinem Element. Seine Wangen glühten und die Stimme überschlug sich beinahe.

Das bestreite er ja auch nicht, erwiderte Tom, er frage sich nur, ob Jan Schmidt tatsächlich der Täter war. »Letzte Woche warst du doch noch fest der Meinung, Holger Leuthäuser habe etwas mit dem Mord zu tun.«

»Ja«, lenkte Haie nun ein. So ganz sicher sei er sich ja auch nicht. Holger Leuthäuser hatte mindestens genauso ein starkes Motiv wie Jan Schmidt. Immerhin hatte er auch etwas mit Katrin Martensen am Laufen gehabt. So jedenfalls hatte es ja der andere Kunde im SPAR- Markt erzählt. Und mit Sicherheit hatte der angehende Lehrer ebenfalls von den Nebenbuhlern gewusst. Soviel war klar. Aber Thamsen hatte berichtet, der Referendar habe einen Unfall gehabt und sei von oben bis unten eingegipst.

»Und was ist, wenn er lügt und den Gips nur trägt, um andere Wunden zu kaschieren«, mischte Marlene sich nun wieder in das Gespräch ein.

»Du meinst vielleicht Verletzungen, die von einer Explosion herrühren könnten?«

Thamsen saß mit seinen Kindern in der Cafeteria des Krankenhauses. Gleich nach dem Anruf hatten sie sich mit seiner Mutter auf den Weg gemacht. Die Situation war ernst. Das Aneurysma im Kopf seines Vaters war gerissen. Die Ärzte mussten sofort operieren.

Seine Mutter hatte sich geweigert, auch nur einen Zentimeter von der Seite ihres Mannes zu weichen. Bis zum OP Saal war sie neben dem Bett gegangen und hatte seine Hand gehalten. Dann wollte sie vor dem Raum warten, obwohl man ihr sagte, es könne mehrere Stunden dauern.

Dirk Thamsen war daher mit Anne und Timo einen Kakao trinken gegangen. Am Sonntagnachmittag war in dem kleinen Gastraum jede Menge Betrieb. Viele Leute besuchten ihre Angehörigen, und wer nicht ans Bett gefesselt war, ging entweder in den kleinen Park oder die Cafeteria, um zumindest für ein paar wenige Augenblicke dem tristen Krankenhausalltag zu entkommen.

»Am besten ich rufe Mama an, und frage, ob sie euch abholen kann«, überlegte er laut, nachdem die Kinder ihren Kakao ausgetrunken und anschließend noch ein Eis vertilgt hatten.

»Ich dachte, wir fahren an die Nordsee«, bemerkte Anne, die den Ernst der Lage entweder nicht ganz erfasst hatte oder ihn schlichtweg verdrängte.

»Bist du blöd«, fuhr Timo seine kleine Schwester an. »Opa stirbt. Da fahren wir bestimmt nicht ans Meer zum Baden.«

»Timo«, wies Thamsen seinen Sohn zurecht, bereute es aber augenblicklich. Der Junge hatte selbst große Angst, was an seinem Gesichtsausdruck deutlich abzulesen war.

»Großvater stirbt nicht«, versuchte er daher beide zu beruhigen, denn auch Anne war durch die Äußerung ihres Bruders vor Schreck wie versteinert. »Er muss nur operiert werden und danach geht es ihm besser.«

Er wusste selbst, dass es eine Lüge war und die Kinder merkten das sofort.

»Und wieso hat Oma dann so doll geweint?«, fragte Anne.

»Na, ja«, Thamsen suchte krampfhaft nach den richtigen Worten. Es war nicht leicht zu erklären, denn allein die Narkose würde sein Vater wahrscheinlich nicht überleben. Vorsichtig hatte der behandelnde Arzt seine Bedenken geäußert. Wenn man Hans Thamsen jedoch nicht operierte, bestand gar keine Überlebenschance.

»So eine OP ist immer auch ein bisschen gefährlich, weißt du. Aber die Ärzte kriegen das schon hin«, beruhigte er mehr sich selbst als die Kinder. Seltsamerweise wurde ihm gerade jetzt bewusst, was es eigentlich bedeutete, wenn sein Vater starb.

Um seine Mutter machte er sich nicht allzu große Sorgen. Sie würde auch gut alleine klar kommen. Und letzten Endes waren er und die Kinder ja auch noch da.

Aber er hatte noch so viele Fragen. Fragen, deren Antwort einzig und allein sein Vater ihm geben konnte. Zum Beispiel, warum er ihn nie lieb gewonnen hatte, warum er ihn immer wie einen Eindringling, einen Störenfried behandelt hatte.

Niemals hatte sein Vater ihm auch nur die kleinste Zuwendung entgegen gebracht. Er musste ihn ja nicht lieben, aber Thamsen hatte immer das Gefühl, als hasse sein Vater ihn und alles, was mit ihm zu tun hatte.

Für seinen Beruf hatte er sich nie interessiert. Keinerlei Stolz gezeigt für das, was sein Sohn leistete. Und seine Enkel? Die hatte er ebenso links liegen lassen. Aber warum? Thamsen wusste es einfach nicht.

»Moin, Moin«, Haie streckte Holger Leuthäuser die Hand zur Begrüßung entgegen.

Der angehende Lehrer starrte ihn sprachlos an.

»Bin mit meinen Freunden auf'm Weg nach Bredstedt und wollte mal kurz schauen, wie es dir geht.« Er deutete auf Tom und Marlene, die sich ein wenig im Hintergrund hielten.

Eigentlich waren die drei Freunde gar nicht nach Bredstedt zum Kaffeetrinken unterwegs. Aber Haie hatte die Ausrede als plausibel befunden; schließlich war Sonntag, da unternahm man schon mal einen Ausflug und kehrte irgendwo zum Kaffee ein. Und da man unweigerlich durch Stedesand kam, wenn man der B 5

Richtung Süden folgte, hatte er Bredstedt als angebliches Ausflugsziel gewählt.

»Das ist nett.« Holger Leuthäuser hatte seine Stimme wieder gefunden.

»Wollt ihr vielleicht kurz rein kommen?« Man sah ihm an, dass er eigentlich mehr aus Höflichkeit fragte, aber das störte Haie nicht.

»Gerne«, nickte er und stürmte geradezu an dem jungen Mann vorbei.

»Hübsch hast du es hier«, bemerkte Marlene, die sah, wie unangenehm Holger Leuthäuser der Besuch war. Haie benahm sich aber auch nicht besonders taktvoll. Neugierig blickte er sich im Raum um, ganz so, als sei er auf der Suche nach irgendetwas. Dabei hatten sie doch vereinbart, sich lediglich nach dem Gesundheitszustand des Kranken zu erkundigen. Würde er ihnen dieselbe Geschichte wie Thamsen erzählen? Stimmten die Versionen überein?

»Möchtet ihr vielleicht was trinken?«

»Ich helfe dir«, bot Marlene an.

In der Küche herrschte das reinste Chaos. Überall standen benutztes Geschirr und angebrochene Essenspackungen.

»Entschuldigung, aber mit dem Gips ist das alles nicht so leicht.«

»Hast du denn niemanden, der dir hilft?« Marlene räumte ein paar Teller zusammen und suchte im Schrank nach sauberen Tassen oder Gläsern.

»Meine Schwester war da. Aber ewig konnte die natürlich auch nicht bleiben.«

Sie füllte den Wasserkocher und stellte ihn an.

»Hast du denn überhaupt mitbekommen, was an der Schule passiert ist?«

Holger Leuthäuser nickte, während er umständlich in einer Schublade nach Teelöffeln suchte. Marlene hatte das Gefühl, er würde absichtlich lange nach dem Besteck kramen.

»Dann hast du auch gehört, dass Katrin Martensen umgebracht worden ist«, versuchte sie das Gespräch auf den Mord zu lenken.

Wieder antwortete der Referendar nur durch eine stumme Geste. Seine Körperhaltung war angespannt, beinahe so, als läge eine riesige Last auf ihm.

»Kanntest du sie?«

Abrupt schnellte Holger Leuthäusers Kopf in die Höhe, wütend funkelte er sie an.

»Was soll diese Befragung? Glaubst du auch, ich bin der Mörder?«

»Natürlich nicht«, stammelte Marlene. Sie war überrascht und fühlte sich gleichzeitig ertappt.

»T'schuldigung«, murmelte der angehende Lehrer, als er sah, wie sehr sie sich erschrocken hatte. »Die Polizei hat auch schon so dämliche Fragen gestellt. Aber was für einen Grund soll ich, bitteschön, gehabt haben, Katrin umzubringen? Ich habe sie geliebt.«

Er ließ sich auf einen der Küchenstühle fallen und verbarg sein Gesicht in den Händen.

»Na, ihr braucht aber lange für ein paar Getränke«, platzte Haie in die Küche. Beim Anblick des weinenden Referendars zog er fragend seine rechte Augenbraue hoch und blickte zu Marlene.

»Ich glaube, wir kommen reichlich ungelegen.« Marlene trat neben Holger Leuthäuser und legte ihm kurz ihre Hand auf die Schulter. »Vielleicht kommen wir lieber ein anderes Mal wieder. Wenn es dir besser geht.«

Sie schob Haie aus der Küche und drängte zum Aufbruch.

»Was sollte das denn jetzt?«, fragte Tom, als sie zum Auto gingen. »Ich denke, wir wollten dem jungen Mann mal ein wenig auf den Zahn fühlen.«

»Ich weiß«, entgegnete Marlene, »aber ich denke, er hat nichts damit zu tun.«

»Wie kommst du denn darauf?«

Sie konnte es selbst nicht erklären. Ursprünglich hatte sie Holger Leuthäuser für verdächtig gehalten. Immerhin war es ihre Idee gewesen, den jungen Lehrer noch einmal genauer unter die Lupe zu nehmen.

»Der trauert wirklich um Katrin.«

»Das muss ja noch nichts heißen«, gab Haie zu bedenken.

»Aber er hat sie geliebt.« Marlene glaubte dem jungen Mann. Und selten täuschte sie sich, wenn es um Gefühle ging. Marlene hatte anders als die beiden Freunde bessere Sensoren für derartige Empfindungen.

»Wollen wir trotzdem jetzt noch irgendwo einen Kaffee trinken?« Tom hatte Holger Leuthäuser hinter dem Wohnzimmerfenster ausgemacht. Er beobachtete sie.

Schnell stiegen sie in den Wagen und einigten sich darauf, zum Ulmenhof in Bredstedt zu fahren. Wenigstens hatten sie dann nicht gelogen.

Während der Fahrt diskutierten Haie und Marlene weiter über die Glaubwürdigkeit Holger Leuthäusers.

»Ich trau dem nicht«, beharrte Haie. »Weißt du, was ich im Badezimmer gefunden habe?«

»Was hast du denn im Bad gewollt«, fragte Marlene.

»Is' doch egal. Habe mich ein wenig umgeschaut und bin dabei zufällig auf eine Packung Gips gestoßen.«

»Du meinst …«, die Freundin war mehr als überrascht. Sollte sie sich derart getäuscht haben?

»Genau«, triumphierte Haie, »der hat sich den Verband selbst angelegt und spielt uns nur was vor. Das müssen wir Thamsen erzählen. Wollte der nicht heute Abend zum Essen vorbei kommen?«

»Vielleicht«, antwortete Marlene ganz in Gedanken. Sie war sich unsicher, ob Holger Leuthäuser ihnen wirklich solch ein Theater vorgespielt hatte. Außerdem hatte der Verband recht professionell ausgesehen. So gleichmäßig bekam doch keiner einen Gipsverband hin, wenn er ihn selbst anlegte. Am Bein vielleicht, aber nicht am Arm. So gelenkig war selbst ein junger Sportlehrer nicht.

»Er wollte sich noch melden, ob er es zeitlich schafft«, ergänzte Tom die dürftige Antwort seiner Zukünftigen.

Iris war nicht zu erreichen gewesen und so war Thamsen mit den Kindern nach Hause gefahren. Nur ungern hatte er seine Mutter alleine gelassen, aber sie hatte ihn förmlich dazu gedrängt.

»Das ist hier nichts für die Kinder«, hatte sie erklärt und Anne und Timo zum Abschied gewunken.

Vielleicht möchte sie alleine sein, hatte er gedacht. Es gab nun einmal Situationen, da wollte man einfach niemanden um sich haben.

»Aber du rufst an, wenn es was Neues gibt«, hatte er von ihr verlangt.

Anne und Timo hatten im Wagen geschwiegen. Und ihm war das sehr recht gewesen. Obwohl es kein gutes Zeichen war. Wahrscheinlich hatten die beiden Angst. Mit dem Tod konfrontiert zu werden, war für niemanden leicht. Auch für ihn nicht. Es hatte immer so etwas Endgültiges, und niemand wusste, was danach kam. Gab es überhaupt etwas, was nach dem Tod folgte? Thamsen glaubte weder an Gott noch an ein Leben nach dem Tod. Aber blieb von einem Menschen tatsächlich nichts weiter übrig, als die sterbliche Hülle, die irgendwann von Würmern zerfressen wurde?

Er schauderte bei dem Gedanken daran. Wenn er starb, wollte er auf jeden Fall verbrannt werden. Die Vorstellung, wie eklige Tiere sich schmatzend durch seinen Körper fraßen, konnte er nicht ertragen.

Er lenkte den Wagen Richtung Dagebüll Hafen und parkte neben dem Strandkiosk direkt hinter dem Deich.

»Sucht euch schon mal ein Eis aus. Ich löse noch schnell einen Parkschein«, ermunterte er Anne und Timo, die lustlos zum Kiosk hinüber schlurften.

Er wusste, es wäre besser, mit ihnen über den Zustand des Großvaters und das, was möglicherweise geschehen würde, zu sprechen. Aber er konnte nicht. Er hatte selbst Angst und keine Ahnung, was das alles im Detail für ihn bedeutete.

Als er den Strandkiosk erreichte, standen Timo und Anne unschlüssig vor der Eiskarte.

»Und, was darf es für euch sein?« fragte der Kioskbesitzer und trommelte dabei leicht mit den Fingern auf den hölzernen Tresen. Die Kinder versperrten den anderen Kunden den Weg und durch ihre Trödelei hatte sich bereits eine lange Schlange gebildet.

Schon begannen die ersten Gäste zu nörgeln.

»Wenn ihr euch nicht entscheiden könnt, lasst es halt sein.«

»Wann geht es denn endlich mal weiter hier?«

»Frechheit, was sich manche Gören heute so rausnehmen.«

Den letzten Satz hatte eine blonde Frau ihrem Begleiter gerade so laut ins Ohr geflüstert, dass auch die umstehenden Kunden ihre Beschwerde mitbekamen. Thamsen musterte die Dame von oben bis unten und schätzte sie auf Anfang fünfzig. Also, eine Einheimische war das unter Garantie nicht. So aufgetakelt, wie die am Kiosk stand. Wo glaubte sie denn, wo sie war? Dagebüll war nicht St. Tropez. Ihre mit Swarovskisteinen besetzten Pantoffeln durften kaum das richtige Schuhwerk für einen Spaziergang über den mit Gras bewachsenen Deich sein. Und zum Wattwandern ja schon mal gar nicht. Eine Brise vom Meer und ihre kunstvoll toupierte Frisur würde in sich zusammenfallen. Oder hielten tonnenweise Haarspray dem Wind hier oben stand?

»Entschuldigen Sie, bitte«, sprach er die Frau an, »aber das sind meine Kinder und keine Gören und sie suchen sich nur ein Eis aus.«

Durch die getönten Gläser ihrer Chanel Sonnenbrille konnte er ihre Augen nicht erkennen, aber der nicht von der monströsen Brille verdeckte Teil ihres bleichen Gesichtes wechselte augenblicklich in eine rötliche Schattierung.

Er ließ die Sache auf sich beruhen. Was brachte es schon, sich über solche Leute aufzuregen? Er trat neben Anne und Timo, die sich inzwischen entschieden hatten.

»Ein Cornetto Erdbeere, ein Nogger und einen Flutschfinger.«

Genüsslich das Eis schleckend wanderten sie über den Deich hinunter zum Wasser. Es war Ebbe und viele Leute waren draußen im Watt. Auch Thamsen verspürte plötzlich den Drang, seine Schuhe und Socken auszuziehen und mit nackten Füßen über den Meeresboden zu gehen.

»Können wir zu der Insel da laufen?« Durch das klare Wetter wirkte Föhr heute zum Greifen nahe.

»Das werden wir nicht mehr schaffen. Schaut«, er zeigte auf die kleinen Rinnsale im Watt, »das Wasser kommt schon wieder.« Interessiert inspizierte Anne den Meeresboden.

»Iiii, ein Krebs!«

Thamsen musste schmunzeln. Er war viel zu selten mit den Kindern hier draußen. Als er klein war, hatte er die Krebse an der Schleuse mit einer Schnur und einer alten Wäscheklammer geangelt. Im Sommer war seine Mutter oft mit ihm ans Meer gefahren. Sein Vater war selbstverständlich nie mitgekommen, aber das hatte Thamsen eigentlich nicht gestört. Hans Thamsen hätte ohnehin nur lehrreiche Vorträge über das Watt und seine Bewohner gehalten. Anstatt diese Welt tatsächlich zu erleben oder anzufassen, hätte er irgendwelche Texte aus Lehrbüchern zitiert. Wie langweilig. Da war es ihm schon lieber gewesen, selbst seine Umwelt zu erkunden.

Er beugte sich zu dem Krebs hinab und setzte ihn auf seine Handfläche. Der kleine Meeresbewohner schnappte wild um sich, versuchte aber nicht, zu flüchten.

»Guck mal, wie mutig der dreinschaut.« Er zeigte auf die kleinen schwarzen Knopfaugen des Krebses. Anne ging ebenfalls in die Knie, allerdings zunächst in einem sicheren Abstand.

»Meinst du, der sieht uns?«

»Natürlich.«

»Huhu Krebs!« Anne winkte dem Tier zu.

»Willst du ihn mal halten?« Thamsen schob seine Hand ein Stück in ihre Richtung.

»Nee, ich glaube, der möchte lieber wieder runter«, versuchte Anne ihre Angst zu verbergen.

Vorsichtig setzte er daher den Krebs wieder zurück auf den Meeresboden. Ruck Zuck lief der vor ihnen davon in die Freiheit.

Sie wanderten noch eine Weile durchs Watt und bestaunten hier und da ein paar Muscheln, Schnecken oder andere Meeresbewohner, ehe sie sich auf den Rückweg machten.

An der Dusche zwischen den privaten Badebuden befreiten sie ihre Füße vom hartnäckigen Schlick. Anne kreischte vor Vergnügen, wenn der Wasserstrahl sie traf.

Sie setzten sich an den Deich und ließen sich von der Sonne trocknen.

»Kommissar Thamsen«, hörte er plötzlich seinen Namen. Er blickte auf und musste die Augen wegen des starken Gegenlichtes zusammenkneifen. Dennoch erkannte er Erk Martensen wenige Meter vor sich am Deich. Neben ihm seine Mutter. Trotz der sommerlichen Temperaturen war sie ganz in Schwarz gekleidet. Knöchellanger Rock. Wolljacke. Man sah ihr an, wie unangenehm es ihr war, sich in der Öffentlichkeit zu zeigen. Wahrscheinlich dachte sie, es stünde ihr während der Trauerphase nicht zu. Und irgendwelche Leute würden sich mit Sicherheit auch darüber das Maul zerreißen. Immerhin war Katrin Martensen noch nicht einmal unter der Erde, und ihre Mutter flanierte bereits am Badedeich. So oder so ähnlich würde das Gerede klingen.

Thamsen stand auf und begrüßte die beiden.

»Sie waren neulich so schnell abgereist. Dabei

waren wir ja verabredet gewesen«, erinnerte er den Bruder der Verstorbenen an den geplatzten Termin.

»Oh, ja. Tut mir leid. Aber ich musste dringend nach Hamburg. Geschäftlich. Das müssen wir nachholen.«

Er sagte das, als ginge es um eine Verabredung zum Bier und nicht um die Aufklärung des Mordes an seiner Schwester.

»Morgen?«, fragte Thamsen.

»Hm, morgen ist schlecht. Da ist Katrins Beerdigung.«

Dirk Thamsen hatte gar nicht gewusst, dass die Leiche bereits freigegeben war. Spontan entschied er jedoch, an der Trauerfeier teilzunehmen.

»Dann sehen wir uns dort.«

15.

»Warum Thamsen sich gestern wohl nicht mehr gemeldet hat?«

Tom und Marlene saßen am Frühstückstisch.

»Hm, meinst du, es ist wieder etwas passiert?«

Tom zuckte mit den Schultern. »Oder er hat es einfach nur vergessen.«

»Kann ich mir nicht vorstellen. Bestimmt hat es wieder gebrannt oder so, ansonsten würde er ja nicht schon wieder in einer Besprechung sitzen.«

Marlene hatte versucht, Thamsen telefonisch zu erreichen. Für gewöhnlich war er bereits früh im Büro, aber heute war lediglich ein Kollege von ihm ans Telefon gegangen.

»Kommissar Thamsen ist in einer Besprechung. Kann ich was ausrichten?«

Marlene hatte lediglich um einen Rückruf gebeten, doch wenn es in der Nacht wieder einen Brand gegeben hatte, dann konnte das dauern.

»Das hätten wir doch mitgekriegt«, sagte Tom und stand auf. Er musste heute Vormittag sein vorläufiges Konzept in Husum vorstellen und wollte rechtzeitig in der Firma sein. Er küsste Marlene zum Abschied.

»Nur noch viermal schlafen, dann bist du meine Frau«, flüsterte er ihr ins Ohr.

Thamsen war zwar körperlich anwesend bei der Besprechung mit den Kollegen, aber in Gedanken ganz woanders. Ihm ging so viel durch den Kopf und die Beiträge der anderen enthielten sowieso keine Neuigkeiten.

Die Operation seines Vaters war den Umständen entsprechend gut verlaufen. Nun hieß es abwarten. Auf dem Nachhauseweg war er gestern noch einmal kurz im Krankenhaus gewesen. Hatte seine Mutter abholen wollen. Doch sie hatte sich geweigert, von der Seite ihres Mannes zu weichen.

»Papa hat nichts davon, wenn du hier zusammenklappst«, hatte er versucht, sie zu überzeugen, nach Hause zu gehen und sich auszuruhen. Doch sie hatte vehement ihren Kopf geschüttelt und gesagt, sie könne seinen Vater nun einmal nicht alleine lassen. Das sei immer so gewesen und das würde sie jetzt unter Garantie nicht ändern.

Wenn er sich recht erinnerte, war es tatsächlich immer so gewesen. Niemals hatte seine Mutter sich eine Auszeit gegönnt oder hätte auch nur im Traum daran gedacht, vielleicht einmal mit einer Freundin gemeinsam in den Urlaub zu fahren. Stets war sie für ihren Mann da gewesen. Tag und Nacht. Er hatte Zweifel, ob dieser Umstand auf Liebe beruhte – jedenfalls nicht nach seiner Vorstellung von Liebe – aber in gewisser Weise war es vielleicht doch so etwas. Jedenfalls für seine Mutter. Immerhin hatte sie bei der Hochzeit geschworen, immer für Hans Thamsen da zu sein. In guten und in schlechten Zeiten.

»Oder was meinst du, Dirk?«

Sein Vorgesetzter schaute ihn fragend an. Und auch die Augen der anderen Kollegen waren plötzlich auf ihn gerichtet. Er fühlte sich ertappt und begann zu schwitzen.

»Ich weiß nicht«, stammelte er verlegen und hoffte, die Antwort passte zu der vorangegangenen Diskussion.

»Na, es ist doch merkwürdig, dass es seit dem Feuer bei Heiko Stein keinen weiteren Brand gab.«

Glück gehabt. Er atmete innerlich auf. Sich vor den Husumer Kollegen zu blamieren, war das Letzte, was er wollte. Die hielten ihn doch ohnehin für inkompetent.

»Das könnte mehrere Gründe haben. Vor allem, da ich nach wie vor davon ausgehe, es mit zwei unterschiedlichen Tätern zu tun zu haben.«

Die Kripobeamten verzogen genervt ihre Mienen. Sagten aber nichts. In Thamsen begann es zu brodeln.

»Auf jeden Fall ist heute die Beerdigung von Katrin Martensen. Da schaue ich mich mal etwas genauer um.«

»Und was soll das bringen? Glaubst du, der Mörder taucht da auf«, fragte einer der Husumer grinsend.

»Was soll das eigentlich?«, platzte es unerwartet aus Thamsen heraus. Er war es leid, mit diesen überheblichen Lackaffen zusammenzuarbeiten. Egal, was er machte, es war ihnen ohnehin nicht recht. Selbst hatten sie allerdings auch keine Ermittlungserfolge vorzuweisen.

»Ihr habt doch auch keinen blassen Schimmer, wer hinter den Bränden steckt, zieht aber meine Ansätze noch nicht mal in Betracht.«

Er spürte, wie die Wut über die Kollegen ihm beinahe die Luft abschnürte und seine Stimme sich überschlug. Wenn er nicht augenblicklich den Raum verließ, würde er sich nicht zurückhalten können. Er sprang auf und lief ohne ein weiteres Wort aus dem Raum.

Haie prüfte noch einmal im Spiegel den Sitz seines dunklen Anzuges. Es war schon eine Weile her, dass er das gute Stück zum letzten Mal getragen hatte und am Bund kniff die Hose leicht. Zum Glück hatte er sich für die Hochzeit einen neuen Anzug besorgt. Marlenes Mutter hatte darauf bestanden. Sie achtete bei der Ausrichtung der Feierlichkeiten auf jede Kleinigkeit und wollte, dass alles perfekt war.
Daher hatte sie den Trauzeugen ihres zukünftigen Schwiegersohnes auch mit zum Haus- und Hofschneider der Liebigs geschickt und ihm einen maßgeschneiderten Anzug verpasst. Haie war nur froh gewesen, nicht die Rechnung zahlen zu müssen, denn solch einen edlen Zwirn hätte er sich niemals leisten können. Er kaufte seine Anzüge seit eh und je von der Stange. Selbst sein Hochzeitsanzug war damals aus dem Kaufhaus gewesen. Natürlich saß die Einheitskleidung nicht so perfekt wie maßgeschneiderte, was er jetzt leider auch wieder einmal zu spüren bekam.
Er holte tief Luft, steckte noch einmal das Hemd ordentlich in die Hose und befestigte dann seine Hosenklammern. Wie immer würde er auch heute mit dem Fahrrad fahren.
Tom musste heute arbeiten und hatte keine Zeit, ihn zu begleiten. Und Marlene hatte er gar nicht gefragt. Die Trauerfeier von Katrin Martensen würde einfach

zu viele Erinnerungen in ihr wachrufen. Das wollte er ihr nicht zumuten.

Er fuhr die Dorfstraße entlang bis zur scharfen Kurve am Spritzenhaus. Hier bog er ab und radelte das kurze Stück bis zum Friedhof die Steege entlang. Der kleine Vorplatz war mit Autos gut gefüllt. Die Trauergäste parkten bereits die Straße entlang.

»Moin, Haie«, grüßte ihn Christian Brodersen, sein ehemaliger Nachbar, »du machst das richtig. Brauchst dir keine Sorgen um ein Parkplatz zu machen.«

Haie nickte und stieg vom Rad.

»Hätte aber auch nicht geglaubt, dass so viele kommen.« Er schob sein Fahrrad zum Zaun des Friedhofes.

»Na, was hast du denn gedacht?« Christian Brodersen wartete, bis Haie sein Rad abschlossen hatte. »Is' schließlich die Sensation im Dorf«, erklärte er flüsternd den massiven Zustrom der Trauergäste. Das konnte Haie sich allerdings vorstellen. Er selbst war ja kaum mit der Familie bekannt und wollte trotzdem der Toten die letzte Ehre erweisen.

»Hat die Polizei denn inzwischen irgendetwas rausgefunden?« Der ehemalige Nachbar wusste von Haies Kontakt zu Kommissar Thamsen.

»Nicht viel. Bloß, dass Katrin wohl zu mehreren Männern gleichzeitig eine Beziehung hatte.«

»Hah«, lachte Christian Brodersen, »das dürfte ja nicht schwer gewesen sein. War ja ein offenes Geheimnis im Dorf.«

Sie hatten den Eingang der Kirche erreicht und

beendeten das Gespräch. Das Kirchenschiff war beinahe bis auf den letzten Platz gefüllt. Haie quetschte sich noch ans Ende einer der Bänke, saß aber letztendlich nur mit halber Pobacke auf dem Holz. Vorsichtig blickte er sich um, doch er konnte weder Holger Leuthäuser noch Jan Schmidt sehen.

»Könnten Sie noch ein Stück rücken?« Dirk Thamsen stand plötzlich neben ihm.

»Aber klar.«

Haie presste sich mit aller Kraft gegen die Hüfte seines Nachbarn und tatsächlich entstand eine kleine Lücke. Er rückte sofort auf. Nach mehrmaligen Drücken und Schieben reichte der Platz neben ihm aus und der Kommissar konnte sich endlich setzen.

»Ganz schön voll«, bemerkte Thamsen, der sich ebenfalls suchend zwischen den anderen Gästen umsah.

»Ja, aber die beiden Hauptverdächtigen sind nicht da.«

Dirk Thamsen runzelte die Stirn, doch ehe er etwas zu den fleißigen Ermittlungen des Hausmeisters sagen konnte, setzte laute Orgelmusik ein und die Trauerfeier begann.

Toms Meeting war besser gelaufen, als er gedacht hatte. Der Vorstand der Firma hatte sein Konzept abgenickt. So leicht hatte er es sich nicht vorgestellt, die fünf Herren von seinen Vorschlägen zu überzeugen. Aber die Strategie war auch nur der erste Meilenstein in dem Projekt gewesen. Nun hieß es, sie umzusetzen und Ergebnisse zu liefern. Das würde nicht einfach werden. Der

Markt für erneuerbare Energien war hart umkämpft. Zwar war die Nutzung von Windenergie in den letzten Jahren geradezu rasant gestiegen, aber gleichzeitig gab es immer mehr Anlagenhersteller, die gegeneinander vor allem um die Investoren von Windparks buhlten.

Ein hartes Stück Arbeit lag vor ihm, mit der er sofort nach der Hochzeit beginnen musste.

Daher konnten sie auch nicht gleich in die Flitterwochen starten. Marlene war sehr enttäuscht gewesen, als er ihr gesagt hatte, sie müssten mit ihrer Reise mindestens bis zum Herbst warten. Sie hatte sich so darauf gefreut, sich mit ihm sofort nach der Feier aus dem Staub zu machen und sich ein paar Tage ganz allein dem neuen Gefühl ›Verheiratet sein‹ hingeben zu können. »Was soll ich denn meiner Mutter sagen?«, hatte sie traurig gefragt, »die hat doch schon alles gebucht.«

Sie hatten Plätze auf einem Luxusschiff reserviert, welches von Gibraltar bis ans Schwarze Meer fahren würde. Natürlich hatte Gesine Liebig darauf bestanden, die Reise zu bezahlen und selbstverständlich die Suite gebucht.

Tom war sich nicht sicher, ob eine Kreuzfahrt wirklich das Richtige für ihre Flitterwochen war, aber Marlene hatte ihm so begeistert die Bilder in dem Reiseprospekt gezeigt, da hatte er schließlich nicht »Nein« sagen können.

Vielleicht war es ihm aber deshalb so leicht gefallen, den Auftrag bei der Windenergiefirma anzunehmen. Denn für Flitterwochen würde keine Zeit bleiben. Das hatte er von Anfang an gewusst.

»Wir holen das nach. Ganz bestimmt«, hatte er Marlene versprochen. »Aber schau, da ich demnächst der Ernährer der Familie bin, brauchen wir das Geld.«

Trotzdem hatte er irgendwie ein schlechtes Gewissen. Natürlich war der Job in Husum äußerst lukrativ. Aber sie hätten nicht hungern müssen, wenn er den Zuschlag nicht erhalten hätte. Wahrscheinlich war die Arbeit in dem Unternehmen eine willkommene Ausrede, denn so ganz behagte ihm die Vorstellung, für 14 Tage keinen festen Boden unter den Füßen zu haben, nicht.

Zum Trost hatte er daher für Marlene in einer Goldschmiede in Husum einen Ring aufarbeiten lassen. Das Schmuckstück hatte Toms Mutter gehört, die bei einem Autounfall ums Leben gekommen war. Der Ring bedeutete ihm sehr viel, denn er war alles, was ihm von seiner Mutter geblieben war.

Als sie starb war er noch ein kleiner Junge gewesen. Er konnte sich kaum an sie erinnern, nur wenige Momente waren in seinem Gedächtnis haften geblieben.

Der Ring war ein solcher Augenblick. Es war ein breiter Goldring mit einem traumhaft schönen Bernstein. Er hatte damals geglaubt, der Stein sei aus Honig und immer wieder versucht, davon zu naschen. Wenn er sich die Bilder in Erinnerung rief, glaubte er sogar, das helle Lachen seiner Mutter zu hören, die sich über seine kindliche Vorstellung amüsierte.

Marlene würde der Ring gefallen. Sie liebte Bernsteinschmuck, und dass Tom ihr das einzige Erinnerungsstück an seine Mutter anvertraute, würde sie überglücklich machen. Sie hatten nicht oft über Toms Eltern gesprochen. Es schmerzte ihn, sie so früh verloren und niemals eine richtige Familie gehabt zu haben. Marlene hatte ihn zwar oft nach seinen Eltern und der Zeit bei seinem Großvater, der ihn nach dem Unfall aufgenommen hatte, gefragt, aber er sprach nicht gerne darüber und hatte ihr immer nur ein paar wenige Dinge erzählt.

Den Ring würde sie als absoluten Liebesbeweis verstehen und so war er auch gemeint.

Er parkte am Schlosspark. Von dort aus war es zwar etwas weiter zur Goldschmiede, aber er wollte zuvor noch in der Buchhandlung eine Bestellung abholen.

Als er die Straße überquerte, um zum Schlossgang zu gelangen, sah er plötzlich Holger Leuthäuser vor sich. Normalerweise hätte er den jungen Mann von hinten nicht erkannt, aber aufgrund seiner behäbigen Gangart war er ihm sofort aufgefallen. So ein Gipsverband schränkte einen in seinen Bewegungen nun einmal sehr ein.

Tom überlegte, ob er zu dem Referendar der Risumer Grundschule aufschließen sollte, entschied sich dann aber dagegen. Der Mann war in Bezug auf die Brände und den Mord an der Bauerntochter äußerst verdächtig. Die Gipspackung, die Haie bei Holger Leuthäuser in der Wohnung gefunden hatte, ließ immerhin vermuten, dass der angehende Lehrer den Verband selbst angelegt hatte, um etwaige Brandverletzungen zu verbergen.

Mal sehen, wo der hinwollte. Angeblich war er ja

noch krankgeschrieben, da würde er sich wohl kaum mit Freunden zum Kaffeetrinken verabredet haben, oder?

Er ließ sich leicht zurückfallen, obwohl kaum Gefahr bestand, Holger Leuthäuser könne ihn bemerken. So ungelenk wie der war, würde er sich sicherlich nicht umdrehen.

Am Ende des Schlossgangs bog der junge Mann zunächst nach rechts ab, wandte sich dann aber abrupt zur Seite und überquerte die Straße. Tom folgte ihm über den Marktplatz.

Die viel zitierte graue Stadt zeigte sich heute von ihrer bunten Seite. Das Wetter war traumhaft schön. Die Sonne schien, nur wenige Wolken trieben hier und da müßig an einem sonst strahlend blauen Himmel dahin. Um den Brunnen mit der Tine scharten sich dutzende von Menschen, unterhielten sich, aßen Eis oder genossen einfach nur den Tag.

Doch Holger Leuthäuser hatte dafür keinen Blick übrig. Zielstrebig steuerte er die Apotheke auf der anderen Seite des Platzes an.

Durch die Scheibe beobachtete Tom, wie der junge Mann an den Verkaufstresen trat. Er überlegte nur kurz, ehe er zum Eingang ging und die Tür öffnete. Eine kleine Glocke über der Tür kündigte seinen Besuch an, doch weder Holger Leuthäuser noch die Dame hinter dem Tresen beachteten ihn. Tom tat, als interessiere er sich für einen Sonnenschutz und ließ seinen Blick über ein Regal mit verschiedenen Cremes wandern. Außer ihm und Holger Leuthäuser waren keine anderen Kunden im Raum. Daher konnte er gut verstehen, worüber sich der angehende Lehrer mit der Apothekerin unterhielt.

»Sie können es hiermit versuchen«, riet die Dame im weißen Kittel und hielt eine rot-weiße Verpackung hoch. »Wenn die Wunden allerdings schlimmer sind, sollten Sie vorher lieber einen Arzt aufsuchen.«

»Nein, nein«, Holger Leuthäuser schüttelte den Kopf. »Da war ich schon.« Er griff nach der Packung und studierte die Aufschrift.

»Und die hilft auch bei Brandwunden?«

Die Apothekerin nickte. »Oberflächliche Wunden und Verbrennungen.«

Holger Leuthäuser fischte umständlich seine Geldbörse aus der Hosentasche. »Dann nehme ich die.«

Tom hatte genug gehört und verließ die Apotheke. Draußen atmete er kurz durch, ehe er gerade noch rechtzeitig um die Ecke biegen konnte, bevor der Referendar aus der Tür trat. In seiner Hand hielt er eine kleine weiße Tüte mit dem roten Apothekenzeichen.

Aus seinem Schlupfwinkel verfolgte er, wie der Mann wieder den Marktplatz überquerte und anschließend im Schlossgang verschwand.

Wofür braucht der Brandsalbe, wunderte sich Tom und zog sein Handy aus der Tasche.

16.

Thamsen erblickte als Erstes das blinkende rote Lämpchen seines Anrufbeantworters, als er sein Büro betrat.

»Piep. Hallo, hier ist Tom Meissner. Ich müsste Sie dringend sprechen. Bitte rufen Sie mich umgehend zurück. Danke. Piep.«

Dirk Thamsen setzte sich und griff zum Telefonhörer. Wenn Tom Meissner ihn anrief, musste es wichtig sein. Ohne Grund hatte der Unternehmensberater ihn noch nie um einen Rückruf gebeten.

Er hatte jedoch die Nummer noch nicht vollständig gewählt, als die Tür aufgerissen wurde und sein Chef wütend in den Raum stapfte.

»Sag mal, Dirk«, begann er ohne jegliche Begrüßung. »Was hast du dir gestern nur dabei gedacht? Du kannst doch der Kripo nicht so vor den Kopf stoßen.«

Thamsen hatte geahnt, dass sein gestriges Verhalten Konsequenzen haben würde, aber so aufgebracht, wie Rudolf Lange vor ihm stand, musste es mehr Ärger als erwartet gegeben haben. Zum Glück hatte er sich rechtzeitig aus dem Staub gemacht.

»Auf der Beerdigung ist übrigens nichts Ungewöhnliches vorgefallen«, erstattete er Bericht von seinen gestrigen Ermittlungen, ohne auf die Schelte einzugehen.

»Aber der Bruder hat auch noch einmal die Beziehungen seiner Schwester zu mehreren Männern bestätigt.«

Rudolf Lange blickte ihn kopfschüttelnd an.

»Dirk, verstehst du nicht? Man will dich vom Fall abziehen.«

Die Aussage traf ihn wie ein Peitschenhieb. Er zuckte zusammen.

»Wieso?«

»Wieso? Wieso?« Sein Vorgesetzter fuchtelte wild mit den Armen durch die Luft. »Weil man dich für unprofessionell hält.«

»Mich?«

Rudolf Lange ließ sich seufzend auf den Stuhl vor dem Schreibtisch fallen. Das Holz ächzte ein wenig unter seiner Last. Er konnte Thamsen verstehen. Es war tatsächlich nicht leicht, mit den Husumer Kollegen zusammenzuarbeiten. Die Kriminalpolizei hatte nun einmal eine andere Vorstellung von der Vorgehensweise und vor allem von ihren Aufgaben. Er wollte nicht leugnen, ebenfalls den Eindruck zu haben, die Kripo nehme sich zu wichtig, aber um den Fall aufzuklären, war nun einmal Teamarbeit erforderlich. Da musste man halt die persönlichen Befindlichkeiten zurückstellen, um gemeinsam die Ermittlungen voranzutreiben. Und Thamsens Auftritt gestern bei der Besprechung war wirklich kaum zu entschuldigen. Auch wenn er in manchen Punkten recht haben mochte, aber so kamen sie nicht weiter. Er konnte den Standpunkt der Husumer Beamten verstehen, die behaupteten, Thamsen sei viel zu verbohrt in seine Theorie, um die Sachlage objektiv zu betrachten und die richtigen Ermittlungsansätze zu wählen. Sie hatten daher gefordert, den Kommissar aus dem Team zu nehmen.

»Deine Alleingänge kann ich nicht weiter gut heißen. Du musst mit den Kollegen zusammenarbeiten.«

Es hatte Rudolf Lange eine Menge Überredungskunst gekostet, die Kollegen zu überzeugen, seinen Mitarbeiter nicht von dem Fall abzuziehen. Schließlich war Thamsen sein bester Mann, seine Aufklärungsquote exzellent.

»Aber du musst an deiner Teamfähigkeit arbeiten. So geht es sonst nicht weiter.«

Teamfähigkeit, schnaubte Thamsen innerlich. Als wenn die Husumer Kollegen jemals mit ihm zusammengearbeitet hatten. Geschweige denn, ihn wie ein gleichwertiges Mitglied der SoKo zu behandeln. Er würde den Fall aufklären. Und zwar allein.

»Na gut, ich versuche es«, täuschte er seine Einsichtigkeit vor und war überrascht, wie schnell sein Chef sich überzeugen ließ. Ohne eine weitere Ermahnung wechselte er das Thema.

»Wie geht's denn deinem Vater?«

»Ich versuche noch mal, Thamsen zu erreichen.« Tom schlich wie ein Tiger im Käfig zwischen Küche und Wohnzimmer hin und her.

»Aber du hast ihn doch heute Morgen schon angerufen. Er ruft bestimmt gleich zurück.« Marlene war zwar beinahe ebenso aufgeregt wie ihr Freund, wusste aber, wenn Thamsen sich nicht meldete, gab es meistens einen wichtigen Grund dafür. Obwohl, mittlerweile machte sie sich auch ein wenig Sorgen um den Kommissar. Denn wegen der Einladung zum Essen hatte er sich ja auch nicht gemeldet. Er würde doch nicht etwa noch ihre Hochzeit vergessen?

Haie hatte zwar berichtet, Thamsen auf der Trauerfeier von Katrin Martensen getroffen zu haben, aber viel hatten die beiden nicht miteinander gesprochen. Der Kommissar war gleich nach der Beerdigung aufgebrochen. Sein Vater läge im Krankenhaus, hatte er erzählt. Aber Genaueres wusste Haie auch nicht.

Überhaupt gab es wenig Neues. Auf der Trauerfeier war es zu keinen auffälligen Begegnungen oder Vorfällen gekommen. In aller Stille hatte man Abschied von Katrin Martensen genommen, beim anschließenden Leichenschmaus in der Gastwirtschaft im Dorf war es ruhig geblieben.

Und auch der Brandstifter regte sich in den letzten Tagen nicht. Heiko Stein lag nach wie vor im künstlichen Koma und konnte keine Aussage machen. Gespannt wartete man darauf, das Opfer endlich vernehmen zu können, aber die Ärzte waren noch nicht in der Lage zu bestimmen, wann der Mann so stabil sein würde, um ihn aus dem Heilkoma aufzuwecken. Aber seit dem Brand bei Heiko Stein hatte es kein weiteres Feuer im Dorf oder der näheren Umgebung gegeben. Fraglich nur, warum nicht? War der Brandstifter vielleicht verletzt?

»Also ich ruf jetzt noch mal an.« Tom hielt die Warterei nicht länger aus.

Er griff zum Telefonhörer und wählte Thamsens Nummer. Marlene rückte ganz nah an Tom, um zu hören, was am anderen Ende der Leitung geschah.

Nach dem dritten Klingeln wurde abgenommen.

»Ich komme gerade aus einer Besprechung und wollte mich jetzt bei Ihnen melden.«

»Es gibt Neuigkeiten wegen Holger Leuthäuser«, sprudelte es sofort aus Tom heraus, als er die Stimme des Kommissars vernahm.

»Können wir uns vielleicht treffen?«, fragte Thamsen. Es war besser, wenn keiner seine weiteren Ermittlungen mitbekam. Nicht nach der Unterredung mit seinem Chef und dem vorgetäuschten Versprechen, alles mit den Husumer Kollegen abzustimmen, das Rudolf Lange ihm abgerungen hatte.

»Um zwölf beim Griechen«, schlug er deshalb vor.

Knapp eine Stunde später saß er zusammen mit Tom und Marlene in der Taverne in der Uhlebüller Dorfstraße und ließ sich berichten, was Tom gestern in der Apotheke in Husum beobachtet hatte.

»Herr Ketelsen hatte gestern auf der Beerdigung schon angedeutet, Sie hätten verdächtiges Material bei dem Lehrer gefunden? Wo steckt Ihr Freund überhaupt?«

Thamsen hatte sich gewundert, das Paar allein in der Gaststätte anzutreffen. Für gewöhnlich begleitete der Hausmeister die Freunde immer.

Marlene zuckte mit den Schultern. »Wir konnten ihn nicht erreichen. Keine Ahnung, wo der sich wieder herumtreibt.«

Haie hatte an diesem Morgen beschlossen, sich für die Hochzeit noch einmal einen anständigen Haarschnitt verpassen zu lassen. Er wollte schließlich auf der Feier nicht wie der letzte Depp vom Dorf erscheinen. Außerdem konnte er bei der Gelegenheit gleich mal überprüfen, was im Dorf sonst noch so über die Brände und den Mord erzählt wurde. Neben dem kleinen Supermarkt und der Gastwirtschaft war der kleine Friseurladen in Lindholm nämlich ein weiterer Ort im Dorf, an dem intensiv Neuigkeiten ausgetauscht wurden.

Daher hatte er sich gleich nach dem Frühstück auf sein Fahrrad geschwungen und war die Dorfstraße entlang Richtung B5 geradelt. Kurz hatte er überlegt, bei Tom und Marlene anzuhalten, aber als er die heruntergelassenen Rollos gesehen hatte, war er davon ausgegangen, die beiden schliefen noch und hatte seinen Besuch auf den Rückweg verschoben.

Er war aber auch wirklich früh dran. Der Salon hatte noch gar nicht geöffnet, als er dort ankam. Ein wenig unschlüssig war er vor dem Laden auf und ab getrampelt, hatte dann aber sein Fahrrad an den Ständer vor der Tür gekettet und war hinüber zum Bäcker gegangen, um die Wartezeit mit einer Tasse Kaffee zu überbrücken.

Das junge Mädchen hinter dem Tresen kannte er nicht näher, nur vom Sehen. Und sie kannte ihn auch nur flüchtig. Sie reichte ihm einen Pappbecher und widmete sich daher auch sofort dem nächsten Kunden.

Haie schlenderte zu einem der Bistrotische am Fenster und blickte hinaus. Etliche Leute fuhren die Dorfstraße entlang auf dem Weg zur Arbeit. Einige Schulkinder radelten mit Tornister oder Rucksack beladen zur Lindholmer Schule.

Irgendwie hatte er gar nicht auf die Zeit geachtet. Es war wirklich noch reichlich früh. Obwohl er momentan nicht jeden Tag zur Arbeit musste, stand er trotzdem wie gewohnt um sechs auf. Und acht Uhr war dann für ihn schon eher spät. Für gewöhnlich war er bereits um sieben bei der Arbeit. Selten später. So hatte man wenigstens etwas vom Tag, denn wer früh mit der Arbeit begann, konnte auch früh wieder Feierabend machen.

Um sich die Zeit zu vertreiben, kaufte er sich ein belegtes Brötchen und ein Plunderteilchen. Dazu noch einen weiteren Kaffee, in den er diesmal allerdings reichlich Milch goss. Er war nicht mehr der Jüngste und vertrug kaum Koffein. Früher konnte er zu jeder Nacht- und Tageszeit Kaffee trinken, aber das war schon mehr als zwanzig Jahre her. Er wurde halt älter. In weniger als sechs Jahren würde er schon in Rente gehen. Wie schnell die Zeit doch vergangen ist, dachte er, während er gedankenverloren aus dem Fenster starrte.

»Moin, Haie!«

Christian Brodersen betrat den Bäckerladen. Nachdem sie gestern vor der Kirche auseinander gegangen waren, hatten sie nicht wieder miteinander gesprochen.

»Schöne Rede, die der Pastor für die Katrin gehalten hat, nä?«

Haie nickte. Der Gottesdienst, oder zumindest das, was er davon mitbekommen hatte, während er neugierig die Trauergäste beobachtete, war wirklich berührend gewesen.

Und das war nicht leicht unter diesen Umständen. Immerhin hatte sich der Mord an der Tochter des reichsten Bauern im Dorf inzwischen herumgesprochen, und es gab die wildesten Spekulationen über mögliche Motive. Was hatte sie überhaupt in der Schule zu suchen gehabt?

»Ihren Bruder hatte ich ja auch lange nicht gesehen.« Christian Brodersen hatte sich am Tresen ebenfalls einen Becher Kaffee bestellt und trat nun neben Haie. »Dass der sich überhaupt hat blicken lassen, der feine Herr Geschäftsmann.«

Haie zog fragend die Augenbraue hoch. Er hatte nicht besonders viel zu tun mit den Martensens. Erk und Katrin kannte er eigentlich nur aus der Zeit, in der sie die Risumer Grundschule besucht hatten. Er war bereits seit etlichen Jahren als Hausmeister an der Schule und kannte daher die meisten Kinder der Dorfbewohner.

»Wieso, was macht Erk denn jetzt?«

»Hat 'nen Luxusladen in Hamburg aufgemacht. Seitdem spielt der sich auf, als sei er etwas Besseres.«

Das war Haie gestern gar nicht aufgefallen. Aber besonders geachtet hatte er auf die Familie sowieso nicht. Er verdächtigte ebenso wie Thamsen eine der zahlreichen Männerbekanntschaften von Katrin und hatte daher die anwesenden Trauergäste nach potenziellen Kandidaten abgesucht. Ihm war nur der Porsche mit Hamburger Kennzeichen ins Auge gefallen, als er am Parkplatz vorbeigeradelt war. Kurz hatte er sich gefragt, wem dieser exklusive Sportwagen wohl gehören mochte. Auf Erk Martensen hätte er allerdings nicht getippt.

»Dann scheint das doch gut zu laufen bei ihm«, schloss er bei dem Gedanken an den Porsche.

»Na, Fritz hat ihm doch bestimmt unter die Arme gegriffen. Kein Wunder, wenn die Katrin eifersüchtig war.«

»Wie?«

»Na, wärst du gut auf deinen Bruder zu sprechen, wenn der alles in den Arsch geblasen bekäme?« Christian Brodersen ging zurück zum Tresen, auf dem Milch und Zucker standen und süßte seinen Kaffee reichlich. Haie wartete gespannt, bis er wieder an den Tisch trat.

»Und woher weißt du das so genau? Ich meine, das mit dem Geld und dem Streit zwischen Katrin und Erk?«

Eigentlich hatte Christian Brodersen den Anschein erweckt, als sei er stolz, über solch exklusive Informationen zu verfügen. Nun allerdings druckste er bei der Beantwortung der Frage rum.

»Von minen Sohn.«

»Von Ingo?« Haie ahnte, der junge Mann hatte wohl auch zu dem Bekanntenkreis von Katrin Martensen gehört.

»Hm.« Christian Brodersen nippte an seinem Kaffee.

»Ja, und was genau hat Ingo erzählt?«

»Eben genau das. Fritz hat dem Erk wohl reichlich Geld gegeben, die Katrin aber immer kurz gehalten. Deshalb hatten sich die beiden wohl ständig in der Wolle.«

»Meinst du denn wirklich, Holger Leuthäuser könnte die Katrin umgebracht haben?«, fragte Marlene und kuschelte sich etwas enger an Tom.

Nach dem Essen mit Thamsen hatten sie spontan beschlossen, einen Stadtbummel durch Tondern zu machen. Irgendwie waren die letzten Tage derart hektisch gewesen und sie hatten wenig Zeit füreinander gehabt. Ein Sparziergang in der dänischen Kleinstadt tat ihnen sicherlich gut. Außerdem hatte Marlene ihrer Mutter von der alten Apotheke vorgeschwärmt, in der es Kerzen und anderes Kunsthandwerk zu kaufen gab. Gesine Liebig war sofort begeistert von der Idee, dänische Kerzen bei der Hochzeitsdekoration einzusetzen und hatte ihre Tochter gebeten, ein paar zu besorgen.

»Schwer zu sagen. Aber auf jeden Fall ist er verdächtig«, antwortete Tom. Es war immer schwierig, sich von jemandem vorzustellen, er habe einen Menschen getötet. Wie sah ein Mörder aus? Was hatte ihn dazu getrieben?

»Oder es war ein Unfall«, versuchte er Marlene zu beruhigen, die beim Gedanken daran, dass der nette

Referendar ein kaltblütiger Mörder sein könnte, wieder einmal zutiefst erschrocken war. Allerdings lief es trotzdem auf das gleiche hinaus. Katrin Martensen war tot. Und selbst, wenn es ein Unfall gewesen war, hatte Holger Leuthäuser keine Hilfe geholt, sondern stattdessen einfach die Schule angezündet, um den tödlichen Vorfall zu vertuschen.

»Warten wir mal ab. Vielleicht kriegt Thamsen ja mehr raus.« Marlene nickte stumm und Tom spürte, wie verkrampft sie war.

»Was für Kerzen willst du denn kaufen?«, wechselte er deshalb das Thema.

»Weiß noch nicht genau.«

Er spürte, sie war in Gedanken noch bei der Frage, ob der Referendar der Risumer Grundschule etwas mit dem Mord zu tun hatte. Anders konnte er sich ihre Gleichgültigkeit bei dem Kerzenkauf nicht erklären. Mit Sicherheit hatte ihr Gesine Liebig eine genaue Beschreibung ihrer Vorstellungen mit auf den Weg gegeben.

Sie erreichten die alte Apotheke und traten ein. Bereits im Vorflur begrüßten sie kleine Wichtel, sogenannte Nissemänner. Doch heute hatte Marlene keinen Blick für die putzigen Gestalten. Sie steuerte schnurstracks in den Raum mit den handgefertigten Kerzen und blickte sich suchend um.

»Wie wäre es denn mit diesen?« Tom deutete auf ein Regal mit beigen Stumpenkerzen.

»Nee, die sind ja eher was für eine Beerdigung. Die finde ich ganz hübsch.« Marlene griff nach ein paar hellblauen Leuchterkerzen.

»Eigentlich komisch, dass Holger Leuthäuser nicht auf der Trauerfeier war. Mir kam es bei unserem Besuch irgendwie vor, als habe er Katrin Martensen wirklich geliebt.« Sie drehte eine Kerze zwischen den Händen hin und her. »Außerdem wäre ich auf jeden Fall zur Beerdigung gegangen, wenn ich der Mörder wäre. Man macht sich ja ansonsten unweigerlich verdächtig.«

»Aber Jan Schmidt war ja auch nicht da.«

»Oder es war gar keiner von beiden«, spekulierte Marlene. Vielleicht hatten beide die Tote geliebt und tatsächlich nichts mit dem Mord zu tun. Dann wären sie mit ihren Verdächtigungen schlichtweg auf dem Holzweg. Sie hatten sich so auf die beiden Männer eingeschossen und dabei andere mögliche Täter völlig außer Acht gelassen.

»Was ist zum Beispiel mit diesem Heiko?«, gab sie zu bedenken. »Hat Thamsen was erzählt?«

»Was soll der denn damit zu tun haben?« Tom krauste die Stirn. »Der wird wohl kaum sein Haus selbst angezündet haben.«

Müsse er ja gar nicht, erwiderte Marlene. Vielleicht sei er wirklich Opfer des Feuerteufels geworden.

»Aber soweit ich weiß, hat den jemand niedergeschlagen. Ähnliche Vorgehensweise wie bei Katrin Martensen.«

»Na, und? Kann doch sein, er hat den Brandstifter überrascht und der hat ihn dann außer Gefecht gesetzt. Trotzdem könnte Heiko Stein etwas mit dem Mord an Katrin zu tun haben.«

»Ich weiß nicht«, entgegnete Tom zweifelnd. Für

ihn kam der junge Mann nicht wirklich als Täter in Frage. Zumal das Muster der Brandlegung für den gleichen Täter wie an der Risumer Grundschule sprach.

»Wäre gut, man könnte den Mann mal befragen.« Sicherlich würde Heiko Stein Wesentliches zur Aufklärung des Falles beitragen können. »Wie lange der wohl noch im künstlichen Koma liegen muss?«

17.

Dirk Thamsen fuhr erschrocken auf. Was war das? Er lauschte.

»Bssmm, Bssmm.«

Auf seinem Nachtisch vibrierte das Handy. Schnell schaltete er das Licht ein und griff nach dem Telefon. Die Nummer der Dienststelle blinkte im Display.

Er hatte das Handy auf lautlos gestellt, als er am Abend seinen Vater im Krankenhaus besucht hatte und anschließend vergessen, den Klingelton wieder einzustellen.

Der Zustand von Hans Thamsen war nach wie vor unverändert. Reglos lag er in dem Krankenbett, angeschlossen an Schläuche und Apparate. Magda Thamsen wich nicht von der Seite ihres Mannes. Sie wirkte erschöpft und unendlich müde. Trotzdem hatte er sie nicht überreden können, für ein paar Stunden nach Hause zu gehen und sich auszuruhen.

»Thamsen«, meldete er sich mit belegter Stimme.

Es war sein Kollege Gunther. Es brannte mal wieder. Diesmal in Deezbüll.

Obwohl sie nach wie vor keine Spur von dem Täter hatten, hatte er die Brandstiftungen beinahe aus dem Fokus verloren. Zumal es die letzten Nächte ruhig gewesen war.

»Mache mich auf den Weg«, bestätigte er und legte auf.

Er schwang sich aus dem Bett und angelte nach seinen Jeans. Der Brandstifter hatte also erneut zugeschlagen. Er war gespannt, welchen Brandbeschleuniger er verwendet hatte. Nach wie vor glaubte er an zwei unterschiedliche Täter. Egal, was die Husumer Kollegen sagten.

Er legte, wie gewohnt, einen Zettel für Anne und Timo auf den Küchentisch und verließ das Haus.

Draußen war es für diese Jahreszeit sehr kühl. Er zog den Reißverschluss seiner Jacke hoch und ging zu seinem Wagen.

Das Feuer konnte er bereits an der Kreuzung in der Nähe der Deezbüller Kirche ausmachen. Diesmal hatte es wieder mal ein Reetdachhaus erwischt. Die Flammen loderten meterhoch. Er parkte am alten Deich und ging hinüber zur Unglücksstelle.

Die Bewohner hatten den Brand rechtzeitig bemerkt

und dem Feuer entkommen können. Erschrocken standen sie im Nachtzeug wenige Meter von ihrem brennenden Haus entfernt und beobachteten fassungslos, wie sich ihr Heim in Flammen auflöste. Einer der Feuerwehrmänner hatte ihnen eine Decke umgelegt.

»Haben Sie jemanden gesehen?«, fragte Thamsen das Rentnerehepaar, doch die beiden älteren Herrschaften schüttelten nur stumm ihren Kopf. Sie hatten geschlafen und waren lediglich vom Signal des Rauchmelders im Flur wach geworden. Zum Glück hatten sie in der letzten Woche einen installiert. Ansonsten hätten sie das Feuer sicherlich nicht rechtzeitig bemerkt.

Thamsen blickte hinüber zum Haus, wo die Löscharbeiten in vollem Gange waren. Die Feuerwehr hatte Mühe, den Brand unter Kontrolle zu bekommen, das Reet brannte wie Zunder. Thamsen fragte sich, was es genau sein mochte, das einen Menschen zu solch einer Tat veranlasste. Klar, das Spiel mit dem Feuer hatte einen gewissen Reiz. Als Kind hatte er selbst gerne gezündelt, doch nie im Traum wäre er auf die Idee gekommen, ein Haus in Brand zu setzen oder sonst ein Feuer zu legen, über das er sämtliche Kontrolle verlor.

Der Täter musste krank sein, hatte der Profiler versucht, zu erklären. Zwar sei Pyromanie insgesamt relativ selten, aber bei einer Brandstiftung solchen Ausmaßes konnte man von einer zwanghaften Störung ausgehen. Daher nahm der Psychologe auch an, es handle sich um einen Mann. Bei Frauen kam Pyromanie äußerst selten vor.

Und die Gründe? Laut dem Profiler konnten die vielfältig sein, überschnitten sich zum Teil.

Aus Lust und Genuss am Feuer, als Racheakt, also aus Hass, Wut, Eifersucht, Trotz, aufgrund von Kränkungen oder Demütigungen oder auch um Spuren einer kriminellen Tat zu verdecken, sprich, zum Beispiel, einen Mord. Wenigstens der Psychologe hatte in Erwägung gezogen, der Brand in der Schule könne gelegt worden sein, um die Leiche von Katrin Martensen verschwinden zu lassen. Allerdings konnte er nicht sagen, ob es sich dabei um einen zweiten Täter handelte. Sie hatten ja noch nicht einmal Spuren von einem Täter.

»Das musst du auf jeden Fall Thamsen erzählen«, reagierte Marlene bestimmt auf Haies Neuigkeiten über den Streit zwischen Erk Martensen und seiner Schwester.

»Na ja«, überlegte Haie und nippte an seinem Kaffee, »meinst du wirklich, der hat was damit zu tun?«

Sie frühstückten zusammen bei Tom und Marlene in der Küche. »Ich meine, heute Nacht hat es ja auch wieder gebrannt, der Erk ist aber bestimmt schon Montag wieder abgereist.«

»Aber Thamsen geht doch sowieso von zwei Tätern aus.« Marlene hatte gestern lange wach gelegen und immer wieder überlegt, ob der nette Referendar der Grundschule tatsächlich etwas mit dem Mord zu tun hatte. Sie konnte ihn sich nicht als kaltblütigen Mörder vorstellen. Oder täuschte sie ihr Gefühl so sehr?

Aber nun, da Haie quasi einen weiteren Verdächtigen aufgetan hatte, keimte in ihr die Hoffnung, sich nicht getäuscht zu haben.

»Hat dieser Brodersen denn eine Ahnung gehabt, wie viel Geld Erk von seinem Vater bekommen hat? Ich meine, wegen einer kleinen Summe werden sich die Geschwister kaum in die Haare bekommen haben«, schaltete sich nun Tom ein, der allerdings auch nach wie vor Holger Leuthäuser für höchst verdächtig hielt. Und Jan Schmidt hatte laut dem Kommissar auch kein Alibi. Was suchten sie also nach immer weiteren möglichen Tätern, wenn sie die potenziellen direkt vor der Nase hatten?

»Wir könnten uns noch mal mit den beiden unterhalten. Mich würde ja auch interessieren, was Holger Leuthäuser zu der Brandsalbe gesagt hat.«

»Hat Thamsen sich denn nicht gemeldet? Ich denke, er wollte gleich gestern noch mit ihm sprechen.«

Marlene stand auf und holte aus dem Küchenschrank ein neues Glas Marmelade. »Er hat wohl momentan viel um die Ohren. Sein Vater liegt im Krankenhaus, und dann ständig diese Brände. Aber er wird sich sicherlich melden.«

»Was hat sein Vater denn? Hoffentlich nichts Ernstes? Er kommt doch zur Hochzeit?«

Plötzlich waren Holger Leuthäuser und der Mord an Katrin Martensen vergessen. Haie machte sich ernsthaft Sorgen um den Kommissar. Schließlich war er so etwas wie ein Freund.

»Genaues hat er nicht gesagt«, antwortete Tom,

»aber zur Hochzeit kommt er auf jeden Fall. Er ist schließlich Trauzeuge. Ohne ihn geht es nicht.«

Thamsen hatte nicht vergessen, sich bei den drei Freunden zu melden. Aber er war gestern einfach nicht mehr dazu gekommen, den angehenden Lehrer zu befragen. Natürlich waren die Beobachtungen von Tom Meissner wichtige Hinweise und er fragte sich, wofür Holger Leuthäuser eine Brandsalbe benötigte, wo er doch angeblich einen Fahrradunfall gehabt hatte. Thamsen hatte natürlich sofort an die Aussage des jungen Feuerwehrmannes denken müssen, ein Ungeübter könne sehr leicht Verletzungen bei der Verwendung von Benzin als Brandbeschleuniger davontragen. Und die Gipspackung, die die drei Freunde im Bad des Referendars gefunden hatten, war in diesem Zusammenhang äußerst verdächtig.

Bei Rudolf Lange, seinem Vorgesetzten, hatte er leichte Andeutungen gemacht, man müsse überlegen, ob man nicht doch einen Antrag auf Aufhebung der Schweigepflicht von Holger Leuthäusers behandelndem Arzt stellen solle, aber der hatte nur abgewunken. Damit bräuchte er den Husumern gar nicht zu kommen. Für sie war der Mord an Katrin Martensen keine Beziehungstat. Sie sei halt zur falschen Zeit am falschen Ort gewesen. Der Fall Heiko Stein und der Brand in Deezbüll bewiesen für die Beamten eindeutig, wie egal es dem Brandstifter war, ob Personen zu Schaden kamen oder nicht. Er wollte die Häuser in Brand sehen, ohne Rücksicht auf Verluste. Daher hatte die

Kripo ihre Suche nach dem Brandstifter auf die Feuerwehren der Umgebung ausgedehnt. Nicht selten, so hatte der Profiler nämlich bemerkt, seien Brandstifter selbst Feuerwehrmänner und legten Brände, um in ihrer Retterrolle richtig zur Geltung zu kommen.

Sicherlich hatte der Psychologe, was die Hintergründe der Pyromanie anging, recht. Aber Thamsen war sich sicher, sein Täter war nicht krank. Hinter den Bränden an der Schule und bei Heiko Stein steckte etwas anderes.

Es klopfte an der Tür. »Herein«, rief er und räumte ein paar Akten zur Seite. Holger Leuthäuser öffnete die Tür und trat zögernd ein. Nach wie vor bewegte er sich aufgrund des Verbandes steif und ungelenk, verzog schmerzvoll das Gesicht, als er sich auf den von Thamsen angebotenen Stuhl niederließ.

»Wie geht es Ihnen?« Erst einmal eine entspannte Gesprächssituation schaffen, dachte er. Schließlich hatte er nichts gegen den angehenden Lehrer in der Hand und konnte ihn daher nicht gleich mit irgendwelchen Anschuldigungen konfrontieren.

»Immer noch schlecht«, antwortete Holger Leuthäuser. Die Schmerzen seien kaum zu ertragen.

»Deswegen konnten Sie wohl nicht zur Trauerfeier kommen, hm?«

Thamsen wartete gespannt auf die Reaktion seines Gegenübers. Doch der junge Mann ließ sich nichts anmerken und nahm die ihm gebotene Erklärung nickend auf.

»Ja, Montag war es besonders schlimm. Wäre gerne

dabei gewesen. Aber es ging leider gar nicht. Konnte den ganzen Tag nicht aus dem Haus.«

Thamsen ärgerte sich, dem angehenden Lehrer solch eine Vorlage geboten zu haben. Er hatte das Gespräch falsch aufgezogen, der Mann fühlte sich auf der sicheren Seite.

»Nicht mal zur Apotheke, um Schmerzmittel zu holen?«, versuchte er daher, ihn aus der Reserve zu locken. Mit Erfolg.

Der junge Mann sah ihn überrascht an. Damit hatte er nicht gerechnet. Nervös rutschte er auf dem Stuhl hin und her.

»Ach so, ja. Irgendwann habe ich es halt nicht mehr ausgehalten.«

»Und brauchten Brandsalbe?« Thamsen hielt sich nicht länger zurück. Er wollte sehen, wie Holger Leuthäuser reagierte. Seltsamerweise beruhigte sich dieser jedoch eher wieder und wirkte sogar beinahe erleichtert.

»Hab' mich beim Teekochen verbrüht.« Er deutete auf eine rote Stelle an seiner Hand. »Mit dem Verband ist man halt nicht so wendig.«

Dirk Thamsen beugte sich ein Stück vor und inspizierte die Verletzung. Sieht nicht wie eine starke Brandwunde aus, überlegte er. Ob Holger Leuthäuser letzten Endes doch die Wahrheit sagte?

18.

Marlene stand unschlüssig vor dem Kleiderschrank im Schlafzimmer. Was sollte sie nur anziehen?

Ihr Hochzeitskleid, welches sie am morgigen Tag tragen würde, war bereits in Hamburg, aber heute Abend würde es noch einen kleinen Empfang im Hause ihres Stiefvaters geben und sie hatte nichts Passendes anzuziehen.

»Also ich kann doch den grauen Anzug anziehen, oder?«

Tom stand vor dem Bett und packte bereits seine Sachen in den Koffer. Marlene nickte. Mann müsste man sein. Da war es nicht schwer, sich richtig zu kleiden. Mit einem Anzug konnte man eigentlich nie etwas verkehrt machen. Notfalls ließ man eben die Krawatte weg, wenn man overdressed war. Aber als Frau? Sie stöhnte. Nicht zu übertreiben, aber auch nicht zu unauffällig. Sie war die Braut, da erwarteten die anderen sicherlich, dass sie sich hübsch zurecht machte.

»Meinetwegen kannst du auch nackt gehen«, flüsterte Tom plötzlich hinter ihr und fasste sie von hinten um die Taille. »Das würde mir persönlich am besten gefallen.«

Marlene drehte sich leicht um und blickte ihm in die Augen. Bereits morgen würden sie verheiratet sein. Er ihr Mann, sie seine Frau. Sie spürte, wie eine warme Woge ihren Körper erfasste und drängte sich an ihn.

Langsam legte sie ihren Kopf in den Nacken und Tom beugte sich hinab, um sie zu küssen. Behutsam suchten seine Lippen die ihren, während seine Hände unter ihrem T-Shirt ihre nackte Haut streichelten und Stück für Stück Richtung BH-Verschluss wanderten. Sie war kurz davor, sich der Leidenschaft einfach hinzugeben, als ihr Blick plötzlich auf das nachtblaue Seidenkleid fiel.

»Ich glaube, ich ziehe das an.« Sie befreite sich aus der Umarmung und griff nach dem Bügel. »Oder was meinst du?«

Tom fühlte sich wie vor den Kopf gestoßen und starrte sprachlos auf Marlene, die sich, das Kleid vor sich haltend, hin und her drehte. Wie konnte sie bloß plötzlich an so etwas Profanes denken, während sie kurz davor waren, miteinander zu schlafen? Jedenfalls hatte er das angenommen oder hatte er ihre Signale falsch gedeutet?

»Hm«, kommentierte er deshalb lediglich kurz ihre Modenschau.

Doch er hatte keine Zeit, lange zu schmollen.

»Hallo, wo seid ihr?«, hörten sie Haies Stimme aus dem Flur hinaufschallen. Tom blickte zur Uhr und erschrak. Es war bereits halb vier. Um drei Uhr hatten sie Haie eigentlich abholen wollen.

»Wir sind hier oben«, rief Marlene. »Kommen gleich.« Sie faltete das Kleid sorgfältig zusammen und packte es mit den anderen Sachen zusammen in den Koffer.

Dann schlüpfte sie in eine beige Leinenhose und wechselte das T-Shirt gegen eine weiße Bluse, durch die man dezent ihren Spitzen-BH schimmern sah.

»Hast du alles?«, fragte sie und griff nach ihrer Handtasche und einem Seidenschal. Tom nickte und verstaute die letzten Dinge. Dann schloss er den Koffer und wuchtete ihn vom Bett.

»Puh«, stöhnte er, »man könnte denken, wir verreisen für mindestens drei Wochen.«

Haie wartete in der Küche. Er hatte seine Reisetasche gleich mitgebracht. So sparten sie sich die Zeit, noch einmal bei ihm vorbei zu fahren.

»Bei Thamsen habe ich auch angerufen. Der kommt aber erst morgen. Wegen der Kinder.«

Eigentlich hatte Dirk Thamsen vorgehabt, auch bereits am Abend vor der Hochzeit nach Hamburg zu fahren. Aber nun, da sein Vater im Krankenhaus lag, konnte er die Kinder unmöglich bei seiner Mutter lassen. Er hatte Iris gebeten, sich um Anne und Timo zu kümmern. Auch wenn er es nicht gerne tat, aber diesmal hatte er keine andere Wahl. Doch Iris war heute Abend selbst zu einer Feier eingeladen und wollte diese Einladung nicht absagen.

»Kannst du nicht wenigstens einmal …«, er hatte den Satz nicht beendet. Was hätte er auch sagen sollen? Mir zuliebe? Wieso sollte sie das tun? Liebe gab es doch schon lange nicht mehr zwischen ihnen. Jedenfalls nicht von seiner Seite, denn was Iris noch für ihn empfand, wusste er natürlich nicht. Obwohl, Liebe konnte das eigentlich nicht sein, nach all dem, was sie ihm angetan hatte. Und den Kindern zuliebe? Tat es ihnen wirklich gut, mit ihrer Mutter zusammen zu sein? Oder riss es nicht immer wieder die alten Wunden auf? Die Trennung der Eltern, die Alkoholeskapaden der Mutter, die Vernachlässigung?

»Gut, ich bringe sie morgen früh noch zur Schule«, hatte er nachgegeben. Dann musste er sich halt ein wenig beeilen, um rechtzeitig zur Trauung in Hamburg zu sein.

»Hat er noch was wegen Holger Leuthäuser gesagt?«, fragte Tom, den natürlich brennend interessierte, was der Referendar zu der Brandsalbe zu sagen hatte.

»Nee, der war voll im Stress. Können wir ihn ja morgen fragen. Von Erk habe ich ihm auch noch nichts erzählen können.«

Sie verstauten ihr Gepäck im Kofferraum und stiegen ein.

»Hast du abgeschlossen?«, vergewisserte sich Tom. Ein wenig besorgt war er schon. Immerhin hatte es gestern wieder gebrannt. Wer wusste, ob der Brandstifter sich nicht während ihrer Abwesenheit ihr Haus als nächstes auswählte.

»Is ja kein Reet. Bisher hat der fast ausschließlich Reetdachhäuser in Brand gesteckt«, bemerkte Haie, um den Freund ein wenig zu beruhigen.

Tom lenkte den Wagen die Dorfstraße entlang zur B5. Dort bog er ab.

»Willst du über die A23 fahren? Das dauert doch viel länger«, bemerkte Marlene.

Dirk Thamsen stand vom Schreibtisch auf und räumte seine Sachen zusammen. Morgen würde er nicht in der Dienststelle sein und wenn er ehrlich war, freute er sich sehr darauf.

Am Nachmittag hatte es noch einmal eine Besprechung gegeben. Die Brände waren beinahe so etwas wie Normalität geworden, und da es auch diesmal keine Spuren vom Täter gab, traten sie weiter auf der Stelle. Zumindest bei den Ermittlungen der SoKo. Denn noch immer wollten die Husumer Kollegen nichts von einem möglichen zweiten Täter wissen.

Er hatte sich bei dem Meeting diesmal zurückgehalten. Seinem Chef zuliebe, denn Rudolf Lange saß in diesem Fall zwischen den Stühlen. Er wusste, wenn es nach dem Leiter der Dienststelle ginge, würde er ihm freie Hand lassen. Aber in diesem Fall ermittelte nun einmal die Kripo, und da musste er sich mehr oder weniger fügen.

Dirk Thamsen hatte seit der letzten Unterredung, in der sein Chef ihm gesagt hatte, er solle sich zusammenreißen, nicht mehr mit ihm gesprochen. Seine Ermittlungen und die Ergebnisse daraus hatte er für sich behalten. Viel war es zwar nicht, was bisher dabei raus gekommen war, aber er erhoffte sich schon bald neue Informationen, sobald Heiko Stein aus dem künstlichen Koma geholt wurde.

Der Arzt hatte ihm heute am Telefon mitgeteilt, der Zustand des Verletzten stabilisiere sich schneller als gedacht und unter der Voraussetzung, der Patient erleide keinen Rückschlag, könne man eventuell schon nächste Woche das Heilkoma beenden.

Bis dahin ging er sowieso nicht von großartig neuen

Ergebnissen aus. Da konnte er sich also auch einmal das Wochenende frei nehmen. Morgen würde er zu der Hochzeit von Tom Meissner und Marlene Schumann nach Hamburg fahren. Obwohl er die beiden noch nicht allzu lange kannte, freute er sich sehr auf die Feier und fühlte sich geehrt, als Trauzeuge die Braut zum Altar geleiten zu dürfen. Er mochte Marlene Schumann.

Sie hatten sich vor einiger Zeit – leider unter sehr unglücklichen Umständen – kennen gelernt. Seitdem verband sie jedoch ein unsichtbares Band miteinander – man konnte es fast Freundschaft nennen.

»Dirk?«

Thamsen schrak aus seinen Gedanken auf. In der Tür stand sein Vorgesetzter.

»Ich wollte dir ein schönes Wochenende wünschen.« Rudolf Lange nickte ihm leicht zu.

»Danke.« Thamsen war überrascht. Und anscheinend war der gute Wunsch nicht alles, was sein Vorgesetzter loswerden wollte. Mit hängenden Schultern betrat er das Büro und ließ sich stöhnend auf einem der Holzstühle nieder.

Dirk Thamsen betrachtete ihn eingehend, während er darauf wartete, was sein Chef sonst noch mit ihm besprechen wollte.

Rudolf Lange sah müde aus. Er nahm seine Brille ab und massierte sich leicht die Stirn. Thamsen rätselte, was er auf dem Herzen haben mochte, denn für gewöhnlich kam sein Chef nur in sein Büro, wenn es Arbeit zu verteilen gab oder sich jemand beschwerte.

»Haben die Husumer wieder rumgenörgelt?« Er konnte sich zwar nicht erinnern, ihnen einen neuen Anlass gegeben zu haben, aber wahrscheinlich ritten sie nach wie vor auf seinem letzten hitzigen Ausbruch herum. Allein, wie sie ihn heute angeschaut hatten, konnte er sich denken, dass das Thema noch nicht erledigt war.

Doch Rudolf Lange schüttelte seinen Kopf.

»Ich höre auf.«

»Was?« Er glaubte, sich verhört zu haben. Rudolf Lange, der diese Polizeistelle leitete, seit er hier seine Ausbildung begann, quasi diese Dienststelle verkörperte, das Herzstück, die gute Seele, der, der alles zusammenhielt, wollte aufhören, sich zur Ruhe setzen, das Handtuch werfen?

»Ich habe das Angebot bekommen, früher in Rente zu gehen und ich denke, es ist genau das Richtige. So bleibt Margrit und mir auch mal Zeit füreinander.«

Thamsen konnte gut verstehen, wenn die Ehefrau seines Vorgesetzten gerne mehr Zeit mit ihrem Mann verbringen wollte. Aber war das der tatsächliche Grund, warum Rudolf Lange früher als üblich den Dienst quittieren wollte? Immerhin war die Polizei und vor allem diese Dienststelle sein Leben.

»Das ist aber nicht alles, oder?«

Rudolf Lange blickte auf. Nur ganz leicht schielte er zu ihm hinüber. Ganz offensichtlich fühlte er sich ertappt. Thamsen war halt einer seiner besten Männer, dem konnte er nichts vormachen.

»Ich bin einfach schrecklich müde«, antwortete er

leise. Sein ganzes Leben lang hatte er gegen das Verbrechen gekämpft. Diebstahl, Einbruch, Mord. Alles hatte er erlebt. War in die tiefsten Abgründe des menschlichen Daseins vorgedrungen – Gewalt, Hass, Wahnsinn. Er hatte immer geglaubt, mit seiner Arbeit die Welt ein wenig besser machen zu können. Aber stimmte das? Diese Frage hatte er sich in den letzten Wochen immer häufiger gestellt. Egal, wie viele Diebe, Mörder oder Räuber er dingfest machte. Es kamen immer neue. Aus irgendwelchen Löchern krochen sie hervor – raubten, stahlen, mordeten. Hinzu kamen die Machtspielchen innerhalb des Polizeiapparates. Die Streitereien um die Zuständigkeiten. Die ständigen Rechtfertigungen gegenüber dem Polizeirat. Persönliche Befindlichkeiten waren wichtiger als der Kampf gegen das Verbrechen.

»Ich kann einfach nicht mehr«, flüsterte Rudolf Lange.

»Du gibst auf.«

Thamsen war enttäuscht. Nie hatte er seinen Vorgesetzten derart schwach erlebt. Und statt ihm zu erklären, dass es einfach nicht mehr ging, er körperlich am Ende war, nickte Rudolf Lange lediglich und zerstörte damit das Bild vollends, das Thamsen von ihm hatte. Wahrscheinlich hätte der Mitarbeiter es sowieso nicht verstanden. Er hatte selbst nicht geglaubt, jemals an diesen Punkt zu gelangen. Und es war auch nicht nur die aussichtslose Vorstellung, gegen das ewige Verbrechen sowieso nichts ausrichten, den Lauf der Dinge nicht aufhalten, die Welt nicht verbessern zu können. Sein Körper streikte einfach, verweigerte ihm jegliche Zusammenarbeit, war wie gelähmt und oft war es Rudolf Lange, als stünde er mehr neben sich, als bei Verstand zu sein.

Langsam erhob er sich von dem unbequemen Stuhl. Es tat ihm irgendwie leid, Thamsen nicht verständlich machen zu können, warum er so handelte. Aber konnte ein anderer überhaupt verstehen, wie er sich fühlte? Daher gab es für ihn nur noch eines zu tun.

»Ich habe dich als meinen Nachfolger vorgeschlagen.«

»Donnerwetter«, entfuhr es Haie, als sie auf die Auffahrt zum Haus von Marlenes Eltern an der Elbchaussee im Hamburger Westen fuhren. Er hatte ja keine Ahnung gehabt, aus welch wohlhabender Familie die Freundin stammte.

Marlene hingegen war der unübersehbare Reichtum ihres Stiefvaters eher unangenehm. Vor allem, weil ihre Mutter ihn gerne zur Schau stellte.

Gesine Liebig selbst kam eigentlich aus eher ärmlichen Verhältnissen. Ihr erster Mann, Marlenes leiblicher Vater, war ein einfacher Hafenarbeiter gewesen und hatte die Familie mehr schlecht als recht durchbringen können. Nach seinem plötzlichen Tod hatte Gesine Liebig mit aller Macht versucht, ihrer Tochter und auch sich selbst etwas bieten zu können und in Marlenes Augen ihren Vater verraten, als sie sich Reiner Liebig geradezu an den Hals geworfen hatte. Liebe konnte es jedenfalls nicht gewesen sein, was ihre Mutter für den erfolgreichen Unternehmer empfunden hatte, als sie ihn heiratete und damit zu Marlenes Stiefvater machte. Marlene hatte seitdem nicht nur zu ihrem Stiefvater ein sehr distanziertes Verhältnis, auch von ihrer Mutter hatte sie sich zurückgezogen und die Beziehung der beiden war nicht gerade als blendend zu bezeichnen.

Nur auf Toms Drängen hin hatte Marlene zugestimmt, ihre Mutter die Hochzeit ausrichten zu lassen. Obwohl sie sich jetzt auf eine schöne Feier freute, denn sie wusste, Gesine Liebig hatte keine Kosten gescheut, um ihrer Tochter eine perfekte Hochzeit zu ermöglichen.

»Da sind wir«, bestätigte Tom dem Freund noch einmal, dass sie sich nicht geirrt hatten und deutete auf die Villa, die durch die Abendsonne wie in einem strahlenden Kleid vor ihnen lag.

»Hat ja auch lange genug gedauert«, bemerkte Marlene und stieg aus. Natürlich hatte die Fahrt über die A23 länger gedauert, als wenn sie über die A7 gefahren wären. Alleine bis nach Heide, wo die Autobahn erst begann, dauerte es immer eine Ewigkeit, zumal heute halb Nordfriesland auf der Straße Richtung Süden unterwegs gewesen war. Zumindest hatten die ewig langen Autokolonnen den Eindruck erweckt. Als sie die zweispurige Bahn dann endlich erreichten, hatte es gleich einen Unfall gegeben, der für einen kilometerlangen Stau gesorgt hatte. Deshalb waren sie in Hamburg auch in den Feierabendverkehr gekommen, hatten vor dem Elbtunnel wieder im Stau gestanden und letztlich ihr Ziel erst mit reichlich Verspätung erreicht.

»Da seid ihr ja endlich!« Gesine Liebig stand in der Eingangstür und hatte die Arme weit ausgebreitet. Wie immer war sie perfekt geschminkt und frisiert. Zu einer wollweißen Stoffhose trug sie eine hellblaue Bluse mit dezenten, aber aufwendigen Verzierungen, deren Muster sich auf den farblich passenden Pumps wiederfand.

Marlene begrüßte ihre Mutter mit einer Umarmung, die nach außen hin herzlich wirkte, von den beiden Frauen aber gleichermaßen als kühl empfunden wurde.

Tom und Haie gaben der Dame des Hauses artig die Hand.

»Kommt rein, die ersten Gäste sind ja schon da«, drängte Gesine Liebig nach der Begrüßung. Marlene wusste, ihre Mutter hatte reichlich Gäste eingeladen. Die Hochzeit sollte auf Marlenes Wunsch nur im kleinen Kreis stattfinden. Natürlich hatte das ihrer Mutter nicht gefallen. Sie sah sich als Bestandteil der Hamburger Society. »Kind, wie stellst du dir das vor? Wir haben schließlich unsere Verpflichtungen.«

Letztendlich hatten sie sich dank Tom, der in solchen Dingen immer etwas diplomatischer zu verhandeln wusste, auf einen Empfang am Vorabend der Hochzeit geeinigt. Zu dem hatte Gesine Liebig allerdings dann auch alles von Rang und Namen eingeladen. Auf dem Vorplatz standen bereits etliche edle Wagen.

»Ich muss mich aber noch umziehen«, bemerkte Marlene und Tom bat, sich ebenfalls passend kleiden zu dürfen.

»Na gut, aber beeilt euch.«

Sie blickte Haie, der keine Aussage darüber machte, ob er bereits seine Abendgarderobe trug, mit prüfendem Blick an. Haie hatte sich nicht sonderlich chic gemacht, da er nicht geahnt hatte, in was für eine feine Gesellschaft sie sich begeben würden. Und abgesehen davon, hätte er sowieso nichts zum Anziehen gehabt, was zu diesen vornehmen Leuten passte. Er trug eine einfache graue Stoffhose und ein kariertes Hemd.

Gesine Liebig winkte leicht ab, hakte sich dann einfach bei ihm unter und zog ihn mit sich.

»Armer Haie«, bemerkte Marlene, als sie die Treppe in den ersten Stock hinaufstiegen. »Wir sollten uns wirklich beeilen.«

»Ach was, Haie kriegt das schon hin.«

Tom hatte es nicht eilig, zu dem Empfang zu kommen. Der Umgang mit Marlenes Mutter war auch für ihn immer anstrengend, da sie stets auf die Etikette achtete und äußerst oberflächlich war. Alles musste jederzeit perfekt sein. Was könnten sonst die Leute von einem denken. Er fragte sich manchmal, wie Marlene unter diesen Umständen so werden konnte, wie sie war. Warmherzig, offen, freundlich, liebevoll. Obwohl er keine schlechte Meinung über Gesine Liebig hatte. Sie hatte halt nur eine ganz andere Lebensart.

In dem geräumigen Schlafzimmer warf er sich aufs Bett, während Marlene sich sofort daran machte, sich umzuziehen.

»Leg dich doch einen Moment zu mir«, lockte Tom, doch Marlene litt wie immer unter einer nervösen Anspannung, die, sobald sie ihrer Mutter gegenüber trat, von ihr Besitz ergriff. Außerdem war sie wegen der bevorstehenden Hochzeit heute doppelt aufgeregt.

»Jetzt? Die warten doch alle auf uns.«

Tom rappelte sich leicht stöhnend auf und trat hinter Marlene, die vor dem großen Wandspiegel stand und den Sitz ihres Kleides prüfte.

»Entspann dich mal. Das ist unsere Hochzeit. Deine einzige Sorge sollte also sein, ob du mir gefällst. Und das tust du.«

19.

»Ich hole euch dann morgen bei Mama ab«, rief Dirk seiner Tochter nach, als sie vor der Schule aus dem Auto kletterte. Er winkte ihr kurz zum Abschied zu, dann gab er Gas.

Das würde knapp werden. Er hatte ganz vergessen, dass Anne heute erst zur zweiten Stunde in die Schule musste.

In Sande an der Abzweigung nach Leck überlegte er kurz. A23 oder A7, entschied sich dann aber instinktiv für die A7 und bog ab, was sich bei der nächsten Verkehrsdurchsage als richtige Entscheidung erwies, denn auf der A23 hatte es zwischen Albersdorf und Schafstedt einen Unfall gegeben. Die Autobahn war daher aufgrund von Bergungsarbeiten bis auf weiteres gesperrt.

Er fuhr zügig über die B 199 Richtung Flensburg. Das Wetter war herrlich. Die Sonne strahlte von einem wolkenlosen Himmel und draußen war es richtig warm. Auf den Feldern links und rechts der Straße wechselten sich blühende Rapsfelder mit Fennen voller Rinder oder Pferde ab. Der Sommer war nicht mehr fern.

Doch Dirk Thamsen hatte dafür kaum einen Blick übrig. In Gedanken war er bei dem gestrigen Gespräch mit seinem Chef. Die Neuigkeit über den vorzeitigen Ruhestand von Rudolf Lange war schon ein Schock an sich gewesen. Aber warum hatte er ausgerechnet ihn als seinen Nachfolger vorgeschlagen? Irgendwie machte ihm das Angst. Konnte er wirklich eine Dienststelle leiten? Und vor allem, wollte er das überhaupt? Wie würden seine Kollegen reagieren?

Die Stelle als Leiter bedeutete eine Menge Verantwortung und wenn er die Argumente seines Chefs bezüglich dessen Aufhörens berücksichtigte, war es keine gute Idee, den Job zu übernehmen. Außerdem würde das heißen, er hätte wesentlich weniger Zeit für seine Kinder. Und das ausgerechnet jetzt, wo seine Mutter aufgrund des Zustands seines Vaters als Unterstützung praktisch ausfallen würde. Schlimmer noch.

Magda Thamsen würde seine Hilfe benötigen und die würde er ihr auf jeden Fall geben wollen.

Er schüttelte seinen Kopf in Gedanken. Er konnte zum jetzigen Zeitpunkt unmöglich die Leitung der Dienststelle übernehmen. Warum hatte Rudolf Lange nicht warten können, bis er regulär in Rente ging? Bis dahin wären seine Kinder aus dem Gröbsten heraus gewesen und die Versorgung seines Vaters hätte sich auch geklärt gehabt. So sah er sich gezwungen, den Job, auf den er eigentlich immer spekuliert hatte, eine Chance, die sich ihm vermutlich nicht noch einmal bieten würde, absagen zu müssen.

Auf der A7 hatte er nicht durchgehend freie Fahrt. Immer wieder stockte der Verkehr, weil es eine Baustelle gab oder jemand mit 80 km/h auf der linken Spur einen LKW überholte. Als er die Hochbrücke über den Kanal passierte, war es bereits Viertel vor zehn.

Zum Glück hatte er gleich seinen Anzug angezogen und musste sich nicht noch umziehen. Wenn nur sein Deo nicht versagte, denn aufgrund des Zeitdrucks kam er gehörig ins Schwitzen. Sein Hemd war unter den Achseln und am Rücken bereits nass.

Kurz vor Hamburg kam der Verkehr erneut ins Stocken. Ein LKW hatte die Höhenkontrolle am Elbtunnel ausgelöst. Sofort stauten sich die Wagen. Er überlegte kurz, bereits in Schnelsen abzufahren, aber er kannte sich zuwenig aus. Vermutlich würde es ihn mehr Zeit kosten, sich bis Altona durchzufragen, anstatt abzuwarten, bis der Stau sich auflöste und der Wegbeschreibung Marlene Schumanns zu folgen. Sie hatte ihm handschriftlich aufgemalt, wie das Standesamt in Altona zu finden war. Über der Zeichnung stand in geschwungenen Buchstaben: Trauung Tom Meissner und Marlene Schumann, 12. Mai 2000, 11:00 Uhr.

Eigentlich merkwürdig, warum sie sich noch nicht duzten. Dabei hatte er das Gefühl, sie sehr gut zu kennen. Außerdem war er ihr Trauzeuge. Da passte ein förmliches Sie sowieso nicht.

Natürlich hatte er sich gewundert, als sie ihn fragte, ob er sie zum Traualtar geleiten würde. Ihre Argumente, mit denen sie ihre Frage begründet hatte, waren überzeugend gewesen. Und sie hatte recht, kaum einem war ihre Freundin Heike wahrscheinlich besser bekannt als ihm. Außer natürlich Marlene selbst.

Er mochte sie. Vielleicht würde sich ja heute die Gelegenheit geben, das förmliche Sie abzulegen und zum freundschaftlichen Du überzugehen. Vorausgesetzt, er kam rechtzeitig zur Trauung.

Vor ihm bewegte sich allerdings gar nichts. Ob es zusätzlich noch gekracht hatte? Die Höhenkontrolle allein konnte doch wohl kaum solch ein Chaos auslösen. Er stieg aus, stellte sich auf die Bodenleiste an der Fahrerseite und versuchte festzustellen, was der Grund für diesen ewig langen Stau war. Doch er konnte nichts ausmachen und ein Blick auf die Uhr verriet ihm, viel Zeit blieb nicht mehr.

»Mist«, fluchte er und stieg wieder in den Wagen. »Hier bewegt sich aber auch gar nichts!«

»Wo Thamsen bloß bleibt?«, flüsterte Haie Tom zu. Sie warteten nun schon seit einiger Zeit vor dem Altonaer Rathaus, in dem die standesamtliche Trauung stattfinden sollte. Anschließend würde es einen kleinen Empfang im Jenisch Haus und später dann die Trauung in der Kirche in Nienstedten geben.

»Marlene hat ihm doch aufgeschrieben, wo er hin muss, oder?« Der Freund wirkte beinahe nervöser als der Bräutigam. Obwohl auch Tom sich Sorgen machte, ob Marlenes Trauzeuge rechtzeitig zur Trauung erscheinen würde. Was, wenn nicht? Eine Verzögerung schien kaum möglich, denn der Terminkalender an diesem Freitag im Mai war gut gefüllt. Es herrschte geradezu Hochbetrieb auf dem Standesamt in Altona. Schon wieder verließ ein frisch gebackenes Paar unter Jubel und Reisregen das Rathaus.

Endlich sah Tom den Wagen von Marlenes Stiefvater um die Ecke biegen. Gott sei Dank – wenigstens die Braut war schon da.

Er beobachtete, wie der Bentley auf den Vorplatz fuhr, der Chauffeur ausstieg und die Tür öffnete. Tom verschlug es die Sprache. Marlene sah einfach umwerfend aus.

Sie trug ein eng anliegendes weißes Kleid aus Seide, das ihre schlanke Figur hervorragend zur Geltung brachte. Der Stoff war mit winzigen Perlen verziert, die in der Sonne glänzten. Ihre langen blonden Haare hatte sie mit strassbesetzten Spangen hochgesteckt. Nur eine einzige lange Strähne fiel ihr kunstvoll gedreht ins Gesicht.

Marlene strahlte förmlich, als sie Tom sah, bemerkte aber schnell den fehlenden Trauzeugen.

»Wo ist Thamsen?«, fragte sie mit leicht panischem Unterton in der Stimme. Die Uhr zeigte bereits zehn vor elf. Nicht auszudenken, wenn er nicht kam. Er hatte es doch fest versprochen. Und sie hatte ihm vertraut. Es wäre nicht ungewöhnlich, wenn ihm etwas dazwischen gekommen war. Schließlich ermittelte er momentan in einem Mordfall und aufgrund der Brandstiftungen stand halb Nordfriesland Kopf. Was, wenn es einen weiteren Brand in der letzten Nacht gegeben hatte, vielleicht wieder mit Toten oder Verletzten? Sie hätten es ja gar nicht mitbekommen, denn sie waren ja auf dem Empfang gewesen und hatten sich wider Erwarten sehr gut amüsiert. Haie hatte mit seinen Dorfgeschichten die gesamte Gesellschaft gut unterhalten. Die sonst so steifen Bekannten ihrer Mutter waren aus dem Lachen gar nicht mehr herausgekommen. Es war ein herrlicher Abend gewesen.

Tom und Haie zuckten mit den Schultern und reckten anschließend ihre Hälse. Aus Richtung Elbe brauste ein Wagen mit Blaulicht heran, der mit quietschenden Reifen vor dem Rathaus hielt.

»Bin ich hier richtig bei der Hochzeit von Marlene Schumann und Tom Meissner?« Thamsen war ausgestiegen und grinste die beiden an. Marlene war sprachlos vor Erleichterung und nickte lediglich.

»Na, dann sollten wir uns beeilen. Soweit ich weiß, geht es um elf Uhr los.« Er bot Marlene seinen Arm an und sie hakte sich bei ihm ein. Langsam führte er sie zum Eingang und Tom, Haie sowie der Rest der Gesellschaft folgten ihnen.

Kaum hatten sie die Eingangshalle betreten, wurden sie bereits aufgerufen.

»Eheschließung Schumann-Meissner bitte.« Nun wurde es ernst.

Eine kleine dunkelhaarige Frau im grauen Kostüm stand in der Tür zu einem der Trauzimmer und blinzelte sie durch eine schmale rahmenlose Brille an. Marlene spürte, wie ihr Herz einen Schlag aussetzte und umklammerte Dirk Thamsens Arm ein wenig fester.

»Ich bin der Falsche«, murmelte er ihr zu. »Sie müssen nun mit Tom gehen.«

Sie blickte ihn einen Moment irritiert an. Gerne wäre er an Tom Meissners Stelle gewesen. Marlene Schumann war wirklich eine bezaubernde Frau, und in diesem Augenblick wurde ihm einmal wieder sehr deutlich, wie einsam er sich eigentlich fühlte. Er hatte zwar Anne und Timo; allein war er also nicht, aber hin und wieder sehnte auch er sich nach Nähe und einer Frau an seiner Seite, die ihn liebte und die er lieben konnte.

Marlene lächelte ihn an und griff dann nach Toms Arm. Gemeinsam schritten die beiden ins Trauzimmer, Haie und Thamsen folgten ihnen, danach setzte sich der Rest der Gäste in Bewegung.

Der Raum war zweckmäßig eingerichtet. Ein großer Tisch, drum herum fünf Stühle. Zwei für das Brautpaar, zwei für die Trauzeugen und einer für die Standesbeamtin. Der Rest der Gesellschaft musste die Trauung im Stehen erleben, bis auf ein paar wenige, die sich auf vier massive Holzstühle setzen konnten.

Die Beamtin begrüßte zunächst Tom und Marlene, dann die anderen Anwesenden und betonte, zu was für einem freudigen Ereignis man sich heute zusammengefunden hatte. Sie wirkte hoch motiviert und von ihrer positiven Einstellung überzeugt, dabei musste ihr bekannt sein, dass gut ein Viertel der Ehen in Hamburg wieder geschieden wurde. Aber eine Eheschließung war nun einmal nicht der richtige Anlass, das zu erwähnen. Letzten Endes brachte man die Brautleute noch auf dumme Gedanken. Schließlich waren sie im Moment fest entschlossen, den Rest ihres Lebens gemeinsam zu verbringen.

Die Liebe war nichts Selbstverständliches und man musste jeden Tag an einer glücklichen Ehe arbeiten. Das war es, worauf es ankam und das gab die Standesbeamtin ihnen mit auf ihren gemeinsamen Weg.

Sie trug dazu ein Gedicht vor. Der Dichter war recht unbekannt, aber die Worte drückten deutlich aus, dass man sich nicht einfach zurücklehnen konnte, wenn man verheiratet war, sich des anderen nie zu sicher sein durfte. Jeden Tag aufs Neue um ihn werben sollte. Mann oder Frau – egal, dies galt für beide.

Nach den durchaus mahnenden Worten begann der offizielle Teil. Tom und Marlene mussten sich erheben und vor der Beamtin und den anwesenden Gästen ihre ehrlichen Absichten bekunden.

Obwohl es eigentlich an sich ein bürokratischer Akt war, lag doch soviel mehr in diesen wenigen Worten, und automatisch kamen Marlene die Tränen. Sie unterschrieben die Heiratsurkunde und Haie ebenso wie Thamsen bezeugten die Eheschließung mit ihrer Unterschrift. Glücklich steckten sich Braut und Bräutigam gegenseitig die Ringe an. Marlene hatte auf ganz schlichten goldenen Ringen bestanden, die sich lediglich durch ihre Breite unterschieden.

»Hiermit erkläre ich Sie kraft meines Amtes zu Mann und Frau. Sie dürfen die Braut nun küssen«, verkündetet die Standesbeamtin und lächelte.

Tom griff Marlene an den Händen und küsste sie. Er war so glücklich. Am liebsten hätte er immer in dieser Stellung verharrt – ihren Duft in der Nase, ihre warmen Lippen auf seinen. Der abrupt einsetzende Beifall der Gäste riss ihn aus seinen Träumereien. Plötzlich drängte sich Marlenes Mutter zwischen sie und warf sich ihrer Tochter förmlich an den Hals. Tom konnte gar nicht so schnell begreifen, was um ihn herum eigentlich geschah. Eine Umarmung folgte der anderen, Händeschütteln, Schulterklopfen. Endlich nahm er Haies Gesicht wahr. Der Freund hatte stark mit den Tränen zu kämpfen.

»Ich beneide euch und wünsche euch alles Glück der Erde«, murmelte er mit belegter Stimme und Tom wusste, wie ernst es ihm damit war.

Haie sehnte sich nach einer neuen Partnerin und gerade jetzt, wo er seine Freunde so glücklich miteinander sah, wurde ihm bewusst, wie einsam er war.

Ganz ähnlich empfand Thamsen. Aber er wäre

nicht im Traum auf die Idee gekommen, eine Aussage wie Haie zu treffen. Anständig gratulierte er Marlene, indem er sie kurz umarmte und ihr links und rechts einen Kuss auf die Wangen drückte. Tom bedachte er mit einem Handschlag.

Nur er selbst wusste, was in ihm vorging, denn während der Trauung hatte er unweigerlich an seine eigene Hochzeit mit Iris denken müssen und sich gefragt, warum eigentlich alles hatte so kommen müssen, wie es gekommen war.

Äußerlich jedoch merkte man Dirk Thamsen seine Verdrossenheit nicht an. Lächelnd mischte er sich unter die anderen Gäste, die wie im Gänsemarsch hinter dem Brautpaar das Amtszimmer verließen.

In der Eingangshalle empfing sie ein wahres Blitzlichtgewitter, sodass sich einige Gäste der anderen Paare neugierig zu ihnen umblickten. Gesine Liebig hatte gleich drei Fotografen bestellt. Sie wollte sichergehen, jeden kostbaren Moment der Hochzeit ihres einzigen Kindes festzuhalten. Es dauerte eine halbe Ewigkeit, und Tom tat schon das Gesicht vom vielen Lächeln beinahe weh, bis alle Gäste mit dem Brautpaar verewigt waren.

Anschließend ging es zum Jenisch-Park, und während die Fotografen weitere kunstvolle Fotos von Tom und Marlene in der traumhaft schönen Parkanlage schossen, wurde den Gästen Champagner gereicht. Endlich ergab sich für Haie die Gelegenheit, mit Thamsen zu sprechen.

»Und, gibt es was Neues?«, fragte er, nachdem sie

ein paar lobende Worte über die Trauung ausgetauscht hatten.

Thamsen zuckte mit den Schultern. Seit langem hatte er mal eine Weile nicht an die Brände und den Mord an Katrin Martensen gedacht, sondern sich ganz und gar den Überlegungen zu seinem Privatleben hingegeben.

»Eigentlich nicht. Ich habe mit Holger Leuthäuser gesprochen.«

»Und?« Haie war neugierig, was der Referendar zu Toms Beobachtungen zu sagen hatte.

»Weiß nicht.«

War das alles? Haie schaute Thamsen erwartungsvoll an, doch der hatte tatsächlich nicht mehr zu dem jungen Mann zu sagen. Er war sich nicht sicher, ob der angehende Lehrer etwas mit dem Mord in der Risumer Grundschule zu tun hatte. Und seit langem war ihm dies irgendwie, besonders heute total egal. Er griff nach einem neuen Champagnerglas, als der Kellner mit einem Tablett vorbeikam.

»Auf die beiden.« Er prostete Haie zu. Der Alkohol hatte es in sich. Ihm war leicht schwindlig. Sein Frühstück lag eine Weile zurück und er hatte noch nie gut Alkohol auf leeren Magen vertragen.

»Katrin soll übrigens Streit mit ihrem Bruder gehabt haben.« Haie konnte die Neuigkeit nicht länger für sich behalten.

»Wissen Sie, worum es dabei ging?« Thamsen zeigte sich zwar interessiert, wenn auch nicht besonders euphorisch.

»Wohl um Geld, soweit ich gehört habe.«

»Hm«, Thamsen fragte sich, ob Erk Martensen tatsächlich finanzielle Probleme hatte. Konnte man sich dann solch einen edlen Sportwagen leisten?

»Na, da habe ich schon ganz andere Sachen erlebt«, Tom war neben die beiden getreten und hatte die letzten Sätze aufgeschnappt.

»Muss ja nicht unbedingt sein Wagen sein. Bestimmt nur geleast.«

Als Unternehmensberater hatte er oft mit Leuten zu tun, die sich finanziell übernommen hatten und kannte sich demzufolge in derlei Angelegenheiten gut aus.

»Nach außen wirkt das häufig halt ganz anders«, erklärte er.

»Dann sollte ich ihn vielleicht doch noch mal befragen«, überlegte Thamsen, und die beiden Freunde nickten.

»Er hat sein Geschäft ja hier in Hamburg. In Eppendorf.« Haie hatte sich nach dem Gespräch mit Christian Brodersen schlau gemacht. »Ist nicht weit«, er sah den Kommissar erwartungsvoll an.

»Ja, aber wir können nicht einfach von der Feier hier verschwinden«, flüsterte er und blickte dabei in die Runde. Die anderen Gäste standen überall in Grüppchen zusammen und unterhielten sich. Vermutlich würde man gar nicht merken, wenn die beiden für ein oder zwei Stunden nicht anwesend waren.

»Na gut«, gab er nach. »Aber erst nach dem Mittagessen. Da haben wir dann eh ein paar Stunden bis zur kirchlichen Trauung.«

Jan Schmidt lenkte seinen Wagen auf das vorgesehene Gelände bei der Uniklinik.

Am Telefon hatte man ihm über den Zustand von Heiko Stein keine Auskunft geben wollen.

»Sind Sie ein Familienmitglied?«

»Nein.«

»In was für einem Verhältnis stehen Sie dann zu dem Patienten?«

Er hatte kurz überlegt, ehe er »Ich bin ein Freund« auf die Frage geantwortet hatte.

Der Parkplatz war um diese Tageszeit gut belegt. Es war Besuchszeit, zudem Freitagnachmittag. Da hatten viele früher Feierabend und kamen eher dazu, Freunde und Verwandte im Krankenhaus zu besuchen. Er ja letztendlich auch. Obwohl das mit dem Freund gelogen war.

Endlich fand er eine Lücke und stieg aus. Die Luft war bereits sommerlich warm. Er trug lediglich ein T-Shirt und ließ den Pullover im Auto.

In der Eingangshalle gab es eine Tafel, eine Art Wegweiser, auf der die verschiedenen Abteilungen und das jeweilige Stockwerk angegeben waren. Doch wohin hatte man Heiko gebracht? Auf welcher Station lagen Patienten mit Brandverletzungen?

»Ich möchte gerne zu Heiko Stein«, teilte er der Frau am Informationsschalter mit. Mit flinken rot lackierten Fingernägeln tippte sie den Namen in den Computer ein.

»Oh, Herr Stein liegt auf der Intensiv.« Sie blickte ihn bedauernd durch die Glastrennwand an.

Tat er ihr leid oder was hatte dieser Blick zu bedeuten? Er fragte nicht weiter nach, sondern ging wieder zu der Tafel. Die Intensivstation lag im dritten Stock. Jan Schmidt nahm den Aufzug.

Als sich die Fahrstuhltüren öffneten sah er sofort, hier würde er kaum weiterkommen. Der Eingang zur Station war durch eine dicke Stahltür verschlossen. Es gab eine Klingel, auf deren Benutzung durch ein Schild hingewiesen wurde. Unschlüssig stand er davor und blickte durch das winzige Fenster, das auf Augenhöhe eingelassen war. Doch auf dem langen Gang war niemand zu sehen.

Das ist ja hier wie in einem Hochsicherheitstrakt, dachte er und betrachtete noch einmal eingehend die Tür. Hatte er den weiten Weg wirklich umsonst gemacht? Kurz entschlossen drückte er den kleinen weißen Klingelknopf und wartete.

»Ich glaube, hier müssen wir abbiegen«, bemerkte Haie und zeigte nach links. Sie hatten sich nach dem Mittagessen einfach davon gestohlen. Es war nicht weiter aufgefallen, als sie nacheinander den Saal verlassen hatten. Mehrere Gäste hatten die Zeit genutzt, um sich in dem Park die Füße zu vertreten.

»Wir müssen nur wieder rechtzeitig zurück sein«, bemerkte Dirk Thamsen, dem bereits am Morgen sein verspäteter Auftritt reichlich unangenehm gewesen war.

»Ach«, winkte Haie ab, »bis fünf Uhr sind wir doch locker wieder da. Die Kirche liegt ja nur ein kleines Stück weiter die Elbchaussee entlang.«

Thamsen fuhr etwas langsamer und hielt nach einem Parkplatz Ausschau. »Mann, das wäre nichts für mich. Stellen Sie sich vor, Sie wohnen hier und müssten jeden Tag stundenlang nach einem Parkplatz suchen.«

»Ja, da haben wir es besser«, bestätigte Haie. In Risum konnte man jederzeit direkt vor seinem Haus halten. »Ich könnte sowieso nicht in der Stadt wohnen«, fügte er hinzu und betrachtete die hohen Bauten. »Da kommt man sich so eingeengt vor.«

»Na«, schwächte Thamsen die Bemerkung des Hausmeisters ab, »das hat alles sicherlich seine Vor- und Nachteile. Außerdem ist Hamburg eine sehr schöne Stadt. Hier lässt es sich bestimmt gut aushalten.«

Endlich hatte er Glück. Aus einer Parklücke fuhr ein anderer Wagen weg. Dirk Thamsen blinkte und legte den Rückwärtsgang ein. Dann gab er Gas und rammte beinahe einen grünen Opel Astra, dessen Fahrer wie er in die Parklücke setzen wollte.

»Das gibt es doch gar nicht«, schimpfte er und hupte. Doch der andere ließ sich von seinen aufgeregten Fuchteleien und dem wilden Gehupe nicht beeindrucken. Zielstrebig platzierte er seinen Opel, stieg aus und verschwand, ohne Thamsen auch nur eines Blickes zu würdigen.

»Das ist aber ganz eindeutig ein Nachteil«, grinste Haie, während Thamsen ungläubig seinen Kopf schüttelte.

»Ich fahr jetzt ins Parkhaus«, kündigte er dann an. »Dahinten habe ich ein Schild gesehen.«

Haie nickte stumm und blickte auf seine Uhr. Es

war bereits kurz nach drei. Das Mittagessen im Jenisch Haus hatte sich doch hingezogen. Aber köstlich war es gewesen. Ein Basilikumschaumsüppchen, als Hauptgang Lachs mit Wasabigurken und zum Nachtisch ein Traum von weißer Mousse au Chocolat mit Himbeerschaum.

Das Menü musste ein Vermögen gekostet haben. Immerhin waren über fünfzig Gäste geladen. Aber Marlenes Eltern schienen nicht geizig und ganz offensichtlich hatten sie das Geld.

Wenn er da an seine eigene Hochzeit dachte. Da war es eher einfach zugegangen. Aber er gönnte den Freunden die schöne Feier und freute sich bereits auf den Abend.

»Wo ist denn nun das Geschäft von Erk Martensen?«, fragte Thamsen ungeduldig, als sie vom Parkhaus auf die Straße traten. Sein Ärger über die geklaute Parklücke war noch nicht verraucht.

Haie blickte sich in alle Richtungen um. Er hatte Schwierigkeiten, sich zu orientieren. Schließlich kannte er sich in Hamburg auch nicht aus, war erst wenige Male in der Stadt gewesen.

»Am besten, wir suchen den Marktplatz«, schlug er vor. »Von dort aus finde ich den Laden.«

Haie stiefelte voran, Thamsen folgte ihm. Er selbst war ebenfalls bisher nur drei-, viermal in Hamburg gewesen und kannte lediglich das Rathaus und die Mönkebergstraße sowie die Davidwache, Deutschlands kleinste, aber sicherlich berühmteste Polizeiwache.

Beinahe jeder kannte das Polizeirevier auf dem legendären Hamburger Kiez aus Filmen, Fernsehserien oder Dokumentationen. Außerdem war die Wache Ziel jeder Stadtrundfahrt.

»Da ist es«, Haie wies mit ausgestrecktem Arm auf ein Schaufenster.

›Impressionen‹ hieß der Laden, in dem Erk Martensen exklusive Waren aus aller Herren Länder anbot. Schon an der Auslage konnte Thamsen erkennen, um was für ein teures Geschäft es sich handelte.

»Keine Preisschilder. Das ist ein untrügliches Zeichen«, erklärte er Haie, während sie die Auslage studierten.

»Wie wollen wir denn nun vorgehen?« Haie war sich unsicher, wie man den Bruder der Ermordeten auf das schlechte Verhältnis zwischen den beiden ansprechen sollte. Wie sollten sie überhaupt ihre Anwesenheit erklären?

»Hm, vielleicht einfach mit der Wahrheit?«, entgegnete Thamsen. Einen zufälligen Besuch würde der Bauernsohn ihnen sowieso nicht abkaufen.

Als sie die Tür öffneten, kündigte ein elektrischer Gong ihren Besuch an. An einem hölzernen Verkaufstresen stand ein junger Mann und blickte zu ihnen hinüber. Er war sehr dünn und blass, was durch die strohblonden Haare, die eindeutig gebleicht sein mussten, noch unterstrichen wurde. Trotz des warmen Wetters trug er einen schwarzen langärmeligen Rollkragenpullover, der seine bleiche Gesichtsfarbe noch stärker betonte. Seine Augen waren klar und wachsam. Mit einem schiefen Lächeln im Gesicht sah er sie an.

»Guten Tag. Wie kann ich Ihnen helfen?« Er trat hinter dem Tresen hervor und machte einige Schritte auf sie zu. Haie konnte nicht umhin, diesen seltsamen Gang des Verkäufers argwöhnisch zu begutachten. Es wirkte für ihn, als habe der junge Mann die Hosen voll. Oder musste er nur dringend auf die Toilette?

»Moin«, erwiderte Thamsen und kam gleich zur Sache.

»Ist der Geschäftsführer da?«

Das Lächeln erstarb auf dem Gesicht des Verkäufers. Vermutlich befürchtete er eine Beschwerde.

»Einen Moment bitte.« Er drehte sich um und trippelte davon. Auch von hinten wirkte sein Gang lächerlich.

»Komischer Typ«, flüsterte Haie Thamsen zu, der sich ungeniert in dem Laden umschaute. Neben einigen ausgefallenen Kleidungsstücken wurden auch exklusive Einrichtungsgegenstände angeboten. Der Kommissar betrachtete eingehend eine Skulptur aus Holz und fragte sich, wer sich wohl so etwas in seine Wohnung stellte.

»Bitte, nicht anfassen.« Erk Martensen trat aus dem Hinterraum, in dem zuvor der Verkäufer verschwunden war und sah gerade noch, wie Thamsen seine Hand ausstreckte, um das hochpolierte Holz zu berühren.

Der wich wie ein kleines verschrecktes Kind zurück und drehte sich um.

»Kommissar Thamsen«, bemerkte Erk Martensen

erstaunt, als er ihn erkannte. »Was machen Sie denn hier?«

»Ich muss Ihnen ein paar Fragen stellen.«

»Und da nehmen Sie extra den langen Weg in Kauf? Sie hätten mich doch anrufen können.«

Das stimmte allerdings. Aber Thamsen hatte ja erst heute von den Streitereien der Geschwister erfahren und außerdem interessierte es ihn, wie der Bruder von Katrin Martensen auf die Aussagen des Dorfbewohners reagierte.

»Ich war sowieso gerade in Hamburg. Mit meinem Freund.« Er deutete auf Haie.

»Moin, Erk«, grüßte dieser ihn und trat neben Thamsen.

»Ja, und was wollten Sie mich fragen? Sicher geht es doch um diese Typen von Katrin, oder?«

Es befand sich zwar kein Kunde im Laden, aber Thamsen fand es unpassend, als Geschäftsführer derlei Dinge vor einem Angestellten zu besprechen. Er fragte sich, warum Erk Martensen sie nicht in ein Büro oder zumindest einen anderen Raum bat.

»Nicht wirklich«, druckste er daher herum und blickte auf den Angestellten. Erk Martensen verstand.

»Sie können ruhig Ihre Fragen stellen. Herr Böhme arbeitet nicht nur hier. Wir sind auch gut befreundet.«

Der junge Mann nickte eifrig.

»Ja, wenn das so ist«, bemerkte Thamsen und ließ seinen Blick zwischen den beiden Männern hin und her wandern. »Ich wollte gerne wissen, wie denn das Verhältnis zwischen Ihnen und Ihrer Schwester war.«

Erk Martensen hatte mit solch einer Frage nicht gerechnet. Das konnte Thamsen an dem erstaunten Gesichtsausdruck seines Gegenübers ablesen. Es dauerte daher einen Moment, bis er sich gefangen hatte.

»Unser Verhältnis. Na ja, wie soll das gewesen sein. Sie kennen das sicherlich. Pack schlägt sich, Pack verträgt sich. Eben eine normale Beziehung zwischen Geschwistern, würde ich sagen.«

Das war natürlich eine recht pauschale Aussage und Thamsen überlegte, wie er am geschicktesten auf den Streit der beiden wegen des Geldes kommen konnte, als Haie sich unvermittelt einmischte.

»Christian hat mir erzählt, Vatern soll dir Geld gegeben haben. Wohl für deinen Laden hier. Und Katrin hat das nicht gepasst.«

»Was weiß Christian schon«, zischte Erk Martensen.

»Ja, aber haben Sie sich nun wegen des Geldes mit Ihrer Schwester gestritten?« hakte Thamsen nach.

»Na ja«, der junge Mann hatte sich schnell wieder im Griff. »Sie war halt eifersüchtig.«

Er sei immer der Liebling des Vaters gewesen. Ein Mann wünsche sich nun mal einen Sohn, das sei auch nach Jahren der Emanzipation nicht anders. Wenngleich sich die Frauen das vielleicht einbildeten. Aber ganz im Gegenteil. Die Männer hielten doch erst recht gegen die Frauen zusammen.

Katrin habe das rasend gemacht. Er war immer von dem Vater bevorzugt worden und sie hatte stets die zweite Geige gespielt. Egal, was sie machte.

Merkwürdig, dachte Thamsen. So hatte er den Bauern nicht eingeschätzt. Die Sorge und anschließende Trauer hatten auf ihn sehr echt gewirkt und bei ihm nicht den Eindruck erweckt, als habe Fritz Martensen seine Tochter nicht geliebt. Anders herum hatte er bei seinem Besuch der Familie ebenso wenig wie auf der Trauerfeier ein sehr inniges Verhältnis zwischen Erk Martensen und seinem Vater feststellen können. Die beiden hatten sich kaum miteinander unterhalten und auf der anschließenden Feier in der Gastwirtschaft nicht einmal am selben Tisch gesessen, soweit er sich erinnerte. Und war es nicht Fritz Martensen gewesen, der seinem Sohn den Mund verboten hatte, als der die recht zahlreichen Männerbekanntschaften seiner Schwester bestätigte?

»Und Ihr Vater hat Sie auch finanziell unterstützt?«

»Selbstverständlich.« Das habe sein Vater gern getan. Wenigstens eines seiner Kinder sei erfolgreich. Katrin habe ja nicht gewusst, was sie mit ihrem Leben anfangen sollte.

»Wahrscheinlich hätte irgendeiner ihrer Männer sie sowieso über kurz oder lang geschwängert und sie wäre als Hausfrau und Mutter in Risum versauert.«

Thamsen empfand die beleidigende Aussage des Bruders als ganz schön krass. Auch in Risum-Lindholm konnte man doch als Hausfrau und Mutter glücklich sein. Nur weil es sich nicht um die Weltstadt Hamburg handelte und man vielleicht keinen eigenen Laden führte, musste man ja noch lange nicht unzufrieden mit seinem Leben sein. Vielleicht war es genau das, was seine Schwester gewollt hatte.

Und wenn er sich hier so umschaute, glaubte er auch nicht, dass Erk Martensen besonders viel Erfolg mit seinem Geschäft hatte. Sie waren bereits gut eine halbe Stunde hier und in dieser Zeit hatte sich kein einziger Kunde blicken lassen, geschweige denn, dass ein Passant auch nur Interesse an der Auslage gezeigt oder einmal das Telefon geklingelt hatte. Konnte man mit diesen eher ausgefallenen Sachen wirklich reich werden? Thamsen bezweifelte das.

»Wo waren Sie denn eigentlich, als Ihre Schwester ermordet wurde?«

»Ich?« Erk Martensen riss die Augen weit auf und tat überrascht, aber Thamsen hatte den Eindruck, als spiele der Mann seine Verblüffung nur.

»Er war hier«, schoss es plötzlich aus dem Freund heraus, der bis dahin das Gespräch stumm verfolgt hatte. »Ich kann das bezeugen.«

20.

»Also ich weiß nicht«, spekulierte Haie, als sie wieder draußen vor dem Laden standen und Richtung Parkhaus gingen. »Dieser Freund wirkt irgendwie komisch. Wie der schon läuft.« Haie watschelte demonstrativ ein Stück die Straße entlang.

»Ich habe den Eindruck, der ist schwul«, entgegnete Thamsen. »Und vermutlich ist der in Erk Martensen verliebt und würde dem jedes Alibi geben.«

»Meinen Sie?« Haie hatte für so etwas keinen Riecher. Aber dass da etwas mit den beiden nicht stimmte, war ihm auch aufgefallen. Thamsen blieb abrupt stehen.

»Sollen wir das nicht langsam mal lassen? Ich meine, dieses Siezen. Immerhin ermitteln wir hier quasi zusammen in einem Mordfall.«

Haie grinste. Er hatte auch schon überlegt, Thamsen das Du anzubieten, aber irgendwie hatte sich ja nie der richtige Zeitpunkt ergeben. Eigentlich hatte er gedacht, auf der Hochzeitsfeier könne es vielleicht klappen, aber gleich war ja besser.

»Haie«, er streckte Thamsen die Hand entgegen, in die der Kommissar einschlug und sie kräftig drückte. »Dirk. Anstoßen können wir ja nachher.«

Haie nickte begeistert.

»Aber nun noch mal zu Erk und seinem Freund«, lenkte Thamsen das Gespräch zum Thema zurück. »Ja, ich glaube, der Freund ist schwul und verliebt. Außerdem klang das Alibi so, hm ...«

Ihm wollte das richtige Wort nicht einfallen.

»Wie aus der Pistole geschossen«, nickte Haie. Es war ihm auch aufgefallen, dass die Aussage, die beiden hätten an diesem Wochenende gemeinsam Inventur gemacht und Erk Martensen sei daher das gesamte Wochenende mit Ludger Böhme zusammen gewesen, wie abgesprochen geklungen hatte. Beide hatten dazu bestätigend genickt. Selbst ohne langjährige Erfahrungen war Haie aufgefallen, wie unglaubwürdig das Alibi war.

Thamsen hatte ja sogar nachgefragt, ob der Freund dies auch unter Eid wiederholen würde und ihn auf die Folgen eines Meineides aufmerksam gemacht, aber Ludger Böhme hatte sie mit seinen großen blauen Augen angeschaut, als wolle er damit ausdrücken »Können diese Augen lügen?«

Letztendlich hatten sie die Aussage der beiden hinnehmen müssen. Es war ja auch nur ein vager Verdacht gewesen, der die beiden zu Erk Martensen geführt hatte. Nach wie vor waren die anderen Männerbekanntschaften der Toten, auf die Erk Martensen auch noch einmal explizit hingewiesen hatte, natürlich weitaus verdächtiger.

»Ach«, stöhnte Thamsen, als sie das Parkhaus erreichten und in den Wagen stiegen. »Ich weiß nicht. In diesem Fall ist irgendwie alles so verquer. Viele Verdächtige, aber kein Hauptverdächtiger. Ein möglicher Zeuge im Koma, und die Kollegen von der Kripo ziehen auch nicht mit mir an einem Strang.«

»Wie meinst du das?«

Es musste zwei unterschiedliche Täter geben. Davon war er fest überzeugt. Einen, der sämtliche Häuser in Nordfriesland in Brand steckte; also den eigentlichen Brandstifter, und dann den Mörder von Katrin Martensen. Eventuell hatte er auch Heiko Stein niedergeschlagen und im Prinzip mit ihm das Gleiche vorgehabt, wie mit Katrin Martensen.

»Aber warum?«

»Vielleicht, damit es so aussieht, als gehörten auch Brandopfer oder Tote zum eigentlichen Muster des wirklichen Brandstifters. Die Ermittler, also wir, sollen denken, es handle sich nur um einen Täter.«

Haie zog fragend seine Augenbraue hoch. »Und du bist der einzige, dem das im Revier auffällt?«

Thamsen zuckte mit den Schultern. Die Beamten von der Kripo waren für ihn in ihrem Verhalten und ihren Ermittlungsmethoden total undurchsichtig. Er fragte sich, was die eigentlich genau untersuchten. Angeblich, so hatte Rudolf Lange gesagt, hatten sie mit Hilfe des Profilers ein paar Verdächtige aus der Verbrecherkartei herausgefiltert, gegen die sie nun ermittelten. Aber Thamsen kam es eher so vor, als hätten die Herren nichts in der Hand und warteten darauf, den Täter durch Zufall zu schnappen.

Er bog auf die Elbchaussee ab und fuhr nun parallel zur Elbe. »Das ist aber herrlich hier«, bemerkte er, als sie an einer Ampel hielten und er hinüber auf den Fluss blicken konnte.

»Die beiden haben aber auch echt Glück mit dem

Wetter. Sonnenschein in Norddeutschland ist ja nicht selbstverständlich.« Er dachte an seine eigene Hochzeit, bei der es wie aus Eimern gegossen hatte. Er hatte Lust, einen Spaziergang an der Elbe zu machen, die großen Containerschiffe, die von Lotsenbooten in den Hafen geleitet wurden, zu beobachten und einfach nur seine Seele baumeln zu lassen. Wie lange hatte er schon keine Zeit mehr einfach nur für sich gehabt. Dirk Thamsen konnte sich nicht erinnern. Es schien ihm Jahre her zu sein.

Und auch jetzt blieb dafür keine Zeit. Nur noch eine halbe Stunde bis zur Trauung.

»Da vorne ist das Hotel, in dem wir nachher feiern. Da können wir parken, denn weit kann es nicht sein«, führte Haie an und Thamsen bog in eine Seitenstraße ein, in der sich die Garage des Hotels befand.

»Das ist bestimmt teuer«, bemerkte er, als er an der Gegensprechanlage um Einfahrt gebeten hatte. Schon der Empfang im Jenisch Haus hatte sicherlich ein Vermögen gekostet.

»Na, da hast du noch nicht das Haus von Marlenes Eltern gesehen«, schwärmte Haie, der immer noch überwältigt von der Villa war. Normalerweise stand er nicht auf solch einen Prunk und Luxus. Aber das Anwesen der Liebigs hatte auf ihn Eindruck gemacht. Zumal Marlene das beste Beispiel für ihn war, wie man reich aufwachsen konnte, ohne total abzuheben. Er wusste, seine Freundin wäre auch mit einer kleinen privaten Feier in der Gastwirtschaft im Dorf zufrieden gewesen. Natürlich war eine Hochzeit etwas ganz

Besonderes und Gesine Liebig wollte nur das Beste für ihre Tochter. Marlene hätte auf all den Luxus auch verzichten können. Sie war bescheiden geblieben und konnte noch den Wert einfacher Dinge schätzen. Das war nur eine der vielen guten Eigenschaften, die er an ihr schätzte.

Als der Aufzug, der sie aus der Tiefgarage in den Empfangsbereich des Hotels brachte, seine Türen wieder öffnete, konnten sie vor lauter Menschen beinahe gar nicht aussteigen. Die gesamte Hotellobby war voller Gäste oder anderer Leute, die das Spektakel um die Braut mit ansehen wollten.

Haie und Thamsen kämpften sich zu Marlene durch. Sie trug nun ein anderes Kleid, das sie wie eine Prinzessin erstrahlen ließ. Trägerlos, elfenbeinfarbene Seide mit kostbarer Spitze und weit ausgestellt. Dazu einen klassischen, wenn auch kurzen Schleier. Gesine Liebig hatte auf zwei Hochzeitskleidern bestanden.

»Du kannst doch nicht in der Kirche das gleiche Kleid wie auf dem Standesamt tragen«, hatte sie bemerkt und keine Widerrede geduldet.

Obwohl sie zwei Kleider für eine Verschwendung hielt, war es ihr leicht gefallen, der Forderung ihrer Mutter nachzugeben. Sie hätte sich sowieso nicht entscheiden können. Anders war das bei Tom gewesen. Sie brauchte nur diesen einen Mann in ihrem Leben. Da war sie sich absolut sicher.

»Wo ist Tom?«, fragte Haie, als er endlich neben der Freundin stand.

Sie strahlte ihn an. Man sah, wie glücklich sie war.

»Der ist schon bei der Kirche und wartet auf mich. Er darf mich doch nicht vorher sehen. Das bringt Unglück.« Sie zwinkerte ihm zu.

»Gut, dann geh ich ihm mal Beistand leisten«, grinste Haie.

Er kämpfte sich weiter zur Eingangstür durch, an der ein Hotelpage stand und ihm freundlich zunickte. Haie ging die wenigen Schritte die Chaussee entlang und kreuzte dann die Straße.

Die Männer vom Hotel mit dem Teppich standen schon bereit. Wenn die Braut zur Kirche geführt wurde, würden sie für einen kurzen Moment den Verkehr auf der Straße anhalten und einen roten Teppich ausrollen, auf dem die Braut dann zur Kirche hinüber gehen konnte.

Haie war sehr beeindruckt. Was man sich alles kaufen konnte. Vieles schien mit einer gehörigen Portion Geld sowieso leichter. Man musste sich keine Sorgen machen, wie man die nächste Miete zahlte. Konnte sich einen Urlaub leisten und mit seinen Freunden essen gehen, wann immer man wollte. Ohne stets auf die Preise auf der Speisekarte zu linsen und dann das günstigste Gericht zu wählen. Nein, wenn man genügend Geld hatte, brauchte man sich derlei Sorgen nicht zu machen. Aber das hieß ja nicht automatisch, gar keine Sorgen zu haben. Marlenes Mutter war das beste Beispiel. Um Geld brauchte sie sich wahrlich nicht zu sorgen, aber stets war sie sich unsicher, ob sie auch das Beste gekauft hatte, was die anderen Leute darüber sagen oder denken würden. Wie sie aussah. Immer perfekt zu sein, stellte er sich sehr anstrengend vor. Außerdem bedeutete es ja nicht, wenn man reich war, gleichzeitig glücklich zu sein. Bei bestimmten Dingen machte es halt keinen Unterschied, ob man Geld hatte oder nicht. Und Liebe oder gute Freunde konnte man sich sowieso nicht kaufen. Das war einfach Glück. Und wenn Haie an Tom und Marlene dachte, hatten nicht nur die beiden sondern auch er eine gehörige Portion davon abbekommen.

»Na endlich«, begrüßte der Freund ihn, als Haie die Kirche erreichte. »Ich dachte schon, es kommt keiner. Wo bleiben die anderen?«

Tom knetete nervös die Hände. Man spürte seine Aufregung förmlich und Haie legte ihm daher beruhigend die Hand auf die Schulter.

»Sie kommt, keine Bange.«

Auch Tom sah hervorragend aus in seinem maßgeschneiderten Anzug aus italienischer Schurwolle. Haie trug ein ähnliches Modell. Auch darauf hatte Marlenes Mutter bestanden. Nur bei Thamsen konnte sie sich nicht durchsetzen und Marlene hatte ihrer Mutter in diesem Fall auch quasi verboten, den Kommissar mit derlei Nichtigkeiten zu belästigen.

»Er wird schon wissen, sich als Trauzeuge zu kleiden.«

Und damit hatte sie recht behalten. Dirk Thamsen trug einen dunklen Anzug mit feinen Nadelstreifen, dazu eine Weste und statt einer Krawatte eine

Fliege. Er hatte sich für die Hochzeit neu eingekleidet. Gleich nachdem er Marlene zugesagt hatte, sie als Trauzeuge zum Altar zu geleiten. Er war dafür extra nach Flensburg zu einem Herrenausstatter gefahren und hatte dort eine Menge Geld gelassen. Aber das war es ihm wert gewesen. Und solch einen Anzug konnte man ja über Jahre tragen, das war eine Investition fürs Leben. Vorausgesetzt, man nahm nicht zu. Das hatte er nämlich in den letzten Jahren scheinbar. Es musste schleichend vor sich gegangen sein und er war auch nicht wirklich dick. Aber in seinen Hochzeitsanzug, den er seitdem nur einige wenige Male getragen hatte und den er eigentlich zur Hochzeit von Tom und Marlene hatte anziehen wollen, passte er nicht mehr hinein. Die Hose hatte er nicht zubekommen und das Jackett hatte reichlich gespannt. Zum Glück hatte er das rechtzeitig bemerkt und nicht erst am Morgen der Hochzeit. So stand er perfekt gekleidet neben der reizenden Braut und bot ihr seinen Arm an.

»Wollen wir?«

Marlene nickte.

21.

»Guten Morgen, Frau Meissner«, Tom beugte sich über Marlene und küsste sie.

Es war beinahe Mittag. Die Sonne schien durch die nicht ganz geschlossenen Vorhänge und warf kleine Sonnenflecke auf ihr Gesicht, sodass sie geblendet wurde, als sie die Augen öffnete.

Es war spät geworden, sehr spät. Nach der Trauung hatten sie alle zusammen im Hotel gegessen und anschließend bei netter Musik bis in den Morgen hinein getanzt. Die älteren Gäste waren gegen Mitternacht aufgebrochen, und auch Marlenes Eltern hatten sich wenig später verabschiedet. Aber Tom, Haie, Marlene, Thamsen und ein paar andere hatten weiter gefeiert und waren erst im Morgengrauen in ihre Betten gefallen. Zum Glück hatte Gesine Liebig Zimmer im Hotel reserviert und so hatten sie es nicht weit zum Schlafengehen gehabt.

Marlene lächelte bei der Erinnerung an den Abend. So gelöst hatte sie Thamsen noch nie erlebt. Wie Teenager hatten sie gekichert und zu alten Rocksongs getanzt. Natürlich hatte auch das eine oder andere Glas Alkohol zu der lockeren Atmosphäre beigetragen, aber übertrieben hatten sie es eigentlich nicht. Jedenfalls konnte Marlene keinerlei Anzeichen eines Katers verspüren und auch Tom sah recht frisch aus. Dabei hatte er zusammen mit Haie und Thamsen schon etliche Biere getrunken. Sie hatten mehrmals auf ihre Brüderschaft angestoßen, zu der ausnahmsweise auch Marlene gehörte. Obwohl, wie die Männer es betont hatten, es wirklich eine absolute und einmalige Ausnahme sei. Schließlich könne man nur mit Männern auf Brüderschaft anstoßen. Wahrscheinlich hatten sie doch zu viel getrunken.

»Was grinst du denn so still vor dich hin?« Tom hatte seinen Blick nicht von ihr gewandt. Konnte er auch gar nicht, denn er war wie hypnotisiert von ihrem Anblick. Sie war nun endlich seine Frau. Für immer und ewig, oder wie hatte der Pfarrer gestern gesagt? Tom war zwar kein religiöser Mensch und er wusste nicht genau, ob es einen Gott gab oder nicht – obwohl, wenn er Marlene so betrachtete, musste es einen Gott geben – aber die Worte, die der Geistliche ihnen gestern als Paar mitgegeben hatte, hatten ihn tief berührt. Natürlich war er sich bewusst, von nun ab Verantwortung für den Partner übernehmen zu müssen. Aber was bedeutete das – in guten wie in schlechten Tagen? Der Pastor hatte ein paar sehr plastische Beispiele aufgeführt und ihnen erklärt, es würden sicherlich einmal Stunden des Zweifelns oder in denen die Liebe zueinander nicht so groß sein wird, kommen. Das sei normal, dadurch prüfe Gott ihre Liebe und stärke sie.

Momentan hatte Tom jedoch das Gefühl, seine Liebe zu Marlene könne gar nicht größer sein. Er beugte sich langsam zu ihr hinab und küsste sie. Sofort merkte er, wie das Blut aus seinem Kopf in seinen Unterleib schoss und verspürte einzig und allein den Wunsch, eins mit ihr zu sein.

Diesmal gab Marlene sich seiner Leidenschaft hin.

All die Anspannung der letzten Tage schien von ihr abgefallen zu sein und sie konnte sich endlich wieder auf eine Körperlichkeit einlassen. Ein leichter Schauer rann ihr über den Rücken, als Tom seine Hände über ihren nackten Körper wandern ließ und eine ganz neue Erregung stieg in ihr auf, als sie sein steifes Glied zwischen ihren Beinen fühlte.

Die Vorstellung, nun mit ihrem Ehemann Sex zu haben – quasi zum allerersten Mal – zauberte ein Kribbeln in ihren Bauch, das sich langsam hinab in ihre Leistengegend bewegte.

Sie stöhnte laut auf, als er in sie eindrang und sie ihn tief in sich spürte. Ganz langsam bewegten sich ihre Körper im gleichen Rhythmus, bis sie sich nicht länger zurücknehmen konnten und durch immer schnellere und wildere Bewegungen beinahe zeitgleich zum Höhepunkt gelangten.

Erschöpft rollte Tom sich zur Seite. Marlene drehte sich zu ihm, stützte sich auf ihrem Ellenbogen auf und beobachtete, wie er mit geschlossenen Augen dalag und sich sein Brustkorb immer noch heftig auf und ab bewegte.

»Ich liebe dich«, flüsterte sie und er öffnete die Augen. »Ich dich auch«, erwiderte er, während er ihr seinen Kopf zuwandte, seinen Arm anhob und sie zum Ankuscheln einlud.

»Aber nur noch ein paar Minuten«, sagte sie, als sie sich an ihn schmiegte. »Die anderen warten bestimmt schon auf uns.«

22.

Als er starb, war er allein. Wobei das nicht ganz den Tatsachen entsprach. Ein Arzt war bei ihm und kämpfte verbissen um sein Leben. Dr. Musil wollte sich nicht eingestehen, in diesem Fall der Natur nicht trotzen zu können, eben doch nicht Gott zu sein, der über Leben und Tod entschied.

All diese neumodischen Apparate und Methoden brachten gar nichts, wenn der Zeitpunkt des Todes gekommen war. Der wahre Zeitpunkt. Jener Augenblick, an dem der Patient beschloss aufzugeben und zu sterben.

Erschöpft ließ Dr. Musil sich zurückfallen und blickte hinab auf den leblosen Körper, dem auch er keinen Lebenswillen hatte einhauchen können.

»Zeitpunkt des Todes«, der Arzt schaute auf seine Armbanduhr, »11:35 Uhr.«

Die Schwester, die beinahe ängstlich neben dem Bett stand, notierte es auf dem Patientenblatt, während Dr. Musil immer noch ungläubig auf den Toten nieder sah. Er verstand es einfach nicht. Der Mann war stark, alles hatte sich bisher gut entwickelt, wieso war er gestorben?

Er schüttelte seinen Kopf. Es würde wahrscheinlich immer Fälle geben, die allein aus medizinischer Sicht unerklärlich blieben. Und da konnte selbst er als guter Arzt nicht helfen.

»Bitte, benachrichtigen Sie die Angehörigen, Schwester«, murmelte er resigniert, als er das Zimmer verließ.

»Da ist ja endlich das frischgebackene Ehepaar«, rief Haie durch den Frühstücksraum, als Tom und Marlene endlich in der Tür erschienen.
Der Freund saß zusammen mit Dirk Thamsen bereits eine ganze Weile in dem hellen Raum mit einem herrlichen Blick auf die Elbe und ließ sich das Frühstück servieren. Normalerweise aß er morgens höchstens zwei Brötchen und hin und wieder ein gekochtes Ei. Aber in diesem noblen Hotel gab es ein Frühstück, wie Haie es noch nie zuvor gesehen hatte. Eine Etagere mit geräuchertem Lachs, Schinken und frischen Nordseekrabben. Dazu Rührei, unbeschreiblich fluffig gerührt, und eine riesige Auswahl an Käse, Marmeladen und verschiedenen Brot- und Brötchensorten. Haie konnte gar nicht aufhören, von all den Köstlichkeiten zu probieren, obwohl sie tags zuvor auf der Hochzeit schon mehr als genug gegessen hatten.
Aber in Gesellschaft schmeckte es einfach besser und die hatte er zuhause ja auch nicht immer beim Frühstück, deswegen genoss er diesen Start in den Tag doppelt. Er konnte sich ja die nächsten Tage dafür etwas zurückhalten.
»Frau Meissner«, Haie war aufgestanden und begrüßte Marlene mit einer Umarmung. Sofort eilte ein Kellner herbei und half die Stühle zurechtzurücken.
»Kaffee oder Tee?«

Marlene bestellte ein Kännchen Tee. Tom wählte Kaffee, dazu ein Glas frisch gepressten Orangensaft. Mit der Bestellung im Gepäck rannte der Kellner förmlich davon.

»Und, ausgeschlafen?«, fragte Tom in die Runde.

Haie und Thamsen wiegten gleichzeitig ihre Köpfe.

»Na ja, geht so«, drückte Haie ihre Geste in Worten aus. »Wir haben uns gerade noch einmal über Erks Alibi unterhalten.«

»Welcher Erk? Welches Alibi?« Marlene blickte fragend zwischen Haie und Dirk Thamsen hin und her.

Sie hatte gar nicht mitbekommen, dass die beiden nach dem Mittagessen einfach verschwunden waren, um den Bruder der ermordeten Bauerntochter nach dessen Verhältnis zu seiner Schwester zu befragen.

»Na, ich habe euch doch von dem Streit zwischen Erk und Katrin Martensen erzählt.«

»Ach ja, und?« Tom erinnerte sich sofort an die Neuigkeiten, die Haie von seinem Friseurbesuch mitgebracht hatte.

»Wahrscheinlich gibt sein Freund ihm ein Gefälligkeitsalibi«, erklärte Thamsen.

»Ein schräger Vogel«, bemerkte Haie, um die Unglaubwürdigkeit der Aussage zu unterstreichen.

Plötzlich klingelte ein Handy. Sofort blickten die Gäste der anderen Tische fast feindselig zu ihnen hinüber. Wer wagte es, diese morgendliche Ruhe zu stören?

Dirk spürte, wie ihm das Blut ins Gesicht schoss. Er

sprang auf und kramte umständlich in seiner Hosentasche nach seinem Handy.

»T'schuldigung. Is' meine Mutter. Vielleicht was mit den Kindern?«

Er nahm das Gespräch an und noch während er seine Mutter begrüßte, lief er mit großen Schritten Richtung Ausgang.

»Ist bestimmt nicht einfach als alleinerziehender Vater«, meinte Marlene, während die Freunde ihm nachblickten.

»Was ist denn eigentlich genau mit seiner Ex?«, wollte Tom wissen. »Warum kann die sich denn nicht auch mal um die Kinder kümmern?«

»Soweit ich weiß«, erklärte Haie, »hat die gar kein Sorgerecht mehr.«

Was direkt zu der Trennung von Dirk Thamsen und seiner Frau geführt und warum er die Kinder damals zu sich genommen hatte, wussten die drei nicht genau. Er hatte damals eine Menge Ärger mit seiner Exfrau gehabt. Haie glaubte sich erinnern zu können, irgendwie habe da wohl Alkohol eine Rolle gespielt. Jedenfalls hatte der Wirt der Taverne in der Uhlebüller Dorfstraße ihnen mal erzählt, wie Iris Thamsen stark alkoholisiert zu einem Treffen mit Dirk in dem Restaurant erschienen und sehr ausfallend geworden war.

»Ist ja auch egal«, entschied Marlene, um die Spekulationen zu beenden, »ich denke, die Kinder haben es gut bei ihm. Er kümmert sich wenigstens.«

»Na ja«, warf Tom ein, der die Situation aufgrund eigener Erfahrungen etwas anders bewertete,

»soviel wie er arbeitet, wird er nicht viel Zeit für die beiden haben. Überleg' mal. Ständig im Einsatz, auch am Wochenende und feiertags. Was bleibt denn da noch?«

»Das ist doch nur jetzt so, weil er den Mord aufklären muss«, verteidigte Marlene ihren Trauzeugen. Sie war der Meinung, Dirk Thamsen konnte nur ein ganz hervorragender Vater sein. Warum? Das konnte sie nicht wirklich beschreiben. Aber ihrer Meinung nach hatte er alles, was man sich von einem Vater wünschen konnte. Seine Kinder waren bestimmt stolz auf ihn.

»Und dabei unterstützen wir ihn ja auch«, nickte Haie und lenkte das Thema wieder auf den gestrigen Besuch bei Erk Martensen und dessen Freund.

»Ich denke, es könnte sich lohnen, noch einmal Fritz und Ingrid zu besuchen. Mich würde interessieren …«

Unvermittelt stand Thamsen wieder an ihrem Tisch. Er war kreidebleich.

»Ich muss leider sofort los. Mein Vater …« Ihm versagte die Stimme. Marlene stand auf und nahm seine Hand.

»Schlimm?«, fragte sie leise. Er nickte.

Gemeinsam begleiteten sie ihn in die Halle, in der sie sich flüchtig verabschiedeten.

»Melde dich bitte, wenn du Hilfe brauchst«, rief Marlene, ehe sich die Aufzugtüren schlossen und er hinab in die Tiefgarage fuhr.

»Ich habe gar keinen Appetit mehr.«

Statt zurück in den Frühstücksraum gingen sie hinunter an die Elbe. Es war ein herrlich sonniger Tag, etliche Leute wanderten bereits auf dem schmalen Weg, der direkt hinter dem Hotel entlang führte.

»Hat er eigentlich gesagt, was sein Vater hat?«, fragte Haie, nachdem sie eine Weile schweigend flussabwärts gegangen waren.

Die beiden Freunde schüttelten den Kopf. Dirk Thamsen hatte ihnen gegenüber selten etwas von seiner Familie erwähnt. Sein Vater lag im Krankenhaus. Das war alles, was sie wussten.

»Aber wir haben auch nicht gefragt«, flüsterte Marlene.

Dirk Thamsen hatte sie zum Traualtar begleitet, ihre Ehe mit Tom bezeugt, mit ihnen getanzt und gefeiert. Aber eigentlich wusste sie gar nichts von ihm. Und das Schlimme daran war, sie hatte sich auch nicht interessiert. Sie war in den letzten Wochen nur mit sich und der Hochzeit beschäftigt gewesen und hatte die Menschen um sich herum völlig vergessen. Für die hatte es nämlich noch andere Dinge außer Brautschmuck, Menüs und Hochzeitstorte gegeben. Und dabei hätte sie eigentlich die Zeit gehabt, sich um ihre Freunde zu kümmern. Zumindest fragen hätte sie können.

»Also mir hat er auch nichts erzählt«, versuchte Haie sie zu beruhigen. »Ich glaube einfach, er wollte auch nichts sagen. Wahrscheinlich war er froh, nicht gefragt zu werden.«

»Möglich«, nickte Tom, spürte aber trotzdem eine Art schlechtes Gewissen. Nun hatten sie schon so viel mit dem Kommissar erlebt – Mordfälle zusammen aufgeklärt – und wussten dennoch so gut wie nichts von ihm.

»Wir können ihn ja heute Abend mal anrufen«, schlug er vor.

Sie gingen schweigend an der Elbe entlang. Ein riesiges Containerschiff fuhr vorbei und ließ große Wellen an das Ufer schwappen. Jeder hing seinen Gedanken nach, die durch die Sorge um Dirk Thamsen bestimmt wurden. Vergessen der Trubel der letzten Tage, der Mordfall, die Brände. Ihr Freund – und als solchen sahen sie den Kommissar mittlerweile – hatte Kummer, brauchte vielleicht ihre Hilfe und Unterstützung. Das allein war es, was im Moment zählte.

Dirk Thamsen wusste nicht genau, wie er von der Elbchaussee bis zur Autobahnauffahrt Hamburg Othmarschen gekommen war. Er fuhr wie ein Irrer auf die A7 auf, hielt sich an keinerlei Geschwindigkeitsbegrenzungen.

Seine Mutter hatte ihn angerufen und gesagt, er müsse sofort kommen. Sie hatte geweint am Telefon, das hatte ihn sehr unruhig werden lassen, denn das tat sie sonst nie. Es musste also schlecht um seinen Vater stehen. Vielleicht hatte er einen Rückfall?

Magda Thamsen hatte ihm am Telefon jedoch nichts sagen wollen. »Bitte, komm so schnell wie möglich ins Krankenhaus«, hatte sie ihn nur unter Tränen gebeten. Dirk Thamsen gab ordentlich Gas.

Er hatte Glück, denn heute, am Samstag, war die Autobahn relativ frei, da kein normaler Berufsverkehr herrschte. Lediglich die ersten Dänemark-Urlauber waren zum Bettenwechsel unterwegs. Aber da noch keine Sommerferien waren, hielt sich das Verkehrschaos Richtung Norden in Grenzen.

Schon bald hatte er das Kreuz HH-Nordwest hinter sich gelassen. Er selbst nahm das allerdings gar nicht wahr. Wie ein Roboter gab er Gas, schaltete und bremste.

Der Anruf seiner Mutter hatte ihn wie in Trance versetzt. »Bitte, komm so schnell wie möglich ins Krankenhaus.« Das hatte nicht nur angstvoll oder besorgt geklungen. Sondern irgendwie schon beinahe panisch.

Er wusste gar nicht, was schlimmer war. Wenn sein Vater sein Leben lang ein Pflegefall bleiben würde oder wenn er starb. Wie sollte seine Mutter damit klar kommen? Finanziell war sie zwar abgesichert, aber sonst? Sie tat immer, als sei sie eine resolute selbständige Frau, doch er fragte sich, ob sie das wirklich war. In vielen Dingen erschien sie ihm einfach hilflos.

Augenblicklich hatte er ein schlechtes Gewissen, sich in den letzten Tagen nicht mehr um sie gekümmert zu haben.

Schon hatte er die Hochbrücke über den Kanal erreicht. Die von Menschenhand geschaffene Wasserstraße zog sich quer durch Schleswig-Holstein und verband die Nord- mit der Ostsee. Der meist befahrene künstliche Wasserkanal der Welt hatte bereits mehr als hundert Jahre auf dem Buckel, aber dennoch nichts von seiner Faszination eingebüßt.

Thamsen nahm heute die Fahrt über die Rader

Hochbrücke nicht bewusst wahr. Folglich beachtete er auch nicht die Geschwindigkeitsbegrenzung; obwohl die Kollegen häufig ihr Blitzgerät auf dem Rastplatz an der Brücke aufstellten, wie er wusste. Prompt ging er ihnen auch in die Falle und erschrak, als es plötzlich grell am Straßenrand aufblitzte. »Mist!«

Reflexartig bremste er, doch das nützte nun auch nichts mehr. Er blickte auf den Tacho und schätzte, gut 20 km/h zu schnell gefahren zu sein. Hoffentlich waren es nicht mehr, denn ansonsten konnte er seinen Führerschein erst einmal abgeben.

Doch lange dachte er nicht darüber nach, sondern gab einfach wieder Gas.

»Was machen wir denn heute noch?«

Die drei Freunde waren wieder im Hotel zurück. Viel hatten sie nicht miteinander gesprochen. Jeder hatte seinen Gedanken nachgegangen und auch jetzt wusste keiner so recht eine Antwort.

»Um drei sollen wir zum Kaffee bei Marlenes Eltern sein«, erinnerte Tom die Freunde an die Verabredung. Vorher mussten er und Marlene noch die Geschenke zusammenpacken, die immer noch auf einem kleinen Tisch in dem Saal im Hotel gestapelt standen.

»Na, dann bleibt uns sowieso kaum Zeit«, erkannte Haie und schlug vor, sich noch ein wenig auszuruhen, ehe es in gut anderthalb Stunden weiter zu Marlenes Eltern ging.

»Treffen wir uns also wieder hier«, stimmte Tom zu.

Haie wollte sich jedoch nicht ausruhen. Er ging zwar auf sein Zimmer, dort griff er allerdings zum Telefonhörer und wählte die Nummer seines Nachbarn.

»Nein, diese Nacht war alles ruhig. Kein neuer Brand«, antwortete dieser auf seine Frage. »Aber stell dir vor, gestern bei Max in der Kneipe ist Jan Schmidt total ausgerastet. Hatte zu viel getrunken.«

Wie immer hätten die Männer am Freitagabend in der Gastwirtschaft zusammen gesessen und geklönt. Sie hatten sich gewundert, als Jan Schmidt dazu gekommen war, denn für gewöhnlich ließ der sich dort nicht blicken. An den Gesprächen war er auch nicht interessiert gewesen, sondern er hatte lediglich am Tresen gesessen und ein Bier nach dem anderen getrunken. »Wir haben uns gleich gedacht, dass mit dem was nicht stimmt«, erklärte Haies Nachbar. »Siegbert hat den Jan dann angesprochen.«

»Und?«

Haie fand die Ausführungen seines Nachbarn hochinteressant. Jan Schmidt war für ihn immer noch verdächtig. Ebenso wie Holger Leuthäuser und Erk Martensen.

»Der is sofort explodiert!«

Jan Schmidt sei von dem Barhocker aufgesprungen und habe den anderen angeschnauzt. Das hatte sich der natürlich nicht gefallen lassen und gleich noch etwas tiefer gebohrt.

»Da ist der dem Siegbert doch an die Gurgel«, berichtete der andere aufgeregt. Nur mit vereinten Kräften hätten sie die beiden auseinander bekommen. Max hatte ihn natürlich gleich rausgeschmissen. Wenn der man nichts zu verbergen hatte. Sonst ging man doch nicht gleich so auf die Palme, oder?

Selbst am Ortsschild Niebülls drosselte Thamsen nicht die Geschwindigkeit, sondern fuhr mit ungebremstem Tempo weiter die B5 entlang bis zum Kreisel und bog dann in die Gather Landstraße ein, an der das Krankenhaus lag. Er parkte seinen Wagen und rannte die kleine Treppe zum Vorplatz hinauf.

Heute am Samstag herrschte reichlich Betrieb. Zahlreiche Taxis fuhren am Eingang vor – anscheinend waren etliche Patienten zum Wochenende hin noch entlassen worden. Er drängte sich durch die Menschen am Eingang zu den Fahrstühlen.

Als die Aufzugtüren sich schlossen, kam er zum ersten Mal seit dem Anruf seiner Mutter zu Bewusstsein. Sein Herz raste plötzlich, er schwitzte. Doch ehe er einen klaren Gedanken fassen konnte, hatte er den dritten Stock erreicht und musste aussteigen. Eine seltsame Stille empfing ihn im Flur. Normalerweise waren hier immer Geräusche zu hören, Schritte im Treppenhaus oder Stimmen aus den Stationen, die durch die Türen in den Flur drangen. Er fröstelte.

Als er die Glastür zur Station öffnete, kam ihm eine Schwester entgegen. Dirk Thamsen kannte sie von seinen letzten Besuchen.

»Sagen Sie, wo ist meine Mutter?«

Er konnte den Ausdruck in den Augen der Frau nicht deuten. Als sei es das Selbstverständlichste von der Welt, antwortete sie: »Bei Ihrem Vater.«

Wo sonst hätte sie sein sollen. Er bedankte sich und ging den Gang entlang, bis zu der Tür, hinter der das Zimmer seines Vaters lag. Er wunderte sich, wo die Schutzkleidung für Besucher geblieben war und klopfte verwundert an die Tür.

»Herein«, hörte er die Stimme seiner Mutter. Leise. Sehr leise. Er öffnete die Tür und erschrak. Es war still. Totenstill. Wo war das Piepsen der Geräte, die den Herzschlag seines Vaters überwachten? Wo das kontinuierliche Rauschen der Beatmungsmaschine?

Auf Zehenspitzen schlich er in den Raum.

Seine Mutter saß auf einem Stuhl neben dem Bett seines Vaters. Sämtliche Apparate und Geräte waren verschwunden – daher die Stille, die er nun durch das Klicken seiner Schuhe auf dem Linoleumfußboden durchbrach.

Hans Thamsen lag nach wie vor in dem Krankenbett. Blass. Die Lippen blutleer. Er hob sich kaum vom weißen Bettbezug ab. Seine Augen waren geschlossen, die Hände über der Kante der Bettdecke gefaltet.

Er hatte während seiner Laufbahn als Polizist schon häufig Leichen zu Gesicht bekommen, doch als er nun seinen toten Vater vor sich liegen sah, traf es ihn wie ein Blitz. Schlagartig wurde ihm bewusst, was er alles versäumt hatte und nicht mehr nachholen konnte. Da sein Vater nie mehr die Lider öffnen und ihn anblicken würde.

»Dirk?« Seine Mutter war aufgestanden und kam auf ihn zu. Aber irgendwie registrierte er das gar nicht. Er starrte auf den leblosen Körper seines Vaters. Soviel ging ihm durch den Kopf. Alles gleichzeitig und total durcheinander. Er zuckte zusammen, als sie seinen Arm berührte. Mechanisch drehte er seinen Kopf zu ihr. Eigentlich sollte er jetzt der Starke sein, sie in den Arm nehmen und trösten. Aber er konnte nicht. Er konnte sich nicht rühren, sein Körper gehorchte ihm nicht.

»Ich lasse euch einen Augenblick alleine«, flüsterte Magda Thamsen und verließ das Zimmer. Dirk Thamsen stand immer noch wie angewurzelt auf halbem Weg zum Bett. Er musste sich zwingen, einen Fuß vor den anderen zu setzen und sich langsam dem Bett zu nähern.

Wenige Zentimeter davor blieb er stehen. Er konnte einfach nicht wie seine Mutter die Hand seines Vaters nehmen, wollte ihn nicht anfassen, nicht den kalten, leblosen Körper spüren. Thamsen versuchte, in sich hineinzuhorchen. Aber da war nichts. Nur eine Leere, die ihn vollkommen ausfüllte und wie in Trance auf seinen toten Vater hinabstarren ließ. Wenn er doch nur etwas empfinden könnte, dachte er. Trauer, Wut, was auch immer. Doch das einzige Gefühl, das sich in ihm regte, war die Sorge um seine Mutter.

23.

Als er am Morgen aufwachte, fühlte er sich krank. Sein gesamter Körper schmerzte, als ob er einen Marathon gelaufen wäre. Sein Kopf dröhnte.

Er war froh, gestern noch Iris angerufen und gebeten zu haben, die Kinder einen Tag länger bei ihr lassen zu dürfen.

»Mein Vater ist gestorben.«

Sie hatte sehr verständnisvoll reagiert und erklärt, es sei gar kein Problem, wenn Anne und Timo noch bei ihr blieben.

Er hatte seine Mutter vom Krankenhaus nach Hause gebracht und wollte ihr eigentlich Gesellschaft leisten. Da die Kinder bei Iris waren, konnte er notfalls auch über Nacht bleiben. Doch sie hatte allein sein wollen. »Sei mir nicht böse«, hatte sie zu ihm gesagt und ihm zärtlich über die Wange gestrichen.

Er war im Wagen sitzen geblieben und hatte ihr nachgeschaut, wie sie mit der Reisetasche, in die man die Sachen seines Vaters gepackt hatte, den schmalen Weg zum Haus hinauf gegangen war. An der Tür hatte sie sich kurz umgedreht und ihm zugewunken. Dann war sie im Haus verschwunden.

Eine Weile hatte er noch zum Eingang geblickt, kurz darauf aber den Motor gestartet und Gas gegeben. Er wusste nicht so recht etwas mit sich anzufangen, war einfach drauflos gefahren. Bis er am Ortsschild von Dagebüll vorbei fuhr.

Schon oft hatte es ihn, wenn er Sorgen oder Kummer hatte, ans Meer gezogen. Er konnte nicht erklären warum. Aber das Rauschen der Nordsee wirkte beruhigend auf ihn.

Heute hatte er allerdings kein Glück, denn es herrschte Ebbe, vom Meer war also so gut wie nichts zu sehen. Trotzdem ging er ein Stück den Deich entlang und ließ dabei seinen Blick über die Weite des Wattenmeeres wandern. Die Sicht war klar und er konnte Föhr und einige Halligen erkennen.

Wie oft war seine Mutter mit ihm als Kind in den Sommermonaten hier gewesen? Immer ohne seinen Vater. Wenn es ein Fest in der Schule gab, eine Aufführung oder sogar sein Abschlussball – niemals hatte sein Vater ihn begleitet. Nicht mal, als er als Polizist verbeamtet wurde, war Hans Thamsen zur Feier erschienen. Dirk fragte sich, ob er seinen Vater überhaupt vermissen würde. Er konnte ja nicht mal eine Träne über seinen Tod vergießen. Es ging einfach nicht. Das einzige, was er spürte, war die Enttäuschung darüber, nun nicht mehr herauszufinden zu können, warum sein Vater immer derart abweisend zu ihm gewesen war. Warum er niemals auch nur ein einziges liebevolles Wort für ihn übrig hatte, ihn mal geherzt oder Dinge, die Väter und Söhne nun einmal miteinander machen, unternommen hatte. Dieses Geheimnis würde Hans Thamsen mit ins Grab nehmen, und allein darüber ärgerte sich Dirk Thamsen schon wieder und empfand statt Trauer über den Tod seines Vaters nur Wut über dessen Sturheit.

Er war mit strammen Schritten zum Auto zurückgewandert und nach Uhlebüll gefahren. Der Wirt der Taverne hatte sofort bemerkt, dass etwas mit ihm nicht stimmte. Er kannte ihn. Ohne einen Kommentar hatte er ihm erst einmal einen Ouzo eingegossen, den Thamsen in einem Schluck hinuntergestürzt hatte.

Nach dem zweiten Glas hatten sein Ärger und seine Anspannung sich langsam gelöst und nach dem fünften Glas auch seine Zunge. »Ist typisch für meinen Vater. Macht sich einfach aus dem Staub und lässt mich und meine Mutter wieder mit der ganzen Scheiße sitzen.«

Er schwang die Beine aus dem Bett und stöhnte noch einmal laut, ehe er sich erhob und ins Bad schlich.

Die Dusche brachte wenig Besserung. Er fühlte sich auch danach immer noch wie durch den Fleischwolf gedreht, und das kam nicht allein vom Alkohol.

Das Telefon klingelte. Es war seine Mutter.

»Der Bestatter kommt um elf. Kannst du dabei sein?«

Er zog sich eine dunkle Stoffhose und ein schwarzes Hemd an und machte sich auf den Weg. Bei seinen Ermittlungen hatte er sich manchmal gefragt, wie die Leute nach dem Tod eines Familienangehörigen einfach so weitermachen konnten. Sich um die anstehenden Dinge kümmern, die Beerdigung organisieren. Aber jetzt verstand er. Man war geradezu froh, wenn man sich um irgendetwas kümmern konnte, nur um über den Verlust nicht nachdenken zu müssen, sich nicht bewusst zu werden, was der Tod eigentlich bedeutete.

»Dirk geht nicht ans Telefon.«
Die drei Freunde standen abfahrbereit in der Eingangshalle des Hotels. Seit Dirk Thamsens überraschendem Aufbruch machten sie sich Sorgen und hatten mehrere Male versucht, ihn telefonisch zu erreichen. Bisher ohne Erfolg.

Toms Wagen wurde vorgefahren und sie verabschiedeten sich von dem Rezeptionisten.

»Heute geht es über die A23 bestimmt ohne Stau«, bemerkte Tom. Obwohl der Weg über die A7 meist schneller war, fuhr er persönlich lieber über die A23 bis Heide und den Rest über Land. Da sah man wenigstens auch mal was von der Gegend. Die beiden Freunde stimmten zu. Sie hatten es nicht eilig, obwohl die Sorge um den Kommissar sie irgendwie unruhig stimmte.

Sie kamen zügig voran. An einem Sonntag hielt sich der Verkehr in Hamburg in Grenzen, obwohl eine Menge Leute bei dem schönen Wetter unterwegs waren. Dennoch bot der Verkehrsfluss auf den Straßen keinen Vergleich zu dem an einem normalen Wochentag, an dem sich insbesondere zu den Hauptverkehrszeiten lange Blechlawinen durch die Hauptstraßen der Stadt wälzten.

Schon bald hatten sie das Kreuz HH-Nordwest erreicht und Tom bog wie angekündigt auf die A23 ab.

»Wenn da man heute Nacht nicht doch irgendetwas wegen dem Brandstifter los war«, Haie war mit seinen Gedanken bereits wieder in Nordfriesland und suchte nach einer Erklärung, warum Dirk Thamsen nicht erreichbar war. »Außerdem weiß er ja auch noch gar nichts von Jans Ausraster«, bemerkte Haie, dem wieder einmal nur der Fall durch den Kopf ging. Der Mord an der Schule musste endlich aufgeklärt und der Brandstifter gefasst werden.

»Wir sollten warten, bis er sich meldet«, schaltete sich Marlene in die Überlegungen ein. »Vielleicht ist wirklich etwas Schlimmes in seiner Familie passiert. Da hat er dann jetzt sicherlich andere Sachen im Kopf, als den Fall.«

Haie schüttelte leicht den Kopf. Bei Thamsen stoppte nichts Privates den Ermittlungsdrang. Das konnte er sich nicht vorstellen. Dirk Thamsen war durch und durch Polizist, den hielt so leicht nichts von seinen Ermittlungen ab.

Sie hatten das Ende der Autobahn erreicht und Tom drosselte das Tempo, da es ab Heide auf der Landstraße weiterging. Schweigend fuhren sie über die B5. Marlene war tief in die Schönheit der Landschaft versunken und ließ sich nun ganz auf den Gedanken ein, eine verheiratete Frau zu sein. Vielleicht würden sie auch bald Kinder haben? Sie hatte die Pille bereits vor einigen Wochen abgesetzt. Eventuell hatte es schon geklappt. Sie faltete die Hände über ihren Bauch und schaute weiter schweigend aus dem Seitenfenster.

»Was hatte das noch mit diesem Fluss auf sich?«,

fragte Tom unvermittelt, als sie die Arlau überquerten. Er empfand das Schweigen irgendwie als unangenehm und versuchte, ein Gespräch in Gang zu bringen. Eigentlich konnten die drei Freunde durchaus zusammen sitzen, ohne ein Wort zu sagen. Schließlich kannten sie sich sehr gut und ein Zeichen einer tiefen Freundschaft war immer, wenn man zusammen schweigen konnte. Aber sie kamen von ihrer eigenen Hochzeit – einem aufregenden und freudigen Ereignis und saßen in dem Wagen wie drei Trauerklöße.

»Das ist die Kömgrenze«, antwortete Haie kurz angebunden vom Rücksitz aus.

»Kömgrenze?«

»Ja«, übernahm Marlene nun die etwas ausführlichere Erklärung. »Nördlich der Arlau wird de geele Köm, südlich de witte getrunken.«

»Ach ja«, Tom erinnerte sich. »Hat mir einer aus der neuen Firma schon mal erklärt. Der kommt aus Drelsdorf. Ist das nicht da, wo vor Jahren mal ein Mädchen verschwunden ist?«

Marlene nickte. Doch die Geschichte über das damals elfjährige Mädchen, das bis heute als verschwunden galt, empfand sie nun nicht als geeigneten Gesprächsstoff und wechselte daher schnell das Thema.

»Da hat der Sage nach wohl auch mal ein Riese gelebt.«

Doch der Geschichte der beiden Riesen aus der Gegend um Bredstedt, die sich fortwährend darüber stritten, wer von ihnen der Stärkere sei, verfolgte lediglich Tom gespannt. Haie, der ansonsten immer ein großes Interesse an alten Erzählungen aus seiner Heimat hatte, war nach wie vor gedanklich bei dem Mordfall. Der Fall beschäftigte ihn sehr, aber das war auch nicht verwunderlich. Immerhin war die Leiche quasi in seiner Schule gefunden worden. Sein Wunsch nach der Aufklärung des Mordes war daher groß. Sicherlich konnte Heiko Stein etwas dazu beitragen. Wenn er doch nur endlich wieder aufwachen würde. Haie wusste ja nicht, dass ihnen das vorerst überhaupt nichts nützen würde.

24.

Rudolf Lange hatte Verständnis für die Situation seines Mitarbeiters.

»Ist doch klar, wenn du dich nun erst einmal um andere Dinge kümmern musst«, hatte er am Telefon gesagt, als Thamsen ihn am Morgen angerufen hatte.

Anschließend war er zu Iris gefahren und hatte die Kinder abgeholt. »Müssen wir heute gar nicht in die Schule?«

»Heute nicht.«

Seine Exfrau hatte mit Timo und Anne bereits über

den Tod des Großvaters gesprochen, dennoch stellte insbesondere Anne natürlich Fragen.

»Kommt Opa nun in den Himmel? Ist er ein Engel? Zieht Oma jetzt zu uns?«

Ob sein Vater in den Himmel kam? Dirk Thamsen bezweifelte das stark. Er hatte sich zwar Zeit seines Lebens sicherlich nichts zuschulden kommen lassen, jedenfalls nichts, was gegen irgendein Gesetz verstieß, aber ein besonders guter Mensch war er in Dirks Augen dennoch nicht gewesen und erst recht kein Engel. Nur, das konnte er Anne schlecht sagen.

Was aus seiner Mutter werden sollte, wusste er auch nicht. Zu ihnen zu ziehen war für ihn keine Option, aber ganz allein in dem großen Haus zu bleiben, ging seiner Ansicht nach auch nicht. Nur momentan brauchte er das Thema bei seiner Mutter gar nicht anzuschneiden, denn die war verständlicherweise mit ganz anderen Dingen beschäftigt.

Bereits übermorgen sollte die Beerdigung sein.

»Bestimmt kommt Opa in den Himmel. Wie wär's, wenn du für Oma zum Trost mal ein tolles Bild malst«, versuchte er, seine Tochter abzulenken. Es war nicht einfach für ihn, zumal er sich mit dem Tod seines Vaters und was dieser für sie alle bedeutete auch noch nicht abschließend auseinandergesetzt hatte. Zum Glück nickte Anne und verschwand gleich darauf in ihrem Zimmer.

Timo hatte sich bereits zurückgezogen und so blieb Dirk Thamsen endlich die Chance, einmal selbst durchzuatmen, ehe er zum Telefonhörer griff und die Nummer seiner Mutter wählte. Wider Erwarten klang ihre Stimme relativ normal.

»Ich müsste heute auch noch mal mit dir sprechen«, erklärte sie, »persönlich.« Irgendetwas schien ihr am Herzen zu liegen. »Kannst du heute Nachmittag?«

»Timo und Anne sind hier. Wenn die nicht stören?«

Sie schlug vor, nach Dagebüll zu fahren. Wenn die Kinder spielten, könnten sie sich vielleicht unterhalten. Er nahm an, es ging um ihre Situation und darum, wie es mit ihr, dem Haus und generell weitergehen sollte.

»Okay, ich hole dich gegen drei Uhr ab.«

Er legte den Hörer auf und zuckte leicht zusammen, als beinahe zeitgleich sein Handy klingelte. »Thamsen?«

»Hier ist die Uniklinik. Dr. Menzel. Ich sollte Sie doch informieren, wenn es Neuigkeiten bei Heiko Stein gibt.«

»Ach ja«, Dirk hatte den Fall total verdrängt gehabt. Doch als er den Namen des Brandopfers hörte, war seine Neugierde sofort geweckt.

»Ja, also wir werden ihn heute aus dem Koma holen.«

»Oh, sehr gut, dann komme ich gleich vorbei.«

»Stopp, Stopp«, bremste der Arzt ihn. »Das dauert, bis Herr Stein ansprechbar sein wird. Kommen Sie morgen, aber machen Sie sich vorerst nicht allzu große Hoffnungen.«

Nach dem Mittagessen verließ Haie das Haus. Er wollte bei der Schule vorbeischauen und anschließend zu den Martensens fahren, um mit ihnen über Erk zu sprechen. Vielleicht konnte er durch ein Gespräch mit den Eltern etwas über das Verhältnis zwischen Erk und seiner toten Schwester erfahren.

Er schwang sich auf sein neongelbes Fahrrad und radelte zunächst zur Grundschule. Dort hatte sich zwischenzeitlich kaum etwas getan. Die Polizei hatte das Gebäude noch nicht freigegeben. Folglich sah es hier immer noch wie direkt nach dem Brand aus.

Die Schüler waren nach einer Woche erst einmal nach Lindholm verfrachtet worden, da man nicht wusste, wie lange das Gebäude noch gesperrt sein würde und man auch keine Notunterkünfte bis dahin aufstellen durfte. Was nach der Instandsetzung der Grundschule geschehen würde, musste man sehen. Wenn sie denn überhaupt wieder aufgebaut werden würde. Noch war keine Entscheidung gefallen, wenngleich sich der Direktor natürlich ordentlich ins Zeug legte.

Haie stellte sein Fahrrad an dem Ständer hinter der Schule ab und schlenderte durch die Trinkhalle auf den Schulhof. Viele Jahre war er hier als Hausmeister tätig. Es wäre schade, wenn man die Schule nicht wieder aufbauen würde. Ansonsten müsste man ihn wahrscheinlich auch in vorzeitigen Ruhestand schicken. Denn wo sollte er in seinem Alter noch einen Job finden? Wer stellte schon so einen alten Mitarbeiter ein?

Plötzlich nahm er im Augenwinkel etwas wahr. Er

drehte sich blitzschnell zur Seite. Doch da war niemand. »Hallo?«

Er war sich sicher, die Umrisse einer Gestalt erkannt zu haben und ging in Richtung Sporthalle. Doch als er am Ende des Gebäudes um die Ecke bog, war da nichts zu sehen. Er verhielt sich ganz ruhig und harrte eine gefühlte Ewigkeit an der Ecke aus, bis er tatsächlich Schritte hörte. Er wagte kaum zu atmen. Dann streckte sich ihm ein Kopf um die Ecke entgegen, der allerdings bei seinem Anblick sofort wieder zurückschnellte.

Doch dieser kurze Augenblick hatte ihm gereicht. Er hatte die Person deutlich erkannt.

»Komm raus, Jan.«

Pünktlich um drei stoppte Dirk Thamsen seinen Wagen vor dem Haus seiner Eltern. Auf dem Rücksitz saßen Anne und Timo und schauten ihn mit großen Augen an. Die Veränderungen der letzten Tage machten ihnen Angst. Sie rührten sich nicht.

»Ich hole Oma«, beschloss Thamsen und stieg aus. Er verspürte selbst ein eigenartiges Gefühl, als er den Weg zum Eingang hinauf ging. Wie würde es zukünftig ohne seinen Vater sein?

Magda Thamsen hatte ihren Sohn bereits erwartet. Sie stand abfahrbereit im Flur, als er klingelte. Sie reichte ihm einen Korb, straffte die Schultern und folgte ihm zum Wagen.

»Hallo, Oma«, begrüßten die Kinder sie mit dünner Stimme, als sie einstieg. Die Stimmung war verständlicherweise angespannt. Niemand wusste so recht mit der Situation umzugehen. Daher schwiegen sie während der Fahrt nach Dagebüll, die zum Glück nicht lange dauerte.

Trotz des beinahe sommerlichen Wetters war es am Badedeich relativ leer. Die Ferien hatten noch nicht begonnen, außerdem war Ebbe, da trieb es ohnehin meist weniger Leute an die See. Während seine Mutter es sich in einem Strandkorb gemütlich machte, cremte er die Kinder mit Sonnenmilch ein.

»Aber ihr geht nicht so weit hinein. Ich will euch sehen können«, ermahnte er Timo und Anne, als die mit Schaufel, Eimer und Kescher bewaffnet Richtung Watt abzogen.

»Wie groß sie schon geworden sind«, bemerkte seine Mutter, als sie den beiden hinterher blickten.

»Hm.« Er wusste nicht genau, was der Nachmittag für ihn bereithielt. Schließlich hatte sie um ein Treffen gebeten. Er wartete, dass sie einen Anfang machte. Doch Magda Thamsen war immer noch vom Anblick ihrer Enkel gefangen.

»Ach, was würde sich Vati freuen, wenn er die beiden doch so sehen könnte«, seufzte sie. Thamsen bezweifelte das. Er bezweifelte es sogar sehr. Hans Thamsen hatte für seine Enkel noch nie viel übrig gehabt. Doch er schwieg, da er glaubte, es ginge letztendlich gar nicht um seinen Vater oder die Kinder, sondern um die Erinnerung und das Bild, das Magda Thamsen von ihrem Mann bewahren wollte.

»Weißt du, Dirk«, sie rückte in dem Strandkorb ein Stück von ihm ab und schaute ihn traurig an. »Ich wollte mit dir eigentlich schon früher darüber sprechen. Eigentlich gleich, als Hans …«, sie schluckte. Sofort meldete sich sein schlechtes Gewissen. Schließlich war er es, der die Verabredung bisher nicht eingehalten hatte. Und so wie es klang, war es ihr anscheinend doch wichtig gewesen, es vor dem Tod seines Vaters zu klären.

»Du hast mich oft gefragt, warum dein Vater so abweisend zu dir ist«, sie räusperte sich, »war. Ich bin dir immer ausgewichen, habe das heruntergespielt. Aber du hattest natürlich recht. Es gab einen Grund, warum Hans dir gegenüber immer so distanziert war.« Sie kramte in ihrer Hosentasche nach einem Papiertaschentuch und wischte sich damit ihre Tränen aus den Augenwinkeln.

Thamsen hielt die Luft an. Er wusste, seine Mutter würde nun die Frage, die ihn sein ganzes Leben lang beschäftigt hatte, endlich beantworten. Er spürte sein Herz bis zum Hals schlagen und klebte förmlich an ihren Lippen. Auf keinen Fall wollte er auch nur eines ihrer Worte verpassen. Jetzt würde er erfahren, warum sein Vater ihn immer wie einen Störenfried behandelt hatte, wie etwas Lästiges, das man nicht liebte sondern lediglich duldete, warum auch immer. Wahrscheinlich, weil man es nicht verstoßen konnte, was würden sonst die Leute denken. Ja, so oberflächlich war sein Vater gewesen. Und so war er auch mit ihm umgegangen. Nie hatte er sich wirklich für seinen Sohn interessiert, für das was er tat, wer er überhaupt war. Aber den Grund dafür kannte er nicht. Seine Mutter hatte immer gesagt, es gäbe keinen, sein Vater meine es nicht so, eigentlich liebe er ihn und die Enkel, könne es nur nicht so zeigen. Thamsen hatte das nicht glauben können. Nun wusste er, seine Mutter hatte gelogen.

»Es ist nämlich so, ähm«, Magda Thamsen suchte nach den rechten Worten, »also …«

Plötzlich fiel ein Schatten auf sie.

»Ist das hier Ihr Sohn?«

»Was schleichst du hier rum?«

Haie stand vor Jan Schmidt, die Hände in die Hüften gestemmt. Der war kreidebleich im Gesicht und starrte den Hausmeister sprachlos an.

»Du hast doch bestimmt was mit der Sache zu tun, hm«, mutmaßte Haie nun, da sein Gegenüber sich nicht äußerte. »Der Täter kehrt immer zum Tatort zurück.«

»Nein, so ist es nicht«, brach es plötzlich aus dem Tischlergesellen hervor.

»Sondern?« Haie traute dem jungen Mann nicht. Der kam doch nicht hierher, wenn er mit dem Mord nichts zu tun hatte. Er kniff die Augen zusammen und beobachtete jede Reaktion von Jan Schmidt.

Der blickte zu Boden und knetete seine Hände ineinander.

»Ich wollte sehen, wo sie gestorben ist.«

»Du meinst, wo sie ermordet worden ist«, korrigierte Haie ihn.

Der Kopf des anderen schnellte in die Höhe.

»Aber damit habe ich doch nichts zu tun! Das war doch Heiko!«

»Und der hat dann anschließend sein eigenes Haus angezündet und sich selbst niedergeschlagen?«

»Warum denn nicht?«

Ja, warum eigentlich nicht? Bisher waren sie davon ausgegangen, Heiko Stein sei Opfer des Nebenbuhlers, womöglich sogar des Mörders von Katrin Martensen geworden. Thamsen glaubte, der Täter hätte einfach ein Feuer nach gleichem Muster gelegt, damit der Brand an der Schule mit einem Opfer nicht wie ein Einzelfall wirkte. Dumm war der Trittbrettfahrer Dirk Thamsens Ansicht nach nämlich nicht. Was also, wenn Heiko Stein der Täter war und, um von sich abzulenken, sein Haus tatsächlich selbst angezündet hatte?

Nur wie konnte er sicher sein, rechtzeitig gefunden zu werden? Er hätte locker bei dem Brand draufgehen können. So schwer verletzt, wie er war. Aber vielleicht wollte er genau das? Vielleicht hatte er mit der Schuld nicht leben können? Haie schüttelte seinen Kopf. Die Frage konnte er momentan sowieso nicht beantworten. Wohl aber konnte er helfen herauszufinden, warum einer der Verdächtigen in diesem Mordfall am Tatort herumschlich.

»Du hast doch bestimmt ein Handy dabei, oder?«

Jan Schmidt nickte und zog das mobile Telefon aus seiner Jackentasche. Haie nahm es und wählte Thamsens Nummer in der Polizeidienststelle. Er konnte sie mittlerweile auswendig. Doch anstelle des Kommissars meldete sich ein Kollege.

»Können Sie einen Wagen schicken?«, fragte Haie,

»ich habe hier einen Verdächtigen, der am Tatort herumgeschnüffelt hat.«

»Ihr Sohn hat meine Tochter mit seiner Schaufel geschlagen«, beschwerte sich ein dicker Mann, der mit Timo im Schlepptau vor ihrem Strandkorb stand.

Thamsen sprang auf und blitzte seinen Sohn wütend an. Allerdings war er mehr über die Störung ihres Gesprächs als über die Prügeleien seines Sohnes erbost. Gerade jetzt, wo seine Mutter endlich mit der Sprache herausrückte, was genau mit seinem Vater los gewesen war, meinte sein Sohn, fremde Mädchen verhauen und sich dann auch noch erwischen lassen zu müssen.

»Tut mir leid«, entschuldigte er sich für Timo und übernahm den Jungen von dem anderen Mann. Der gab sich mit der Entschuldigung des Vaters allerdings nicht zufrieden und blieb wie angewurzelt vor dem Strandkorb stehen.

»Is noch was?«, fragte Dirk Thamsen gereizt, da er endlich ungestört mit seiner Mutter reden wollte.

»Er soll sich entschuldigen«, verlangte der Mann.

Er knuffte seinen Sohn in die Seite. Der murmelte ohne seinen Blick zu heben »Entschuldigung.«

Doch der Dicke blieb weiter vor ihnen stehen.

»Nicht bei mir, sondern bei ihr.«

Der Mann trat zur Seite und gab den Blick auf ein mindestens genauso dickes Mädchen frei. Man konnte sie schon als fett bezeichnen. Ihr walrossartiger Körper war in einen pinkfarbenen Badeanzug gepresst, der aus allen Nähten zu platzen drohte. Ihr Kopf thronte direkt auf den Schultern, ein Hals war nicht auszumachen. Die Haut des Mädchens war krebsrot.

Einige Leute wissen gar nicht, was sie ihren Kindern damit antun, dachte Thamsen und meinte mehr die Fettleibigkeit als den Sonnenbrand, durch welchen das Mädchen sicherlich in späteren Jahren Hautkrebs bekommen würde.

Wieder stieß er seinen Sohn an. Doch der presste beharrlich seine Lippen aufeinander. »Timo, bitte«, forderte er gereizt. Dieses ganze Schauspiel ging ihm ziemlich auf die Nerven. Er wollte endlich erfahren, was mit seinem Vater war.

»Hören Sie«, wandte er sich deshalb an den dicken Mann, als Timo weiterhin schwieg, »Sie wissen ja, wie das mit Kindern ist.« Er stand auf und kramte aus seiner Hosentasche Geld hervor. »Kaufen Sie ihr ein schönes Eis und wir vergessen die ganze Angelegenheit.«

Mit ausgestrecktem Arm bot er dem anderen ein Fünf-Mark Stück an. »Sie mag kein Eis.«

Thamsen bezweifelte das, wenn er sich das Kind so anschaute. Aber seine Geduld war nun wirklich mehr als überstrapaziert.

»Dann gehen Sie einfach so. Wenn er sich nicht entschuldigen möchte, dann hat das wahrscheinlich auch einen Grund. Vielleicht hat ja die Qualle selbst angefangen zu ärgern.«

Das mit der Qualle war ihm aus Versehen rausgerutscht und als er in das Gesicht seines Gegenübers blickte, tat es ihm auch sofort leid. Er wusste genau, damit hatte er die Diskussion um diesen albernen Streit der Kinder nun auf die Väter verlagert.

Wie ein Fisch auf dem Trockenen schnappte der andere nach Luft. Thamsen konnte seinen Blick nicht von den wulstigen Lippen lösen, aus denen sich wahrscheinlich gleich eine feuchte Schimpftirade über ihn ergießen würde. Doch bevor die Situation weiter eskalierte, mischte sich schließlich seine Mutter ein.

Sie fasste den Enkel an den Schultern und übte leichten Druck aus. »So, Timo, nun entschuldigst du dich, bitte, bei dem Mädchen.«

Es entstand ein kurzer Moment der Stille, in dem alle gespannt darauf warteten, was jetzt geschehen würde.

Diep, diep diep. Thamsen Handy klingelte.

»Kommissar Thamsen«, meldete er sich. Er schielte zu dem dicken Mann, der beim Nennen seiner Berufsbezeichnung ein ziemlich erstauntes Gesicht zog. Und sich langsam rückwärts verdrückte.

»Ja, ich verstehe. Ich komme gleich.«

Kaum eine halbe Stunde später parkte er seinen Wagen vor dem Polizeirevier. Er hatte schnell noch die Kinder und seine Mutter nach Hause gebracht.

Natürlich hätte er lieber das Gespräch mit seiner Mutter fortgesetzt, aber daran war sowieso nicht mehr zu denken gewesen nach dem Tumult am Badedeich. Und eigentlich war er froh, so der unangenehmen Diskussion mit dem dicken Vater und seiner fetten Tochter entkommen zu sein.

»Dirk«, empfing ihn Haie Ketelsen im Flur der

Dienststelle. Er war überrascht, ihn hier zu sehen. Zwar hatte der Hausmeister den Verdächtigen an der Grundschule gestellt, aber seine Kollegen hatten ihn sicherlich nicht zusammen mit einem mutmaßlichen Täter im Wagen mitgenommen.

Haie jedoch war ein geübter Radfahrer und in der Zeit, in der Thamsen von Dagebüll heimgefahren und seine Familie abgesetzt hatte, war er längst nach Niebüll geradelt.

»Der ist da um die Schule geschlichen. Das ist doch verdächtig, oder?«

Thamsen nickte. Er war mit seinen Gedanken noch nicht ganz bei der Sache. Haie bemerkte das sofort.

»Alles in Ordnung zuhause?«

Dirk Thamsen schüttelte den Kopf.

»Mein Vater ist gestorben.«

»Oh«, Haie war überrascht, dass Thamsen in dieser Situation überhaupt gekommen war. »Mein Beileid.« Er reichte ihm die Hand.

»Danke.« Er spürte die ehrliche Anteilnahme. Es tat gut.

»Möchtest du hier warten?«, fragte er Haie. Normalerweise hätte er ihn nach Hause geschickt. Es war ja eigentlich nicht erlaubt, zivile Personen in die Ermittlungen zu involvieren. Haie Ketelsen hatte ihn allerdings schon des Öfteren unterstützt. Thamsen hatte das nie an die große Glocke gehangen und immer versucht, den Hausmeister und seine Freunde so gut wie möglich raus zu halten. Das war nicht immer einfach, denn die drei waren meist sehr engagiert. Zumindest, wenn es um die Aufklärung eines Mordes an einem ihrer Freunde oder Bekannten ging. Auch diesmal konnte er gut verstehen, warum Haie Ketelsen ein gesteigertes Interesse an der Aufklärung des Falles hatte. Immerhin arbeitete er schon viele Jahre an der Grundschule in Risum.

Und Thamsen konnte damit auch seine Anwesenheit in dem Fall erklären.

Er bot Haie an, im Flur zu warten und verschwand in seinem Büro. Dort hockte vor seinem Schreibtisch Jan Schmidt. Mit dem Rücken zur Tür. Ein Kollege saß auf dem zweiten Stuhl und wartete gemeinsam mit dem Verdächtigen auf Thamsen.

»Ich wusste nicht, ob ich dich oder die Beamten aus Husum verständigen sollte«, entschuldigte er seinen Anruf an Thamsens freien Tag.

»Schon in Ordnung«, nickte Thamsen ihm zu. Zum Glück hatte der andere nicht die Husumer Kollegen gerufen. Die wollten ihn ja ohnehin aus dem Fall drängen. Denen würde er es zeigen.

»Herr Schmidt«, er setzte sich vor den Handwerksgesellen auf die Tischkante seines Schreibtisches und blickte auf den Mann hinunter. »Dann erzählen Sie mir doch einmal, was genau Sie an der Grundschule zu suchen hatten.«

Der junge Mann rutschte auf dem schlichten Holzstuhl hin und her. »Ich wollte sehen, wo Katrin gestorben ist.«

»Sie meinen, wo man sie brutal umgebracht hat«, korrigierte er ihn. Der Kopf des anderen schnellte in die Höhe. »Aber damit habe ich doch nichts zu tun.« Aus seinem Blick sprach Panik.

»Sagt wer?« Thamsen blieb ganz ruhig, obwohl es ihm schwer fiel, sich ganz und gar auf die Reaktionen seines Gegenübers zu konzentrieren.

Jan Schmidt sackte bei der provokativen Nachfrage leicht in sich zusammen. Wahrscheinlich wusste er selbst nur zu gut, wie verdächtig er aus Sicht der Polizei war. Immerhin gab es niemanden, der sein Alibi bestätigen konnte. Nach seinen Angaben hatte er in der Nacht, als Katrin Martensen ermordet wurde und die Schule niederbrannte, brav in seinem Bett gelegen und geschlafen. Und nun fiel er zusätzlich ins Visier der Fahnder, weil er am Tatort herumschlich. Oder war es tatsächlich nur Neugierde gewesen, die den jungen Mann an den Ort des Verbrechens geführt hatte? Thamsen kratzte sich sein Kinn.

»Wie gut waren Sie denn eigentlich mit Katrin Martensen befreundet?« Der junge Mann blickte ihn an, als verstünde er die Frage nicht.

»Waren Sie ein Paar?«, versuchte Thamsen, als keine Antwort kam, konkreter zu werden.

»Nein, kann man so nicht sagen.«

»Sondern?«

»Na ja«, Jan Schmidt rutschte auf dem Stuhl hin und her und vermittelte daher den Eindruck, als habe er etwas zu verbergen. Warum sonst konnte man auf eine entweder-oder Frage keine klare Antwort geben?

Normalerweise hätten Thamsen das Rumgehampel und die Ausreden fuchsig gemacht, aber heute fühlte er sich innerlich ruhig. Beinahe wie gelähmt oder betäubt und hatte daher auch keine Mühe, geduldig auf die Antwort des Verdächtigen zu warten.

Seine Welt war ohnehin in den letzten Stunden ein wenig aus den Fugen geraten. Der Tod seines Vaters und die Gewissheit, es hatte tatsächlich etwas an dem Verhältnis zwischen ihm und Hans Thamsen nicht gestimmt. Da gab es etwas. Er hatte es immer geahnt. Nur was, das wusste er noch nicht und irgendwie war er sich nicht sicher, ob er es überhaupt noch wissen wollte.

Was änderte es jetzt, wenn seine Mutter ihm erzählte, warum sein Vater ihn nie als Sohn akzeptiert hatte? Vielleicht war es besser, wenn sie schwieg? Er starrte vor sich hin, während er überlegte und setzte Jan Schmidt damit unbewusst unter Druck.

Ganz ohne weiteres Nachfragen erzählte der junge Mann, er habe Katrin Martensen angeblich geliebt und sei ebenso wie die anderen Männer im Dorf natürlich hinter ihr her gewesen.

»Sie war immerhin das schärfste Mädchen im Dorf. Schon immer.«

Einmal, da hätten sie auch etwas miteinander gehabt. Aber das sei schon lange her. Trotzdem hatte er sich Hoffnungen gemacht. Konnte da vielleicht doch noch einmal mehr aus ihnen werden?

»Als ich sie jedoch beim Tanz in den Mai zuerst mit Holger und anschließend mit Heiko habe verschwinden sehen, war mir klar, für Katrin war es nur ein Spiel.«

»Aber für irgendjemanden war das kein Spiel.«

Thamsen hatte seine eigenen Grübeleien zur Seite geschoben und lenkte nun wieder das Verhör in die richtigen Bahnen.

»Anscheinend«, bestätigte Jan Schmidt. Er schien froh, den Verdacht auf jemand anderen lenken zu können.

»Wahrscheinlich war es doch Heiko«, versuchte er dieselben Argumente wie Haie gegenüber vorzubringen.

»Das können wir ihn ja einfach fragen.« Thamsen beobachtete sehr genau die Reaktion des Tischlergesellen, der wahrscheinlich mit dieser Option nicht gerechnet hatte.

Seit Heiko Stein im Koma lag, war er irgendwie im Dorf als Zeuge abgeschrieben. Beinahe, als sei er bereits tot. Dabei hatten die Ärzte begonnen, ihn langsam aus dem Heilkoma aufzuwecken. Schon bald rechnete Thamsen damit, den jungen Mann vernehmen zu können.

Jan Schmidt lehnte sich plötzlich in seinem Stuhl zurück und lächelte beinahe.

»Ja, das können wir.«

25.

»Was ist?«, fragte Haie erstaunt, nachdem Jan Schmidt das Büro verlassen und durch den Flur zum Ausgang gegangen war. »Wieso hast du ihn nicht festgenommen?«

»Weil nichts gegen ihn vorliegt«, erklärte Thamsen und räumte seine Sachen zusammen.

»Und sein Herumschleichen an der Schule?« Haie verstand nicht, wie Dirk Thamsen den jungen Mann einfach gehen lassen konnte.

»Macht ihn zwar verdächtig, aber beweist noch lange nichts. Du bist ja schließlich auch da gewesen.«

»Das ist doch etwas völlig anderes.«

Da musste Thamsen ihm leider recht geben, dennoch lag gegen Jan Schmidt nichts Konkretes vor, was eine Festnahme gerechtfertigt hätte.

»Vielleicht bringt uns Heiko Stein ja weiter. Morgen kann ich ihn besuchen und das erste Mal befragen. Allein.« Fügte er hinzu, als er sah, wie Haie bereits die Ohren spitzte.

»Ich muss jetzt auch los«, entschuldigte er seine Geschäftigkeit. Er hatte ein paar Akten unter den Arm geklemmt und stand vor Haie, der nach wie vor im Türrahmen lehnte.

Thamsen wollte nun so schnell wie möglich das Gespräch mit seiner Mutter führen. In dem Fall gab es ohnehin momentan nichts zu tun. Bis morgen jedenfalls.

»Ich rufe dich an«, verabschiedete sich Thamsen.

Er fuhr wie in Trance zum Haus seiner Eltern, denn mit den Gedanken war er woanders, als beim Geschehen auf der Straße. Automatisch stoppte er den Wagen und stellte den Motor ab. Bewegungslos blieb er einige Augenblicke sitzen, ehe er Luft holte und ausstieg.

Seine Mutter saß mit den Kindern am Abendbrottisch. Sie sah müde aus, dennoch glaubte er, die Ablenkung tat ihr gut.

»Was hältst du davon, wenn wir heute Nacht hier bleiben?«

»Ja, wenn ihr wollt?«

Thamsen blickte zu Anne und Timo. Seine Tochter nickte begeistert. Sein Sohn hingegen hatte keine große Lust, bei der Großmutter zu übernachten. Das konnte er deutlich von seinem Gesichtausdruck ablesen.

»Aber natürlich«, antwortete er und nickte Timo zu. Für die Kinder war es auch nicht leicht, mit der Situation umzugehen.

Nach dem Abendessen spielten sie gemeinsam ›Mensch, ärgere dich nicht‹, danach brachte Thamsen die Kinder ins Bett. Als er aus dem Gästezimmer zurück ins Wohnzimmer kam, hatte seine Mutter ihnen ein Glas Rotwein eingeschenkt und auf dem Ohrensessel, in dem ansonsten immer nur sein Vater gesessen hatte, Platz genommen.

Magda Thamsen wartete, bis er sich hingesetzt hatte. Sie war nervös. Er merkte es an ihrem angespannten

Gesichtsausdruck und daran, wie sie permanent die Hände gegeneinander rieb.

»Den Wein hat dein Vater immer gerne getrunken.« Sie griff nach dem Glas, wartete, bis er seines ebenfalls genommen hatte und nickte ihm leicht zu, ehe sie einen Schluck nahm.

Wer gehässig war, hätte denken können, sie stießen auf das Ableben seines Vaters an, aber so war es nicht. Tatsächlich genossen sie beide den edlen Tropfen in Gedenken an Hans Thamsen, wenngleich die Gedanken der beiden dabei auch unterschiedlich sein mochten.

»Ja, also, wir sind ja vorhin leider unterbrochen worden«. Sie lächelte bei den Gedanken an den aufgebrachten Vater, der sich noch einmal fürchterlich aufgeregt hatte, als Thamsen ihm zu verstehen gegeben hatte, dass er sich leider nicht weiter mit ihm über die Befindlichkeiten seiner Tochter unterhalten könne. Er könne entweder die Entschuldigung so akzeptieren oder es sein lassen.

Das grenze an Körperverletzung, diese seelischen Grausamkeiten. Was er glaube, was das bei seinem Kind auslöse.

Das war Thamsen zumindest heute schnurzegal. Demonstrativ hatte er mit seinem Dienstausweis herumgewedelt, um den anderen daran zu erinnern, mit wem er es hier zu tun hatte.

»Entschuldigen Sie uns bitte, aber ich habe einen Mordfall aufzuklären.«

Mit diesen Worten war er mit seiner Mutter und den Kindern im Schlepptau von dannen gezogen.

»Also, was ich dir heute Nachmittag eigentlich sagen wollte.« Sie räusperte sich. »Dir eigentlich längst schon hätte sagen sollen. Ja, also.«

Thamsen wartete gespannt auf das, was nun kommen würde. Warum war sein Vater Zeit seines Lebens so abweisend zu ihm gewesen? Hatte ihn nicht geliebt, nie als Sohn akzeptiert?

Magda Thamsen holte tief Luft.

»Dirk, ich bin nicht deine Mutter.«

Was war das für ein Geräusch? Jörn Hinrichsen schaltete eilig das Fernsehgerät aus und horchte in die Dunkelheit. Hatten seine Eltern mitbekommen, dass er heimlich so spät fernsah?

»Star Wars« lief im zweiten Programm. Er hatte es durch Zufall in der Zeitschrift gelesen. Alle seine Freunde hatten den Film bereits im Kino gesehen, nur er hatte nicht die Erlaubnis seiner Eltern bekommen, mit ins Kino zu gehen.

Genauso wenig wie sie ihm jetzt erlaubt hatten, den Film, der bis spät in die Nacht lief, im Fernsehen anzuschauen.

»Du musst morgen früh raus. Ist doch Schule«, hatte seine Mutter nur gesagt. Damit war die Sache für sie erledigt gewesen. Da hatten auch seine Versprechungen, trotzdem total wach in der Schule zu sein und so weiter, nichts geholfen.

Dennoch hatte er den Film natürlich sehen wollen. Seine Freunde durften unter Garantie auch. Er wollte endlich mitreden können.

Jörn war wie gewohnt zu Bett gegangen. Seine Eltern hatten ihm eine gute Nacht gewünscht und er hatte einfach das Schlüsselloch mit seinem T-Shirt verhängt, den Ton an seinem Fernsehgerät ganz leise gedreht und den Film angeschaut.

Jetzt aber hatte er ein leises Knacken gehört und hatte Angst, seine Eltern könnten das Flimmern des Fernsehers gesehen oder etwas gehört haben. Er befürchtete eine gewaltige Standpauke.

Da, es knackte wieder, aber das Geräusch kam nicht aus dem Flur. Er spitzte die Ohren.

»Krnk.«

Er sprang auf und lief ans Fenster. Seine Augen benötigten einen Moment, ehe sie sich an die Dunkelheit dort draußen gewöhnt hatten. Aber dann sah er ganz deutlich eine Gestalt, die um das Nachbarhaus schlich.

Irgendetwas hatte der Mann in der Hand. Jörn jedenfalls nahm an, dass es sich bei der Person um einen Mann handelte, denn er war sehr groß und seine Bewegungen wirkten eher männlich.

Sieht aus wie ein Kanister, urteilte der Zwölfjährige. Das muss der Brandstifter sein, schoss es ihm augenblicklich durch den Kopf und er trat erschrocken einen Schritt vom Fenster zurück.

Was sollte er nur tun? Fieberhaft überlegte Jörn, ob er seine Eltern wecken oder lieber gleich die Polizei rufen sollte. Ihm blieb nicht viel Zeit.

Auf Zehenspitzen schlich er im Dunkeln zur Tür, dann durch den Flur zur Treppe und hinunter ins Wohnzimmer.

Geduckt bewegte er sich zum Telefon, das neben dem Sofa auf einem kleinen Beistelltisch stand. Er nahm den Hörer. Das Freizeichen klang ungewöhnlich laut, daher hielt er die Muschel zu, bis er gewählt hatte.

»Ja, ich wollte melden, um das Haus unserer Nachbarn schleicht der Feuerteufel«, flüsterte er, nachdem sich am anderen Ende eine Frauenstimme gemeldet hatte.

»Und wo genau ist das Haus eurer Nachbarn?«, fragte die Dame in der Notrufzentrale.

»Dorfstraße 23a in Risum.«

Haie wachte plötzlich auf. Doch diesmal war es weder die Sirene noch eine Vorahnung, die ihn geweckt hatte. Er musste schlichtweg nur dringend auf die Toilette.

Das kam bestimmt von dem Tee, den er literweise heute Abend bei Tom und Marlene getrunken hatte. Natürlich war er, nachdem er sich von Thamsen verabschiedet hatte, nicht direkt nach Hause gefahren, sondern zu den beiden Freunden, um ihnen von den Neuigkeiten über Jan Schmidt und Heiko Stein zu berichten.

»Bin ja mal gespannt, was der Heiko zu erzählen hat«, hatte er im Anschluss an die Informationen angefügt.

»Wenn er es nicht selbst war, muss er den Täter auf jeden Fall gesehen haben.«

»Und wie geht es Dirk?« hatte Marlene wissen wollen. Doch darauf hatte er keine Antwort gehabt. Der Kommissar hatte sich nichts anmerken lassen.

»Du weißt ja, in solchen Dingen ist er immer sehr zurückhaltend.«

Haie tastete sich im Dunkeln den Flur entlang, bis er den Lichtschalter vom Badezimmer unter seinen Fingern spürte.

Das grelle Licht blendete ihn und er kniff eilig die Augenlider zusammen, als er vors Klo trat, um sich zu erleichtern. Er lauschte dem Plätschern in der Schüssel bis zum letzten Tropfen, den er wie gewohnt abschüttelte, dessen stiller Fall aber durch ein anderes Geräusch gestört wurde.

Meine Güte, dachte Haie, was ist denn um diese Uhrzeit für ein Verkehr auf der Dorfstraße. Eilig steckte er sein Glied in seine Pyjamahose und schlappte ins Wohnzimmer hinüber, von wo aus er durchs Fenster auf die Straße blicken konnte.

Doch dort war es mittlerweile wieder ruhig geworden. Merkwürdig, dachte er und lehnte sich noch ein Stück weiter vor, um sein Blickfeld zu erweitern und stieß dabei an einen Kaktus auf der Fensterbank, der ihn mit seinen mächtigen Stacheln in den Hals piekste.

»Scheiß Ding«, schimpfte er und schob den Topf zur Seite. Der stachelige Freund war ein Geschenk von Elke zum Einzug gewesen.

»Der geht dir nicht so schnell ein«, hatte sie gesagt und ihn an seinen nicht vorhandenen grünen Daumen erinnert.

Als er sich nun noch ein Stück weiter vorbeugte, sah er plötzlich mehrere fremde Wagen auf der Auffahrt zum Nachbarhaus stehen.

»Was ist denn da los?«, murmelte er. »Ich denke, die wollten in Urlaub fahren.«

Dirk Thamsen saß wie vom Blitz getroffen auf dem Sofa und starrte seine Mutter an. Er konnte nicht glauben, was sie soeben gesagt hatte.

Magda Thamsen sollte nicht seine Mutter sein? Zumindest nicht seine leibliche? Er schüttelte den Kopf.

»Wie meinst du das?«

Sie räusperte sich.

»Ich hätte es dir schon viel früher sagen sollen«, seufzte sie. »Viel früher.«

Aber sie habe die Tatsache selbst verdrängt. Für sie war er wie ein eigener Sohn, auch wenn sie ihn nicht zur Welt gebracht hatte.

Auf Thamsens Stirn bildeten sich tiefe Falten. Was sollte das genau heißen? War er adoptiert oder gab es eine Leihmutter? Aber so etwas war in Deutschland doch illegal. Sein Vater hätte sich auf solch eine Sache nie eingelassen. Er, der immer so korrekt und vor allem stolz darauf war.

Eine Adoption kam da schon eher in Betracht. Vielleicht konnte seine Mutter keine Kinder bekommen? Fragend blickte er die Frau an, die ihm plötzlich fremd erschien.

Magda Thamsen fiel es nicht leicht, ihm endlich die Wahrheit zu sagen. Für sie war und blieb er ihr Sohn. Sie hatte ihn großgezogen, sie hatte ihn getröstet, die Nächte an seinem Bett gewacht, wenn er krank gewesen war. Seinen ersten Liebeskummer miterlebt, die erste Fahrt mit seinem Führerschein gemacht. War immer für ihn da gewesen – und das würde sich nie ändern.

Trotzdem war er nicht ihr leiblicher Sohn, und es war an der Zeit, ihm dies nicht länger zu verschweigen. Zu lange hatte sie schon gewartet.

»Dein Vater war schon einmal verheiratet. Und zwar mit meiner Zwillingsschwester Margarete.«

Schon bald nach der Hochzeit war Margarete schwanger gewesen. Die Familie hatte sich mit dem jungen Paar gefreut, besonders, als ein Stammhalter geboren wurde.

»Du warst ein wirklich süßes Baby.«

Aber nur wenige Tage nach der Geburt war seine Mutter am Kindbettfieber erkrankt. Erfolglos hatten die Ärzte gegen die Infektion angekämpft, und schließlich war Margarete Thamsen nur zwei Wochen nach der Entbindung gestorben.

»Dein Vater war am Boden zerstört. Margarete war die Liebe seines Lebens. Außerdem war er natürlich total überfordert mit einem Säugling.«

Sie habe sich seiner angenommen, ihn gefüttert, gebadet, gewickelt. Eigentlich sollte es nur vorübergehend sein, bis Hans sich wieder gefangen hatte. Aber es war für sie zu einer Selbstverständlichkeit geworden, die Mutterrolle zu übernehmen, und schließlich hatte Hans sie gefragt, ob sie ihn heiraten und für ihn und Dirk sorgen wolle.

»Ich wusste, er liebt mich nicht. Für ihn war es immer so etwas wie eine Zweckehe, aber ich wollte dich und hatte Angst, dich zu verlieren, wenn ich Nein gesagt hätte.«

Dirk Thamsen hatte sich oftmals gefragt, ob da so etwas wie Zuneigung zwischen seinen Eltern herrschte. Er hatte es allerdings immer auf die lange Zeit geschoben, welche die beiden bereits verheiratet waren. Der Alltag zerstört oftmals jede Zärtlichkeit. Dass da nie so etwas wie Liebe zwischen den beiden gewesen war, darauf wäre er nicht gekommen.

»Ja, aber in meiner Geburtsurkunde stehst doch du auch als meine Mutter drin.«

So ganz verstand er immer noch nicht die Zusammenhänge.

Magda Thamsen schüttelte ihren Kopf. »Es ist dir nur nie aufgefallen«, flüsterte sie.

Ihr vollständiger Name lautete Magdalena, aber niemand nannte sie so. Immer schon rief man sie Magda, was auch eine Kurzform von Margarete hätte sein können. Zumindest klangen die Namen sehr ähnlich und dadurch, dass sie und Margarete Zwillingsschwestern waren, gab es auch kein unterschiedliches Geburtsdatum. Deshalb war es Dirk wohl nie aufgefallen, zumal sie nach der Heirat mit seinem Vater auch alle den gleichen Nachnamen hatten.

»Und Hans hat geschwiegen. Er wollte nicht, dass darüber jemals noch ein Wort verloren wurde.«

»Ja, aber was ist mit Tante Margot und all den anderen Leuten, die davon gewusst haben?« Dirk verstand nicht, wie sein Vater sie alle hatte zum Schweigen bringen können. Nie war auch nur die kleinste Andeutung gemacht worden beziehungsweise eine eigenartige Bemerkung gefallen. Oder hatte er es nur nicht wahrgenommen? War er derart verblendet gewesen? Vor Wut über seinen Vater?

»Hans hat gesagt, es sei das Beste für dich, wenn man nicht darüber spräche und dich ganz normal aufwachsen ließe.« Dem hatten alle zugestimmt, zumal klar war, dass dies nicht nur dem Wohle des Kindes diente. Irgendwann gerieten die Umstände um die kleine Familie dann in Vergessenheit und das Leben nahm seinen Lauf. Nach außen schien alles in Ordnung zu sein.

Innerlich jedoch war Hans Thamsen ein gebrochener Mann und Magda Thamsen war es nie gelungen, wirklich an ihn heranzukommen. Zwar hatten sie wie ein normales Ehepaar miteinander gelebt und auch die Ehe vollzogen. Aber um Liebe war es dabei nie gegangen.

Genauso wenig wie er seinem Sohn Zuneigung entgegengebracht hatte.

»Dabei warst du so ein süßer Fratz. Man musste dich doch einfach gern haben.«

Aber sein Vater hatte nichts mit dem Kind zu tun haben wollen, ihn regelrecht abgewiesen. Zu schmerzlich war die Erinnerung an seine geliebte Frau, wenn er den gemeinsamen Sohn sah. Dabei war er doch ein Teil von Margarete und sie lebte quasi durch ihn weiter.

»Er hat dich für ihren Tod verantwortlich gemacht.«

In Thamsens Ohren klingelte es. So viele Informationen. Sein gesamtes Leben stand plötzlich Kopf. Er nahm einen Schluck Rotwein. Ihm fehlten einfach die Worte. Und doch hatte er den Eindruck, als warte sie auf eine Reaktion von ihm. Nur, was sollte er zu der ungeheuerlichen Geschichte sagen? Er war sich selbst nicht sicher, wie er diese Neuigkeit empfand. Daher war er geradezu erleichtert, als plötzlich sein Handy klingelte.

»Wirklich? Ja, ich komme sofort.«

Normalerweise hätte es ihm leid getan, sie in diesem Moment allein zu lassen. Er entschuldigte sich zwar, zum Einsatz zu müssen, aber insgeheim war er froh, der Situation entkommen zu können.

Vor der Tür atmete er tief ein und aus und blieb für ein paar Minuten vor dem Haus stehen. Irgendwie hatte alles nach diesem Gespräch eine andere Bedeutung für ihn bekommen und er musste sich erst an dieses eigenartige Gefühl gewöhnen.

Er hatte noch eine Menge Fragen, aber fürs Erste reichte es ihm. Seine Mutter war nicht seine Mutter. Allein damit musste er klar kommen. Außerdem war da noch der Tod seines Vaters. Er fühlte sich plötzlich total überfordert mit der ganzen Situation und hatte Mühe, sich auf die Straße zu konzentrieren.

Die Kollegen vor Ort, die ihn gerufen hatten, merkten jedoch nichts von seiner Verwirrtheit. Euphorisch begrüßten sie ihn, als hätten sie den Fang des Jahrhunderts gemacht. Es war natürlich ein riesiger Erfolg, den Brandstifter endlich gefasst zu haben. Wenngleich es nicht die Polizei war, die den Feuerteufel auf frischer Tat ertappt hatte.

Sie führten Thamsen zu einem Einsatzfahrzeug, in dem zu seinem Erstaunen der junge Feuerwehrmann saß, den er von seinen Einsätzen kannte.

»Sie?«, rutschte es Dirk heraus. Der Profiler hatte ihm zwar gesagt, es sei nichts Ungewöhnliches, wenn ein Brandstifter aus dem Kreis der Feuerwehr kam, aber gerechnet hatte Thamsen nicht damit, den jungen Mann hier sitzen zu sehen. Mit hängenden Schultern und gesenktem Kopf saß er im hinteren Teil des Kleinbusses und schwieg.

»Bringt ihn auf die Dienststelle. Ich komme dann auch gleich.«

Viel mehr gab es ohnehin nicht zu tun. Die Kollegen hatten bereits alles Notwendige veranlasst.

»Habt ihr ihn endlich?«

Natürlich hatten sich aufgrund des Polizeiaufgebots jede Menge Schaulustige versammelt. Die Stimme war ihm jedoch bekannt. Er drehte sich um und sah zwischen den Leuten Haie Ketelsen. Er wohnte nur ein paar Häuser entfernt und war natürlich auch unter den Leuten, die das Spektakel in der Nacht hierher gelockt hatte.

Dirk Thamsen zog ihn leicht am Arm aus der Menge.

»Sieht ganz so aus«, flüsterte er ihm zu und strich sich dabei nachdenklich übers Kinn. »Aber ob das auch der Mörder von Katrin Martensen ist? Wir werden sehen.«

Er verabschiedete sich von dem Hausmeister und lief zum Nachbarhaus. Bevor er den Kollegen auf die Polizeiwache folgte, wollte er noch mit dem Jungen sprechen, der den Brandstifter entdeckt hatte.

Die Eltern standen mit dem Sohn vor ihrem Haus und beobachteten das Spektakel in ihrer Nachbarschaft.

»Und der Mann war allein?«, fragte Thamsen nach, nachdem der Junge genau geschildert hatte, wie er den Brandstifter entdeckt hatte.

Der Zwölfjährige nickte.

»Gut, danke«, verabschiedete Dirk sich, ehe er sich auf den Weg zur Dienststelle machte. Seine Gedanken kreisten allerdings auch auf der Fahrt nach Niebüll nicht um den Brandstifter und den scheinbar riesigen Ermittlungserfolg, sondern immer wieder um seine Mutter, die eigentlich nicht seine Mutter war. Zu gravierend war der Einschnitt in sein Leben. Er konnte die Gedanken nicht einfach abstellen oder auf später vertagen. Wenngleich auch die Festnahme des Brandstifters ein bedeutender Moment war.

Er hatte kaum die Wache betreten, da wurden seine Grübeleien jedoch automatisch vertrieben. Rudolf Lange kam ihm im Flur entgegen.

»Das ist ein sensationeller Erfolg, Dirk«, begrüßte er ihn. Und fügte etwas leiser hinzu. »Ich gebe dir noch eine halbe Stunde, ehe ich die Husumer Kollegen informiere. Sieh zu, was du daraus machen kannst.«

Natürlich wollte Rudolf Lange den Ermittlungserfolg als den ihrigen verbuchen. Es wäre ein schöner

Abschluss seiner Dienstzeit und vor allem ein gutes Argument, um seine Empfehlung, Dirk Thamsen zu seinem Nachfolger zu machen, zu bestätigen.

Doch Thamsen war sich immer noch sicher, den Fall nicht vollständig aufklären zu können. Seiner Meinung nach hatte der junge Feuerwehrmann wahrscheinlich mit dem Mord nichts zu tun.

Trotzdem nickte er dem Vorgesetzten zu und verschwand in seinem Büro, wo auf dem Stuhl, auf dem nur wenige Stunden zuvor Jan Schmidt gesessen hatte, nun der Festgenommene saß.

»Also, Herr …«, Dirk Thamsen wusste noch nicht einmal den Namen des Mannes und musste daher auf die flugs angelegte Akte schielen. »… Liedtke«, las er ab.

»Was genau hatten Sie auf dem Grundstück zu suchen?«

Er kannte auch den Namen der Eigentümer nicht, aber das war in diesem Fall egal. Der Mann wusste genau, was gemeint war.

Dennoch schwieg der Feuerwehrmann. Und Thamsen, der aufgrund der jüngsten Ereignisse selbst ein wenig durcheinander war, verlor sehr schnell die Geduld.

»Geben Sie es doch einfach zu. Sie wollten das Haus anstecken, nicht?«, fuhr er den anderen harsch an. Der zuckte augenblicklich zusammen, sagte aber dennoch nichts.

»Mein Gott«, Thamsen sprang auf und lehnte sich, so weit es ging, über den Schreibtisch. »Glauben Sie, wir wissen nicht längst, dass Sie der Brandstifter sind?«

Der junge Mann blickte plötzlich auf. »Woher?«

»Sie hatten einen Kanister mit Ethanol dabei. Schon vergessen?« Dirk Thamsen blickte ihm direkt in die Augen. »Brandwache wollten Sie damit ja wohl kaum halten, oder?«

Sein Gegenüber konnte dem Blick nicht mehr standhalten und senkte seinen Kopf, den er dabei kaum merklich schüttelte.

»Also gut«, stellte Thamsen fest. »Dann sind wir uns ja einig. Sie sind verantwortlich für«, er musste kurz nachdenken, »achtzehn Brände und den Tod an Katrin Martensen.«

Der junge Mann schnellte unvermittelt in die Höhe. »Mit dem Mord habe ich nichts zu tun«, stammelte er. »Das war ich nicht!«

Wie Thamsen es sich gedacht hatte. Der Feuerwehrmann hatte zwar halb Nordfriesland abgefackelt, aber mit dem Mord und dem Anschlag auf Heiko Stein wahrscheinlich nichts zu tun. Das waren die beiden Brände, die aus dem Muster fielen. Der Mann selbst hatte ihn auf die Idee gebracht. Er musste sich seiner Sache ziemlich sicher gewesen sein.

Trotzdem musste er nachhaken.

»Und das soll ich Ihnen glauben?« Er versuchte möglichst ungläubig dreinzuschauen.

»Die anderen Brände sind mit einem anderen Brandbeschleuniger gelegt worden. Das wissen Sie doch.«

»Na und?« Das allein hatte ja nichts zu sagen. »Sie

können ja absichtlich Benzin statt Ethanol verwendet haben. Sie sind schließlich geübt und hätten wahrscheinlich keine Brandverletzungen davon getragen.«

»Gut möglich«, bestätigte Lars Liedtke, »aber warum sollte ich die Frau umgebracht haben? Ich kannte sie noch nicht einmal.« Obwohl er gerade der Brandstiftung in mehreren Fällen überführt worden war, tat er, als könne er die Oberhand in dem Verhör gewinnen.

Und Dirk Thamsen glaubte ihm. Diese Aussage untermauerte seinen Verdacht, ein Trittbrettfahrer könne für den Mord verantwortlich sein.

»Und was ist mit Heiko Stein?«

»Sie glauben doch nicht allen Ernstes, ich hätte den Mann niedergeschlagen, sein Haus angezündet und ihn dann unter Einsatz meines eigenen Lebens wieder da rausgeholt?«

Thamsen wiegte seinen Kopf. Diese Fragestellung würde der Profiler kaum gelten lassen. Oftmals lag die Motivation für Brandstiftungen laut Angaben des Psychologen genau in der Tatsache, sich anschließend als Retter profilieren zu können.

»Aber die anderen Brände haben Sie gelegt?«

Lars Liedtke antwortete nicht sofort. Es machte den Anschein, als überlege er sehr genau, was er jetzt sagen sollte. Gleich würde er sicherlich nach seinem Anwalt verlangen. Doch dem war nicht so.

»Also gut, ja, die anderen Häuser habe ich angezündet. Aber das mit der Toten und dem Haus von diesem Heiko Stein, das war ich nicht.« Er blickte ihn geradeaus an.

Thamsen glaubte ihm irgendwie. Und das nicht nur, weil durch diese Aussage seine Theorie eines zweiten Täters gestützt wurde.

Er stand auf. »Du kannst ihn erstmal mitnehmen«, forderte er seinen Kollegen auf, der an der Tür gesessen und bei dem Verhör, wie es vorgeschrieben war, anwesend gewesen war.

»Was passiert denn jetzt mit mir?«, fragte der junge Mann aufgeregt, als der Beamte ihn am Arm fasste und aus dem Zimmer führen wollte.

»Die Kollegen bringen Sie nach Husum.«

»Und hast du etwas aus ihm rauskriegen können?«

Rudolf Lange stürmte geradezu in sein Büro. Der Verhaftete war kaum abgeführt.

Thamsen nickte. »Er hat die Brände gelegt.«

»Und das Mädchen?«

»Das hat er nicht umgebracht.« Er war sich ziemlich sicher, dass Lars Liedtke nichts damit zu tun hatte. Nun hatten sie zwar einen Feuerteufel, aber der Mord an Katrin Martensen war dadurch noch lange nicht geklärt. Sein Vorgesetzter kratzte sich am Kopf.

»Und du glaubst ihm?«

»Ja.«

Rudolf Lange blickte ihn eingehend an. Dirk Thamsen war sein bester Mann, aber ob er sich hier nicht in eine Idee verrannte? Vielleicht waren seine privaten Belastungen der letzten Tage doch ein wenig zu viel für ihn und er hatte dadurch den Blick für das Wesentliche verloren. Auf jeden Fall sah er müde aus.

»Aber wenn nicht er, wer hat dann Katrin Martensen ermordet und die Schule angezündet?«
»Nicht Lars Liedtke.«
»Sondern?«
Thamsen zuckte mit den Schultern. Er hatte zwar keine Ahnung, aber es bestand Hoffnung.
»Vielleicht kann uns ja Heiko Stein mehr dazu sagen.«

»Die haben den Feuerteufel endlich erwischt.« Haie stürmte ohne ein »Guten Morgen« in die Küche, in der Tom reichlich verschlafen am Tisch saß und Marlene noch im Morgenrock Tee aufgoss.
»Ehrlich?« Tom gähnte. Er hatte zwar wie ein Murmeltier geschlafen, fühlte sich trotzdem aber immer noch müde.
Haie ließ sich auf einen der Stühle plumpsen und begann sofort zu erzählen.
»Auf den Lars wäre ich nie gekommen«, schloss er schließlich seinen Bericht der letzten Nacht. »Der ist ja selbst Feuerwehrmann.«
Tom erinnerte an den Bericht, den er über Pyromanie im Fernsehen gesehen hatte. Laut dieser Dokumentation gehörten Feuerwehrleute zu der am meisten gefährdeten Gruppe.
»Meinst du denn, er hat auch Katrin …«, mischte Marlene sich zögernd ein. Die Vorstellung an den Mord im Dorf ließ ihr immer noch Schauer über den Rücken laufen.
»Keine Ahnung«, gab Haie ehrlich zu. Er war ohne-

hin von Jan Schmidt oder Holger Leuthäuser als Täter ausgegangen. Lars Liedtke hatte er gar nicht auf der Rechnung gehabt.

»Aber wir waren uns mit Thamsen doch einig, dass es zwei Täter gibt«, erinnerte Tom die beiden Freunde. »Folglich läuft der Mörder wahrscheinlich nach wie vor frei herum.«

Marlene schlang ihre Arme um den Oberkörper. Ihr fröstelte bei dieser Vorstellung.

»Ja, und wahrscheinlich wiegt er sich nun erstmal in Sicherheit. Denn der denkt ja, die Polizei glaubt, den Täter endlich gefasst zu haben«, ergänzte Haie.

Tom und Marlene nickten.

»Und vielleicht begeht er jetzt einen Fehler.« Tom stand auf und goss sich und Haie einen Kaffee ein.

»Meint ihr?«, warf Marlene ein. »Der wird sich jetzt doch vermutlich möglichst unauffällig verhalten. Lars Liedtke wird den Mord nicht gestehen, wenn er es nicht war. Das kann man sich ja ausrechnen.«

»Ja, aber vielleicht denkt der Täter, die Polizei wird dem kranken Feuerwehrmann nicht glauben«, versuchte Haie, seine Theorie zu untermauern.

»Hm«, überlegte Tom, »aber dann kann es dieser Jan Schmidt nicht gewesen sein. Denn der ist ja gestern schon an der Schule rumgeschlichen und da konnte sich der Täter noch nicht in Sicherheit wiegen, weil ja der Liedtke noch nicht gefasst war.«

»Uff«, stöhnte Haie bei so vielen Spekulationen wurde ihm ganz schwindelig im Kopf. »Wahrscheinlich hat Thamsen recht und Heiko Stein kann vielleicht etwas Licht in die Sache bringen. Am besten wir warten ab. Dirk wollte sich ja melden.«

26.

Dirk Thamsen war beinahe froh, spät dran zu sein, als er die Kinder bei seiner Mutter abholte. Er hatte den Rest der Nacht auf der Dienststelle verbracht und bereits seinen Bericht geschrieben. Was für ihn eigentlich eher untypisch war, aber er hatte seine Mutter nicht wecken wollen und wenn er ehrlich war, hatte er ihr auch nicht begegnen wollen. Noch hatte er die Tatsachen, mit denen sie ihn am Abend zuvor konfrontiert hatte, nicht verdaut und wusste nicht so recht, wie er sich ihr gegenüber verhalten sollte.

Sie war nicht seine leibliche Mutter. Diese Neuigkeit hatte ihn etwas aus der Bahn geworfen. Zwar würde er in ihr nach wie vor seine Mutter sehen, schließlich hatte sie ihn großgezogen. Für ihn gab es keine andere Mutter. Aber sein Urvertrauen in sie war erschüttert. Viel zu lange hatte sie ihm verschwiegen, ja ihn regelrecht belogen, was der Grund für das seltsame Verhalten seines Vaters war. Obwohl er immer wieder danach gefragt hatte. Und nun wusste er nicht so recht mit ihr und ihrem Verhalten umzugehen.

Er sammelte Anne und Timo ein, deren Schulsachen er zuvor aus der Wohnung geholt hatte und verfrachtete sie in den Wagen.

»Kommst du heute noch einmal vorbei?«, fragte Magda Thamsen ihn zögerlich.

Thamsen zuckte mit den Schultern. »Ich muss noch nach Kiel. Keine Ahnung, wie lange das dauert«, log er, denn allzu lange würde er den kranken Heiko Stein ohnehin nicht verhören dürfen. Aber besser, sie dachte, er sei beschäftigt.

Er konnte ihr momentan sowieso nicht beistehen, musste erst einmal selbst seine Gedanken und Gefühle ordnen.

»Aber du denkst an die Beerdigung morgen?«

Er nickte nur und winkte ihr kurz zum Abschied. Dann fuhr er davon.

»Oma ist sehr traurig, oder?«, fragte Anne, als er sie an der Schule ablieferte.

»Ja, sehr.«

Als er in Flensburg auf die A7 fuhr, klingelte sein Handy. Es war Rudolf Lange.

»Dirk, wo steckst du?«

Thamsen stöhnte innerlich. Er wusste, die Husumer Kollegen hatten eine Besprechung anberaumt, trotzdem hatte er sich aus dem Staub gemacht.

»Auf dem Weg nach Kiel. Heiko Stein ist wach.«

Er hörte Rudolf Lange am anderen Ende tief einatmen. Natürlich würden die Kripobeamten den Fall nun zum Abschluss bringen wollen. Für sie gab es keinen zweiten Täter. Jedenfalls hatten sie diese Möglichkeit stets außer Acht gelassen. Warum, das wusste Thamsen nicht, aber ihm war klar, sie würden nun versuchen, Lars Liedtke den Mord anzuhängen.

Nachdem Rudolf Lange ihm von seinem Rücktritt erzählt hatte, ging er fest davon aus, sein Vorgesetzter würde den Kollegen zustimmen und seinen Alleingang nicht unterstützen. Doch da hatte er sich in seinem Chef getäuscht. Rudolf Lange hielt große Stücke auf Dirk Thamsen. Nicht umsonst hatte er ihn als seinen Nachfolger vorgeschlagen. Da wollte er nun keinen Rückzieher machen. Und vielleicht war Thamsen ja doch auf der richtigen Fährte. Eigentlich hatte er immer ein gutes Gespür bewiesen, wenn es um vertrackte Fälle ging.

»Gut«, stimmte er schließlich zu. »Aber du meldest dich sofort, sobald es etwas Neues gibt.«

Für einen Dienstagmorgen war es reichlich voll auf der Autobahn. Thamsen kam nur schleppend voran. Eine lange Schlange LKWs bewegte sich gen Süden und die Brummis verursachten einen Stau nach dem anderen, wenn sie sich gegenseitig überholten.

Er war für ein generelles LKW-Überholverbot. Die durften doch sowieso alle nicht schneller als 80 km/h fahren. Eigentlich.

Aber einige Unvernünftige hielten sich halt doch nicht an diese Regel, und nicht selten kam es insbesondere durch diese Überholmanöver zu schweren Unfällen. Ungeduldig trommelte er auf das Lenkrad, als er hinter einem schweren Sattelzug auf der linken Fahrspur über die Autobahn kroch.

Endlich erreichte er das Kreuz Rendsburg und bog Richtung Kiel ab. Aber auch hier herrschte dichter Verkehr und er kam nicht schneller voran.

Erst eine dreiviertel Stunde später erreichte er Kiel und die Uniklinik. Er parkte auf dem Besucherparkplatz des Krankenhauses und stieg aus.

Ein mulmiges Gefühl ergriff ihn, als er durch den Haupteingang trat. Der Geruch nach Krankheit und Tod, der ihn im Flur empfing, ließ sofort die Erinnerungen an die letzten Tage aufblitzen. Der Anblick seines toten Vaters. Er schloss die Augen und schluckte.

»Kann ich Ihnen helfen?«

Thamsen schreckte aus seinen Gedanken. Ohne es zu merken, hatte ihn auf dem Gang eine Krankenschwester eingeholt. Da der Zugang zur Brandverletztenstation durch eine verschlossene Tür abgesichert war, musste er ohnehin um Einlass bitten.

Dirk Thamsen sah die junge Frau stumm an, die ihn mit leuchtend blauen Augen musterte. »Nun…«, hakte sie nach, als er nicht antwortete.

»Ja«, er räusperte sich und spürte, wie ihm das Blut ins Gesicht schoss. »Ich wollte zu Heiko Stein.«

Ihr Lächeln verschwand plötzlich. »Herr Stein darf noch keinen Besuch empfangen«, entgegnete sie schroff und ließ ihn einfach stehen.

Thamsen verstand diesen plötzlichen Umschwung

im Verhalten der Schwester gar nicht. Hatte er irgendetwas falsch gemacht? Er beeilte sich, sie einzuholen.

»Dr. Menzel hat mich angerufen. Ich bin von der Polizei.«

»Ach so«, ihre Miene erhellte sich ein wenig. »Wissen Sie«, entschuldigte sie ihre harsche Haltung. »Es war neulich erst einer hier, der Heiko Stein besuchen wollte. Der war so hartnäckig und ließ sich nicht abwimmeln. Wir mussten schließlich den Sicherheitsdienst rufen.«

Thamsen kniff seine Augen zusammen. Über den Vorfall war er gar nicht informiert. »Kennen Sie den Namen des Mannes?«

Die junge Frau schüttelte den Kopf. »Aber ich kann gerne beim Wachdienst nachfragen. Die haben bestimmt die Personalien aufgenommen.«

Sie öffnete die schwere Sicherheitstür und ließ ihm den Vortritt. Anschließend führte sie ihn zu Heiko Steins Zimmer.

»Ich hole Dr. Menzel. In der Zwischenzeit ziehen Sie bitte die Schutzkleidung an.«

Heiko Steins Zustand war inzwischen zwar stabil, dennoch konnten Keime und Bakterien auf den noch nicht verheilten Brandwunden schwere Infektionen auslösen.

Thamsen zog sich gerade die weiße Hose hoch, als Dr. Menzel eintrat.

Er reichte dem Mediziner die Hand. »Wir hatten miteinander telefoniert«, erklärte er seine Anwesenheit.

Der Arzt nickte. »Machen Sie sich allerdings keine großen Hoffnungen. Herr Stein scheint unter einer Amnesie zu leiden. Jedenfalls kann er sich nicht an den Brand erinnern.«

Thamsen schaute den Arzt ungläubig an. Heiko Stein war der wichtigste Zeuge in dem Fall und konnte sich an nichts erinnern?

»Das gibt es doch nicht«, entfuhr es ihm.

»Leider doch«, bestätigte der Arzt. Meist sei das allerdings ein vorübergehender Zustand. Nach einiger Zeit kehrten die Erinnerungen manchmal sogar vollständig zurück.

»Was heißt denn, nach einiger Zeit?«

Der Mann zuckte mit den Schultern. Das könne man nicht genau sagen. Das sei von Patient zu Patient unterschiedlich.

»Sehen Sie, eine Amnesie ist eine Art Schutzmechanismus. Wenn die Erinnerungen an das Geschehene zu schmerzhaft sind, blendet das Gehirn die Ereignisse einfach aus. Manchmal für immer.«

»Ja aber …«, Thamsen wusste nicht, was er sagen sollte. Heiko Stein war momentan die einzige Möglichkeit, seine Theorie eines zweiten Täters zu beweisen. Aber was nützte es ihm, wenn der Zeuge sich an nichts mehr erinnerte?

»Sie müssen einfach Geduld haben. Fragen Sie ihn nicht zu viel auf einmal. Das könnte ihn überfordern und dann blockiert das Gehirn noch mehr.«

Thamsen nickte und überlegte, welche Fragen am dringendsten geklärt werden mussten. Wenn er nicht zu viel auf einmal fragen durfte, musste er sich gut überlegen, was er zur Sprache bringen wollte.

Der Mediziner öffnete die Tür zum Krankenzimmer und ging voran.

Heiko Stein lag mit geschlossenen Augen in seinem Bett. Die Wunden waren soweit verheilt, dass er endlich aus dem Wärmekasten heraus konnte, dennoch konnte man unter den großflächigen Kompressionsverbänden das fürchterliche Ausmaß der Verletzungen erahnen.

Dirk Thamsen trat neben den Arzt an das Bett.

»Herr Stein«, sprach Dr. Menzel den Patienten an, der daraufhin die Augen langsam öffnete. Sein Blick wirkte leer, und sofort war Thamsen klar, dass von diesem Mann kaum etwas zu erfahren war, was dazu beitragen könnte, den Mord endlich aufzuklären.

Er stellte sich vor und fragte, ob es in Ordnung sei, wenn er ihm ein paar Fragen stellte. Heiko Stein nickte kaum merklich, während er sich mithilfe des Arztes ein wenig aufrappelte.

»Aber nicht zu lang«, mahnte der Mediziner noch einmal, ehe er den Raum verließ.

»Herr Stein, an dem Abend, an dem es in Ihrem Haus gebrannt hat, hatten Sie da Besuch?«

Er war sich nicht sicher, ob das die wichtigste Frage war, und musste sich arg zusammenreißen, um nicht sofort eine weitere zu stellen.

Heiko Stein räusperte sich. »Ich glaube, vielleicht. Ich weiß nicht.«

Das war schlimmer, als Thamsen es erwartet hatte.

Der Mann erinnerte sich tatsächlich an nichts. Vielleicht musste er zeitlich früher ansetzen, um die Erinnerungen hervorzubringen.

»Sie haben sich mit Jan Schmidt vor dem SPAR-Markt gestritten. Um was ging es da?«

»Um Katrin.«

Thamsen atmete erleichtert auf. Na also, ging doch!

»Glauben Sie, Jan Schmidt hat Katrin umgebracht?«

Heiko Stein rückte etwas hin und her und verzog dabei schmerzvoll das Gesicht. »Ich weiß nicht«, antwortete er dann.

»Oder könnte er Ihr Haus angezündet haben? Hat er Sie vielleicht an dem Abend noch einmal besucht?« Er wurde langsam ungeduldig. Irgendwie hatte er den Eindruck, er verplempere nur seine Zeit. Aber durch seine ungeduldigen Fragen trat genau das ein, wovor der Mediziner ihn gewarnt hatte. Heiko Stein blickte ihn verzweifelt an. Er konnte sich einfach an nichts erinnern.

»Ich weiß es doch nicht«, brach es aus ihm heraus. »Da ist nur so ein Gefühl. Natürlich weiß ich, dass es gebrannt hat und ich in dem brennenden Haus war. Sehen Sie mich an. Können Sie sich die Schmerzen überhaupt vorstellen?«

Thamsen schüttelte bedauernd seinen Kopf. Er konnte sich aber auch nicht vorstellen, wie es war, wenn man einfach keine Erinnerungen mehr hatte. Das ganze Leben setzte sich doch aus Erinnerungen zusammen. Was war man, wenn sie plötzlich fehlten?

Gut, Heiko Stein hatte ja nicht sein gesamtes Gedächtnis verloren, sondern litt nur unter einer teilweisen Amnesie. Trotzdem glaubte Thamsen, nicht mal den Hauch einer Ahnung zu haben, wie es sich anfühlte, wenn einem da plötzlich ein Stück aus seinem Leben fehlte. Schon gar nicht, wenn man mit den Folgen dieses Geschehens jeden Tag konfrontiert wurde. Das war ja, als wenn man im Rausch bei einem One Night Stand ein Kind zeugte, für das man sein Leben lang Unterhalt zahlen musste, sich aber an den eigentlichen Orgasmus nicht einmal erinnern konnte.

»Beruhigen Sie sich doch, bitte.«

Doch Heiko Stein regte sich plötzlich fürchterlich auf.

»Ich bin ein Wrack. Sehen Sie mich an, wie ich zugerichtet bin. Wie ein Monster sehe ich aus. Und ich weiß noch nicht einmal, wer mir das angetan hat und warum.« Thamsen nickte kaum merklich. Selbst wenn die Verletzungen abgeschwollen und die Rötungen zurückgegangen waren, es würden Narben bleiben. Narben und deutliche Spuren der transplantierten Haut, die zwar das Überleben sicherte, aber ganz offensichtlich, nicht dort hingehörte. Die Struktur der Haut war zerstört. Ein Stück Haut aus dem Oberschenkel im Gesicht, eins aus dem Arm am Hals.

Er wusste nicht, was er sagen sollte, um den Mann zu beruhigen. In solchen Dingen war er sowieso eher ungeschickt und seiner Meinung nach gab es in dieser Situation auch nichts, was man tröstend sagen konnte. Sätze wie »Ist doch nicht so schlimm. Kommt Zeit, kommt Rat. Die Zeit heilt alle Wunden« fand er derart abgedroschen. Da sagte er lieber gar nichts, als solch eine blöde Bemerkung zu machen.

Er war beinahe froh, als der Arzt plötzlich ins Zimmer stürmte und ihn mit einem strafenden Blick bedachte. »Ich hatte Ihnen doch gesagt – behutsam«, zischte er ihn an und kontrollierte augenblicklich Heiko Steins Puls. Anscheinend stellte ihn dieser nicht zufrieden, denn er bemerkte daraufhin »Besser, Sie gehen jetzt.«

Thamsen verabschiedete sich von Heiko Stein, doch der nahm seinen Gruß gar nicht wahr. Kraftlos war er in sich zusammengesunken, der Arzt spritzte ihm ein zusätzliches Schmerzmittel.

Er hatte sich noch nicht der Schutzkleidung entledigt, als Dr. Menzel aus dem Zimmer trat.

»Ich kann ja verstehen, Sie wollen nur den Fall aufklären«, sagte er immer noch reichlich verärgert. »Aber so verlängern Sie die Amnesie nur.«

Haie trat kräftig in die Pedale. Er war den Wind zwar gewohnt, dennoch kostete es ihn einige Anstrengung, gegen die steife Brise anzuradeln.

Er war halt nicht mehr der Jüngste, musste er sich eingestehen und auch wenn er gut trainiert war, merkte er, wie eine Tour gegen den Wind ihn mehr anstrengte, als er sich eigentlich eingestehen mochte.

Er fuhr den Weg in den Herrenkoog hinaus zu dem Hof der Martensens. Ursprünglich hatte er ja bereits vorgestern bei dem Bauern vorbeischauen wollen, aber da war ihm die Sache mit Jan Schmidt dazwischen gekommen.

Dadurch hatte er zumindest noch einmal genügend Zeit gehabt, sich eine Ausrede zu überlegen, warum er auf dem Hof aufkreuzte.

Er kannte Fritz und Ingrid Martensen zwar, aber so dick befreundet waren sie nicht und eigentlich hatten sie nicht wirklich etwas miteinander zu tun. Daher musste er natürlich einen Grund erfinden, warum er die Eltern der Toten aufsuchte. Aber auch trotz des Zeitpuffers war ihm keine plausible Ausrede eingefallen. Daher grübelte er immer noch, was er den beiden sagen sollte, wenn er ihnen entgegen trat.

Schon schob sich der Hof in sein Blickfeld und er bremste ab. Das Anwesen der Martensens war wirklich beachtlich. Neben den riesigen Stallungen gehörte auch etliches Land zu dem Besitz des Bauern. Seit Broder Petersen, der einstmals reichste Landwirt der Gegend, verstorben war, hatte Fritz Martensen dessen Platz im Dorf eingenommen und das nicht zuletzt, weil er günstig Ländereien von dem hoch verschuldeten Erben Petersens erworben hatte. Plötzlich stellte sich ihm die Frage, ob der Mord an Katrin Martensen vielleicht etwas mit dem Reichtum der Familie zu tun haben könnte. Geld war ja durchaus ein Mordmotiv. In diese Richtung hatten bisher weder Thamsen noch er gedacht.

Aber wer hatte einen Vorteil vom Tod der Bauerntochter? Außer Erk kam ihm niemand in den Sinn. Aber der hatte bereits viel Geld vom Vater bekommen; mehr als Katrin. Deswegen war es zwischen den Geschwistern ja angeblich zum Streit gekommen. Außerdem hatte er ein Alibi. Wenn auch ein recht unglaubwürdiges. Dieser Kauz aus seinem Laden hätte ihm zuliebe wahrscheinlich alles bestätigt.

Er schüttelte seinen Kopf. Nein, Geld war sicherlich nicht das Motiv für den Tod von Katrin gewesen. Wahrscheinlich hatte doch einer ihrer zahlreichen Liebhaber die Schnauze voll gehabt und Rot gesehen.

Denn auch, wenn sich der eine oder andere durch eine Verbindung mit Katrin einen Anteil am Hof der Martensens ausgerechnet hatte, Fritz Martensen war noch so gut beieinander, da hätte man noch eine lange Zeit auf sein Erbe warten müssen. Vermutlich war es doch Eifersucht gewesen, die den Täter angetrieben hatte.

Er lehnte sein Fahrrad gegen die Hauswand. Vor dem Eingang stand ein Paar Gummistiefel, die Haustür war nur angelehnt. Haie wollte gerade anklopfen, als er plötzlich Ingrid Martensens Stimme vernahm.

»Du hast Erk schon mehr Geld als genug gegeben«, schrie sie. Anscheinend stritten die beiden über die Behandlung der Kinder. »Du siehst doch selbst, es hat keinen Zweck mit seinem Laden.«

Na, da sind wir gleich beim Thema, dachte Haie und klopfte an die Tür. Natürlich hätte er den Streit weiter verfolgen können, aber da die beiden direkt im Flur hinter der Eingangstür standen, befürchtete er, relativ bald entdeckt zu werden und er wollte nicht sofort den Eindruck erwecken, als belausche er fremder Leute Gespräche.

Kaum hatte er sich bemerkbar gemacht, verstummte der Streit und nach einem kurzen Moment öffnete sich die Tür.

»Moin«, grüßte Haie die beiden, die ihn überrascht anblickten. »Ich wollte nur Bescheid geben. Wir lösen die Brandwehr auf. Ihr habt ja sicherlich schon gehört, dass der Kerl endlich gefasst ist.«

Zwar hatte sich Fritz Martensen nie an den Aktionen der anderen Dorfbewohner beteiligt, aber etwas Besseres war Haie auf die Schnelle einfach nicht mehr eingefallen. Dementsprechend fragend schaute Fritz Martensen ihn an und auch seine Frau musterte ihn mit skeptischem Blick. Haie versuchte, zu lächeln.

»Ich war übrigens neulich in Hamburg und habe mir mal den Laden von Erk angeschaut. Nobel, nobel.«

Doch auch das brach das Schweigen der Martensens nicht. Haie hatte den Eindruck, als vermuteten sie, er hätte ihren Streit belauscht. Doch so schnell gab er sich nicht geschlagen. Schließlich war er nicht zum Spaß hierher geradelt.

»Kannte Katrin Lars Liedtke gut? Ich meine, er hat ja die Feuer gelegt und ...«

Weiter kam er mit seinen Spekulationen nicht, weil Ingrid Martensen ihm plötzlich das Wort abschnitt.

»Was willst du damit sagen? Glaubst du etwa, Katrin hat mit ihm etwas gehabt, hä?« regte sie sich auf. »Meine Tochter war ein anständiges Mädchen. Das will ich dir mal sagen. Und nun verschwinde!«

Sie streckte ihren Arm aus und wies auf die Hofauffahrt. Haie war völlig überrumpelt und starrte bewegungslos auf die Frau. Mit solch einer Reaktion hatte er nicht gerechnet. Aber ganz offensichtlich war das Gerede im Dorf auch bis zu Ingrid Martensen vorgedrungen.

Nachdem nämlich rausgekommen war, dass Katrin mehrere Liebhaber gleichzeitig gehabt hatte, spielte man ihren Mord ein klein wenig runter. »Da braucht man sich halt nicht zu wundern«, hatte Haie Helene vom SPAR-Markt klatschen hören, »wenn da mal einer ausrastet.«

»Entschuldigung, aber so war das nicht gemeint«, versuchte er seine neugierige Nachfrage zu entschuldigen.

»So, wie dann?« mischte sich nun Fritz Martensen ein.

Haie trat unter den musternden Blicken des Bauern unruhig hin und her. Ja, wie meinte er es denn? Auch er ging davon aus, einer der Liebhaber sei Katrins Mörder. Nur sah er die Schuld nicht bei der jungen Frau. Wenngleich sie vermutlich mit den Männern gespielt hatte. Das war ja aber noch lange kein Grund, sie einfach umzubringen.

»Na ja, ich denke, jetzt wo der Brandstifter gefasst ist. Ich meine, vielleicht hat er Katrin gar nicht …«, er brachte den Satz nicht zu Ende, da er selbst bemerkte, wie unsinnig sich sein Gestammel eigentlich anhörte. Die beiden Martensens blickten ihn allerdings an, als warteten sie auf eine Erklärung.

Ach, was soll's, dachte Haie. Egal, was er vorbrachte, es würde sowieso merkwürdig klingen. Besser, er rückte gleich mit der Wahrheit raus.

»Also ich denke, Lars hat Katrin nicht umgebracht. Ich vermute, der Mörder läuft immer noch frei herum.«

Thamsen saß bewegungslos in seinem Wagen und starrte auf das Klinikgebäude. Viel hatte sein Besuch bei Heiko Stein nicht gebracht. Wenn er es sich ehrlich eingestand, half ihm die Befragung überhaupt nicht weiter. Ein Zeuge, der sich an nichts erinnern konnte. Er schnaufte. Und selbst wenn da ein Fetzen Erinnerung gewesen wäre, mit seiner plumpen Art hatte er auch diesen zunichte gemacht.

Er startete den Motor und wendete den Wagen. Er verspürte gar keine Lust, nach Niebüll zurück zu fahren. Und das nicht nur wegen des Misserfolges bei Heiko Stein, sondern auch, weil er sich dann wieder mit seiner Mutter, die ja eigentlich gar nicht seine Mutter war, auseinandersetzen musste. Er blickte auf seine Uhr und beschloss, einfach hinunter an die Förde zu fahren und einen Spaziergang zu machen. Mal ein Stündchen nur für ihn, das musste drin sein, oder?

Der Himmel war heute bedeckt und irgendwie passte dieses graue Wetter zu Thamsens Stimmung. In den letzten Tagen war alles und jeder auf ihn eingestürmt und er fragte sich, wo er eigentlich geblieben war? Also er, als eigenständige Persönlichkeit. Er, Dirk Thamsen. Nicht der Vater, der sich verantwortungsvoll um seine Kinder kümmerte. Nicht der Sohn, der seiner trauernden Mutter beistand, nicht der Polizist, der Verbrecher jagte und für Recht und Ordnung sorgte. Sondern er, Dirk Thamsen, 47 Jahre alt, geschieden und allein.

Natürlich gehörten Timo und Anne ebenso wie seine Mutter zu seinem Leben. Aber sie gehörten lediglich dazu, waren es nicht. Nur was war eigentlich sein Leben?

Er blieb stehen, blickte über die Förde und versuchte, in sich hineinzuhorchen. Wo war seine innere Stimme geblieben, die ihm sagte, wo es langging? Er hatte in den letzten Tagen nur funktioniert. Der Tod seines Vaters und der Schock über die Neuigkeit seiner Mutter hatten ihn regelrecht gelähmt. Er empfand irgendwie nichts. Weder Trauer, noch Wut, noch etwas anderes. Und das fühlte sich nicht wirklich gut an.

Wie sollte es weitergehen? Sollte er die Stelle, die sein Chef ihm angeboten hatte, annehmen? Früher hätte er alles darum gegeben, endlich solch einen Posten zu bekommen. Aber warum? Eigentlich nur, um seinem Vater zu beweisen, was für ein hervorragender Polizist er war und dass er mit seinem Leben bestens klar kam.

Aber jetzt? Sein Vater war tot und letztendlich hätte es ihm wahrscheinlich sowieso nicht imponiert. Thamsen wusste nun, er war sein Leben lang für eine Tat bestraft worden, derer er sich nicht schuldig gemacht hatte. Aber gegen einen Geist anzukämpfen war nicht leicht. Und wer konnte da schon gewinnen?

Er seufzte leise und blickte auf seine Uhr. Es war bereits kurz nach ein Uhr und sein Magen machte sich langsam bemerkbar. Seit dem Frühstück hatte er nichts gegessen und das war leider nicht so üppig ausgefallen, da er auf dem Weg von der Dienststelle zu seiner Mutter lediglich am Bahnhof ein halbes belegtes Brötchen gekauft hatte.

Er zog sein Handy aus der Tasche und wählte die Nummer seines Vorgesetzten.

»Heiko Stein leidet unter einer Amnesie«, berichtete er und teilte ihm mit, dass er den Rest des Tages von zuhause aus arbeiten würde.

»Ist gut, Dirk.«

»Wenn ich es euch doch sage«, beteuerte Haie seine Aussage.

Ingrid Martensen hatte so getan, als wüsste sie nichts von den ganzen Männerbekanntschaften ihrer Tochter.

Er saß mit Tom und Marlene beim Griechen in der Uhlebüller Dorfstraße. Nach seinem Besuch im Herrenkoog war er zu den Freunden gefahren. Da die beiden aufgrund der Hochzeitsfeier und deren Folgen – Marlene hatte begonnen, die Glückwunschkarten zu sortieren und Danksagungen zu schreiben – nicht zum Einkaufen gekommen waren, wollten sie an diesem Abend essen gehen, und Haie hatte sich ihnen spontan angeschlossen.

Nachdem sie bestellt hatten, war er mit den Neuigkeiten rausgerückt.

»Irgendwie hatte ich den Eindruck, es sei ihnen egal, ob der Mörder noch frei herumläuft«, hatte er erzählt.

Marlene konnte sich das nicht vorstellen. Gut, die Trauer über den Verlust eines geliebten Menschen lähmte einen und ließ einen wie in ein tiefes Loch fallen. Das wusste sie nur zu gut.

Aber die Eltern wollten ganz bestimmt den, der ihrer Tochter das angetan hatte, hinter Gittern wissen. Etwas anderes konnte sie sich nicht vorstellen.

»Was haben sie denn genau gesagt, als du sie gefragt hast, ob Katrin Lars gekannt hat?«, erkundigte sich Tom.

»Dass sie ein anständiges Mädchen gewesen sei.«

Tom nickte. Im Dorf wurden wahrscheinlich wieder jede Menge Gerüchte verbreitet. Bei Marlenes Freundin war es ähnlich gewesen. Man hatte sogar erzählt, Heike Andresen sei eine Prostituierte gewesen. Die Martensens wollten wahrscheinlich nur Katrins Ansehen und damit sich selbst schützen. Daher leugneten sie die zahlreichen Männerbekanntschaften der Tochter.

»Also hat dein Besuch bei den Eltern auch nichts gebracht«, stellte Marlene klar.

So könne man das nicht sagen, entgegnete Haie. Schließlich hätten sie auch über Erk gesprochen.

»Und da waren die beiden sehr überrascht, als ich ihnen von diesem merkwürdigen Typen erzählt habe, der in dem Laden arbeitet.«

»Du hast ihn ja wohl nicht ihnen gegenüber als merkwürdig bezeichnet, oder?«, fragte Tom, weil er wusste, wie taktlos der Freund manchmal sein konnte.

»Natürlich nicht. Aber sie waren wohl davon ausgegangen, Erk führe den Laden zusammen mit seiner Freundin.«

»Hat der denn überhaupt eine?« Tom erinnerte sich, wie Thamsen erzählt hatte, ihm kämen die beiden Männer reichlich schwul vor. Natürlich konnte auch ein Polizist sich in solchen Dingen irren, aber an und für sich traute er dem Kommissar eine gute Menschenkenntnis zu.

»Laut den Eltern schon«, erklärte Haie. Daher waren sie wohl auch so überrascht, als er von dem jungen Mann gesprochen hatte. Denn angeblich gab es keine Angestellten in dem Laden. So viel werfe er noch nicht ab. Das sei auch der Grund, warum Erk zeitlich sehr eingespannt war, hatte Ingrid Martensen eilig erklärt.

»Vermutlich war das nur ein Freund, der ausgeholfen hat. Der Tod von Katrin hat Erk sehr mitgenommen«, hatte sie erklärend hinzugefügt, aber auf Haie hatte das anders gewirkt, nur das konnte er der trauernden Mutter kaum sagen. Es war ja auch nur ein Bauchgefühl.

»Ach nein, guck mal«, bemerkte Marlene und die Männer folgten ihrem Blick zur Tür.

Im Eingang des Restaurants stand Thamsen mit seinen beiden Kindern. Anscheinend hatte er wie die drei Freunde nichts im Haus gehabt. Haie versuchte sofort, auf sich aufmerksam zu machen, aber Marlene fasste ihn am Arm.

»Lass mal. Er hat eh so wenig Zeit mit seinen Kindern.«

Haie ließ missmutig seinen Arm sinken. Natürlich hatte die Freundin recht. Und jetzt, wo sein Vater gestorben war, brauchte er sowieso ein wenig Zeit für sich. Aber zu gern hätte Haie gewusst, was bei dem Verhör von Lars Liedtke rausgekommen war. Außerdem war er neugierig, was Heiko Stein ausgesagt hatte.

»Er wird sich schon melden«, beruhigte Marlene ihn. »Momentan hat er wahrscheinlich andere Dinge im Kopf. Morgen ist die Beerdigung von seinem Vater.«

Sie hatte die Anzeige in der Zeitung gelesen.

»Wollen wir hingehen?«

27.

Es regnete. Nicht besonders fest, aber dafür kontinuierlich. Ein fieser Nieselregen, der von allen Seiten zu kommen schien und gegen den auch kein Regenschirm etwas ausrichten konnte. Diesen hätte man ohnehin nicht halten können, da ein ziemlich starker Wind wehte.

Genau das richtige Wetter für solch einen Tag, hatte

Dirk Thamsen gedacht, als er aufgestanden und die Vorhänge im Schlafzimmer aufgezogen hatte.

Er hatte schlecht geschlafen, war immer wieder aufgewacht und hatte sich unruhig hin und her gewälzt. Die Ereignisse der letzten Tage ließen ihn einfach nicht zur Ruhe kommen. Dabei hatte ihn weniger der Fall beschäftigt, als der Tod seines Vaters und das Geständnis seiner Mutter. Seitdem er die Kinder wieder bei ihr abgeholt hatte, war er ihr nicht begegnet. Sie hatten lediglich kurz telefoniert und vereinbart, wann er sie abholen sollte.

Er hatte versucht, sich durch die Arbeit ein wenig abzulenken und eine Liste der Verdächtigen erstellt sowie eine Zeichnung, in der er die Verbindungen der einzelnen Personen zu dem Mordopfer skizziert hatte. Aber er hatte sich nicht richtig konzentrieren können und schließlich eine Flasche Rotwein aufgemacht und sich damit vor den Fernseher gesetzt.

Der Alkohol hatte ihn zunächst etwas müde gemacht und er war zeitig ins Bett gegangen. Es könne nicht schaden, wenn er an dem Tag des Begräbnisses seines Vaters ausgeschlafen sei, hatte er überlegt und sich gegen halb elf ins Bett gelegt, nachdem er sich vergewissert hatte, dass Anne und Timo tief und fest schliefen.

Doch kaum lag er in seinem Bett, war er hellwach gewesen. Im Dunkeln hatte er die Schatten, die durch das Licht der Laterne vor seinem Fenster an die Zimmerdecke geworfen wurden, betrachtet und dabei versucht, Bilder aus seiner Kindheit heraufzubeschwören.

Doch egal woran er sich erinnerte, niemals wäre er auf die Idee gekommen, das lieblose Verhalten seines Vaters könne etwas mit seiner Mutter zu tun haben.

Der Verlust seiner geliebten Frau musste Hans Thamsen sehr geschmerzt haben und hatte ihn letztendlich zu einem gebrochenen Menschen gemacht. Natürlich hatte sein Vater mit dem Schicksal mehr als gehadert. Das konnte Thamsen verstehen. Was er nicht verstand war, wie er seinen Sohn hatte derart ablehnen können. Schließlich war er das Einzige, was Hans Thamsen von seiner Frau geblieben war. Ein Teil von ihr. Wäre er an Stelle seines Vaters gewesen, hätte er das Kind wahrscheinlich mit Liebe nur so überschüttet. Aber Hans Thamsen hatte sich von seinem Sohn abgewandt. Ihn völlig links liegenlassen. Als gäbe es ihn gar nicht. Zum Glück hatte seine Mutter sich seiner angenommen. Für ihn würde sie seine Mutter bleiben, das stand für ihn plötzlich fest. Dennoch interessierte er sich für die Frau, die ihn zur Welt gebracht hatte und er würde seine Mutter nach der Beerdigung bitten, ihm mehr über sie zu erzählen.

Er weckte die Kinder und machte Frühstück. Großen Appetit verspürte jedoch keiner von ihnen. Schweigend saßen sie am Küchentisch und kauten lustlos auf ihren Broten.

Anne und Timo wären wahrscheinlich lieber zur Schule gegangen, und er hatte auch kurz darüber nachgedacht, ob sie die Beerdigung verkraften würden. Letztendlich war er aber zu dem Schluss gekommen, es sei besser, wenn die beiden von ihrem Großvater Abschied nehmen konnten.

Nach dem Frühstück fuhren sie zu seiner Mutter. Magda Thamsen wartete bereits auf sie. Er konnte sehen, wie sich die Gardine hinter dem Wohnzimmerfenster bewegte, als er den Wagen vor dem Haus parkte. Trotzdem stieg er aus und lief zur Haustür hinauf.

»Bist du fertig?«

Sie nickte.

Während der Fahrt zur Apostelkirche sprachen sie kaum. Thamsen fragte lediglich, ob mit dem Bestatter alles soweit geregelt sei, und seine Mutter bejahte das. Ansonsten war nur das Hin-und Herbewegen der Scheibenwischer zu hören. Selbst die Kinder waren stumm.

Zur Trauerfeier kamen wenige Gäste. Lediglich ein paar Nachbarn, zwei alte Kollegen und Hans Thamsens Schwester Margot mit ihrem Mann. Sein Vater war nicht besonders beliebt gewesen, das zeigte sich nun bei seinem letzten Gang recht deutlich.

Dirk Thamsen konnte das ein wenig besser verstehen, denn durch den Tod seiner Frau war sein Vater letztendlich zu dem geworden, was und wie er war. Mit sich und der Welt hadernd, griesgrämig, und einsam.

Die Orgelmusik hatte bereits eingesetzt, da betraten Tom, Haie und Marlene die Kirche. Leise schlichen sie durch den Gang. Toms Wagen war plötzlich auf dem alten Deich stehen geblieben und nicht wieder angesprungen. Sie hatten das Auto stehen lassen und ein Taxi rufen müssen. Doch das hatte alles viel Zeit gekostet und nur mit Mühe und Not hatten sie es einigermaßen rechtzeitig zur Trauerfeier geschafft.

Dirk Thamsen saß mit seiner Mutter und den Kindern in der ersten Reihe und bekam nicht mit, wie die drei Freunde sich in eine der hintersten Bänke setzten.

Schon trat der Pastor vor die Trauergesellschaft und begann die Feier mit einem Gebet. Anschließend hielt er eine kurze Rede. Da es niemanden gab, der ein paar persönliche Worte sprechen wollte, war der Gottesdienst schnell zu Ende, und schon erhoben sich die Gäste. Anne klammerte sich fest an Dirks Hand, während sie hinter dem Sarg herlaufend die Kirche verließen. Anscheinend machte ihr die Vorstellung des toten Opas in der hölzernen Kiste doch Angst.

Der Weg zur Grabstelle kam ihm endlos vor. Schweigend schritten sie über die Kieswege. Seine Mutter hatte sich bei ihm untergehakt und er spürte, wie sie besonders heute mehr verband, als nur der Verlust des Vaters und Mannes. Aus dem Augenwinkel sah er die drei Freunde und freute sich über ihre Anwesenheit.

Die Ansprache am Grab fiel kurz aus. Da es immer noch regnete war er froh darüber und letztendlich war auch alles gesagt. Als er mit den Kindern an die offene Grabstelle trat und sie jeder eine Lilie auf den Sarg warfen, fühlte er sich innerlich leer. Irgendwie empfand er nichts für diesen Mann. Doch das war nicht die Schuld seiner Mutter, weil sie ihm vorher nichts erzählt hatte, sondern einzig und allein die von Hans Thamsen.

Er drehte sich um und eilte vom Friedhof.

»Warten wir nicht auf Oma?«, wollte Anne wissen, als sie im Auto saßen und er den Motor startete. Er schüttelte den Kopf. »Tante Margot ist doch da.«

Er fuhr nicht wie vereinbart zum Haus seiner Eltern, wo seine Mutter für die Gäste Kaffee und Kuchen vorbereitet hatte und man in privater Runde noch einmal Abschied nehmen wollte. Er wusste, er würde sie damit verletzen, aber er konnte einfach nicht.

»Wo fahren wir denn hin?«, fragte Timo, als er bemerkte, dass sein Vater nicht den Weg zu den Großeltern eingeschlagen hatte.

Thamsen zuckte mit den Schultern.

28.

»Ich habe heute Morgen bei Heikos Mutter angerufen«, Haie stand vor der Haustür, als Marlene ihren

Wagen vor dem Haus parkte und ausstieg. Sie war das erste Mal nach der Hochzeit wieder im Institut gewesen und ihr brummte der Schädel.

Das lag allerdings weniger an der Arbeit, sondern vielmehr an den Glückwünschen der Kollegen. Die Mitarbeiter des Instituts hatten einen kleinen Empfang organisiert und ihr alle zur Hochzeit gratuliert. »Wie war es denn? Hat alles geklappt? Warst du sehr aufgeregt?« Die Fragen der Kolleginnen hatten beinahe kein Ende genommen.

Sie war kaum zum Arbeiten gekommen und hatte daher eine Menge Schreibkram mit nach Hause genommen.

»Sie sagt, er darf schon wieder Besuch empfangen.«

Da Haie so gut wie jeden im Dorf persönlich kannte, hatte er keine Scheu gehabt, Inge Stein anzurufen und nach dem Gesundheitszustand ihres Sohnes zu fragen. Es hatte ihm keine Ruhe gelassen, und da Thamsen sich partout nicht meldete, hatte er sich selbst die neuesten Informationen verschafft.

»Und du meinst, wir sollten deshalb mal nach Kiel fahren?« Marlene ahnte sofort, worauf der Freund hinaus wollte.

»Warum nicht? Unsere Landeshauptstadt ist doch immer eine Reise wert.« Er grinste.

Doch Marlene stand heute nicht der Sinn nach einem Ausflug. Außerdem war Tom noch in Husum und sie wusste nicht, wann er nach Hause kam.

»Vielleicht morgen«, entgegnete sie, woraufhin Haie

das Gesicht verzog. Irgendwie gewann er den Eindruck, niemand sei wirklich an der Aufklärung des Mordes interessiert. Thamsen schien vom Erdboden verschluckt und war mehr mit sich selbst als dem Fall beschäftigt. Die Eltern wollten dem Ansehen der toten Tochter nicht schaden und verhielten sich daher ruhig, und alle anderen schien der Fall, seitdem der Brandstifter gefasst war, auch nicht mehr sonderlich zu interessieren.

»Dann fahre ich eben alleine«, schmollte er. Marlene musste lächeln. Wie konnte ein erwachsener Mann sich nur wie ein beleidigtes Kind aufführen. Aber eigentlich hatte er ja recht. Im Dorf lief wahrscheinlich immer noch ein Mörder frei herum, der eine junge Frau auf dem Gewissen hatte. Da konnte man wirklich nicht tatenlos zusehen.

»Aber erst einmal rufen wir Dirk an«, bestimmte sie und Haies Miene hellte sich sofort auf.

Sie gingen ins Haus und Marlene rief Thamsen an.

»Ach so, ja, Heiko Stein habe ich befragt«, antwortete er auf ihre Frage, ob er das Brandopfer bereits besucht hatte.

»Und?« Sie stellte den Apparat auf laut, damit Haie mithören konnte.

»Hat nichts gebracht. Der leidet unter einer Amnesie und kann sich an nichts erinnern.«

Haie stöhnte leise, aber Thamsen hörte ihn trotzdem.

»Das ist doch Haie bei dir, oder?«

»Ich habe leider auch keine Neuigkeiten«, gab der Freund sich zu erkennen und erzählte von seinem Besuch bei den Martensens.

»Aber der Mord hat bestimmt was mit diesen Männergeschichten zu tun«, beharrte er am Ende seines Berichtes. »Ist doch schon verdächtig, wenn die Eltern partout nichts von den Beziehungen wissen wollen.«

»Ich finde viel interessanter, warum sie nichts von dem Typen im Laden ihres Sohnes wissen«, bemerkte Thamsen. Für ihn war der Mitarbeiter nicht nur ein flüchtiger Bekannter, der in dem Geschäft aushalf.

Außerdem, wenn Erk Martensen eine Freundin hatte, wieso gab die ihm nicht ein Alibi? Nach wie vor kam ihm die Geschichte merkwürdig vor.

Zumal Lars Liedtke den Mord ebenso wie den Brand bei Heiko Stein weiter vehement abstritt. Das jedenfalls hatten die Kollegen aus Husum am Morgen in der Besprechung erzählt. Sie schienen Stück für Stück ratloser und hatten erstmals die Möglichkeit eines zweiten Täters in Betracht gezogen. Doch Thamsen hatte tunlichst vermieden, ihnen etwas von Jan Schmidt oder Holger Leuthäuser zu erzählen. Und natürlich hatte er auch nichts von dem Streit zwischen dem Mordopfer und dessen Bruder erwähnt. Er mochte die beiden Beamten nicht und so wie er sie einschätzte, waren die glatt in der Lage, seine Ermittlungen als die ihrigen zu verkaufen, und sollte der Täter tatsächlich gefasst werden, die Aufklärung des Falls einzig und allein ihren Ansätzen zuzuschreiben. Doch das konnten sich die beiden Lackaffen, die sich ohnehin für etwas Besseres hielten, abschminken. Zwar war sein Verhalten nicht gerade förderlich für die Aufklärung des Falls, aber so einfach würde er sich nicht die Butter vom Brot nehmen lassen.

»Du hast recht, Haie«, stimmte er daher dem Hausmeister zu, »wir sollten doch die Männerbekanntschaften der Toten noch einmal näher unter die Lupe nehmen.«

»Da vorne ist noch Platz.« Marlene wies auf eine Parklücke zwischen einem Golf und einem Kombi, und Tom steuerte vorsichtig mit dem Leihwagen darauf zu. Sein Auto stand mittlerweile in der Werkstatt und da es ein paar Tage dauern würde, bis der Schaden repariert war, hatte er sich einen Leihwagen genommen. Ohne fahrbaren Untersatz war man ansonsten in Risum so gut wie aufgeschmissen.

Haie hatte trotz der Amnesie darauf bestanden, Heiko Stein im Krankenhaus zu besuchen.

»Das kann ja nicht alles gelöscht sein in seinem Gehirn. Vielleicht, wenn wir ihm Stück für Stück von den Vorfällen aus dem Dorf erzählen, erinnert er sich wieder«, hatte er argumentiert, und Tom und Marlene hatten gewusst, er würde keine Ruhe geben, bis sie den jungen Mann befragt hatten.

Sie erkundigten sich am Informationsschalter, nach Heiko Stein und eine freundliche Dame wies ihnen den Weg.

»Ich mag keine Krankenhäuser«, bemerkte Tom,

als sie mit dem Aufzug in das angegebene Stockwerk fuhren. »Allein dieser Geruch.«

Marlene nickte. Sie verstand, was er meinte. Haie war in Gedanken bereits bei der Befragung.

Auch die drei Freunde mussten entsprechende Schutzkleidung tragen, die ihnen eine Krankenschwester reichte. Heiko Stein war immer noch sehr anfällig für Infektionen. »Und bitte, nur ein paar Minuten. Der Patient braucht noch viel Ruhe.«

Haie betrat zuerst das Zimmer, Tom und Marlene folgten ihm. Die beiden kannten Heiko Stein nicht und Marlene fühlte sich nicht besonders wohl. Haie übernahm sofort das Gespräch.

»Moin, Heiko, wir wollten mal sehen, wie es dir so geht«, stürmte er los und überreichte ein Buch, das sie als Geschenk mitgebracht hatten.

Der junge Mann war mehr als überrascht, den Hausmeister der Grundschule zu sehen.

»Du willst doch bestimmt etwas über den Brand wissen, oder?«

Haie tat erstaunt, aber letztendlich war seine Neugierde entlarvt.

»Na ja«, räumte er ein, »wir rätseln halt immer noch wegen Katrin.«

»Meinst du, ich nicht?« Heiko Stein fuhr auf, verzog dabei aber schmerzerfüllt das Gesicht. Marlene trat neben das Bett und half ihm, sich zurecht zu setzen, richtete das Kissen auf.

»Danke«, er ließ sich zurückfallen.

Etwas betreten standen die drei im Raum. »Vielleicht hilft es, wenn ich dir ein wenig über den Brand erzähle«, brach Haie nach einer Weile das Schweigen.

Heiko Stein nickte kraftlos.

»Also, Herr Schmidt«, wiederholte Thamsen, »Sie haben kein Alibi, Sie schleichen am Tatort herum und Heiko Stein hat als Täter jemanden beschrieben, der Ihnen sehr ähnelt.« Die letzte Anschuldigung entsprach nicht den Tatsachen und Thamsen hoffte, dass sich Heiko Steins Amnesie noch nicht im Dorf herumgesprochen hatte, aber ohne den jungen Mann ein wenig in die Enge zu treiben, würde er nichts aus ihm herausbekommen.

Der Tischlergeselle blickte ihn mit großen Augen an. »Aber ich war es doch nicht. Ich habe damit nichts zu tun«, erwiderte er und rutschte dabei auf dem Holzstuhl vor Thamsens Schreibtisch hin und her.

Dirk Thamsen betrachtete den Mann und fragte sich, ob er wohl die Wahrheit sagte.

»Aber was wollten Sie dann an der Grundschule?«

Jan Schmidt blickte ihn an. »Ich habe Katrin geliebt. Verstehen Sie denn nicht? Ich trauere um sie und wollte sehen, wo sie gestorben ist. Abschied nehmen.«

»Das hätten Sie doch auch auf der Beerdigung gekonnt.«

Sein Gegenüber blickte betreten zu Boden. »Ich mag das nicht«, flüsterte er. »Da kommen doch nur die Schaulustigen und gucken, wer da heult und wer nicht.«

Damit hatte der junge Mann nicht mal Unrecht. Einige Leute besuchten Trauerfeiern tatsächlich nur aus einer Art Sensationslust. Und die war in dem Dorf sehr ausgeprägt. Das war Thamsen bereits öfter aufgefallen. Aber eigentlich war es zum Teil auch verständlich. In solch einem kleinen Ort interessierte man sich eben dafür, was um einen herum so geschah. Und letztendlich hatte das durchaus auch sein Gutes. Ohne diese Neugierde hätten sie zum Beispiel den Brandstifter wahrscheinlich immer noch nicht gefasst.

Thamsen lehnte sich auf seinem Stuhl ein wenig zurück und überlegte. Wenn der junge Mann tatsächlich, wie er behauptete, Katrin Martensen geliebt hatte, warum sollte er sie umgebracht haben? Hätte er dann nicht tatsächlich eher den oder die Nebenbuhler beseitigt? Aber Heiko Stein war erst nach dem Mord niedergeschlagen worden. Er kratzte sich am Kopf.

»Sie können ruhig sagen, wenn es ein Unfall war.«

»Hätte nicht gedacht, dass man tatsächlich ein schwarzes Loch im Kopf haben kann«, bemerkte Haie, als sie wieder im Wagen saßen und Richtung Flensburg fuhren. Er war enttäuscht. Heiko Stein hatte ihnen nichts zu dem Täter sagen können.

»Ich sehe das alles wie durch einen dicken Schleier«, hatte er versucht zu erklären, aber weder Haie noch Tom oder Marlene konnten wirklich begreifen, wie das sein musste. Natürlich kannte Haie so etwas wie einen Filmriss, wenn man zu viel trank, und die Auswirkungen einer Amnesie schienen ganz ähnlich zu sein, aber Heiko Stein hatte nicht zu viel Alkohol getrunken. Er konnte sich lediglich die im Gedächtnis gespeicherten Bilder der Brandnacht nicht ins Bewusstsein rufen. Dabei wäre es für den Fall so wichtig gewesen zu erfahren, was genau in jener Nacht vorgefallen war und wer Heiko Stein niedergeschlagen hatte.

Haie hatte versucht, durch die Details, die ihm bekannt waren, die Erinnerung Heiko Steins anzuregen, doch der junge Mann hatte immer wieder nur seinen Kopf geschüttelt.

»Ich weiß ja, da war was. Sieh mich nur an«, hatte er erklärt. Aber trotzdem war es ihm nicht möglich zu sagen, was sich in jener Nacht in seinem Haus abgespielt hatte.

»Das muss ganz schön frustrierend sein«, bemerkte Marlene. »Zum Glück sind es nur die Ereignisse von dem Brand, an die er sich nicht erinnern kann. Stellt euch mal vor, man verliert sein gesamtes Gedächtnis und weiß nicht mal mehr, wer man ist und wie man heißt.«

»Eine gruselige Vorstellung«, entgegnete Haie und blickte gedankenverloren aus dem Fenster. Wenn man jegliche Erinnerungen verlor, wer war man dann eigentlich? Setzten sich ein Leben und eine Persönlichkeit nicht aus ihren Erlebnissen und Erfahrungen zusammen. Was, wenn es das alles nicht mehr gab? Wenn man sich nicht mehr daran erinnern konnte? Das war quasi so, als sei man lebendig begraben.

»Wollen wir noch irgendwo eine Kleinigkeit essen?«, fragte Tom, als er von der Autobahn abfuhr. Er war diesmal nicht ganz mit seinen Gedanken bei dem Fall und hatte sich daher an der Unterhaltung zwischen Haie und Marlene so gut wie gar nicht beteiligt. Marlene spürte, dass ihn irgendetwas bedrückte und streichelte leicht über seinen Arm. »Wenn du möchtest«, sagte sie. Er nickte.

In Schafflund gab es ein gutes Restaurant, das direkt an der B199 lag. »Hier war ich schon lange nicht mehr«, bemerkte Haie, nachdem Tom den Wagen direkt vor dem Restaurant geparkt hatte und sie ausgestiegen waren.

»Oh«, rief Marlene erfreut, »hier gibt es heute Leber. Ich weiß schon, was ich nehme.« Sie hatte das Angebot auf einer kleinen Tafel am Eingang gelesen.

Das Restaurant war gut besucht. Etliche Tische waren besetzt, weitere reserviert.

»Haben Sie noch Platz für uns?«, fragte Tom die Bedienung, die kopfnickend auf einen Tisch direkt am Eingang wies.

Sie setzten sich und Marlene bestellte die Leber. Tom wählte einen großen Salat mit Putenstreifen und Haie Schweinefilet mit Kartoffeln und Bohnen.

»Echt zu dumm. Wenn Heiko sich doch bloß erinnern könnte«, begann Haie wieder zu jammern, nachdem die Bedienung ihre Bestellung aufgenommen hatte.

»Wie läuft es denn in Husum, Schatz?«, versuchte Marlene das Thema zu wechseln. Sie konnten noch soviel darüber rätseln, warum sich der Mann nicht an die Geschehnisse in jener Nacht erinnern konnte, es half ihnen nichts. Es war, wie die Schwester gesagt hatte. Da musste man Geduld haben. Wenn der Täter keinen Fehler beging oder sonstige Spuren gefunden wurden, dann blieb nichts anderes übrig, als zu warten, bis die Erinnerungen von Heiko Stein zurückkehrten. Und das hoffentlich bald. Nur selbst dann war nicht sicher, ob er den Täter nennen konnte. Sie wussten ja nicht, was vorgefallen war. Also war es auch gut möglich, der junge Mann war überrumpelt worden und hatte den Täter gar nicht gesehen.

Tom holte tief Luft. »Nicht so gut, wie erwartet.«

Irgendwie hatte er die Konkurrenz nicht so groß eingeschätzt. Auch andere Länder hatten mittlerweile erneuerbare Energien als einen Markt mit Zukunft entdeckt.

»Würde mich nicht wundern, wenn auch bald die Chinesen darauf kommen, Windkraftanlagen zu bauen.«

»Na, die kopieren auch alles«, kommentierte Haie Toms Äußerung. Er hatte neulich einen Bericht in einer Zeitschrift darüber gelesen, wie die Chinesen sämtliche Markenkleidung und -schuhe einfach wie die Originale fertigten, dann aber zu erheblich niedrigeren Preisen verkauften.

»Zum Glück kann man Landschaften nicht einfach nachbauen. Sonst hätten die Nordfriesland vielleicht auch schon bei sich aufgestellt«, scherzte er.

Thamsen fuhr erschrocken zusammen und benötigte einige Augenblicke, um sich zu orientieren. Um ihn herum war es dunkel.

Er blickte auf seinen Radiowecker. Es war mitten in der Nacht. Dann hörte er erneut sein Handy klingeln.

»Das kann doch nicht sein«, fluchte er, während er die kleine Lampe auf seinem Nachttisch anknipste und seine Beine aus dem Bett schwang. »Der Brandstifter ist doch gefasst.«

Er beeilte sich, in den Flur zu kommen. An der Garderobe hing seine Jacke. Das Handy steckte in der Tasche.

»Thamsen?«

Er hörte ein Keuchen. »Hallo?«

»Hier ist Heiko Stein«, hörte er plötzlich eine atemlose Stimme.

»Herr Stein«, Thamsens Herz schlug plötzlich ein paar Takte schneller. Was wollte der Mann mitten in der Nacht von ihm? Warum rief er ihn an? Das konnte doch nur eines bedeuten.

»Ich kann mich erinnern!«

Thamsen hielt den Atem an. Sein Puls raste, er begann zu schwitzen.

»Haie Ketelsen war heute hier und hat mir noch einmal Einzelheiten aus der Brandnacht erzählt.«

»Herr Ketelsen war bei Ihnen?« Thamsen wunderte sich. Eigentlich hatte er gestern am Telefon den Eindruck gewonnen, als sei dem Freund klar, dass ein Besuch bei Heiko Stein nicht weiterhelfen würde. Und dann hatte er dem Patienten von den Geschehnissen der Nacht berichtet? Wieso war er nicht selbst darauf gekommen?

»Ja, und ich weiß jetzt wieder, was passiert ist.«

Thamsen hörte förmlich, wie aufgeregt Heiko Stein war. Seine Stimme zitterte und er schnappte geradezu nach Luft.

»Herr Stein, bitte. Rufen Sie Dr. Menzel.« Natürlich konnte er es kaum erwarten, den Namen des Täters zu erfahren, aber der Patient durfte nicht wieder zusammenklappen. Was sollte er ansonsten für ein Zeuge sein, der jemanden beschuldigte, ihn niedergeschlagen und sein Haus angezündet zu haben und sich dann nicht mehr erinnerte? Nicht auszudenken, wenn Heiko Stein wieder einen Rückfall erlitt.

»Nicht nötig«, beruhigte ihn jedoch der Mann, »eine Pflegerin ist hier bei mir.«

Er hatte nach der Schwester geklingelt, als sich plötzlich der Nebel lichtete und seine Erinnerungen ihn förmlich überrollt hatten. Sie hatte ihn auch dazu ermuntert, den Kommissar anzurufen.

»Gut«, Thamsen war etwas beruhigter. »Dann erzählen Sie mal.«

Heiko Stein schnappte noch einmal nach Luft.

»Also, ich war allein zuhause an diesem Abend und habe mir eine DVD angeschaut. Mir stand nicht der Sinn nach Gesellschaft. Wegen der Sache mit Katrin.«

»Hm«, signalisierte Thamsen seine Aufmerksamkeit. Er war ungeduldig, wollte den Mann aber nicht unterbrechen oder antreiben, schneller zu erzählen.

»Es muss schon ziemlich spät gewesen sein. Vielleicht so elf Uhr oder noch später. Da klingelte es plötzlich an der Tür. Ich habe mich natürlich gewundert, wer das sein könnte um diese Zeit.«

Thamsen spürte, wie sehr er sich verkrampfte. Die Anspannung tat beinahe weh. Aber jeden Moment würde der Name des Mörders von Katrin Martensen fallen. Da war er sich sicher.

Er lauschte dem Schnaufen am anderen Ende der Leitung und lauerte wie eine Raubkatze auf ihre Beute.

»Und dann stand da Erk.«

»Erk Martensen?« Dirk Thamsen hatte zwar ein ungutes Gefühl gegenüber dem Bruder der Toten gehabt. Was aber hatte er mit Heiko Stein zu schaffen? Irgendwie passte das nicht zusammen, oder?

»Ich kenne Erk aus der Schule, aber eigentlich hatten wir nichts mehr miteinander zu tun. Seit der aus dem Dorf weg ist und einen auf reichen Geschäftsmann macht.«

In Thamsens Kopf dröhnte es plötzlich, zu viele Fragen schossen ihm durch den Kopf. Er konnte sich kaum darauf konzentrieren, was der Zeuge weiter berichtete.

Erk Martensen habe gefragt, ob er reinkommen könne. Er habe etwas Wichtiges zu besprechen. Natürlich habe er sich gewundert, aber er kannte Erk ja und irgendwie hatte er Mitleid verspürt. Immerhin hatte er seine Schwester verloren. Also hatte Heiko Stein ihn ins Haus gebeten. Nun allerdings setzten seine Erinnerungen aus, wahrscheinlich aber nicht wegen der Amnesie, sondern weil Erk Martensen ihn dann niedergeschlagen und er schlichtweg ohne Bewusstsein gewesen war.

Fieberhaft überlegte Thamsen bereits, was als

nächstes zu tun war, während er sich bei Heiko Stein bedankte und auflegte.

Die Wahrscheinlichkeit, dass Erk Martensen auch seine Schwester umgebracht hatte, war relativ hoch, obwohl ihm das Motiv und die Zusammenhänge noch nicht klar waren. Doch nun galt es erst einmal, den Verdächtigen festzunehmen, denn zumindest der Körperverletzung und vermutlich auch der Brandstiftung hatte er sich schuldig gemacht.

Er wählte die Nummer seines Vorgesetzten.

»Wir haben ihn«, überrumpelte er Rudolf Lange, als der sich mit reichlich verschlafener Stimme meldete. »Ich mach mich sofort auf den Weg nach Hamburg, aber die Kollegen vor Ort sollen schon mal zu ihm fahren und ihn festnehmen.«

Er zog sich an und schrieb einen Zettel für Timo und Anne, den er auf den Küchentisch legte. Er wusste, die beiden würden zurechtkommen, daher machte er sich keine Gedanken.

Draußen war es immer noch dunkel, als er in den Wagen stieg.

Im Gegensatz zu den letzten Fahrten war die Autobahn um diese Zeit leer. Das Bild im Rückspiegel war beinahe schwarz und auch vor ihm zeichneten sich kaum rote Rücklichter ab. Er fuhr mit Vollgas Richtung Hamburg, während er fieberhaft überlegte, welchen Grund Erk Martensen gehabt hatte, Heiko Stein niederzuschlagen und sein Haus anzuzünden. Sagte Heiko Stein überhaupt die Wahrheit? Oder litt er immer noch an den Folgen der Amnesie und reimte sich selbst nur etwas zusammen? Hatte Erk Martensen seine Schwester umgebracht? Er verstand nicht, wie das alles zusammenpassen sollte.

Erk Martensen wohnte nicht weit von seinem Laden in Eppendorf entfernt. Als Thamsen in die Straße einbog, sah er vor einem der Häuser einen Streifenwagen stehen.

»Moin«, grüßte er die Kollegen, »seid ihr wegen Erk Martensen hier?«

Der rundliche Polizist nickte. »Der ist aber nicht da.«

»Um diese Zeit?«

»Nur sein Mitbewohner. Ludger Böhme.« Der Mann deutete auf den seltsamen Mann aus Erk Martensens Laden, der an der Haustür stand und mit einem weiteren Polizisten sprach.

Also doch, schoss es Thamsen durch den Kopf. Die beiden sind ein Paar. Aber wo war dann Erk Martensen? Sicherlich schlug der sich nicht die Nächte um die Ohren, während sein Liebhaber zuhause in seinem Bettchen lag.

»Hat man euch gesagt, dass Fluchtgefahr besteht?«

»Ja, aber da war niemand.«

»Dann veranlass' mal gleich eine Fahndung.«

Der Partner war ganz bestimmt nicht alleine zuhause gewesen. Nicht um diese Zeit, aber was half es, mit den Kollegen zu diskutieren. Besser, er ließ gleich offiziell nach dem Verdächtigen suchen.

Während er die Kollegen zurück aufs Präsidium schickte, wartete er selbst vor dem Haus, in dem Erk

Martensen mit seinem Lebensgefährten wohnte. Er war sich nicht sicher, ob der Verdächtige hier auftauchen würde, wollte aber zumindest dessen Freund im Auge behalten.

Zum Glück befand sich nur zwei Häuser weiter ein kleiner Kiosk, der bereits um diese Zeit geöffnet hatte. Thamsen besorgte sich gleich zwei Becher Kaffee, setzte sich in seinen Wagen und wartete.

»Psst«, Marlene legte ihren Fingern an die Lippen, als Tom polternd die Küche betrat. Sie war dabei, Frühstück zu machen und hörte nebenbei Radio Hamburg. Dem Sender war sie auch in Nordfriesland treu geblieben, obwohl sie RSH auch gut fand.

»Hinweise auf den Aufenthalt von Erk Martensen nimmt jede Polizeidienststelle entgegen.«

Tom zog seine rechte Augenbraue hoch.

»Die suchen nach Erk Martensen?«

»Scheinbar. Fragt sich nur, warum?«

»Ich ruf mal bei Haie an und frage, ob der was gehört hat.«

Er ging ins Wohnzimmer und wählte Haies Nummer. Doch auch nach dem zehnten Klingeln wurde nicht abgehoben.

»Wo steckt der denn bloß?«

»Sucht ihr mich?«

Tom und Marlene fuhren erschrocken herum. Der Freund war durch den Hintereingang in den Flur getreten und hatte Toms Frage mitbekommen, da die Tür nur angelehnt war.

»Das muss mal wieder Gedankenübertragung gewesen sein«, bemerkte Marlene. Sie kannten sich gut, ihre Freundschaft war eng. Solche Zufälle kamen öfter vor.

»Weißt du, warum die Erk Martensen suchen?«

Haie hatte ebenfalls die Suchmeldung im Radio gehört, wusste aber auch nicht mehr. »Sollen wir vielleicht Dirk anrufen?«

»Der ist doch bestimmt im Einsatz.«

Der Kommissar war Toms Auffassung nach damit beschäftigt, den Gesuchten ausfindig zu machen. Da würden sie ihn wahrscheinlich ohnehin nicht erreichen.

»Aber willst du etwa hier abwarten und Däumchen drehen?«

Haie war viel zu aufgeregt. Er konnte unmöglich tatenlos auf den Ausgang der Ermittlungen warten. »Es muss doch herauszufinden sein, wo Erk wohnt.«

Nur eine halbe Stunde später saßen die drei Freunde im Auto und fuhren Richtung Autobahn. Tom fragte sich zwar, wie sie Dirk Thamsen erklären sollten, was sie in Hamburg und vor allem bei dem gesuchten Erk Martensen wollten, aber obwohl ihn der Mord nicht wirklich betraf, war er doch neugierig und wollte den Fall so schnell wie möglich geklärt wissen. Diese Unruhe der letzten Wochen im Dorf hatte sich auch auf ihn übertragen. Außerdem war Haie ein einziges Nervenbündel. Als Hausmeister der Grundschule fühlte er sich verantwortlich für die Dinge, die dort geschahen.

»Glaubt ihr, der hat seine Schwester tatsächlich umgebracht?«

Die Freunde zuckten mit den Schultern. Eigentlich war es doch Haie, der das am besten beurteilen konnte. Er hatte von dem Streit der Geschwister erfahren, Erk Martensen und seinen seltsamen Freund getroffen und mit den Eltern gesprochen. Tom und Marlene hatten die Dinge ja nur am Rand mitbekommen, waren zu beschäftigt mit der Arbeit oder der Hochzeit gewesen.

Und nur da Haie kein Auto besaß, waren sie zusammen mit ihm nach Kiel gefahren. Doch der Besuch bei Heiko Stein hatte nicht viel Neues gebracht. Jedenfalls dachten sie das, denn von Heikos Anruf bei Thamsen wussten sie ja nichts.

Der zweite Becher Kaffee war auch bereits seit einer Weile leer und Thamsen verspürte nun langsam aber sicher einen Druck auf der Blase. Das war etwas, das er ganz besonders an der Observationsarbeit hasste. Wenn man dringend auf die Toilette musste und weit und breit kein Baum oder Gebüsch in Sicht war.

Mittlerweile war es schon hell und etliche Leute auf der Straße. Unmöglich, sich einfach an eine Häuserecke zu stellen und die Blase zu erleichtern.

Er versuchte bewusst, an etwas anderes zu denken und rief, um sich abzulenken, zuhause an.

»Ich male ein Bild für Oma und Timo schaut fern«, berichtete Anne ihm. Er überlegte, ob er seine Mutter anrufen sollte, entschied sich dann aber dafür, lieber seine Exfrau zu bitten, sich um die Kinder zu kümmern. Seine Mutter brauchte bestimmt ein wenig Ruhe und Zeit für sich, da war es besser, sie nicht mit der Betreuung der Kinder zu belästigen.

Nach dem Telefonat mit Iris hielt er es jedoch nicht mehr aus. Unauffällig schob er sich in dem Sitz ein Stück weiter runter und öffnete seinen Hosenschlitz. Er vergewisserte sich noch einmal in alle Richtungen, ob er auch nicht beobachtet wurde, ehe er sein Glied hervorholte und in einen der leeren Kaffeebecher pinkelte.

Das Gefühl der Erleichterung war unbeschreiblich. Er fühlte sich gelöst und befreit.

Als die Blase leer war, schloss er schnell seine Hose und öffnete die Fahrertür einen Spalt. Unauffällig ließ er den Inhalt des Pappbechers auf die Straße fließen.

»Hallo, Dirk«, erschrocken fuhr er zusammen und goss sich dabei ein wenig der warmen Flüssigkeit über die Hand.

»Mist«, fluchte er und schmiss den Becher auf die Straße, während er aufblickte. Vor seinem Wagen standen Tom, Haie und Marlene.

»Was wollt ihr denn hier?«, fragte er erstaunt. Er fühlte sich total überrumpelt, zum Glück hatte er seinen Hosenschlitz schon wieder zugemacht. Man könnte ja sonst was denken, kam ihm in den Sinn. Insbesondere vor Marlene war ihm seine Pinkeleskapade etwas peinlich.

»Wir haben gehört, du suchst Erk und dachten …«

»Jetzt steigt erst einmal ein.« Er war ein wenig verärgert über das Auftauchen der drei Freunde, und so wie sie hier um seinen Wagen herumstanden, fielen sie garantiert bald auf. Wenn der Lebensgefährte des Verdächtigen sie nicht ohnehin bereits bemerkt hatte. Tom und Marlene krabbelten auf den Rücksitz, während Haie sich auf dem Beifahrersitz niederließ.

»Also, wie sieht's aus?«, wollte er von Thamsen wissen, als sie alle saßen.

Dirk Thamsen stöhnte leise. Wenn jemand herausbekam, dass er den Freunden Interna erzählte, war er dran und seine Stelle als Dienststellenleiter konnte er dann auch vergessen. Daher erinnerte er sie noch einmal ausdrücklich daran, alles für sich zu behalten.

»Heiko Stein hat mich heute Nacht angerufen«, begann er dann die Ereignisse der Nacht zusammenzufassen.

»Aber wieso sollte Erk Heiko niedergeschlagen haben?«, fragte Haie, nachdem Thamsen sie auf den neuesten Stand gebracht hatte.

»Keine Ahnung. Fakt ist nur, er hat Heiko Stein besucht und niedergeschlagen.«

»Hm«, Haie kratzte sich am Kopf. Er fand auch keine Erklärung für Erk Martensens Verhalten.

»Da geht einer aus dem Haus«, bemerkte Marlene plötzlich. Sie hatte im Gegensatz zu den anderen den Hauseingang im Auge behalten und sah sofort, als sich die Tür öffnete und ein schlaksiger junger Mann das Haus verließ.

»Das ist Erks Freund«, stellte Haie fest und duckte sich ein wenig, da der Mann in ihre Richtung sah. Doch zum Glück nahm er sie nicht wahr. Anscheinend hatte er nach einem Streifenwagen und den Beamten, die am frühen Morgen nach Erk gesucht hatten, Ausschau gehalten. Er zündete sich eine Zigarette an und eilte über die Straße.

»Schnell«, trieb Dirk Thamsen die Freunde an und stieg aus dem Auto. Da der Mann zu Fuß unterwegs war, war es besser, sie folgten ihm ohne Wagen. So konnten sie an ihm dran bleiben, auch wenn er ein öffentliches Verkehrsmittel nahm.

Hoffentlich stieg der Mann nur nicht doch noch in einen Wagen, aber irgendwie konnte er sich diesen seltsamen Typen nicht beim Autofahren vorstellen.

Doch weit war der Weg des jungen Mannes nicht.

»Der geht jetzt nicht wirklich den Laden aufschließen, oder?«, wunderte sich Haie, als sie den Mann vor dem Geschäft von Erk Martensen sahen. Er sperrte das Gitter auf, schob es hinauf und schloss die Ladentür auf.

Thamsen hingegen fand das Verhalten nicht verwunderlich. Für ihn wollte der Typ kein Aufsehen erregen. Alles sollte möglichst normal wirken. Daher öffnete er wie gewöhnlich das Geschäft. Dieses Vorgaukeln der Normalität war für Dirk Thamsen wie ein Eingeständnis. Der Mann wusste etwas und versuchte, es zu verbergen. Kurz überlegte er, ob er ihn einfach damit konfrontieren sollte, beschloss dann aber, den Mann sich in Sicherheit wiegen zu lassen.

»Ich schau mal nach, ob es einen Hintereingang gibt.«

Die Freunde nickten. »Wir setzen uns da drüben

ins Café. Von dort aus hat man einen guten Blick auf den Laden.«

»Ich kann wirklich kaum glauben, dass Erk seine Schwester umgebracht haben soll. Wer macht so etwas?«, fragte Haie mehr sich selbst als seine Freunde, nachdem sie in dem kleinen Bistro an einem Tisch am Fenster Platz genommen hatten.

»Und vor allem, warum?«

»Steht es denn nun eigentlich 100%ig fest?«

Haie kratzte sich am Kopf. Fest stand bisher eigentlich nur, dass Heiko Stein ihn in jener Nacht in sein Haus gelassen hatte und später bewusstlos aus dem brennenden Haus geborgen werden musste. Sie waren stets davon ausgegangen, die Brände bei Heiko Stein und in der Grundschule seien von ein und demselben Täter gelegt worden, da sich das Muster ähnelte und vor allem der gleiche Brandbeschleuniger verwendet worden war. Es wäre gut, wenn sie Erk bald finden würden, denn er konnte definitiv mehr Licht in die Sache bringen. Sie bestellten Kaffee und einen Tee für Marlene und blickten hinüber zum Laden. Dort tat sich nichts, selbst Thamsen war nicht zu sehen.

»Es wird ihm doch nichts passiert sein?«

Wenige Augenblicke später schlenderte Dirk Thamsen betont lässig über die Straße und steuerte auf das Café zu.

»Also, wenn der Typ verschwinden will; es gibt definitiv einen Hinterausgang.« Aber der Hof war zu klein und einsehbar, um sich dort postieren zu können und den Ausgang im Auge zu behalten.

»Hast du eigentlich Hinweise, warum Erk das getan haben könnte?« Haie war neugierig.

Darüber hatte Thamsen sich auch den Kopf zerbrochen. Doch eine wirkliche Antwort hatte er nicht.

»Vielleicht war es tatsächlich nur ein Unfall.«

Plötzlich bewegte sich auf der anderen Straßenseite etwas. Eine Frau im Trenchcoat und extremen High Heels trippelte in den Laden. Selbstverständlich war anzunehmen, es handle sich um eine Kundin, aber bereits wenige Minuten später trat Ludger Böhme vor die Tür. Er blickte in alle Richtungen, ehe er nach links die Straße hinunter bog.

Haie sprang sofort auf, doch Thamsen stoppte ihn. »Ihr bleibt hier. Falls sich da drüben noch was tut. Ich folge ihm allein. Das ist auch nicht so auffällig und die Gefahr, entdeckt zu werden, kleiner, als wenn wir zu zweit oder zu dritt folgen.« Er drückte Haie sanft auf den Stuhl zurück, ehe er das Café verließ.

»Der will doch bestimmt Erk treffen«, maulte Haie ob der Enttäuschung, nun bei der spannenden Verfolgung nicht dabei sein zu dürfen.

»Oder er soll uns ablenken und Erk kommt in den Laden«, warf Marlene unvermittelt ein. Die beiden Freunde schauten sie überrascht an.

29.

Nur wenige hundert Meter weiter stoppte der Verfolgte vor einer Filiale der Sparkasse. Thamsen wartete hinter einer Häuserecke und beobachtete, wie der Mann die Bank betrat.

Wollte er lediglich Wechselgeld für den Laden holen? Oder hob er gerade eine größere Geldsumme ab, damit Erk Martensen für eine Zeit lang untertauchen konnte? Diese Frage konnte Thamsen nicht sofort beantworten. Unmöglich, dem Mann in die Bank zu folgen. Die Sparkasse wirkte wie eine Filiale mit höchstens zwei oder drei Angestellten. Sofort würde er Ludger Böhme auffallen und seine verdeckte Verfolgung wäre dahin. Schließlich kannte der Mann ihn von seinem Besuch im Laden zusammen mit Haie Ketelsen vor wenigen Tagen. Daher hielt er sich an der Häuserecke versteckt und wartete.

Es dauerte auch nicht lang, da erschien der Kerl im Eingang der Sparkasse. Wieder blickte er zunächst in alle Richtungen. Erst dann lief er los.

Thamsen trat aus seinem Versteck und folgte ihm. Der Mann lief zur nächsten U-Bahn Station. Er musste sich beeilen, um aufzuschließen, denn im Gedränge konnte man sich leicht verlieren. Langsam war Thamsen sich sicher, der Kerl war auf dem Weg zu einem Treffen mit Erk Martensen. Allein, wie er sich ständig umblickte. Der hatte ganz klar etwas zu verbergen. Die U-Bahn fuhr ein und Ludger Böhme stieg in das hinterste Abteil. Thamsen trat ebenfalls in den Wagen und fand zwischen zwei anderen Passagieren ein wenig Deckung. Der Verfolgte hatte auf einem freien Sitz Platz genommen und saß mit dem Rücken zu ihm. An der Körperhaltung erkannte Thamsen seine Anspannung. Die Schultern straff nach hinten und den Hals in die Höhe gereckt. Vollkommen in Alarmbereitschaft.

Sie fuhren nicht weit, lediglich zwei Stationen. Dann erhob sich Ludger Böhme und stieg aus. Thamsen kannte sich in Hamburg nicht sonderlich gut aus, doch an der Beschilderung der U-Bahn Station war ihm plötzlich klar, wo der Mann hinwollte. Stadtpark.

Immer noch gebannt starrten die drei Freunde auf die gegenüberliegende Straßenseite. Sie hatten bereits die dritte Runde Kaffee und Tee bestellt, aber vor dem Laden hatte sich nichts getan. Nicht mal ein Kunde hatte das Geschäft betreten.

»Wie kann man so Geld verdienen?«, hatte Haie sich gewundert. Und auch Tom und Marlene hatten sich gefragt, ob an anderen Tagen mehr los war in dem Laden.

»Guck mal«, Haie sprang auf, »da ist Erk!«

Von der linken Straßenseite näherte sich ein Mann. Trotz des schönen Wetters trug er eine Jacke, deren Kapuze ihm tief ins Gesicht fiel. Haie hatte den Sohn des Bauern dennoch sofort erkannt. Sie beobachteten, wie der junge Mann sich dem Laden näherte, vor dem

Schaufenster kurz stehen blieb, dann die Tür öffnete und in dem Geschäft verschwand.

Haie wollte sofort hinüberstürmen, doch Marlene hielt ihn zurück. »Vielleicht ist er bewaffnet. Man weiß nie, wie Täter reagieren, die sich in die Enge gedrängt fühlen.«

Tom stimmte ihr zu und schlug vor, zunächst einmal Thamsen zu informieren. Er holte sein Handy hervor und wählte die Nummer des Kommissars.

»Ihr unternehmt nichts«, wies dieser die Freunde an. Nicht auszudenken, wenn die drei den Täter vertrieben oder womöglich sich selbst in Gefahr brachten. Wenn ihnen etwas zustieß, konnte er seine Beförderung vergessen. Außerdem wollte er kein Risiko eingehen. Erk Martensen durfte unter keinen Umständen etwas bemerken. Ansonsten tauchte er womöglich gleich wieder unter.

Doch trotz der mahnenden Worte war Haie nicht zu bremsen. »Und wenn der wieder abhaut? Wer weiß, wo Dirk steckt und wie lange der hierher braucht? Ihr wisst doch, wie das im Stadtverkehr hier ist.«

Tom nickte zwar, wiederholte aber noch einmal Thamsens Ermahnung. »Der Typ ist gefährlich.«

»Ach watt«, winkte Haie ab. »Ich kenn den, seit der auf der Welt ist. Mir wird der nichts tun.«

Er stand am Tisch und schaute auf die Freunde hinab, die unschlüssig durch das Fenster hinüber zum Laden blickten. »Also, ich gehe jetzt rüber.«

Mit diesen Worten stapfte Haie zur Tür.

»Warte«, Tom und Marlene waren beinahe zeitgleich

aufgesprungen. Sie konnten den Freund unmöglich allein gehen lassen.

Betont langsam schlenderten sie zu dem Geschäft auf der anderen Straßenseite hinüber und versuchten, sich durch das Schaufenster einen Überblick der Situation zu verschaffen. Marlene hatte sich bei Tom eingehakt, sie wirkten wie ganz normale Passanten.

»Ich kann da keinen sehen«, bemerkte Haie nach einer Weile, und auch Tom und Marlene konnten in dem Geschäft niemanden ausmachen.

»Vielleicht ist er schon hinten wieder raus?« Tom erinnerte an den Hinterausgang, von dem Thamsen berichtet hatte.

»Am besten, wir schauen mal nach«, beschloss Haie und blickte sich um. »Da geht es in den Hof«, wies er wenige Meter von ihnen entfernt auf eine Einfahrt.

Einer nach dem anderen schlichen sie um die Häuserecke in den Hof. Plötzlich blieb Haie stehen und legte seinen Zeigefinger auf die Lippen.

»Was genau hat Ludger gesagt?«, hörten sie eine männliche Stimme fragen. Haie blinzelte um die Ecke. Die Hintertür des Hauses war weit geöffnet. Kleine Rauchwolken schwebten aus dem Ausgang. Anscheinend rauchte Erk Martensen mit der Frau, die vorhin in den Laden gekommen und diesen bisher nicht wieder verlassen hatte, im Hausflur. Denn schon antwortete eine weibliche Stimme.

»Er hätte etwas Dringendes zu erledigen und ich möge ihn bitte ein, zwei Stunden vertreten.«

Haie nickte Tom und Marlene bestätigend zu. Das

musste Erk sein. Nur, was sollten sie nun tun? Thamsen hatte sie ermahnt, nichts zu unternehmen, ehe er da war, doch bereits beim nächsten Satz, der aus dem Hausflur zu ihnen drang, war ihm klar, soviel Zeit blieb ihnen nicht.

»Gut, dann gehe ich ihn jetzt suchen.«

Ohne lange nachzudenken, trat Haie aus seinem Versteck und stürzte sich auf den jungen Mann.

»Du gehst nirgendwo hin, Freundchen«, presste er hervor, während er Erk Martensen in den Schwitzkasten nahm. Tom, der von Haies Attacke ebenso überrascht war wie der Ladenbesitzer selbst, fing sich schnell und eilte dem Freund zur Hilfe, ehe Erk Martensen sich wirklich wehren konnte.

»Hier rein«, rief Tom und schob den Mann in einen Abstellraum, der vom Flur abging. Im Schloss nach draußen steckte ein Schlüssel. Schnell drehte er ihn um, noch ehe Erk Martensen die Klinke heruntergedrückt hatte. Erschöpft lehnten sie sich gegen die Tür.

»Das war ganz schön riskant«, schnauzte Tom Haie an, der sich spitzbübisch über ihren Fang freute. Er strahlte über das ganze Gesicht.

»Darf ich vielleicht erfahren, was das soll?« Die Frau stand vor ihnen, die Hände in die Hüften gestemmt.

»Wenn Sie Herrn Martensen nicht sofort frei lassen, dann rufe ich die Polizei.«

»Nicht nötig!« Thamsen trat in den Flur und hielt seinen Ausweis in die Höhe. Hinter ihm stand Marlene. Sie hatte ihn angerufen, als die beiden Männer sich auf den Verdächtigen gestürzt hatten.

»Ich bin gleich da, warte in der Einfahrt«, hatte er auf die Neuigkeiten geantwortet.

»Was soll das?«, beschwerte sich Erk Martensen, als Thamsen die Tür öffnete und ihm Handschellen anlegte.

»Herr Martensen, Sie sind festgenommen aufgrund des dringenden Tatverdachtes, ihre Schwester ermordet und die Grundschule angezündet zu haben. Außerdem des versuchten Mordes an Heiko Stein und einer weiteren Brandstiftung.«

Der Mann stand wie versteinert in dem Hausflur.

»Des was?« Mit großen Augen blickte er sie an.

»Sie sind dringend tatverdächtig«, wiederholte Thamsen und beobachtete den Festgenommenen. Der wirkte, als könne er nicht glauben, was er gehört hatte.

»Ich soll Katrin umgebracht haben? Wieso hätte ich das tun sollen?«

Das war eine berechtigte Frage, auf die er keine Antwort hatte.

»Heiko Stein hat Sie erkannt. Sie waren bei ihm und haben ihn niedergeschlagen«, fuhr er daher mit den Anschuldigungen fort.

»Ja, ich war bei Heiko«, gab Erk Martensen erstaunlicherweise zu, »ich habe ihn gefragt, ob er etwas mit dem Mord zu tun hat.«

Thamsen kniff die Augen zusammen. Stimmte es, was sein Gegenüber ihm erzählte?

»Und dann hast du ihm eins übergezogen, oder was?«, mischte Haie sich nun in die Unterhaltung ein und erntete dafür einen mahnenden Blick von Dirk Thamsen.

»Quatsch. Ich hab' dem nichts getan«, schnauzte Erk zurück. »Wollte dem nur mal auf'n Zahn fühlen.«

»Und?« Thamsen war plötzlich neugierig, was der Bruder der Ermordeten erfahren hatte.

»Nichts und. Der war's nicht. Hat die ganze Zeit nur rumgeflennt.« Irgendwie glaubte Dirk Thamsen dem Mann. Aber dennoch, es gab einen Zeugen. Oder war der von seiner Amnesie immer noch nicht ganz geheilt?

»Und dann sind Sie wieder gegangen?«

Erk Martensen nickte. »Hören Sie, ich habe mit der Sache nichts zu tun. Da muss nach mir noch jemand bei Heiko gewesen sein.«

Nur, wer sollte das gewesen sein? Thamsen kratzte sich am Kopf.

»Aber dieser Typ aus deinem Laden, der hat dir doch ein Alibi gegeben. Das war ja dann wohl gelogen, oder?« Wieder mischte Haie sich in die Befragung ein. Diesmal strafte Thamsen ihn nicht mit Blicken, dafür aber Erk.

»Dieser Typ«, klärte er auf, »ist mein Lebensgefährte. Und er heißt Ludger!« Seine Stimme war merklich lauter geworden und seine Wangen glühten förmlich.

Also doch, dachte Thamsen. Hatte sein Gefühl ihn also nicht getäuscht. Die beiden waren ein Paar, wenngleich man Erk Martensen eine gleichgeschlechtliche

Beziehung nicht so sehr ansah wie diesem Ludger. Und so offen schien der Mann ja auch nicht über seine Neigungen zu sprechen.

»Ihre Eltern wissen das aber nicht, oder?«

Erk Martensen schüttelte seinen Kopf. »Die Einzige, die es aus meiner Familie wusste, war Katrin.«

»Und die hat dichtgehalten?«

»Na ja«, gab Erk nun zu, hin und wieder habe sie ihm schon gedroht, die beiden auffliegen zu lassen. »Eigentlich immer dann, wenn ich mir wieder Geld von Papa geliehen habe.«

Letztendlich schmälerte jede Finanzspritze seines Vaters schließlich auch ihr Erbe. Sie wusste, Fritz Martensen würde seinem Sohn den Geldhahn zudrehen, wenn er von dessen Homosexualität erfuhr.

»Aber dann hast du doch ein hervorragendes Motiv«, warf Haie ein. »Ohne das Geld deines Vaters wärst du doch schon pleite. Mit solch einem Laden kann man doch kein Geld verdienen, oder?« Er jedenfalls hätte noch keinen Kunden in dem Geschäft gesehen.

»Ganz so ist es nicht«, verteidigte Erk nun seinen Laden. Ein paar Kunden kauften schon bei ihm. Auch im Internet. Aber viel warf der Laden nicht ab. Daher hatte er Ludger auch zum Geschäftspartner gemacht. Sein Freund habe den Laden vor dem Ruin bewahrt.

Doch nun seien sie in Schwierigkeiten. Ein paar Kunden hatten nicht gezahlt. Die Bank gab ihnen keinen Kredit. Daher hatte er sich noch einmal an seinen Vater gewandt.

»Und als Ihre Schwester das mitbekam, ist sie wahrscheinlich noch wütender geworden«, konstruierte Thamsen.

»Ja, aber ich habe sie nicht ernst genommen. Sie hat uns zwar gedroht, aber bei Katrin steckte da meist nur heiße Luft dahinter.«

Bei Thamsen machte sich immer stärker der Verdacht breit, der Mann sage die Wahrheit. Obwohl natürlich einiges auf dem Spiel gestanden hatte. Das Geschäft – quasi seine Existenzgrundlage, ausgerechnet jetzt, wo sein Lebensgefährte da auch mit drin hing.

»Sagen Sie, kannte Ludger Ihre Schwester?«

»Sie haben sich ein- oder zweimal gesehen.«

»Und er wusste auch, dass die Drohungen von Katrin leere Versprechungen waren?«

30.

»Er ist ohne Zweifel im Planetarium.«

Erk Martensen saß neben Thamsen in dessen Kombi und wies ihm den Weg. Tom, Haie und Marlene hatten sich zusammen auf die Rückbank gequetscht.

Sie hatten einen konkreten Verdacht. Ludger Böhme musste Katrins Drohungen ernst genommen haben. Die massiven finanziellen Nöte hatten ihn vermutlich überreagieren lassen. Erk Martensen hatte zwar immer wieder bestritten, sein Freund könne etwas mit dem Mord zu tun haben, doch Thamsen hatte gleich mehrere Punkte, die den Verdacht erhärteten.

Wer hatte Erk Martensen sofort ein Alibi gegeben? Zumal eines, das definitiv nicht der Wahrheit entsprach? Hatte Ludger vielleicht selbst eines gebraucht?

Wessen Existenz war ebenso wie die von Erk Martensen durch die Drohungen der Schwester bedroht? Laut Erk Martensen hatte Ludger einen sehr hohen Kredit aufgenommen und war bereits mit zwei Raten im Rückstand. Wenn Erk kein Geld von seinem Vater bekam, konnten sie den Laden dicht machen und waren trotzdem hoch verschuldet.

Außerdem hatte Erk Martensen seinem Lebensgefährten auch von Katrins zahlreichen Männerbekanntschaften erzählt. Also konnte auch er Heiko Stein niedergeschlagen und das Haus angezündet haben, um von dem Mord abzulenken. Waren sie nicht selbst davon ausgegangen, der Mörder habe den zweiten Brand nur gelegt, um das Muster des ersten zu wiederholen und den Eindruck zu erwecken, es gebe definitiv nur einen Brandstifter, der seine Vorgehensweise zumindest ab und zu veränderte?

Katrin hatte erst vor kurzem den Bruder und seinen Lebensgefährten besucht.

Vielleicht hatte die junge Frau Ludger unter Druck

gesetzt und ihn erpresst. Wer konnte das schon sagen?

»Da vorne können wir parken«, Erk Martensen zeigte auf eine Parkbucht. Und noch ehe Thamsen den Wagen richtig eingeparkt hatte, riss er die Tür auf.

»Warten Sie«, rief Dirk, doch der Mann eilte schon in den Stadtpark. Er kannte sich bestens aus. Anscheinend war er öfter hier. Allein hätten Thamsen und die drei Freunde den Weg zur Sternwarte nicht so schnell gefunden.

Aber bereits nach wenigen Minuten traten sie aus dem Baumbestand und standen direkt vor dem Planetarium.

Während die vier den ehemaligen Wasserturm betrachteten, eilte Erk Martensen bereits zum Eingang. Seit 1930 war hier der allerschönste Sternenhimmel Hamburgs zu betrachten.

Als sie die Sternwarte erreichten, verließ gerade eine Schulklasse lärmend das Planetarium. Die Mädchen und Jungen strömten in Gruppen aus dem Gebäude und plapperten in einer Lautstärke, gegen die es kaum möglich war anzureden.

Zwecklos, Erk Martensen zu bitten, auf sie zu warten. Er war bereits im Gebäude verschwunden, während Thamsen und die drei Freunde erst einmal dem Strom der Schüler Vortritt lassen mussten, ehe sie endlich das Planetarium betreten konnten.

Von Erk Martensen war nichts mehr zu sehen.

»Der wird sich doch wohl nicht absetzen wollen? Vielleicht haben die beiden uns reingelegt«, mutmaßte

Haie, doch Dirk Thamsen war sicher, der Bauernsohn machte sich momentan ganz andere Sorgen.

»Entschuldigung«, wandte er sich an die Dame an der Kasse und zückte dabei seinen Polizeiausweis. »Wo hat die letzte Vorführung gerade stattgefunden?«

Die adrett gekleidete Frau wies auf einen Fahrstuhl, der zum Kuppelsaal hinauffuhr.

Tom, der den engen Raum im Fahrstuhl kaum ertragen konnte, musste sich überwinden, mit den Freunden in den Aufzug zu steigen. Aber die Zeit drängte. Schließlich bestand immer noch die Gefahr, dass Erk Martensen seinen Freund warnte und zur Flucht verhalf.

In dem großen Saal war es stockdunkel. Nur ein paar Sternenbilder wurden an die Kuppel projiziert, die aber nur wenig Licht in dem großen Raum verbreiteten.

Thamsen deutete den Freunden, sich ruhig zu verhalten. Tom, Haie und Marlene hielten fast gleichzeitig den Atem an, als sie plötzlich eine Stimme hörten.

»Ich wollte das nicht. Das musst du mir glauben. Aber deine Schwester hat gesagt, sie lässt uns auffliegen. Dann hätte dein Vater uns doch nie das Geld gegeben.«

Ludger Böhme schluchzte laut.

Von Erk Martensen war nichts zu hören. Er hatte die Fakten nicht verdrängen können, aber bis zum Schluss gehofft, die Realität sähe anders aus. Nun wurde er von der Wahrheit geradezu erschlagen. Die Welt um ihn herum stürzte ein, er war sprachlos.

Als sein Freund nicht reagierte, wurde Ludger panisch. Wie ein Wasserfall sprudelte plötzlich alles aus ihm heraus, so als könne er mit seinem Geständnis irgendetwas ungeschehen machen.

»Ich habe Katrin zur Schule bestellt. Mit einer SMS von deinem Handy. Hab geschrieben, ich«, er stockte, als er seinen Fehler bemerkte, »du hättest etwas Wichtiges mit ihr zu besprechen. Dann habe ich ihr aufgelauert.« Er schluchzte erneut laut auf. »In der Trinkhalle stand sie. Ich habe einfach zugeschlagen. Hab' gar nicht nachgedacht. Ich hatte Angst. Verstehst du? Angst.«

»Und dann hast du sie einfach angezündet und verbrannt, wie man einen alten Fetzen Stoff verbrennt«, beendete Erk Martensen plötzlich mit verächtlicher Stimme den Bericht jener Nacht.

»Aber ich wollte das nicht.«

»Und was ist mit Heiko? Warst du das auch?«

Für einen kurzen Moment war es ganz still in dem Saal. Thamsen befürchtete schon, etwas von dem Gespräch zu verpassen und schob sich vorsichtig weiter in den Raum. Sekunden erschienen ihm wie Minuten, Minuten wie Stunden und auch den drei Freunden ging es nicht anders.

»Ich bin einfach panisch geworden, als ich das mit dem anderen Brandbeschleuniger in der Zeitung gelesen habe. Daran hatte ich doch nicht gedacht. Und deswegen habe ich den zweiten Brand geplant. Auf diesen Heiko bin ich nur gekommen, weil du ihn besucht hast.«

»Ach, jetzt bin ich schuld?« Sie hörten einen lauten Knall. Anscheinend war Erk von seinem Sitz aufgesprungen.

»Nein, aber irgendwie …«, stammelte Ludger Böhme.

»Ich bin dir halt gefolgt. Und ich wusste nicht, welches Haus ich ansonsten anstecken sollte. Außerdem musste ja alles aussehen wie beim Brand in der Schule.«

Daher hatte Ludger Böhme, nachdem Erk Martensen das Haus wieder verlassen hatte, bei Heiko Stein geklingelt und noch ehe der sich umsehen konnte, zugeschlagen.

»Ich habe das nur getan, weil ich dich liebe«, versuchte der schluchzende Ludger sich zu rechtfertigen. Doch Erk Martensen war wie gelähmt. Und fühlen konnte er für diesen Mann plötzlich nichts mehr.

Er drehte sich um und kam auf Thamsen zu.

»Ihr Part«, sagte er nur, ehe er den Raum verließ.

31.

Wie beinahe immer war die Taverne in der Uhlebüller Dorfstraße gut besucht. Thamsen und die drei Freunde hatten nur mit Mühe noch einen freien Tisch ergattern können.

Dirk Thamsen hatte die Freunde zum Essen eingeladen, um mit ihnen den Abschluss der Ermittlungen und seine Beförderung zu feiern. Schließlich hatten Tom, Haie und Marlene einen enormen Beitrag zur Aufklärung geleistet.

»Na das war ja mal ein heißer Fall«, grinste Haie, als sie ihre Gläser hoben und nochmals anstießen.

Sie waren alle erleichtert. Endlich war der Brandstifter gefasst und sie konnten wenigstens wieder ruhig schlafen. Noch besser war natürlich zu wissen, dass auch der Mörder von Katrin Martensen hinter Schloss und Riegel saß.

Auch wenn die Ermittlungen etwas verquer gelaufen waren, die Hochzeitsstimmung ein wenig getrübt und sie sich so manches Mal im Dschungel der Ermittlungsansätze verfranzt hatten, das Ergebnis konnte sich sehen lassen. Der Täter war gefasst. Und die gemeinsame Zusammenarbeit hatte sie einander noch näher gebracht. Ihre Freundschaft – auch die zu Thamsen – war mittlerweile etwas, worauf man bauen konnte.

»So, ich muss dann auch los«, Thamsen blickte auf seine Uhr.

Marlene nickte. »Sicherlich freuen sich deine Kinder, wenn du mal wieder ein bisschen mehr Zeit für sie hast.«

Sie nahm an, er wollte am Wochenende etwas Schönes mit ihnen unternehmen. Doch Marlene irrte.

»Oh nein«, stellte er richtig. »Ich fahre mit meiner Mutter übers Wochenende nach Pellworm. Nur sie und ich. Ich glaube, das wird uns gut tun.«

»Na, dass du uns da aber nicht wieder auf irgendeine Leiche stößt.« Haie spielte auf den Fall im Frühjahr an, bei dem der Banker tot im Watt vor Pellworm angespült worden war.

»Und falls doch«, er zwinkerte Thamsen zu, »du kennst ja unsere Nummer!«

ENDE

*Weitere Krimis finden Sie auf den
folgenden Seiten und im Internet:
www.gmeiner-verlag.de*

SANDRA DÜNSCHEDE
Todeswatt

....

327 Seiten, Paperback.
ISBN 978-3-8392-1058-1.

BLUTIGES STRANDGUT Nordfriesland, im März. Im Morgengrauen wird auf der Insel Pellworm eine Leiche an den Strand gespült. Bei dem Toten handelt es sich um den Anlageberater Arne Lorenzen. Kommissar Thamsen vermutet den Mörder im Kundenkreis des Bankers, da viele seiner Anleger nach dem großen Börsencrash am Neuen Markt hohe Geldbeträge verloren haben.

Auch der Spediteur Sönke Matthiesen gehört zu den Geschädigten. Er hatte sein letztes Geld in einige Aktiendeals gesteckt und steht nun endgültig vor dem Aus. Doch hat der gebeutelte Fuhrunternehmer wirklich etwas mit Lorenzens Tod zu tun?

SANDRA DÜNSCHEDE
Friesenrache

....

373 Seiten, Paperback.
ISBN 978-3-89977-792-5.

TOD IM MAISFELD Maisernte in Nordfriesland. Urplötzlich kommt der Maishäcksler zum Stillstand. Zwischen seinen scharfen Messern hängt ein toter Mann.

Schnell stellt sich heraus, dass das Opfer bereits tot war, als ihn die Mähmaschine erfasste. Die Obduktion ergibt, dass Kalli Carstensen durch einen Verkehrsunfall ums Leben kam. Doch an einem profanen Unfall mit Fahrerflucht mag Kommissar Thamsen nicht glauben. Dafür hatte der Friese zu viele Feinde im Dorf.

Und auch Haie Ketelsen, der mit dem Toten zur Schule ging, glaubt nicht an diese einfache Lösung. Zusammen mit seinen Freunden Tom und Marlene macht er sich auf die Suche nach der unbequemen Wahrheit in einem Dickicht aus zerbrochenen Beziehungen, dunklen Geheimnissen und brutaler Gewalt.

Wir machen's spannend

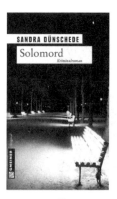

SANDRA DÜNSCHEDE
Solomord

278 Seiten, Paperback.
ISBN 978-3-89977-758-1.

MÖRDERISCHES DÜSSELDORF Am helllichten Tage wird in Düsseldorf die zehnjährige Michelle entführt. Wenig später wird das Mädchen tot aus der Düssel geborgen.
Alles deutet darauf hin, dass der Mörder im Kinderpornomilieu zu finden ist, aber die dortigen Ermittlungen von Kommissar Hagen Brandt und seinem Kollegen Teichert verlaufen erfolglos. Bis ein weiteres Mädchen verschwindet und der Täter durch Zufall gefasst werden kann. Doch die Zeit arbeitet gegen Brandt und sein Team, denn der Entführer weigert sich zu kooperieren und keiner weiß, wo er das kleine Mädchen versteckt hält.

SANDRA DÜNSCHEDE
Nordmord

323 Seiten, Paperback.
ISBN 978-3-89977-725-3.

NEUER MORD IN NORDFRIESLAND Tom Meissner und seine Freundin Marlene haben in Nordfriesland ein gemeinsames Leben begonnen, als ihr kleines Dorf erneut von einem Mord erschüttert wird – und diesmal sind sie persönlich betroffen: Die Ärztin Heike Andresen, Marlenes beste Freundin, wird tot aus der Lecker geborgen. Die Polizei tappt im Dunkeln. Ein Motiv für die grausame Tat ist nicht erkennbar, eine wirklich heiße Spur gibt es nicht – bis Kommissar Thamsen das Tagebuch der Toten entdeckt ...

Wir machen's spannend

ELLA DANZ
Geschmacksverwirrung
....

368 Seiten, Paperback.
ISBN 978-3-8392-1248-6.

BISSEN ZUM ABSCHIED Kommissar Georg Angermüllers Stimmung passt zum grauen Novemberwetter in Lübeck. Erst vor kurzem zu Hause ausgezogen, fühlt er sich in den neuen vier Wänden noch ziemlich fremd. Und dann wird ausgerechnet in der Nachbarwohnung der Journalist Victor Hagebusch tot aufgefunden. Der Mann ist an Gänseleberpastete erstickt, die ihm mit einem Stopfrohr eingeführt wurde, und sitzt, nur mit einer Unterhose bekleidet, blutig rot beschmiert und weiß gefedert an seinem Schreibtisch. Alles sieht nach einer Tat militanter Tierschützer aus. Hatte der Journalist etwas mit der Szene zu tun? Angermüller folgt vielen Spuren, bis er auf eine überraschende Verbindung stößt …

L. SKALECKI / B. RIST
Schwanensterben
....

423 Seiten, Paperback.
ISBN 978-3-8392-1230-1.

DIE TOTE IM WASSER An einem Tag im November wird die Leiche der jungen Russin Sonja Achmatova in einem Wassergraben auf einem Reiterhof am Rande Bremens gefunden. Kriminalhauptkommissar Heiner Hölzle verdächtigt zunächst den Pferdepfleger Pjotr, der ein Verhältnis mit dem Opfer hatte. Doch im Laufe der Ermittlungen entdecken Hölzle und seine Kollegen zunächst Parallelen zu zwei ungeklärten Mordfällen aus den 70er-Jahren und stoßen schließlich auf eine Spur, die bis in das Jahr 1943 reicht …

GMEINER

Wir machen's spannend

DIETER BÜHRIG
Schattenmenagerie

326 Seiten, Paperback.
ISBN 978-3-8392-1241-7.

DER FALSCHE ZAR Nikolaus Romanowsky fühlt sich als Erbfolger des Zaren Peter III. und plant, sich zum Herrscher eines neuen, geeinten Zarenreichs emporzuschwingen. Als Pächters der Fasaneninsel, die im Eutiner See nahe des Schlosses liegt, spinnt er seine Intrigen und beseitigt alle, die ihm im Wege stehen. Inspektor Kroll kommt in seinem neuen Fall nicht so recht voran. Doch er erhält unerwartete Hilfe von der blinden Pianistin Viviana. Inspiriert durch die Musik von Carl Maria von Weber hilft sie dem Inspektor in ihren musikalischen Visionen bei der Entschleierung der Hintergründe und Motive der Verbrechen ...

HARDY PUNDT
Bugschuss

332 Seiten, Paperback.
ISBN 978-3-8392-1224-0.

HECKENSCHÜTZE Es ist Sommer im Nordwesten. Eine Gruppe von sieben Männern unternimmt eine Rudertour über die Kanäle und Meere Ostfrieslands. Doch der Ausflug findet ein jähes Ende, als zwei Schüsse auf eines der Boote abgegeben werden. Ein Ruderer wird gestreift, ein anderer nur knapp verfehlt. Wem galt der Anschlag? Hauptkommissarin Tanja Itzenga und ihr Kollege Ulfert Ulferts nehmen die Ermittlungen auf. Als erneut Schüsse fallen, diesmal in der Hafenstadt Emden, verfolgen die Kommissare verschiedene Spuren. Alle führen weit in die Vergangenheit ...

GMEINER

Wir machen's spannend

REINHARD PELTE
Tiefflug
....
276 Seiten, Paperback.
ISBN 978-3-8392-1236-3.

VERZWEIFELT GESUCHT Kriminalrat Tomas Jung ist ausgebrannt, sein letzter Fall hat ihn schwer mitgenommen. Um sich zu erholen, reist er mit seiner Frau an die Algarve und macht dort die Bekanntschaft eines Deutschen, der sich nur »Tiny« nennt. Nach und nach muss Jung erkennen, dass Tiny in einen Entführungsfall verwickelt ist, der gerade die ganze Welt in Atem hält: ein englisches Mädchen ist während des Urlaubs mit ihren Eltern spurlos aus dem Hotelzimmer verschwunden. Jung konfrontiert seinen Nachbarn mit seinem Wissen und erlebt einen Albtraum ...

MAREN SCHWARZ
Treibgut
....
230 Seiten, Paperback.
ISBN 978-3-8392-1232-5.

ABGRUNDTIEF Elena Dierks gibt sich die Schuld am Tod ihrer Tochter Lea, die an einem stürmischen Wintertag im Kinderwagen über die Klippen der Kreidefelsen auf Rügen ins Meer gestürzt ist. Sie verliert darüber den Verstand und wird in die Psychiatrie eingeliefert. Jahre später glaubt sie, ihre Tochter im Fernsehen in einem Bericht aus Amerika erkannt zu haben. Das Schicksal der jungen Frau geht einer in der Psychiatrie beschäftigten Schwester derart unter die Haut, dass sie dem pensionierten Kommissar Henning Lüders davon erzählt. Er nimmt sich der Sache an und macht eine unglaubliche Entdeckung ...

GMEINER

Wir machen's spannend

FRANK GOLDAMMER
Abstauber

320 Seiten, Paperback.
ISBN 978-3-8392-1250-9.

FUSSBALLGOTT In Dresden findet kurz vor Beginn der Fußball-EM in Polen/Ukraine ein letztes Testspiel der deutschen Mannschaft gegen die Slowakei statt. Auf dem Weg dorthin wird der Bundestrainer Klaus Ehlig bei einem Anschlag auf sein Auto schwer verletzt, sein Assistent Holger Jansen stirbt. Sofort entsteht ein riesiger Presserummel. Falk Tauner, Hauptkommissar und Fußballhasser, ermittelt unter gegnerischen Fans, aber auch ein kürzlich geschasster Spieler sowie ein rivalisierender Trainer geraten in sein Visier. Doch als die Tatwaffe gefunden wird, trägt sie die Fingerabdrücke des DFB-Präsidenten ...

K. ULBRICH/M. ULBRICH (HRSG.)
Mords-Sachsen 5

414 Seiten, Paperback.
ISBN 978-3-8392-1226-4.

NEUE MORDE IN SACHSEN Kriminelle Machenschaften in ganz Sachsen – erdacht und aufgeschrieben von sächsischen Schreibtischtätern mit Unterstützung einiger Kollegen – versammelt in 21 Kurzgeschichten, die an den verschiedensten Schauplätzen des Freistaates spielen. Wie bereits in den ersten vier Bänden der mörderischen Reihe fesseln die Autoren die Leser mit durchtriebenen Übeltätern, unheimlichen Schauplätzen, diabolischen Delikten und arglistigen Intrigen. Die Schauplätze und Geschichten sind ebenso abwechslungsreich und vielschichtig wie die Autoren, die sich in diesem Band zusammengefunden haben.

GMEINER

Wir machen's spannend

Unsere Lesermagazine
2 x jährlich das Neueste aus der Gmeiner-Bibliothek

DIN A6, 20 S., farbig   10 x 18 cm, 16 S., farbig   24 x 35 cm, 20 S., farbig

Alle Lesermagazine erhalten Sie in Ihrer Buchhandlung oder unter www.gmeiner-verlag.de.

GmeinerNewsletter
Neues aus der Welt der Gmeiner-Romane

Haben Sie schon unsere GmeinerNewsletter abonniert?

Monatlich erhalten Sie per E-Mail aktuelle Informationen aus der Welt der Krimis, der historischen Romane und der Frauenromane: Buchtipps, Berichte über Autoren und ihre Arbeit, Veranstaltungshinweise, neue Literaturseiten im Internet und interessante Neuigkeiten.

Die Anmeldung zu den GmeinerNewslettern ist ganz einfach. Direkt auf der Homepage des Gmeiner-Verlags (www.gmeiner-verlag.de) finden Sie das entsprechende Anmeldeformular.

Ihre Meinung ist gefragt!
Mitmachen und gewinnen

Wir möchten Ihnen mit unseren Romanen immer beste Unterhaltung bieten. Sie können uns dabei unterstützen, indem Sie uns Ihre Meinung zu den Gmeiner-Romanen sagen! Senden Sie eine E-Mail an gewinnspiel@gmeiner-verlag.de und teilen Sie uns mit, welches Buch Sie gelesen haben und wie es Ihnen gefallen hat. Alle Einsendungen nehmen automatisch am großen Jahresgewinnspiel mit attraktiven Buchpreisen teil.

Wir machen's spannend

Alle Gmeiner-Autoren und ihre Romane auf einen Blick

ANTHOLOGIEN: Mords-Sachsen 5 • Secret Service 2012 • Tod am Tegernsee • Drei Tagesritte vom Bodensee • Nichts ist so fein gesponnen • Zürich: Ausfahrt Mord • Mörderischer Erfindergeist • Secret Service 2011 • Tod am Starnberger See • Mords-Sachsen 4 • Sterbenslust • Tödliche Wasser • Gefährliche Nachbarn • Mords-Sachsen 3 • Tatort Ammersee • Campusmord • Mords-Sachsen 2 • Tod am Bodensee • Mords-Sachsen 1 • Grenzfälle • Spekulatius **ABE, REBECCA:** Im Labyrinth der Fugger **ARTMEIER, HILDEGUNDE:** Feuerross • Drachenfrau **BÄHR, MARTIN:** Moser und der Tote vom Tunnel **BAUER, HERMANN:** Philosophenpunsch • Verschwörungsmelange • Karambolage • Fernwehträume **BAUM, BEATE:** Weltverloren • Ruchlos • Häuserkampf **BAUMANN, MANFRED:** Wasserspiele • Jedermanntod **BECK, SINJE:** Totenklang • Duftspur • Einzelkämpfer **BECKER, OLIVER:** Die Sehnsucht der Krähentochter • Das Geheimnis der Krähentochter **BECKMANN, HERBERT:** Die Nacht von Berlin • Mark Twain unter den Linden • Die indiskreten Briefe des Giacomo Casanova **BEINSSEN, JAN:** Todesfrauen • Goldfrauen • Feuerfrauen **BLANKENBURG, ELKE MASCHA** Tastenfieber und Liebeslust **BLATTER, ULRIKE:** Vogelfrau **BODENMANN, MONA:** Mondmilchgubel **BÖCKER, BÄRBEL:** Mit 50 hat man noch Träume • Henkersmahl **BOENKE, MICHAEL:** Riedripp • Gott'sacker **BOMM, MANFRED:** Mundtot • Blutsauger • Kurzschluss • Glasklar • Notbremse • Schattennetz • Beweislast • Schusslinie • Mordloch • Trugschluss • Irrflug • Himmelsfelsen **BONN, SUSANNE:** Die Schule der Spielleute **BOSETZKY, HORST (-KY):** Der Fall des Dichters • Promijagd • Unterm Kirschbaum **BRENNER, WOLFGANG:** Alleingang **BRÖMME, BETTINA:** Weißwurst für Elfen **BÜHRIG, DIETER:** Schattenmenagerie • Der Klang der Erde • Schattengold **BÜRKL, ANNI:** Narrentanz • Ausgetanzt • Schwarztee **BUTTLER, MONIKA:** Abendfrieden • Herzraub **CLAUSEN, ANKE:** Dinnerparty • Ostseegrab **CRÖNERT, CLAUDIUS:** Das Kreuz der Hugenotten **DANZ, ELLA:** Geschmacksverwirrung • Ballaststoff • Schatz, schmeckt's dir nicht? • Rosenwahn • Kochwut • Nebelschleier • Steilufer • Osterfeuer **DIECHLER, GABRIELE:** Vom Himmel das Helle • Glutnester • Glaub mir, es muss Liebe sein • Engpass **DOLL, HENRY:** Neckarhaie **DÜNSCHEDE, SANDRA:** Nordfeuer • Todeswatt • Friesenrache • Solomord • Nordmord • Deichgrab **EMME, PIERRE:** Zwanzig/11 • Diamantenschmaus • Pizza Letale • Pasta Mortale • Schneenockerleklat • Florentinerpakt • Ballsaison • Tortenkomplott • Killerspiele • Würstelmassaker • Heurigenpassion • Schnitzelfarce • Pastetenlust **ERFMEYER, KLAUS:** Drahtzieher • Irrliebe • Endstadium • Tribunal • Geldmarie • Todeserklärung • Karrieresprung **ERWIN, BIRGIT / BUCHHORN, ULRICH:** Die Reliquie von Buchhorn • Die Gauklerin von Buchhorn • Die Herren von Buchhorn **FEIFAR, OSKAR:** Dorftratsch **FINK, SABINE:** Kainszeichen **FOHL, DAGMAR:** Der Duft von Bittermandel • Die Insel der Witwen • Das Mädchen und sein Henker **FRANZINGER, BERND:** Familiengrab • Zehnkampf • Leidenstour • Kindspech • Jammerhalde • Bombenstimmung • Wolfsfalle • Dinotod • Ohnmacht • Goldrausch • Pilzsaison **GARDEIN, UWE:** Das Mysterium des Himmels • Die Stunde des Königs

Wir machen's spannend

Alle Gmeiner-Autoren und ihre Romane auf einen Blick

GARDENER, EVA B.: Lebenshunger GEISLER, KURT: Friesenschnee • Bädersterben GERWIEN, MICHAEL: Isarbrodeln • Alpengrollen GIBERT, MATTHIAS P.: Menschenopfer • Zeitbombe • Rechtsdruck • Schmuddelkinder • Bullenhitze • Eiszeit • Zirkusluft • Kammerflimmern • Nervenflattern GOLDAMMER, FRANK: Abstauber GÖRLICH, HARALD: Kellerkind und Kaiserkrone GORA, AXEL: Die Versuchung des Elias • Das Duell der Astronomen GRAF, EDI: Bombenspiel • Leopardenjagd • Elefantengold • Löwenriss • Nashornfieber GUDE, CHRISTIAN: Kontrollverlust • Homunculus • Binärcode • Mosquito HÄHNER, MARGIT: Spielball der Götter HAENNI, STEFAN: Scherbenhaufen • Brahmsrösi • Narrentod HAUG, GUNTER: Gössenjagd • Hüttenzauber • Tauberschwarz • Höllenfahrt • Sturmwarnung • Riffhaie • Tiefenrausch HEIM, UTA-MARIA: Feierabend • Totenkuss • Wespennest • Das Rattenprinzip • Totschweigen • Dreckskind HENSCHEL, REGINE C.: Fünf sind keiner zu viel HERELD, PETER: Die Braut des Silberfinders • Das Geheimnis des Goldmachers HOHLFELD, KERSTIN: Glückskekssommer HUNOLD-REIME, SIGRID: Die Pension am Deich • Janssenhaus • Schattenmorellen • Frühstückspension IMBSWEILER, MARCUS: Schlossblick • Die Erstürmung des Himmels • Butenschön • Altstadtfest • Schlussakt • Bergfriedhof JOSWIG, VOLKMAR / MELLE, HENNING VON: Stahlhart KARNANI, FRITJOF: Notlandung • Turnaround • Takeover KAST-RIEDLINGER, ANNETTE: Liebling, ich kann auch anders KEISER, GABRIELE: Engelskraut • Gartenschläfer • Apollofalter KEISER, GABRIELE / POLIFKA, WOLFGANG: Puppenjäger KELLER, STEFAN: Totenkarneval • Kölner Kreuzigung KINSKOFER, LOTTE / BAHR, ANKE: Hermann für Frau Mann KLAUSNER, UWE: Engel der Rache • Kennedy-Syndrom • Bernstein-Connection • Die Bräute des Satans • Odessa-Komplott • Pilger des Zorns • Walhalla-Code • Die Kiliansverschwörung • Die Pforten der Hölle KLEWE, SABINE: Die schwarzseidene Dame • Blutsonne • Wintermärchen • Kinderspiel • Schattenriss KLIKOVITS, PETRA M.: Vollmondstrand KLUGMANN, NORBERT: Die Adler von Lübeck • Die Tochter des Salzhändlers • Schlüsselgewalt • Rebenblut KOBJOLKE, JULIANE: Tausche Brautschuh gegen Flossen KÖSTERING, BERND: Goetheglut • Goetheruh KOHL, ERWIN: Flatline • Grabtanz • Zugzwang KOPPITZ, RAINER C.: Machtrausch KRAMER, VERONIKA: Todesgeheimnis • Rachesommer KREUZER, FRANZ: Waldsterben KRONECK, ULRIKE: Das Frauenkomplott KRONENBERG, SUSANNE: Kunstgriff • Rheingrund • Weinrache • Kultopfer • Flammenpferd KRUG, MICHAEL: Bahnhofsmission KRUSE, MARGIT: Eisaugen KURELLA, FRANK: Der Kodex des Bösen • Das Pergament des Todes LADNAR, ULRIKE: Wiener Herzblut LASCAUX, PAUL: Mordswein • Gnadenbrot • Feuerwasser • Wursthimmel • Salztränen LEBEK, HANS: Todesschläger LEHMKUHL, KURT: Kardinalspoker • Dreiländermord • Nürburghölle • Raffgier LEIMBACH, ALIDA: Wintergruft LEIX, BERND: Fächergrün • Fächertraum • Waldstadt • Hackschnitzel • Zuckerblut • Bucheckern LETSCHE, JULIAN: Auf der Walz LICHT, EMILIA: Hotel Blaues Wunder LIEBSCH, SONJA / MESTROVIC, NIVES: Muttertier @n Rabenmutter LIFKA, RICHARD: Sonnenkönig LOIBELSBERGER, GERHARD: Mord und Brand • Reigen des Todes • Die

Wir machen's spannend

Alle Gmeiner-Autoren und ihre Romane auf einen Blick

Naschmarkt-Morde **MADER, RAIMUND A.**: Schindlerjüdin • Glasberg **MARION WEISS, ELKE**: Triangel **MAXIAN, JEFF / WEIDINGER, ERICH**: Mords-Zillertal **MISKO, MONA**: Winzertochter • Kindsblut **MORF, ISABEL**: Satzfetzen • Schrottreif **MOTHWURF, ONO**: Werbevoodoo • Taubendreck **MUCHA, MARTIN**: Seelenschacher • Papierkrieg **NAUMANN, STEPHAN**: Das Werk der Bücher **NEEB, URSULA**: Madame empfängt **NEUREITER, SIGRID**: Burgfrieden **ÖHRI, ARMIN / TSCHIRKY, VANESSA**: Sinfonie des Todes **OSWALD, SUSANNE**: Liebe wie gemalt **OTT, PAUL**: Bodensee-Blues **PARADEISER, PETER**: Himmelreich und Höllental **PARK, KAROLIN**: Stilettoholic **PELTE, REINHARD**: Abgestürzt • Inselbeichte • Kielwasser • Inselkoller **PFLUG, HARALD**: Tschoklet **PITTLER, ANDREAS**: Mischpoche **PORATH, SILKE / BRAUN, ANDREAS**: Klostergeist **PORATH, SILKE**: Nicht ohne meinen Mops **PUHLFÜRST, CLAUDIA**: Dunkelhaft • Eiseskälte • Leichenstarre **PUNDT, HARDY**: Bugschuss • Friesenwut • Deichbruch **PUSCHMANN, DOROTHEA**: Zwickmühle **RATH, CHRISTINE**: Butterblumenträume **ROSSBACHER, CLAUDIA**: Steirerherz • Steirerblut **RUSCH, HANS-JÜRGEN**: Neptunopfer • Gegenwende **SCHAEWEN, OLIVER VON**: Räuberblut • Schillerhöhe **SCHMID, CLAUDIA**: Die brennenden Lettern **SCHMÖE, FRIEDERIKE**: Rosenfolter • Lasst uns froh und grausig sein • Wasdunkelbleibt • Wernievergibt • Wieweitdugehst • Bisduvergisst • Fliehganzleis • Schweigfeinstill • Spinnefeind • Pfeilgift • Januskopf • Schockstarre • Käfersterben • Fratzenmond • Kirchweihmord • Maskenspiel **SCHNEIDER, BERNWARD**: Todeseis • Flammenteufel • Spittelmarkt **SCHNEIDER, HARALD**: Blutbahn • Räuberbier • Wassergeld • Erfindergeist • Schwarzkittel • Ernteopfer **SCHNYDER, MARIJKE**: Stollengeflüster • Matrjoschka-Jagd **SCHÖTTLE, RUPERT**: Damenschneider **SCHRÖDER, ANGELIKA**: Mordsgier • Mordswut • Mordsliebe **SCHÜTZ, ERICH**: Doktormacher-Mafia • Bombenbrut • Judengold **SCHUKER, KLAUS**: Brudernacht **SCHWAB, ELKE**: Angstfalle • Großeinsatz **SCHWARZ, MAREN**: Treibgut • Zwiespalt • Maienfrost • Dämonenspiel • Grabeskälte **SENF, JOCHEN**: Kindswut • Knochenspiel • Nichtwisser **SKALECKI, LILIANE / RIST, BIGGI**: Schwanensterben **SPATZ, WILLIBALD**: Alpenkasper • Alpenlust • Alpendöner **STAMMKÖTTER, ANDREAS**: Messewalzer **STEINHAUER, FRANZISKA**: Sturm über Branitz • Spielwiese • Gurkensaat • Wortlos • Menschenfänger • Narrenspiel • Seelenqual • Racheakt **STRENG, WILDIS**: Ohrenzeugen **SYLVESTER, CHRISTINE**: Sachsen-Sushi **SZRAMA, BETTINA**: Die Hure und der Meisterdieb • Die Konkubine des Mörders • Die Giftmischerin **THIEL, SEBASTIAN**: Wunderwaffe • Die Hexe vom Niederrhein **THADEWALDT, ASTRID / BAUER, CARSTEN**: Blutblume • Kreuzkönig **THÖMMES, GÜNTHER**: Malz und Totschlag • Der Fluch des Bierzauberers • Das Erbe des Bierzauberers • Der Bierzauberer **TRAMITZ, CHRISTIANE**: Himmelsspitz **TRINKAUS, SABINE**: Schnapsleiche **ULLRICH, SONJA**: Fummelbunker • Teppichporsche **WARK, PETER**: Epizentrum • Ballonglühen **WERNLI, TAMARA**: Blind Date mit Folgen **WICKENHÄUSER, RUBEN PHILLIP**: Die Magie des Falken • Die Seele des Wolfes **WILKENLOH, WIMMER**: Eidernebel • Poppenspäl • Feuermal • Hätschelkind **WÖLM, DIETER**: Mainfall **WOLF, OLIVER**: Netzkiller **WUCHERER, BERNHARD**: Die Pestspur **WYSS, VERENA**: Blutrunen • Todesformel

Wir machen's spannend